ALYSON RICHMAN
Das Zimmer aus Samt

ALYSON
RICHMAN

Das Zimmer aus Samt

Roman

Aus dem Amerikanischen von
Charlotte Breuer und Norbert Möllemann

DIANA

Sollte diese Publikation Links auf Webseiten Dritter enthalten, so übernehmen wir für deren Inhalte keine Haftung, da wir uns diese nicht zu eigen machen, sondern lediglich auf deren Stand zum Zeitpunkt der Erstveröffentlichung verweisen.

Von Alyson Richman sind im Diana Verlag bisher erschienen:
Der italienische Garten
Abschied in Prag
Das Zimmer aus Samt

MIX
Papier aus verantwortungsvollen Quellen
FSC® C014496

Verlagsgruppe Random House FSC® N001967

Deutsche Erstausgabe 08/2020

Die Originalausgabe erschien 2016 unter dem Titel
The Velvet Hours bei The Berkeley Publishing Group,
published by the Penguin Group (USA) Inc., New York

in der Verlagsgruppe Random House GmbH,
Neumarkter Straße 28, 81673 München
Redaktion: Wiebke Bach
Umschlaggestaltung: t.mutzenbach design, München
Umschlagmotive: © Shutterstock.com
(ilolab; riekephotos; Song_about_summer; Prokrida)
Herstellung: Helga Schörnig
Druck und Bindung: GGP Media GmbH, Pößneck

Printed in Germany
ISBN 978-3-453-36067-9

www.diana-verlag.de
Dieses Buch ist auch als E-Book lieferbar.

In Erinnerung an meine elegante Großmutter
Hortense Elaine Kleiman
(1917–2016)

und

Für Charlotte,
mein wunderbares Mädchen.

Wir schreiben, um das Leben zweimal zu genießen,
jetzt und im Rückblick.

ANAÏS NIN

Solange

Juni 1940

Paris

Draußen konnte ich Flugzeuge hören, das tiefe Dröhnen machte mir Angst. Nur das Heulen der Luftschutzsirenen hätte noch schlimmer sein können. Ich biss mir auf die Lippe und schnappte mir meine Tasche.

Ein letztes Mal ging ich durch die Wohnung meiner Großmutter. Fuhr mit den Fingern über die Kanten ihrer Möbel, betrachtete ihre geliebten Porzellanvasen, ihre Kunstsammlung und vor allem das großartige Porträt von ihr, das über dem Kaminsims hing. Der einzige Besitz meiner Großmutter, den ich mitnehmen würde, war unter dem Kragen meiner Bluse verborgen, und ihn auf meiner Haut zu spüren gab mir Mut.

Ich hatte meine Großmutter erst vor wenigen Jahren kennengelernt, aber in dieser kurzen Zeit hatte sie mir so vieles beigebracht. Zum Beispiel, dass man bei wichtigen Entscheidungen im Leben nicht sentimental werden durfte, sondern schnell handeln musste. Ich warf also einen letzten Blick auf all ihre Kostbarkeiten und nahm den Schlüssel aus meiner Tasche.

Ich zog die schwere Tür hinter mir zu und schob den

Schlüssel ins Schlüsselloch. Ich ließ die Wohnung meiner Großmutter samt ihren Habseligkeiten zurück, genauso, wie sie es mir aufgetragen hatte. Versiegelt wie ein Mausoleum.

Mein neues Leben begann in dem Moment, als ich die Wohnungstür verriegelte und die Geheimnisse und die persönlichen Schätze meiner Großmutter in der Wohnung einschloss.

Es war der Beginn einer weiteren begrabenen Geschichte unserer Familie aus Geschichtenerfindern, Namensänderern, Alchemisten und Kennern der Schönheit und der Liebe.

Mein Vater, ein Apotheker, hatte erst als Achtzehnjähriger von der Existenz seiner leiblichen Mutter erfahren, als die sanfte Frau, die ihn großgezogen hatte, ihm einen Brief meiner Großmutter überreichte.

»Ich habe vor langer Zeit mein Wort gegeben«, erklärte ihm die Frau, die er immer für seine Mutter gehalten hatte. »Und jetzt muss ich dir die Wahrheit sagen.«

Der Brief war auf schwerem, hochwertigem Papier geschrieben, und am oberen Rand des Briefbogens befand sich eine kleine Prägung in Form eines goldenen Schmetterlings. Der Absender lautete 2, *Square La Bruyère*. Die Handschrift war tadellos, lauter gleichmäßige Spitzen und Arabesken in schwarzer Tinte.

Mein lieber Sohn, begann der Brief. *Wenn Du dies liest, bist Du gerade achtzehn geworden. Kaum zu glauben, dass ich Dich vor so vielen Jahren geboren habe, als ich selbst noch ein Kind war. Aber Du sollst wissen, dass es mich gibt.*

Keine Angst, ich werde nicht von Dir verlangen, mich »Mutter« zu nennen. Diesen Titel verdient einzig und allein Madame Franeau, und ich entschuldige mich nicht dafür, dass ich kein leuchtendes Beispiel der Mütterlichkeit bin. Aber falls Dich die Neugier packt, ich bin jederzeit bereit, mich mit Dir zu treffen.

Ihre Unterschrift war groß und schwungvoll. Der Name war meinem Vater völlig unbekannt: *Marthe de Florian.*

Er faltete den Bogen zusammen, glättete ihn und versuchte, sich seine Fassungslosigkeit nicht anmerken zu lassen. Er konnte nicht begreifen, dass die Frau, die vor ihm saß, nicht mit ihm blutsverwandt sein sollte. Sie hatten beide kleine, braune Augen, schmale Lippen und dunkles Haar. Sie hatten beide Verdauungsprobleme und vertieften sich lieber in ihre Bücher und ihre Hobbys als in Gespräche mit anderen. Sie hielten sich Hunde, Katzen und Vögel als Haustiere. Und die Entscheidung, Pharmazie zu studieren, hatten alle, die ihn kannten, als folgerichtig empfunden, denn schon als Kind hatte er sich für Chemie interessiert, für Reagenzgläser und Pülverchen, für die Kunst, Medikamente herzustellen, die Menschen heilten.

Madame Franeau hatte keine Miene verzogen, als sie ihm den Brief überreicht hatte. Ihre Augen wurden feucht, als sie ihm beim Lesen zusah, aber sie vergoss keine einzige Träne.

»Ich konnte keine eigenen Kinder bekommen«, sagte sie schließlich. Er schaute aus dem Fenster. Sein Gesicht war ausdruckslos, doch sie sah, dass er mit den Gedanken weit weg war.

»Ich habe sie in der ersten Schneiderwerkstatt kennengelernt, in der sie gearbeitet hat. Wir waren beide Näherinnen, und unsere Tage waren grau und trostlos. Stunde um Stunde brachten wir damit zu, Hosenbeine zu säumen und Ärmel zu kürzen. Ich hatte gerade erst deinen Vater geheiratet …« Sie schluckte. Das Wort »Vater«, das so lange die Wahrheit gewesen war, fühlte sich plötzlich an wie eine Lüge. »Sie war unverheiratet und mittellos, und wir waren glücklich, ein Kind zu haben. Ihre einzige Bedingung war, dass du, sobald du volljährig wärst, die Wahrheit erfahren solltest.« Sie holte tief Luft.

»Ich werde es dir nicht übel nehmen, wenn du sie kennenlernen möchtest«, fuhr sie fort. »Sie hat sich seit damals sehr verändert … Sie lebt in einer anderen Welt. Einer Welt, die ich dir nicht erklären kann.«

Tagelang las er den Brief immer wieder. Ein ums andere Mal legte er seine Bücher beiseite, nahm den Brief aus der Schreibtischschublade und betrachtete Marthes schwungvolle Handschrift.

Erst nachdem er die Aufnahmeprüfung für das Pharmaziestudium bestanden hatte, entschloss er sich, den Brief zu beantworten.

Er besaß kein edles Briefpapier, und auch seine Handschrift war nicht so elegant. Auf einen einfachen weißen Briefbogen schrieb er:

Madame de Florian, ich würde Sie gern am kommenden Dienstag um sechzehn Uhr besuchen. Bitte lassen Sie mich wissen, ob Ihnen der Termin recht ist. Wie Ihnen bekannt ist, habe ich kürzlich erfahren, dass es für mich nicht rechtens ist, den Familiennamen »Franeau« zu führen.

Deswegen werde ich diesen Brief mit dem Familiennamen unterzeichnen, den Madame Franeau mir als meinen richtigen genannt hat.
Henri Beaugiron.

Ihr Dienstmädchen öffnete ihm die Tür. Die Luft in der Wohnung war erfüllt von Blumenduft, und alles war vollgestellt mit Kunstgegenständen und Kuriositäten aus aller Welt. Noch ehe sie sich zeigte, fühlte er sich unwohl. Es war alles so überladen, zu viel Samt und Seide. Er war in einfachen Verhältnissen aufgewachsen: In seinem Zimmer standen ein hölzerner Schreibtisch und ein Bücherregal, das Wohnzimmer war geschmackvoll, aber bescheiden eingerichtet, in der Küche stand ein warmer Herd.

Jetzt fühlte er sich wie in einem intimen Theater, an einem Ort, an den er nicht gehörte. Schwere Vorhänge verdunkelten die hohen Fenster, sodass kaum zu erkennen war, ob es draußen hell oder dunkel war. Sein Atem ging immer flacher, während er auf sie wartete. Er betrachtete die Sammlung asiatischer Porzellanvasen auf den Regalen, dann fiel sein Blick auf das große Porträt einer schönen Frau über dem Kaminsims, und er war verblüfft über die sinnliche Farbgebung, die Lebendigkeit, die das Bild ausstrahlte. Er wollte gerade näher treten, um es sich genauer anzusehen, als er das Rascheln von Seide und leise Schritte auf dem Parkettboden vernahm.

»Henri«, sagte eine Stimme. Und dann erschien Marthe in einem pinkfarbenen Kleid, um den Hals eine Perlenkette.

Sie blieb einige Schritte vor ihm stehen und musterte ihn wohlwollend, als wäre er ein Gegenstand, von dem sie überlegte, ob sie ihn sich vielleicht kaufen sollte.

»Also, Sie sehen ja überhaupt nicht so aus, wie ich Sie mir vorgestellt hatte«, sagte sie lachend. »Aber das tue ich wahrscheinlich auch nicht.«

Er brachte kein Wort heraus.

Wenn ich richtig rechne, muss Marthe fast vierzig gewesen sein, als mein Vater ihr zum ersten Mal begegnet ist, aber mit Sicherheit kann ich es nicht sagen. Als ich sie Jahre später kennengelernt habe, gab sie ein Alter an, das in Anbetracht meines eigenen Alters und des meines Vaters unmöglich stimmen konnte. Aber das war sicherlich nicht der erste Schritt in ihrem Bemühen, sich neu zu erfinden. Man muss nicht mit einem goldenen Löffel im Mund auf die Welt kommen, um ein schönes Leben zu haben, wie ich später von ihr lernen sollte.

Ich lernte meine Großmutter kennen, als ich gerade neunzehn Jahre alt geworden war, das war Ende 1938, wenige Jahre bevor Hitler ganz Europa in Schutt und Asche legte. Dass es sie gab, kam für mich vollkommen überraschend, wie wenn beim Aufräumen auf dem Dachboden ein alter, mit vergessenen Schätzen gefüllter Überseekoffer zum Vorschein kommt.

Mein Vater verbrachte fast seine ganze Zeit in seiner kleinen Apotheke in der Rue Jacob. Seit dem Tod meiner Mutter hatte er mich mit großer Mühe allein großgezogen, immer auf der Suche nach Beschäftigungsmöglichkeiten für seine einzige Tochter. Ich hatte fünf Monate zuvor die Schule abgeschlossen und verbrachte meine Tage damit, von Abenteuern zu träumen und Geschichten und Theaterstücke zu schreiben.

Wir gingen einander ziemlich auf die Nerven, und meine Rastlosigkeit machte es nicht besser. Wenn er abends von der Arbeit kam, wollte er nur seine Ruhe haben, während ich extrem mitteilungsbedürftig war. Unsere Wohnung war dunkel, der letzte Anstrich musste lange zurückliegen, und die Möbel waren praktisch. Das Vermächtnis meiner Mutter waren die Bücher in den Regalen. Jedes Mal, wenn ich einen von den ledergebundenen Bänden in die Hand nahm, schmerzte die Trauer wie eine frische Wunde.

Als ich mich eines Abends darüber beklagte, dass es in meinem Leben nichts Aufregendes gab, schien das meinen Vater an den Rand der Verzweiflung zu bringen.

»Tut mir leid, dass ich nicht unterhaltsamer bin«, sagte er erschöpft und offenbar völlig überfordert von der Aufgabe, seine Tochter allein zu erziehen.

Eine Weile saß er mir schweigend gegenüber, den Blick auf das vollgestopfte Bücherregal hinter mir geheftet. Schließlich schaute er mich an. Zuerst glaubte ich, er dächte an meine Mutter, an die Frau, die ihm das Haus in Ordnung gehalten, sein Essen vorgesetzt und mir die Liebe zu Büchern vererbt hatte. Doch dann geschah etwas Unerwartetes.

Etwas in seinem Blick veränderte sich. Es war, als hätte er in einem vergessenen Schrank in seiner Apotheke ein Elixier entdeckt, das mir meine quälende Langeweile nehmen konnte.

»Ich kenne eine Frau, die dich interessieren könnte … Vielleicht kann sie dir sogar Material für deine Geschichten liefern … Ich habe sie schon ziemlich lange nicht mehr gesehen, aber ich werde ihr schreiben und sie fragen, ob sie bereit ist, dich zu empfangen.«

Drei Tage später kam er mit einem Brief in der Hand in mein Zimmer.

»Morgen werden wir eine Frau besuchen. Du wirst nicht glauben, dass sie mit mir verwandt ist, doch es ist die Wahrheit«, sagte er, so als könnte er selbst nicht glauben, dass das stimmte.

»Und wer ist die Frau?«, fragte ich verblüfft.

»Du wirst endlich die Frau kennenlernen, die mich geboren hat. Marthe de Florian.«

Am nächsten Tag machten wir uns nach dem Mittagessen auf den Weg in die Chaussée d'Antin im 9. Arrondissement, wo Madame de Florian wohnte. Unterwegs erzählte mir mein Vater, dass sie für ihn nicht mehr war als die Frau, die ihn geboren hatte, immerhin hatte er sie erst spät im Leben kennengelernt.

»Das Einzige, was wir gemeinsam haben, ist der ursprüngliche Familienname«, sagte er kopfschüttelnd. »Und den führt sie selbst längst nicht mehr.«

»Weiß sie von mir?«, fragte ich.

»Ja ... sie weiß von dir. Ich habe ihr deine Mutter vorgestellt, kurz bevor wir geheiratet haben, und später haben wir sie noch einmal besucht, um ihr zu sagen, dass wir ein Kind erwarten. Wenn du sie kennenlernst, wirst du jedoch verstehen, dass Madame de Florian sich nicht sonderlich für Hochzeiten und Geburten interessiert ...«

Ich hob die Brauen. »Und *wofür* interessiert sie sich dann?«, fragte ich.

»Für Dinge, die mich eher ermüden ... ihr eigenes Wohlergehen, ihr eigenes Vergnügen ... ihre Schönheit ...

ihre Überzeugung, dass sie über der Banalität dieser Welt steht.«

Wir waren fast am Ziel.

»Sie ist eine ausgesprochene Schauspielerin, damit du Bescheid weißt«, warnte mich mein Vater. »Sie genießt es, Publikum zu haben.« Er schaute mich an. Ich hatte meine besten Sachen angezogen, einen marineblauen Hut, einen Wollmantel und ein Kleid meiner Mutter, das ich mir extra für diesen Anlass geändert hatte.

»Du wirst ihr gefallen, Solange«, sagte er. »So hübsch wie du bist, passt du gut in ihre schöne Umgebung.«

»Aber du hast sie doch seit Jahren nicht mehr gesehen«, sagte ich. »Woher willst du denn wissen, dass sie immer noch in einer schönen Umgebung lebt?«

»Ich weiß es nicht ... Ich gehe einfach davon aus, dass sie dafür gesorgt hat; das scheint in ihrer Natur zu liegen.«

Ich glaube, wir waren beide überrascht, als wir einander vorgestellt wurden. Ich jedenfalls hatte nicht damit gerechnet, von einer Frau begrüßt zu werden, die so vornehm gekleidet war. Sie war stark geschminkt, wodurch sie jünger wirkte als Mitte sechzig, und um den Hals trug sie eine kostbare Perlenkette.

Auch sie wirkte leicht verwundert, denn obwohl ich viel jünger war als sie, sah ich ihr verblüffend ähnlich. Ich hatte den gleichen blassen Teint wie sie, die gleichen blauen Augen, den langen Hals und die ausgeprägte Nase.

Mein Vater stellte uns frostig vor. So steif wie er dastand, war nicht zu übersehen, dass ihre Wohnung ihn nervös machte und dass er ihre Gesellschaft nicht lange ertragen konnte.

Weder redete er sie mit *maman* an, noch stellte er sie mir als *grand-maman* vor.

»Madame de Florian«, sagte er förmlich. »Gestatten Sie, dass ich Ihnen meine Tochter Solange vorstelle.«

Unser Besuch schien sie zu erfreuen. Sie machte meinem Vater keine Vorwürfe, weil er sie fast zwanzig Jahre lang nicht besucht hatte. Später sollte ich verstehen, dass sie Zeit anders als andere Menschen bewertete. Für sie zählten nicht die Minuten, die vergingen, sondern die gemeinsam verbrachten Momente.

»Sehr erfreut«, sagte sie zu mir und hielt mir ihre lange, blasse Hand hin. »Bleiben Sie beide? Ich kann Giselle bitten, uns Tee zu machen.«

»Ich kann nicht bleiben, ich muss arbeiten«, entschuldigte sich mein Vater. »Aber Solange wird eine Weile bleiben, falls Sie damit einverstanden sind.« Er schaute erst mich, dann wieder diese hochgewachsene Frau an, die so ganz und gar nicht aussah, als wäre sie mit ihm verwandt. »Seit dem Tod ihrer Mutter ist sie rastlos ... Sie hat gerade die Schule abgeschlossen und sagt, dass sie Theaterstücke schreiben, sich vielleicht sogar an einem Roman versuchen will ... Deswegen dachte ich, Sie könnten ihr ein paar Geschichten erzählen, während ich in der Apotheke arbeite.«

»Aber selbstverständlich, Henri«, sagte Marthe und legte mir eine Hand auf den Arm. »Ich habe in letzter Zeit nicht mehr so viel zu tun und würde mich über die Gesellschaft einer hübschen jungen Frau freuen.«

Ich war vollkommen hingerissen von ihr. Von ihrer melodischen Stimme, ihren lebendigen Augen.

»Giselle, nehmen Sie ihr den Hut und den Mantel ab.« Ein älteres Dienstmädchen in schwarzem Kleid und weißer Schürze nahm meine Sachen entgegen.

»Ich hole sie um sechs Uhr ab«, sagte mein Vater.

Dann verabschiedete er sich, und ich wurde in die Wohnung geführt.

Der Salon mit dem riesigen Porträt über dem Kaminsims wird mir immer unvergesslich bleiben. Es war ein Wirbelsturm aus Pinselstrichen und zeigte unverkennbar Marthe. An ihrem Hals schimmerte dieselbe Perlenkette, die sie auch jetzt trug.

Sie folgte meinem Blick zu dem Gemälde und dann zu ihrer Perlenkette.

»So viele schöne Dinge habe ich noch nie gesehen«, flüsterte ich.

»Danke«, erwiderte sie hocherfreut. Dann nahm sie in einem mit Samt bezogenen Sessel Platz, als handelte es sich um einen Thron.

Ich glaube, sie spürte, wie sehr es mich verlangte, alles im Salon eingehend zu betrachten, obwohl ich mir große Mühe gab, die Sammlung wertvoller Porzellanvasen, die vielen *objets d'art*, das Porträt und ihre Perlenkette nicht anzustarren.

Das Porträt hatte es mir angetan. Ich konnte den Blick gar nicht davon losreißen.

»Von welchem Künstler ist es?«, fragte ich. Die Frau auf dem Gemälde schien aus Fleisch und Blut zu sein.

»Der Künstler?«, fragte sie etwas irritiert. »Nicht der Künstler sollte Sie interessieren.«

»Nicht?«, erwiderte ich perplex.

Sie bedeutete mir, Platz zu nehmen.

Sie blinzelte und berührte ihre Perlenkette. Der Verschluss, ein winziger, mit Smaragden besetzter goldener Schmetterling, rutschte nach vorne.

»Nein, sondern die Geschichte hinter dem Bild. Alles von Wert beinhaltet eine Geschichte, Solange.«

Ihre Finger wanderten zu dem Schmetterling. Ich war noch nie einem Menschen begegnet, der mich mit einer simplen Geste so in Bann schlagen konnte.

»Sie machen mich neugierig, Solange. Wir haben uns zwar gerade erst kennengerlernt, aber ich meine zu spüren, dass Sie sich von der Wahrheit einer anderen Frau nicht so leicht schockieren lassen.«

Ich schaute ihr in die Augen, und wieder fiel mir ihre Farbe auf. Marthe hatte dieselbe Augenfarbe wie ich.

»Lassen Sie uns eine Vereinbarung treffen«, sagte sie. »Das ist das Beste. Ich schlage vor, Sie kommen einmal pro Woche hierher, und ich erzähle Ihnen, wie es kommt, dass ich, aufgewachsen in den düsteren Gassen von Montmartre, heute in solchem Luxus lebe. Es ist keine Geschichte für prüde Gemüter oder schwache Nerven. Aber wenn Sie wollen, erzähle ich Ihnen nicht nur die Geschichte von dem Porträt, sondern auch die von meinen Perlen, ebenso wie alles andere, was mir widerfahren ist.«

Nachdem sie das Angebot ausgesprochen hatte, breitete sich ein bezauberndes und zugleich seltsames Lächeln auf ihrem Gesicht aus.

1

Marthe

Paris 1888

Als er an jenem Nachmittag die Tür öffnete, nahm sie als Erstes den berauschenden Blumenduft wahr, der sie in die Wohnung hineinzog.

Er nahm seinen Hut ab und legte ihn auf einen kleinen Tisch neben der Tür.

»Veilchen«, sagte sie und strahlte ihn an.

Es freute ihn, dass seine Geste ihr nicht entgangen war. Er spürte ihren Körper an seinem, ließ seine Finger über ihren Rücken wandern und umfasste ihre schmale Taille. »Ich habe sie heute Morgen bestellt. Sie haben mich ein kleines Vermögen gekostet. Aus Parma importierte Veilchen, man sagte mir, es sind die besten.«

Ihr vergnügtes Quieken erfüllte ihn mit warmen Glücksgefühlen.

Er hatte sich bei der Einrichtung des Appartements in der eleganten Straße Square La Bruyère große Mühe gegeben. Rechts neben der Eingangstür hing ein großer Spiegel mit vergoldetem Rahmen über einem kleinen Tisch mit Marmorplatte. In der Mitte des Raums standen zwei bauchige chinesische Porzellanvasen mit Pfirsichblütenglasur sowie eine hohe, schlanke Cloisonné-Vase. Eine doppelflügelige Tür führte in einen kleinen Salon, dessen Wände mit puderblauer Seide bespannt waren. Es gab ein zweisitziges Sofa mit geschwungenen Beinen und zwei Sessel mit Kissen, die aussahen wie Tauben in einem Nest. Auf dem marmornen Kaminsims standen kunstvolle Gestecke aus Orchideen, Efeu und Moos. Alles war in blassen Farben gehalten, eine Palette, von der sich die geröteten Wangen einer Frau abheben konnten. Es war ein Kleinod, eingerichtet für Geflüster und Zärtlichkeiten.

»Ich wollte, dass es dich an Venedig erinnert«, sagte er. Sie schaute sich um und betrachtete die schweren, in Silber, Rosa und Nilgrün gemusterten Vorhänge, die die hohen Fenster einrahmten.

»Die Stadt, in der ich wiedergeboren wurde«, flüsterte sie ihm ins Ohr. Ihre gemeinsame Reise nach Venedig war ihre erste Auslandsreise gewesen, und die Erinnerung daran bewegte sie immer noch.

»Ja, sagte er und ließ seine Hand über ihren nackten Arm gleiten.

Er hatte für sie beide ein Hotelzimmer in der Nähe der Accademia ausgesucht, wo der Duft von Glyzinien die Luft erfüllt und das Wasser jadegrün geglitzert hatte. Sie waren Arm in Arm über die hölzerne Brücke und über Dutzende steinerne geschlendert.

Am Abend hatte er die rote Seidendecke auf dem geschnitzten Vierpfostenbett zurückgeschlagen und ihre Schönheit bewundert. Sie hatte die Augen geschlossen und ihr früheres Leben hinter sich gelassen.

Am nächsten Nachmittag hatte er sie ins Caffè Florian an der Piazza San Marco geführt, eines der ältesten und berühmtesten Cafés Europas, wo die Schönsten und Mondänsten verkehrten.

»Mathilde Beaugiron.« Er sprach ihren Namen aus, als handelte es sich um ein Dessert, das ihm nicht mundete. »Der Name … ist nicht gut. Er wird dir nicht gerecht.«

Sie hob das Kinn und sah ihm in die Augen.

»Du brauchst ein Pseudonym.«

Sie erwiderte nichts. Sie würde ihm das Vergnügen lassen, ihr einen neuen Namen zu geben. Schweigend hob sie die Tasse mit der heißen Schokolade an die Lippen.

Er sah sich im Café um, ließ seinen Blick über die kunstvoll bemalten Wände, die Spiegel, die bronzenen Lampen wandern, dann schaute er sie wieder an.

»Marthe de Florian …« Vorsichtig hob er mit einer Fingerspitze ihr Kinn an, während er den Namen aussprach. »Der Name ist perfekt für dich …«

Sie lächelte. Das Café war opulent und elegant. Es freute sie, dass Charles ihr den gleichen Namen gab.

»Gefällt er dir?«, fragte er.

»Sehr«, antwortete sie. »Wer hätte gedacht, dass es so einfach sein würde, meinen Namen abzulegen und mit einem neuen noch einmal von vorne anzufangen?«

Er lehnte sich in das weiche Polster des Sofas zurück und nahm seine Pfeife heraus, deren kunstvoll geschnitzter Kopf eine ein Ei umklammernde Adlerklaue darstellte. Sie schaute ihm zu, wie er sich das Mundstück zwischen die Lippen schob, ein Streichholz anzündete und an den Pfeifenkopf hielt. Seine Bewegungen waren geschmeidig und selbstsicher. Sie beobachtete ihn wie eine Schülerin, die eine stumme Erziehung erhielt. Er schloss kurz die

Augen und stieß eine Rauchwolke aus. Sie sah ihm an, dass ihr neuer Name und der Tabak ihn mit tiefer Befriedigung erfüllten.

Nachdem sie jetzt ihren alten Namen Mathilde abgelegt hatte, fühlte sie sich herrlich leicht. »Marthe de Florian« klang nach Schönheit und unendlichen Möglichkeiten. Sie fühlte sich frei.

In Venedig gaben sie sich allen Sinnesfreuden hin. Sie badeten in einer Wanne, die so tief war wie ein römisches Grab. Sie schwelgten in Speisen, die nach Meer schmeckten, und tranken Wein aus dunkelroten Gläsern mit Goldrand.

Sie genoss ihren neuen Namen und die Verheißung eines neuen Lebens. Wie glücklich sie sich doch schätzen konnte, ihre Vergangenheit und die Erinnerungen an die dunklen, überfüllten Räume ihrer Kindheit auszulöschen. Wie eine Künstlerin würde sie ihren Pinsel in Gesso tauchen und die Leinwand ihres bisherigen Lebens mit einer neuen Grundierung übermalen. Ihre Mutter mit dem müden Gesicht und den tränenden Augen. Die Körbe voller Wäsche anderer Leute, die darauf wartete, gewaschen zu werden. Die dunkle Gasse vor dem einzigen Fenster, wo sich kaputte Möbel und Abfall türmten.

Von jetzt an würde es keine kalten Zimmer mehr für sie geben, keine leeren Vorratskammern und keine Vermieter, die ihr drohten, sie aus dem Haus zu werfen. Nie wieder würde sie geflickte Kleider tragen müssen oder Schuhe mit Löchern in den Sohlen. Sie würde sich nur noch dem Vergnügen widmen und anderen Vergnügen bereiten. Sie würde von Pracht umgeben sein, genau wie andere Frauen, die sich von reichen Wohltätern aushalten ließen, Frauen, die jeden Luxus genossen und im Verborgenen gehalten wurden wie kostbare Juwelen.

Sie wandte sich Charles zu, schaute ihn an und streichelte leicht seine Wange. Durch den Schleier des Pfeifenrauchs sah sie seine Augen bei der Berührung aufleuchten. Sie würden ein Arrangement haben. Er würde sie aushalten. Sein Gesichtsausdruck sprach Bände, und sein Lächeln sagte ihr, dass die Sache besiegelt war.

Sie waren gemeinsam im Zug von Venedig zurück nach Paris gefahren, in einem mit Mahagoni getäfelten Privatabteil. Tagsüber schaute sie aus dem Fenster und betrachtete die Dörfer mit ihren roten Ziegeldächern und die gelben Rapsfelder und die zum Trocknen aufgestellten Weizengarben. Zum Abendessen machten sie sich fein und tranken Champagner aus schmalen Gläsern, während die Räder des Waggons sich unter ihren mit Samt bezogenen Sitzen drehten.

Sie bemerkte, wie er ihr Spiegelbild im von roten Samtvorhängen eingerahmten Fenster des Speisewagens betrachtete. Jetzt in der Dunkelheit lenkte keine Landschaft von ihrem Antlitz ab. Anmutig umfasste sie mit ihren schlanken Fingern den Stiel des Glases und trank einen Schluck Champagner. Als ihre Lippen den Rand des Glases berührten, sah sie sein Lächeln im Spiegelbild.

Ihre Bewegungen waren einstudiert. Erst kürzlich hatte sie gelernt, Messer und Gabel korrekt zu halten und darauf zu achten, dass kein Geräusch entstand, wenn das Besteck das Porzellan berührte.

Noch davor hatte sie die Kunst erlernt, sich für jede Gelegenheit passend zurechtzumachen. Jetzt saß sie in eleganter Abendrobe vor ihm, bis er sie später in ihrem Abteil ganz für sich allein haben würde.

Um ihre Schultern lag die schwarze, mit rosafarbener Seide gefütterte Samtstola, die er ihr in Venedig gekauft hatte. Sie wusste jetzt schon, wie es vor sich gehen würde. Sie würde ihr Haar erst lösen, nachdem der Schaffner ihr Bett gemacht hatte. Dann würde sie vor ihm stehen und sich Schicht um Schicht entblättern. Zuerst das Kleid aus Seidentaft. Dann das seidene Unterhemd. Das Mieder. Der Unterrock. Der Strumpfhalter mit der zarten Spitze und den seidenen Schleifchen. Sie würde sich die silbernen Kämme aus dem Haar nehmen, die er ihr geschenkt hatte, nachdem sie sich kennengelernt hatten, sodass ihre roten Locken ihr über die Schultern fielen wie bei Tizians *Flora*. Dann würde sie sich zu ihm umdrehen und ihm gestatten, alle Knöpfe und Bänder an ihren Kleidern zu lösen, bis sie völlig entkleidet war.

Sie würde ihn ihre blassen Gliedmaßen sehen lassen. Ihre Brustwarzen, die sie mit einem zarten Rouge gepudert hatte. Sie würde es geschehen lassen, dass er seine Hände an ihre Brüste legte, ihre schmale Taille umfasste. Sie würde seine Blume sein, die sich unter der Berührung seiner Hände öffnete und feucht wurde.

Sie war vierundzwanzig Jahre alt, und sie lernte alles über die Liebe und die Sinnlichkeit. Er lehrte sie, was Schönheit war, brachte ihr die Poesie des Raums nahe und lehrte sie die Labsal schätzen, die Stunden der Einsamkeit spenden konnten. Von ihm lernte sie, wie wichtig Farben waren, nach Phasen der Dunkelheit, wie wichtig der

Kontrast von weißem Porzellan und weißen Laken war, wenn man ein Festmahl anrichten wollte.

Er war der Einzige gewesen, der ihr Orchideen geschickt hatte, als sie im Theater aufgetreten war. Fünf perfekte Exemplare. Auf der beiliegenden Karte stand:

Ihre Schönheit ist anders als die der anderen. In Ihren Augen leuchten die Sterne, unter Ihrer Haut schimmert der Mond.
Charles

PS: Ich werde nach dem Theater mit der sechsten Orchidee warten für den Fall, dass Sie mit mir ein Glas Champagner trinken wollen.

Die anderen Tänzerinnen wurden mit roten Rosen überhäuft. Prächtige Sträuße mit Karten von Männern, die sich nach der Show mit ihnen treffen wollten. Alle diese Männer waren verheiratet und hatten Kinder, die zu Hause oder in irgendeinem Internat schliefen. Und alle kamen ins Theater für ein Vergnügen, das nicht endete, wenn der Vorhang gefallen und der Applaus verklungen war. Ganz im Gegenteil, für sie fing das Vergnügen dann erst an.

Sie war jung und schön und besaß eine ganz besondere Ausstrahlung, die sie von den anderen abhob. Das perfekte Geschöpf für die Bühnen von Paris, einer Stadt, die neuerdings berühmt war für ihr Licht und ihre Verführungskunst. Innerhalb der vergangenen fünf Jahre hatte Paris eine Wiedergeburt erlebt. Die Straßen waren gesäumt von schwarzen schmiedeeisernen Laternenmasten und milchweißen Kugeln, die bis lange nach Mitternacht leuchteten. Die Tänzerinnen auf den Pariser Bühnen verbeugten sich nicht bei Kerzenlicht, sondern im Schein von Gaslampen, während die Männer einen letzten Blick in ihr Programm warfen, um sich den Namen ihrer Lieblingstänzerin einzuprägen. Hinter der Bühne schälten die Frauen sich aus ihren Kostümen, befreiten einander von den Korsagen aus Walknochen und Spitze, die ihnen das Atmen erschwerten. Während ein Blumenstrauß nach dem anderen geliefert wurde, legten sie frischen weißen Puder auf, schminkten sich die Lippen klatschmohnrot und tuschten sich die Wimpern.

Was Marthe ebenso wie alle anderen jungen Frauen zum Theater gezogen hatte, war die Möglichkeit, für ein paar Stunden jemand anders zu sein. Ihr ärmliches Leben für einen Abend zu vergessen. Auf der Bühne in Schönheit zu schwelgen und sich neu zu erfinden.

Ihre erste Stelle als Näherin in einer Schneiderei hatte sie aufgegeben, nachdem sie schwanger geworden war. Das war eine Phase ihres Lebens, die sie unbedingt vergessen wollte. Sie hatte alles darangesetzt, die Erinnerung an den Mann aus ihrem Gedächtnis zu tilgen, der sie in diese elende Situation gebracht hatte, nur um ihr dann zu erklären, dass er weder die Absicht hatte, sie zu ehelichen, noch das Kind als seins anzuerkennen.

Sie hatte versucht, die schrecklichen Monate zu vergessen, in denen sie alles darangesetzt hatte, ihre Schwangerschaft zu verbergen, indem sie höher geschlossene Ausschnitte und weitere Röcke getragen hatte. Aber als ihr Zustand sich trotz angehobener Taille nicht mehr verbergen ließ, hatte ihr Arbeitgeber, Monsieur Brunet, ihr erbarmungslos erklärt, er habe eine andere Näherin gefunden, die ihren Platz einnehmen werde.

Ihre Freundin Louise Franeau, die ebenfalls als Näherin bei Monsieur Brunet arbeitete, hatte ihr die perfekte Lösung angeboten. Als Louise den kleinen Henri an ihr Herz drückte und versprach, ihn wie ihren eigenen Sohn großzuziehen, schien das Marthe die beste Möglichkeit, dieses Kapitel ihres Lebens hinter sich zu lassen.

»Bist du dir auch wirklich ganz sicher?«, hatte Louise gefragt, das Baby in den Armen.

»Ja, ganz sicher«, hatte Marthe geantwortet. Sie lag im Bett, erst vor wenigen Stunden hatte sie ihr Kind zur Welt gebracht, und ihr ganzer Körper schmerzte noch von den Wehen. Die Hebamme hatte sie gescholten, als sie vor Schmerzen geschrien hatte. Sie hatte immer noch das Gefühl, als würde zwischen ihren Beinen ein Feuer lodern.

Sie schaute weder Louise an noch das Kind, das neun Monate lang in ihr gewachsen war, sondern stellte sich vor, dass die beiden von einem unendlichen Raum verschlungen wurden. Auf der Fensterbank hockte ein Spatz.

Sie konzentrierte sich auf den Spatz, der ins Zimmer lugte. Sie weigerte sich, das Baby anzusehen, das an Louises Fingern nach Milch suchte.

Ihre Brüste schmerzten. Das Baby schrie, und die Sehnsucht in ihr wurde unerträglich. Aber sie wusste, wenn sie das Baby in die Arme nahm und stillte, würde sie schwach werden. Schon jetzt spürte sie, wie das eiserne Band um ihr Herz nachgab.

»Nimm ihn mit, bitte«, sagte sie mit zitternder Stimme. »Bring ihn zu einer Amme.«

»Die Amme wartet schon«, versicherte ihr Louise.

»Dann geh jetzt, bitte!«, sagte Marthe und wandte sich ab. Der kleine Vogel lugte immer noch durchs Fenster. Sein Blick war gnadenlos und ließ ihre Milch fließen wie einen Tränenstrom.

Tagelang sprach sie mit niemandem. Sie konzentrierte sich nur darauf, stark zu sein. Zu vergessen. Ihr Herz abzuschnüren. Sie band sich die Brüste mit Stoffstreifen ab, bis ihre Milch versiegte. Sie verbrachte Stunden mit der Herstellung eines Mieders, das sie vorne schnüren konnte. Gnadenlos schnürte sie es von Tag zu Tag immer enger, bis sie ihre frühere Figur wiederhatte.

Eine Woche später zog sie sich ein einfaches Baumwollkleid an, das ihre Wespentaille gut zur Geltung brachte, ging in die Rue Montorgueil, betrat die Schneiderei der Gebrüder Gouget und bewarb sich um eine Stelle als Näherin.

Sie wurde sofort eingestellt, doch sie fand keine Erfüllung in der Arbeit mit Nadel und Faden. Ihre innere Rastlosigkeit ließ sie nicht zur Ruhe kommen. Sie war erst einundzwanzig, so schön wie eh und je, und sie dürstete nach mehr als dem Einerlei in der Schneiderei. Ganz Paris vibrierte vor Aufregung. In den Straßen konnte man die allerneueste Mode bestaunen.

Sie stellte sich vor, wie sie selbst in diesen extravaganten Kreationen aus Seide und Spitze über die Boulevards flanierte. Kaum eine der Damen, die sich in der Schneiderei ihre Kleider anfertigen ließen, konnte eine Figur wie ihre vorweisen.

Aber diese Frauen nahmen überhaupt keine Notiz von der armen Näherin, die vor ihnen auf den Knien rutschte, die Stoffmuster an ihre Mieder heftete, ihre Röcke und Ärmel säumte.

Eine Näherin, mit der sie sich angefreundet hatte, erzählte ihr eines Tages, dass das Theater *Les Ambassadeurs* für eine Revue Tänzerinnen suchte, und schlug ihr vor, sich gemeinsam mit ihr vorzustellen.

»Das wäre großartig«, sagte sie zu Camille. »Aber ich kann weder tanzen noch singen.«

»Mag sein, doch das machst du mit deiner Figur locker wett«, zog Camille sie auf.

Das stimmte. Die Schwangerschaft hatte keine Spuren an ihrem Körper hinterlassen. Ihr Hals war so lang und schlank wie ein Tulpenstiel, sie hatte volle Brüste und eine Taille, die sich von zwei kräftigen Händen umfassen ließ. Wenn sie in der Schneiderei für eine neue Kreation als Modell zur Verfügung stehen musste, gerieten die anderen Näherinnen jedes Mal in Verzückung über ihre perfekten Proportionen. Und wenn die Seide ihre Haut berührte, strahlte ihr Gesicht.

Also ging sie mit Camille zum Theater. Sie betrat die Bühne und spürte das Licht der Scheinwerfer auf der Haut. Sie empfand keine Angst, als sie in den fast leeren Saal schaute, im Gegenteil, die Weite des Raums faszinierte sie. Sie stellte sich vor, wie alle Reihen mit Zuschauern gefüllt waren, wie alle Augen auf sie und die anderen Tänzerinnen gerichtet waren, in Kostümen, die schöner waren als alles, was sie je besessen hatte.

Ein Mann namens Julien rief die Namen der Frauen auf, die zum Vorsprechen gekommen waren. Jede durfte selbst entscheiden, welches Lied sie vorsingen wollte. Marthe kannte nur wenige Lieder. Sie entschied sich für

Vive la Rose, weil es so romantisch und poetisch und nicht zu anspruchsvoll war.

Als die Liste mit den Namen der Auserwählten am Theater ausgehängt wurde, drängte sie sich zusammen mit Camille zwischen die anderen Frauen, die hoffnungsvoll die Liste lasen.

»Da, dein Name!«, rief Camille. »Mathilde Beaugiron!« Sie tippte mit dem Finger darauf. Camille, die nicht ausgewählt worden war, zeigte keine Missgunst, sondern freute sich für ihre Freundin.

»Hier verdienst du fünf Sous mehr pro Woche als in der Schneiderei!«

Aber es war nicht nur das Geld. Es war die Gelegenheit, sich neu zu erfinden, sich im Scheinwerferlicht lebendig zu fühlen. Marthe war überglücklich.

Sie ging mit Camille in die Schneiderei, und als sie am Abend Nadel und Faden zum letzten Mal niederlegte, reichte sie ihre Kündigung ein.

»Sie verlassen uns, um in einer Revue zu tanzen?«, fragte einer der Brüder Gouget ungläubig.

Sie richtete sich auf und schaute ihn mit ihren großen Augen an.

»Ja. Ich werde Schauspielerin.«

Die beiden Brüder warfen einen letzten Blick auf ihre Brüste, als würden sie deren Verlust am meisten bedauern.

Ihren Namen auf der Liste zu sehen hatte ihr ein ganz neues Selbstvertrauen beschert.

»Und jetzt hätte ich gern meinen Wochenlohn.«

Ihre Direktheit schockierte die Brüder, und auch sie selbst war überrascht, wie bereitwillig sie ihr die zehn Sous gaben, die sie ihr schuldeten.

»Adieu«, sagte sie, faltete die Scheine und steckte sie in ihre Handtasche. »Falls Sie mich vermissen, können Sie jederzeit ins Theater *Les Ambassadeurs* kommen und mich auf der Bühne bewundern.« Dann drehte sie sich um und verließ stolz die Schneiderei.

Anfangs waren die anderen Tänzerinnen am Theater ihr gegenüber sehr reserviert gewesen. Sie hatten ihren üppigen Busen und ihre perfekt definierten Waden gesehen und sie sofort als Konkurrenz empfunden. Hinter ihrem Rücken lachten sie über ihre bescheidene Herkunft, über ihre milchfarbenen Mieder und ihre schlichten Unterröcke ohne Spitzensaum. Sie unterschätzten jedoch ihren Blick fürs Detail, ihr Verlangen nach mehr als Tanz und Gesang.

Sie hatte sich noch nie für Klatsch und Tratsch interessiert und schon immer lieber beobachtet. Sie beobachtete die anderen Frauen, um von ihnen zu lernen. Wenn sie allein in der Umkleide war, schaute sie sich heimlich die Etiketten in den Kleidern der anderen an, um die Namen der Geschäfte zu erfahren, wo die anderen am liebsten ihre Sachen kauften. Sie bemerkte, dass die anderen farbenfrohe Mieder trugen, deren Spitzenbesatz sie wie eine Einladung aus ihren Ausschnitten lugen ließen. Sie beobachtete, welche exotischen Blüten sie beeindruckten und welche sie achtlos liegen ließen.

Während der ersten Monate im Les Ambassadeurs musste sie erst noch lernen, ihren Charme voll zur Geltung zu bringen. Beim Singen heftete sie den Blick auf den Hinterausgang des Theatersaals, nie gab sie sich kokett. Und so verging Abend für Abend, ohne dass ein Blumenstrauß für Marthe abgegeben wurde. Bis sich schließlich eine der Tänzerinnen ihrer erbarmte und ihr einen Rat gab, der ihr Leben verändern sollte.

»Wenn du singst, such dir ein Augenpaar aus, an dem du festhältst. Lass den Mann glauben, du würdest nur für ihn singen.«

Die Frau näherte sich ihrem Ohr. »Und vergiss nicht, manchmal ist die sinnlichste Stelle des Körpers eine, die zu sehen sie gar nicht erwartet haben.«

Bei der nächsten Vorstellung nahm Marthe sich den Rat der anderen Frau zu Herzen. Sie suchte im Publikum nach einem besonderen Augenpaar, und das gehörte einem schlanken, gut aussehenden Mann im Smoking, der an einem Tisch direkt vor der Bühne saß. Ihr fiel auf, wie seine Augen aufleuchteten, sobald er sie erblickte. Sie fing seinen Blick auf und sang nur für ihn. Als ihr der Ärmel von der Schulter rutschte und ihre blasse Haut entblößte, spürte sie, wie sein Blick intensiver wurde. Als die Lichter ausgingen, lächelte er immer noch.

Charles kam jeden Mittwoch, jedes Mal schickte er ihr Orchideen, und jedes Mal saß er an dem Tisch direkt vor der Bühne. Sie konnte den Augenblick kaum erwarten, in dem nach der Vorstellung seine Kutsche vorfuhr. Den Augenblick, in dem die schwarz lackierte Tür aufschwang und seine Hand sie in die Kutsche zog. Sie prägte sich den Geruch der Ledersitze ein, eine Mischung aus Sandelholz und Tierhaut, streng und eindringlich, und den orientalischen Duft seines Tabakrauchs, der in blauen Wölkchen aus seiner Pfeife stieg; das Rascheln ihrer Röcke unter seinen suchenden Händen, den Geschmack seiner Zunge, wenn sie die ihre berührte.

Fast ein halbes Jahr lang war seine Kutsche, vom Kutscher durch stille Seitenstraßen von Paris gelenkt, ihr Liebesnest.

In dem engen Raum aus Holz und Glas konnte man eine Menge machen. Sie wurde zur Akrobatin, bog ihren Rücken gegen die mit Damast bespannten Wände, hob die Beine in allen erdenklichen Winkeln an, gab sich ihm hin unter den Schichten ihrer Kleider.

Ihre Garderobe bestand inzwischen aus farbenfroher Seide und teurer Spitze. Sie achtete darauf, seine Geschenke zu tragen, wenn sie mit ihm zusammen war – das Kleid von Callot Sœurs zum Beispiel und den schwarzen Strumpfhalter aus dem teuersten Dessousgeschäft von ganz Paris – und zwar nicht nur zu seinem, sondern auch zu ihrem eigenen Vergnügen. Jeden Mittwoch wartete sie sehnsüchtig darauf, dass der Vorhang fiel und sie wieder in seinen Armen liegen konnte, während sich unter ihnen die Räder der Kutsche drehten und das Mondlicht die bleichen Stellen ihres Körpers beleuchtete, die sie geschickt entblößte.

In Venedig hatte er sie zum ersten Mal ganz und gar nackt gesehen, ihren von Mieder und Strumpfhalter befreiten Körper, der sich endlich ungehindert von der Enge der Kutsche bewegen konnte. Er war ins Bad gegangen, während sie im Bett lag. Sie erwartete ihn ohne Negligé, ohne das kleinste Stückchen Stoff zwischen ihrer Haut und den Laken. Diesmal würden kein Strumpfhalter und keine Spitzenbänder im Weg sein. Die Überraschung würde das Fehlen jeglichen Schleiers sein, ihr nackter Körper.

Er schlug die Decke zurück, und während die Gaslampe auf dem Nachttisch flackerte, betrachtete er sie stumm. Sie spürte sein unbändiges Verlangen. Seine Gier. Die Gewissheit, dass sie ganz und gar ihm gehörte.

Sie genoss es, geliebt und bewundert zu werden, von so zärtlichen und geschickten Händen berührt zu werden. Ihre Leidenschaft bekam eine neue Musik. Außer dem Stöhnen und den spitzen Lustschreien verband sie jetzt das ganz neue Vergnügen, sich als zwei anonyme Reisende in einer fremden Stadt fern der Heimat zu bewegen. Hier, wo ihn niemand kannte, schlenderte er mit ihr am hellichten Tag durch die Straßen und gestattete ihr sogar, sich bei ihm einzuhaken. Hier schaute er nicht auf seine Uhr, hier verließ er sie nicht in aller Eile, kaum dass seine Zärtlichkeiten auf ihrer Haut erkaltet waren. Hier war sie ihm bei Tag ebenso kostbar wie bei Nacht. Und das erregte sie.

Er hatte ihr versprochen, ihr nach ihrer Rückkehr in Paris eine eigene Wohnung einzurichten, doch sie zügelte ihre Vorfreude, weil sie erst sehen wollte, ob er auch zu seinem Wort stehen würde. Sie wusste nur zu gut, dass ein Mann sich nehmen konnte, was er wollte, ohne etwas zu geben.

Charles hatte sein Versprechen jedoch gehalten. Er drückte ihr den schweren, bronzenen Schlüssel in die Hand und führte sie durch die Zimmer ihrer Wohnung, die noch schöner war, als sie es sich hätte erträumen können.

»Alles für dich«, flüsterte er ihr ins Ohr, und sie spürte seinen Atem an ihrem Nacken wie ein zärtliches Streicheln.

Als sie das Schlafzimmer betrat, verschlug es ihr die Sprache. Das Kopfteil des breiten Betts, das fast den gesamten

Raum einzunehmen schien, war mit Seide gepolstert und mit Schmetterlingen bestickt.

Von links fiel helles Licht durch hohe Fenster. Rechts befand sich ein offener Kamin mit marmornem Sims, über dem ein großer, mit floralen Schnitzereien gerahmter Spiegel hing. Und auf dem Kaminsims standen fünf kleine Vasen, jede mit Veilchen gefüllt, die ihren zarten Duft verströmten.

»Für uns«, flüsterte sie.

Sie spürte seine Hände erst auf ihren Schultern, dann an ihrer Taille. Er nahm sie in die Arme, wie er es getan hatte, als die Räder des Eisenbahnwaggons sich unter ihnen gedreht hatten. Ihr wurde schwindlig von dem Veilchenduft. Er zog sie auf das weiche Bett.

2

Marthe

Paris 1888

Am nächsten Nachmittag brachte er ihr einen goldfarbenen Vogelkäfig mit einem zwitschernden Kanarienvogel, der so klein und so gelb war wie ein Eidotter.

»Damit du ein bisschen Gesellschaft hast«, sagte er und hielt den Käfig wie einen Lampion hoch.

Sie nahm den Käfig entgegen, streckte einen Finger durch die Gitterstäbe und berührte die zarten Federn des Vogels.

»Du verwöhnst mich«, sagte sie und hauchte ihm einen Kuss auf die Wange.

»Mit dem allergrößten Vergnügen.« Sie schaute ihm zu, wie er Hut und Handschuhe ablegte.

Sie trug ihr Negligé aus zarter Seide mit Spitzenbesatz, noch ein Geschenk, das er ihr in Venedig gekauft hatte.

Als sie den Vogelkäfig auf den Tisch stellte, spürte sie seine Fingerspitzen an ihrem Handgelenk, das unter dem Ärmel ihres Negligés verborgen war.

»Meine Schöne«, flüsterte er ihr ins Ohr. Er stand hinter ihr, die Arme um ihre Taille geschlungen, und küsste ihr den Nacken. Als sie den Blick hob, sah sie ihre

Umarmung wie ein lebendiges Porträt in einem goldenen Rahmen.

Er hatte überall in der Wohnung Spiegel aufhängen lassen, vielleicht, damit sie sehen konnten, wie es aussah, wenn sie sich umarmten. Vielleicht erregte es ihn, sie beide beim Liebesspiel zu beobachten. Es gehörte zu ihrem Ritual, das Verborgene zu enthüllen, so wie man eine Perle aus einer Auster löst.

Sie spürte seinen warmen Körper in ihrem Rücken, als er ihr das Negligé von den Schultern streifte, und sah seinen Blick, der jede seiner zärtlichen Berührungen im Spiegel verfolgte.

Sie hatte früher vom *demi-monde* munkeln hören. Von einer Halbwelt, der sie jetzt selbst angehörte, einer Welt, die in der Schwebe existierte, zwischen der Wärme einer Luxuswohnung und der Kälte der Straße. Eine Welt, in der schöne Frauen nach Lavendel und Rosen dufteten. Wo Frauen Männer für wenige Stunden mit ihren weichen, duftenden Armen umfingen, nur um sie dann wieder in die reale Welt zu entlassen.

Marthe hatte von dieser Halbwelt gewusst, lange bevor sie im Les Ambassadeurs auf die Bühne gestiegen war. In der Schneiderei der Gebrüder Gouget, wo sie die Kleidersäume für Frauen abgesteckt hatte, die keine Ehefrauen gewesen waren, aber lauter frische Geldscheine in ihren mit Seide gefütterten Handtäschchen gehabt hatten. Die keinen goldenen Ehering am Finger trugen, jedoch eine Unabhängigkeit besaßen, um die Marthe und Camille sie beneideten.

Nach nicht einmal einer Woche an Julians Theater hatte sie begriffen, wie schnell Schönheit und Verheißung von Männern verschlungen wurde, die dafür bezahlten, auf der Bühne junge Frauen mit kirschroten Lippen zu sehen. Junge Frauen, die für Geld nicht nur sangen und tanzten, sondern Träume und Wünsche heraufbeschworen, und deren bloßer Anblick Sinnesfreuden verhieß.

Auf diese Weise wurden im Kleinen Illusionen erzeugt. Aber Männer wie Charles, die Geld und einen Adelstitel besaßen, konnten sich ihre eigene kleine Welt erschaffen. Eine ganz private Welt.

Sie wurden zu Architekten ihres eigenen Vergnügens. Sie bezahlten ihren Mätressen Wohnungen in der Nähe der Place Pigalle, wo sie ungestört ihren Gelüsten frönen konnten. Wo die Schatten genauso wichtig waren wie das Licht. Wo sie sich mit einer Frau vergnügen konnten, die sich nicht vor ihrer Leidenschaft fürchtete, sondern im Gegenteil darin mit Leib und Seele schwelgte.

Lange bevor sie Charles kennenlernte und er ihr den Namen Marthe de Florian gab, war sie eine Genießerin gewesen, denn sie hatte schon immer eine Schwäche für die schönen und sinnlichen Dinge des Lebens besessen. Sie hatte früh nähen gelernt, um nicht wie ihre Mutter anderer Leute schmutzige Wäsche waschen zu müssen. Sie hatte zugesehen, wie ihre Mutter in den Jahren der harten Arbeit ihre Schönheit verloren hatte, wie ihre Hände trocken und ihre Fingerkuppen rissig geworden waren. Die hölzernen Waschbretter löschten die Jugend einer Frau so schnell aus wie einen simplen Fleck. Und so hatte Marthe gelernt, mit Nadel und Faden zu arbeiten.

Bereits im Alter von zehn Jahren konnte sie Säume nähen und Löcher stopfen. Es gefiel ihr, eine Fertigkeit zu beherrschen, mit der sie sich ein bisschen Geld verdienen konnte.

Nie würde sie den Moment vergessen, in dem sie zum ersten Mal Seide in den Händen gehalten hatte. Das war in einer Wohnung gewesen, wo himmelblaue Vorhänge an den Fenstern hingen.

Ihre Mutter hatte sie losgeschickt, um einen Korb sauberer Wäsche abzuliefern. Marthe war erst acht Jahre alt, aber ihre Mutter hatte sie stolz in einem Wollkleid und Strümpfen zu der Adresse geschickt, die auf einem Zettel stand, den sie an die Wäsche geheftet hatte.

Sie klopfte jedoch irrtümlich nicht am Dienstboteneingang, sondern am Vordereingang. Das Dienstmädchen schalt sie nicht und schickte sie auch nicht in die Küche, sondern ließ sie im eleganten Foyer warten. Vielleicht verhielt das Dienstmädchen sich so, weil die Hausherrin gerade nicht anwesend war, oder vielleicht, weil die junge Frau das Staunen in Marthes Augen bemerkt hatte, oder beides. Was auch immer der Grund gewesen sein mochte, Marthe stand ganz allein in dem Foyer und bewunderte all die Schönheit, die sie umgab. Sie konnte nicht widerstehen, die seidenen Vorhänge zu berühren.

Die erste Berührung hatte etwas Geheimnisvolles. Es war genauso wundersam wie damals, als sie zum ersten Mal gespürt hatte, wie Schnee in ihrer Handfläche geschmolzen war. Sie trat näher an die Wand. Zuerst berührte sie die Seide nur mit den Fingerspitzen, doch dann wickelte sich sich ganz in den zarten, weichen Stoff ein.

Sie war so versunken in das Gefühl der Seide um sie herum, dass sie nicht merkte, wie das Dienstmädchen mit dem Wäschekorb ins Foyer kam.

»Kind, du musst hier weg«, sagte die junge Frau freundlich, aber eindringlich. »Bitte ... Du gehörst nicht hierher.«

Marthe erstarrte vor Schreck und ließ die Seide los.

Der seidene Vorhang fiel wieder in seine ursprüngliche Position, als wäre er nie berührt worden. Von den Worten des Dienstmädchens eingeschüchtert nahm Marthe zitternd den Wäschekorb und eilte nach Hause.

Es war schrecklich, so zu frieren, dass einem nie warm wurde. So war es allerdings in der Wohnung in der Rue Berthe, wo sie aufgewachsen war, fast die ganze Zeit gewesen. In diesem dunklen Loch, in dem sie eines Morgens aufgewacht war und ihre Schwester leblos neben ihr gelegen hatte. Sie hatte sich an Odette wärmen wollen, doch die war kalt und steif gewesen.

Sie würde nie vergessen, wie ihre Mutter Odettes einziges weißes Kleid für die Beerdigung gewaschen hatte. Wie ihre Mutter es mit tränennassen Augen gebügelt hatte. Auf dem Friedhof stand sie schaudernd vor dem gähnenden Loch, sah die winzige Holzkiste darin verschwinden. Unauslöschlich hatte sich die Erinnerung an die Blumen in ihr Gedächtnis gebrannt, die sie so fest umklammert hatte, dass sie ganz schlaff geworden waren. Es hatte ihr das Herz gebrochen, dass sie nicht genug Geld hatten, um den Namen ihrer Schwester – Odette Rose – in Stein meißeln zu lassen.

Sie erinnerte sich an all die Männer, die in den Monaten nach der Beerdigung ihrer Schwester ins Haus gekommen und immer nur eine Stunde geblieben waren, an den Geruch nach Alkohol und Schweiß, an die Verzweiflung ihrer Mutter, die ihr den letzten Rest ihrer Jugend raubte und ihren Blick trübte.

Odettes Tod war ein Wendepunkt im Leben der Familie. Ihre Mutter zerbrach den einzigen Spiegel, den sie besaßen, und kaufte nie einen neuen. Denn wer wollte täglich das eigene, graue, von Trauer gezeichnete Gesicht sehen? Nicht einmal Marthe konnte den Anblick der wässrigen Augen ihrer Mutter ertragen.

Doch während ihre Mutter in den Schatten zu verschwinden schien, blühte Marthe von Tag zu Tag mehr auf.

Aus einem mageren, etwas seltsamen Kind wurde ein hübsches junges Mädchen. Ihr schlaksiger Körper bekam Rundungen, und sie bekam einen Busen.

Sie lernte, ihre Kleider so zu ändern, dass sie sich ihren neuen Formen anpassten und sie betonten.

Jeder Teil ihres Körpers, jeder Muskel, jeder Knochen, füllte sich mit neuem Leben.

Sie brauchte keine Schminke. Anstelle von Rouge reichte ein leichtes Klopfen der Wangen. Den Lippenstift ersetzte ein sanftes Massieren der Lippen mit den Zähnen. Sie ließ ihr erdbeerrotes Haar wachsen, bis es ihr, wenn sie ihre Zöpfe löste, bis zur Taille reichte.

Auch in späteren Jahren erinnerte sie sich noch oft an den Winter, als sie dreizehn gewesen war, an jenen Nachmittag, an dem die Kälte ihr, anstatt in die Wangen zu beißen, einen Wonneschauer über den Rücken gejagt hatte. Sie erinnerte sich an den Jungen, der sie nach der Schule nach Hause begleitet hatte, und wie sie errötet war, als er ihr sagte, wie schön sie sei. Er hatte ihr seine Mütze und seine roten Wollhandschuhe angeboten, doch sie hatte schüchtern abgelehnt. Später hatte sie sich gewünscht, dieser Junge wäre der erste gewesen, der sie berührt, der seine Hand zwischen ihre Beine geschoben hätte, und nicht dieser andere, dessen Gesicht sie abgestoßen hatte, dessen Augen nicht vor jugendlichem Übermut glänzten, sondern vom Alkohol. Er hatte ihr fünf Sous dafür geboten, sie in einer dunklen Gasse anfassen zu dürfen, und sich dann viel mehr genommen.

In jener Nacht war es bitterkalt gewesen. Sie war wie benommen nach Hause gestolpert und hatte ihrer Mutter die Münzen gegeben, damit sie einen Eimer Kohle davon kaufen konnte.

Obwohl am folgenden Abend zum ersten Mal nach langer Zeit ein Feuer im Kamin brannte, hatte sie vor Kälte zitternd davor gehockt.

Die Wohnung, die Charles ihr eingerichtet hatte, hielt sie so warm wie möglich. Zweimal pro Woche ließ sie sich Birkenholz liefern, und ständig prasselte und knisterte ein Feuer in den offenen Kaminen.

Es war ein Luxus, sich nur leicht bekleidet in der Wohnung bewegen zu können, ohne kühle Luft auf der Haut zu spüren. Ihr Badewasser war manchmal so heiß, dass sie sich nur ganz langsam, Zentimeter für Zentimeter hineinlegen konnte.

Die Wanne war aus Porzellan und hatte ein abgeflachtes Ende, wo sie sich bequem anlehnen konnte. Kein Vergleich zu dem alten Holzfass, in dem ihre Mutter sie als Kind gebadet hatte.

Nach dem Bad, das Haar unter einem Stoffturban verborgen, setzte sie sich an ihre Frisierkommode und betrachtete sich im Spiegel. Manchmal konnte sie kaum glauben, wie sehr ihr Leben sich verändert hatte, seit sie im Theater angefangen und Charles kennengelernt hatte. Im Spiegel sah sie ihre vertrauten blauen Augen, die markante Nase, die roten Lippen. All diese Merkmale waren geblieben. Jetzt war sie jedoch umgeben von Annehmlichkeiten, von einem Luxus, der ihr immer noch unwirklich erschien. Sie konnte immer noch kaum glauben, dass das alles zu ihrem Vergnügen da war.

Sie sah sich in den vielen in Gold gerahmten Spiegeln in ihrem neuen Zuhause. Ihre neue Lebensgeschichte festgehalten in Spiegelbildern, eine schöne junge Frau, die durch Licht und Schatten ihrer Erinnerungen und das Helldunkel der fließenden Welt schwebte.

3

Marthe

Paris 1888

Sie taufte ihren Kanarienvogel Fauchon. Sie stellte ein Dienstmädchen ein, eine fähige, aufgeweckte junge Frau namens Giselle.

Die Vormittage verbrachte sie in der Badewanne. Erst badete sie in Milch, dann in Lindenblütentee, und schließlich in heißem Wasser, in das sie Mandelöl oder Rosenblüten gab.

Auch die Bettwäsche wurde in duftendem Wasser gewaschen, sodass der Duft, der sie beim Liebesspiel mit Charles umgab, sie auch in ihren anschließenden Träumen begleitete.

Sie stellte sich darauf ein, dass sie fortan mit diesem neuen Lebensstil ihren Lebensunterhalt verdienen würde. Auf ihrer Frisierkommode standen aus Orchideenblüten hergestellte Gesichtscremes und Gesichtspuder aus gemahlenen Perlen, denn sie investierte einen Teil des Gelds, das Charles ihr monatlich zahlte, in ihre Schönheitspflege.

Als Kind hatte sie sich das Gesicht mit einem Stück Seife geschrubbt und sich mit einem alten Lumpen gewaschen. Heute las sie jede Werbeanzeige und suchte in den Regalen der Apotheken nach Salben und Elixieren, die ihr helfen sollten, das Altern aufzuhalten.

Aber sie nahm sich auch täglich ausgiebig Zeit zum Tagträumen. In diesen Stunden dachte sie sich immer wieder neue Möglichkeiten aus, Charles Vergnügen zu bereiten. Sie besaß genug Lebenserfahrung, um zu wissen, dass sie darauf achten musste, ihn nie zu langweilen. Aus demselben Grund waren die Frauen in die Schneiderei der Gebrüder Gouget gekommen, um sich neue Kleider anfertigen zu lassen. Wenn sie Charles' Interesse nicht verlieren wollte, so glaubte Marthe, musste sie kreativ sein und sich Fertigkeiten aneignen, mit deren Hilfe sie ihn beglücken konnte.

Um sich inspirieren zu lassen, begab sie sich an die Orte, die sie am besten kannte. Zusammen mit Giselle suchte sie auf dem belebten Markt am Carreau du Temple nach Stoffen für Bettwäsche. Sie nahm die Stoffe zwischen die Fingerspitzen und stellte sich vor, wie sie sich auf der nackten Haut anfühlen würden. Es war angenehm, den Kopf auf einem Daunenkissen abzulegen, aber den Rücken über einer mit Samt und Satinbändern bezogenen Rolle zu biegen, war etwas ganz anderes. Marthe dachte an jedes Detail. Farben und Strukturen waren eine weitere sinnliche Sprache, in der man im Theater der Lust kommunizieren konnte. Und sie erweiterte ihr Wissen und ihre Fertigkeiten unermüdlich.

Sie lernte, sich das Haar nicht mit Kämmen hochzustecken, sondern ihre wilde Mähne über seine nackte Brust streifen zu lassen oder sie beim Küssen wie einen dekadenten, verführerischen Schleier zu benutzen.

Vor allem lernte sie, dass der Neugier keine Grenzen gesetzt waren und dass sie stets die Führung übernehmen musste. Bei einem formellen Abendessen fühlte sie sich manchmal unwohl, im Bett dagegen fühlte sie sich vollkommen frei. Im Bett konnte sie ihre Flügel ausbreiten.

Marthes Neugier entwickelte sich zu einer Gier, die gestillt werden musste. Sie war fasziniert von den *objets d'art* aus dem Fernen Osten, die Paris neuerdings überfluteten. Zarte Keramik mit halbtransparenter Glasur besaß für sie eine geheimnisvolle Anziehungskraft, und sie begann, sie zu sammeln.

Hatten früher in jedem Zimmer vielleicht ein oder zwei asiatische Porzellanvasen gestanden, waren es bald zehn oder zwölf. Sie entdeckte einen kleinen Laden in der Nähe der Rue de Seine, der besonders schöne hohe, schlanke Vasen im Angebot hatte. Wenn sie dem Ladenbesitzer dabei zusah, wie er die Holzkisten öffnete und die Vasen aus ihrem Nest aus Teepapier und Stroh hob, geriet sie regelrecht in Verzückung.

In dem Laden duftete es nach Jasmin, und die Wände waren mit Teakholz getäfelt. Der Ladenbesitzer, ein kleiner, runzliger, sehr schweigsamer Mann namens Ichiro-san, hielt Marthe die kostbaren Stücke vorsichtig hin, damit sie sehen konnte, wie ihre Farbe sich mit dem Lichteinfall änderte.

Sie sammelte die blau-weißen Vasen aus der Kangxi-Epoche, die sie an Wasser und Himmel denken ließen. Sie liebte die Landschaften und Pagoden, sie bewunderte die kunstvolle Pinselführung, die Glasuren in Himmelsfarben wie Seladongrün und Mondscheinblau.

Sie war fasziniert von den Kontrasten, von der Art, wie die Vasen im hellen Licht ganz anders aussahen als im

Halbdunkel, denn es spiegelte die Halbwelt wider, in der sie jetzt lebte.

Nachdem sie diverse Vasen erstanden hatte, kannte Ichiro-san bereits ihren Geschmack. Eines Nachmittags, nachdem er ihr eine kostbare Vase in der sinnlichen Form eines Stundenglases gezeigt hatte, die für Amrita, den Saft der Unsterblichkeit, bestimmt war, fragte er Marthe, ob sie sich etwas ansehen wolle, das er nur seinen besten Kunden anbot.

»Was für eine Frage!«, rief sie aus und lächelte ihn an. »Was haben Sie mir bisher vorenthalten?«

»Es handelt sich um eine Serie von Drucken, die die Fantasie anregen sollen«, flüsterte er.

Ihre Augen weiteten sich vor Neugier.

»Kommen Sie, Madame de Florian«, sagte Ichiro-san und bedeutete ihr, ihm durch den Vorhang zu folgen, der den Laden von seinen Privaträumen trennte. Sie betrat einen kleinen Raum, dessen Wände bis unter die Decke mit Regalen bestückt waren. Inzwischen kannte sie sich so gut aus, dass sie erkennen konnte, in welcher Gegend und in welcher Epoche die Kunstgegenstände entstanden waren. Die Imari aus der Edo-Epoche, die in Gelb glasierten Tang-Pferde und die herrlichen Emaillearbeiten aus der Kangxi-Epoche, die sie so sehr liebte. Aber Ichiro-san nahm keinen Porzellangegenstand vom Regal, sondern eine Mappe, die mit seidenen Bändern zugebunden war.

Mit klopfendem Herzen schaute sie zu, wie er die Schleifen löste, und was sie dann zu sehen bekam, überwältigte sie.

»Das sind Bilder von der fließenden Welt«, sagte

Ichiro-san. »Das ist Shunga-Malerei.« Er senkte den Blick. »Wörtlich übersetzt heißt das *Bilder des Frühlings*.«

Auf dem Reispapier waren Männer und Frauen in offenen Kimonos abgebildet, die sich den unterschiedlichsten sexuellen Handlungen hingaben.

Marthe konnte ihren Blick gar nicht von den Holzschnitten losreißen. Sie sah halb nackte, ineinander verschlungene Leiber, deren Verzückung die Künstler sehr deutlich zur Geltung gebracht hatten.

»Diese Drucke sind Fenster in die geheime Welt der Liebenden.«

Marthe brach der Schweiß aus, als Ichiro-san ihr immer mehr Bilder zeigte. Auf jedem waren explizite erotische Szenen zu sehen, Paare in den unterschiedlichsten Positionen, die sich in unterschiedlichen Stadien der Wollust wie in einem Tanz zu bewegen schienen. Diese Drucke waren ganz anders als die Daguerrotypien, auf denen Frauen in Schnürmiedern zu sehen waren, die Brüste entblößt und die Beine leicht gespreizt. Die Daguerrotypien wurden für Männer hergestellt, die sich daran ergötzten, aber diese japanischen Holzschnitte sprachen auch ihre geheime weibliche Seite an.

»Kann man sie kaufen?«, fragte Marthe, während sie vorsichtig mit einer Fingerspitze über eine Ecke des Papiers fuhr.

»Selbstverständlich«, antwortete Ichiro.

Marthe wählte vier Bilder aus, die sie besonders erregend fand. »Ich nehme diese«, sagte sie.

»Wie Sie wünschen, Madame de Florian.«

Sie war so hingerissen von den Bildern, dass sie ganz vergessen hatte, sich nach dem Preis zu erkundigen.

»Was kosten sie?«, fragte sie.

Ichiro kritzelte einen Preis auf ein Stück Papier und hielt es ihr hin.

»Das ist ja exorbitant!«, rief sie aus.

»Die Preise für diese Art von Geheimnissen sind immer exorbitant«, entgegnete Ichiro.

Sie wollte die Bilder jedoch unbedingt haben; sie hätte jeden Preis dafür bezahlt, den er verlangte.

Jedes Bild wurde sorgfältig in Reispapier gewickelt und dann in eine Mappe gelegt, die Ichiro mit einer seidenen Schnur zuband. Stolz trug Marthe ihr Päckchen nach Hause.

Allein in ihrem Schlafzimmer wickelte sie die Bilder aus und studierte sie in der Hoffnung, Anregungen zu finden, wie sie Charles auf bisher unbekannte Weise Vergnügen bereiten konnte.

Sie betrachtete die Frauen mit den breiten Gesichtern, dem schwarzen Haar, das sie mit Schildpattkämmen hochgesteckt hatten, ihre offenen Kimonos und ihre Körper, die sich den Berührungen ihrer Geliebten hingaben. Als würde sie einen Tanz studieren, versuchte sie zu erkennen, auf welche Weise die Körper der Liebenden ineinander verschlungen waren, was sie mit ihren Händen machten, versuchte zu ergründen, was die Bilder preisgaben und was sie verbargen.

Ihr fiel auf, wie spärlich die Räume in den Bildern eingerichtet waren. Mit Papier bespannte Stellwände und Schiebetüren. Auf den meisten Bildern war nicht einmal ein Bett abgebildet, die Liebenden vergnügten sich auf dem Boden. Aber die hemmungslose Verzückung in den

Gesichtern faszinierte sie. Eine ganz neue Welt hatte sich ihr eröffnet.

Von da an ging sie jede Woche in Ichiros Laden, bat jedoch nie darum, ins Hinterzimmer geführt zu werden. Sie bewunderte nur die kostbaren Vasen in den Regalen des Ladens, berührte sie ehrfürchtig mit behandschuhten Händen. Währenddessen stand Ichiro reglos da, die Hände vor dem Bauch verschränkt, und ließ sie nicht aus den Augen. Er spürte ihre Spannung, ihren Wunsch, von ihm hinter den Vorhang geführt zu werden. Doch er wartete ab, hielt sie hin, ließ die Spannung wachsen. Dann endlich erbarmte er sich und bedeutete ihr, ihm hinter den Vorhang zu folgen.

»Ich habe einen seltenen Druck aus der Serie mit dem Titel *Kopfkissenbilder*«, sagte er. Allein der Name war so bildhaft, dass ihr ein Schauder über den Rücken lief.

Als Ichiro ihr den Druck zeigte, schlugen sie die kalligrafischen Linien auf der Stelle in den Bann, die zarten Farben im Kleid der Geliebten, das die weichen Konturen ihrer Schenkel freigab. Die Intimität der Szenen erregte sie, der nackte Hals der Frau, ihre schlanken Finger, die sie mit denen ihres Liebhabers verschränkte, die Inbrunst in ihrem Blick.

»Ich habe noch etwas anderes für Sie«, flüsterte Ichiro. Er legte den Druck, den er ihr gerade gezeigt hatte, wieder zurück in die Mappe und schob diese in eine Schreibtischschublade.

Dann nahm er eine kleine Papierrolle mit hölzernen Enden von einem Regalbrett und legte sie vor Marthe auf den Schreibtisch.

»Diese Rolle stammt aus dem siebzehnten Jahrhundert. Sie war über mehrere Generationen im Besitz einer Samurai-Familie …« Vorsichtig fasste Ichiro die Papierrolle an den hölzernen Endstücken und breitete sie vor ihr aus.

Auf dem Reispapier waren handgemalte Szenen zu sehen, die Umrisse in geschwungenen schwarzen Linien ausgefüllt von leuchtenden Farben. Die Personen hatten die Augen geschlossen und die Lippen zu Küssen vereint.

»Liebende in einem Bambushain«, sagte Ichiro, zeigte auf das Paar, das sich in einem Bambusgarten mit saftig grünen Blättern liebte.

Die unterschiedlichsten Liebesszenen waren abgebildet, die teilweise so drastisch waren, dass Marthe errötete.

Nachdem sie alle Bilder gesehen hatte, rollte Ichiro das Papier wieder auf und band die Rolle zu. »Solche Papierrollen wurden gern im Ärmel eines Kimonos getragen, damit man sie jederzeit ausrollen konnte, wenn man mal ein bisschen Anregung brauchte.«

»Wie zivilisiert«, bemerkte Marthe amüsiert.

Dann fügte sie hinzu: »Ich nehme den Druck und die Rolle.« Sie betrachtete ihre Ärmel. »Zu dumm. Da passt die Rolle nicht hinein.«

Sie fragte sich, ob Charles eine Veränderung an ihr wahrnehmen würde, denn sie spürte, dass die geheimen Drucke begannen, ihre Fantasie anzuregen.

Sie kaufte sich seidene, mit exotischen Vögeln und Blumen bestickte Kimonos und Kämme aus Schildpatt und Holz anstatt aus Silber und mit Edelsteinen besetzt.

Sie gewöhnte sich an, nur mit einem Kimono bekleidet hinter der spanischen Wand hervorzutreten und den Gürtel zu lösen, sodass der Kimono sich öffnete. Sie schloss die Augen, wenn Charles sie umarmte, zog den Kimono hoch und stellte sich vor, sie läge in einem duftenden Bambushain.

Als er dieses Mal nach dem Liebesspiel erschöpft inmitten der zerwühlten Laken nach seiner Pfeife griff, um sich zu entspannen, brachte sie das Thema Geld zur Sprache.

»Diesen Monat brauche ich ein bisschen mehr«, sagte sie, legte ein Bein über ihn und liebkoste ihn mit der zarten Innenseite ihres Schenkels.

Sie spürte, wie er zusammenzuckte, als sie das Geld erwähnte. Er seufzte.

»Liebling, ich glaube, du hast jeden Winkel dieser Wohnung dekoriert«, sagte er. »Wenn du noch mehr Sachen hinstellst, passe ich nicht mehr hinein.«

»Für dich wird hier immer Platz sein …« Marthe schmiegte sich noch dichter an ihn.

Charles lag ausgestreckt auf dem Bett. Sie legte ihm eine Hand auf die Brust und spürte seinen Atem, wenn er an der Pfeife zog.

»Das Extrageld würde ich nicht für Tand ausgeben.«

»Wofür dann?« Mit einem Finger liebkoste er ihren Hals und ließ ihn dann über ihren Brüsten kreisen.

»Für meine Bildung«, sagte sie. »Ich brauche das Geld für Bücher.«

Ihre Worte überraschten ihn. Sie war zweifellos neugierig, jedoch hatte er sie noch nie mit einem Buch gesehen.

»Na ja, für Buchseiten … Aber ich verspreche dir, es wird gut investiertes Geld sein.« Sie nahm seine Hand und legte sie sich auf die Wange. »Du willst doch nicht, dass ich irgendwann anfange, dich zu langweilen, oder? Ich muss mich bilden, damit ich dich inspirieren kann.«

Er grunzte, legte seine Pfeife weg und umschlang sie mit den Armen.

»So, so, du willst mich also inspirieren.« Er küsste sie. »Dafür kann man schon ein bisschen zusätzliches Geld ausgeben, da hast du recht.«

4

Solange

November 1938

Ich besuchte meine Großmutter immer häufiger. Anstatt einmal pro Woche ging ich jetzt zwei- oder dreimal hin. Ich war süchtig nach ihren Geschichten, sie waren wie Opium, und ich wollte immer mehr davon.

Wenn ich mit ihr zusammen war, verschwand alles Trostlose und Profane. Manchmal ging ich durch strömenden Regen, aber sobald Giselle mir Mantel, Schirm und Hut abgenommen hatte, waren die Wolken, die Pfützen und meine nassen Schuhe vergessen. Ich befand mich an einem Ort der Behaglichkeit und der Schönheit.

Und wenn ich von Marthe fortging, nahm ich ihre Stimme in meinem Kopf mit. Nachts sah ich sie vor mir, wie sie in ihrem Samtsessel saß, hinter ihr auf dem Kaminsims Vasen mit frischen Blumen, auf den Regalen wertvolle Porzellanvasen. Das Bild regte meine Fantasie an und wirkte zugleich beruhigend auf mich.

Ich begann, fast alles aufzuschreiben, was sie mir erzählte. Mein Vater hatte recht gehabt mit seiner Vermutung, dass sie die richtige Muse für mich sein würde. Eine Frau, geboren in den dunklen Gassen von Paris, die sich aus eigener Kraft, mit Witz und Charme, ein besseres Leben erschaffen hatte.

Ihr Gedächtnis war ausgezeichnet. Sie konnte sich an alles bis ins kleinste Detail erinnern, und nichts aus ihrer Vergangenheit war ihr peinlich. Sie hielt mich für alt genug, die Wahrheit zu verkraften. Und mir gefiel es, dass sie so frei und direkt erzählte.

Mein Notizheft füllte sich mit den Einzelheiten aus ihrem Leben. Ich konnte mir ihren großen, schlanken Charles lebhaft vorstellen. Seinen Zylinder. Seine Pfeife und die blauen Rauchkringel. Ichiros Antiquitätenladen sah ich vor mir, mit den dunklen Wänden und all den kostbaren Porzellanvasen. Und wenn ich die Augen schloss, sah ich die erotischen Schätze vor mir, die er hinter dem Vorhang verborgen hatte.

Meistens saßen wir in ihrem Salon, vor uns zwei Porzellantassen mit Tee, und taten uns an Pralinen gütlich, die Giselle für uns auf einem kleinen Teller bereitgestellt hatte. An sonnigen Tagen standen die Fensterläden weit offen, sodass das ganze Zimmer in goldenes Licht getaucht war. Stoffe, die ich immer für grau gehalten hatte, wirkten dann beinahe durchsichtig. Und auch Marthes Gesicht schien sich zu verändern. Im hellen Sonnenlicht waren die feinen Fältchen um ihre Augen deutlicher zu erkennen, und auch, dass ihre Haut sich nicht mehr straff über ihren Wangenknochen spannte. Aber wie eine erfahrene Schauspielerin kannte sie ihre vorteilhafte Seite und wusste sich immer geschickt in Szene zu setzen.

Noch hatte sie mir nicht erzählt, wie es dazu gekommen war, dass jemand so ein großes Porträt von ihr gemalt hatte. Auch nicht, wie sie in den Besitz der Perlenkette mit dem Smaragdverschluss in Form eines Schmetterlings gelangt war. Doch sie hielt mich nun schon seit Wochen in ihrem Bann. Ich hing an ihren Lippen, stets in Erwartung der nächsten Geschichte. Beim Sprechen blühte sie auf, ihr Hals schien länger zu werden und ihre Augen größer. Sie gestikulierte beim Sprechen, hob die Hände jedoch nie höher als bis zur Taille und spreizte nie die Finger, sondern benutzte ihre Hände wie ein Vogel seine Federn, als wollte sie ihren Worten Flügel verleihen.

Wenn ich ihr zuhörte, konnte ich mir sehr gut vorstellen, wie verführerisch sie in ihrer Jugend gewesen sein musste. Aber noch wusste ich nicht, wie es ihr gelungen war, über all die Jahre hinweg ihre finanzielle Unabhängigkeit zu wahren.

Auf jeden Fall schien sie keine Geldsorgen zu haben. Irgendwie schaffte sie es, die Widrigkeiten der Außenwelt aus ihrer Wohnung fernzuhalten. Sie lebte in absolutem Luxus. Es waren nicht nur die Möbel und die Kunstgegenstände in ihrem Salon, sie leistete sich auch eine Haushälterin, bot mir exquisite Pralinen an, täglich standen überall Vasen mit frischen Blumen, und sie trug stets ein teures, königlich duftendes Parfüm.

Mein Vater dagegen musste, wie fast alle in Frankreich, immer mehr arbeiten, um über die Runden zu kommen. An den Menschen in den Straßen ließ sich die wirtschaftliche Misere ablesen, die das Land plagte. Die Gesichter waren angespannt, die Kleidung der Menschen abgetragen. Die Schlagzeilen in den Tageszeitungen berichteten von Streiks und vom Vormarsch des Faschismus in Europa.

Bei meiner Großmutter war von alldem nichts zu spüren. Ihre Wohnung wurde zu meinem Zufluchtsort, wo ich mich für ein paar Stunden in der Lebensgeschichte einer anderen Frau verlieren konnte, die viel interessanter war als meine. Diese Stunden waren für mich wie Samt, ihre Geschichten wie aus seidenen Fäden gesponnen, die ihr ganz eigenes Hell und Dunkel erzeugten.

Wenn ich jedoch durch die schwere Eichentür des Gebäudes auf die Straße hinaustrat, schien es noch kälter geworden zu sein. Und im Gegensatz zu all der Schönheit in der Wohnung meiner Großmutter wirkte unser Zuhause noch schmuckloser als sonst. Ich gewöhnte mir an, an den Tagen, an denen ich Marthe nicht besuchte, zum Schreiben in ein Café zu gehen. Mit Notizheft und Stift setzte ich mich an einen Tisch am Fenster und versuchte, ihre Erzählungen zu einer Geschichte zusammenzufügen, sodass ein Buch daraus werden konnte. Ich stellte sie mir als junges Mädchen in einem verschlissenen grauen Kleid vor, eine Schürze umgebunden und einen Korb voll Wäsche unterm Arm. Dann sah ich sie als junge Frau vor mir, zuerst in der Schneiderei, umgeben von edlen Stoffen, Nadel und Faden in den Händen, dann als Sängerin auf der Bühne, das Gesicht im Licht der Gaslampen schimmernd, und noch später im Schatten von Charles' Kutsche.

Ich war noch nie außerhalb von Paris gewesen, und doch konnte ich mir das blassgrüne Wasser in den Kanälen von Venedig lebhaft vorstellen, die mit Samt bezogenen Bänke im Caffè Florian, wo Charles ihr ihren neuen Namen gegeben hatte.

In der Rue des Saints-Pères angekommen, stieg ich die schmalen Stufen zu unserer Wohnung hoch. Betrat das

Wohnzimmer mit den von meiner Mutter bestickten Kissen, dem kleinen hölzernen Esstisch. Ich machte Feuer im Ofen und brühte mir eine Tasse Tee auf.

In unserer kleinen, bescheidenen Wohnung erinnerte mich der Bücherschrank meiner Mutter mit den dicht an dicht stehenden Bänden an eine Festung. Seit ihrem Tod hatte ich jedes dieser Bücher verschlungen, als enthielte es einen Teil ihrer Seele, hatte die Geschichten gelesen, die ihr viel zu kurzes Leben bereichert hatten.

Auch mein Leben war eng mit diesem Bücherschrank verbunden. Meine frühesten Erinnerungen waren mit dem untersten Fach verknüpft, wo die Kinderbücher standen, aus denen sie mir so oft vorgelesen hatte. Dort standen auch die ersten Bücher, die ich, abends im Bett an meine Mutter gekuschelt, schon selbst hatte lesen können, wie zum Beispiel *Les Aventures d'un Petit Parisien* oder *Le Dernier des Mohicans*.

Ihr Literaturgeschmack war vielfältig und blieb mir rätselhaft. Sie las Dostojewski mit derselben Begeisterung wie Flaubert. Aber ihr Bücherschrank enthielt auch Geheimnisse einer Vergangenheit, die ich als Kind noch gar nicht verstehen konnte.

Im obersten Fach standen Bücher, die ich mir nicht allein ansehen sollte, wie sie mir erklärte, als ich sieben Jahre alt war. »Es sind seltene Exemplare, und sie sind sehr wertvoll«, sagte sie. »Wenn du neugierig bist, sag mir Bescheid, dann sehen wir sie uns gemeinsam an.«

Natürlich hatte ich darauf bestanden, sie sofort zu sehen. Welches Kind würde nicht in Büchern blättern wollen, die anzufassen ihm verboten waren?

Ich erinnere mich, dass sie lächelte und mir die Wange tätschelte. Ihre Augen schienen feucht zu werden, so als würde mein unschuldiges Interesse an den Bänden sie zutiefst rühren.

Sie holte einen Hocker aus der Küche und nahm ein dickes Buch aus dem obersten Fach. Das Muster auf dem ledernen Einband war abgegriffen, aber es schimmerten noch Reste von Blattgold in den Vertiefungen. Als sie das Buch aufschlug, hatte ich das Gefühl, etwas in Zauberschrift Verfasstes vor mir zu sehen.

Die Seiten sahen aus, als wären sie steinalt. Sie waren vergilbt und an den Rändern ausgefranst und teilweise eingerissen.

Die Wörter waren in einer fremden Sprache, und meine Mutter erklärte mir, dass es sich um Hebräisch handelte.

Obwohl ich nicht lesen konnte, was in dem Buch stand, bereitete mir allein das Berühren der Seiten und die Vorstellung von all den Menschen, die das Buch vor meiner Mutter und mir im Lauf der Jahrhunderte in Händen gehalten hatten, ein seltsames Wohlbehagen.

Meine Mutter sprach nur selten von ihrer Familie. Ihre Mutter war bei ihrer Geburt gestorben, und ihr Vater hatte ihr nie verziehen, dass sie meinen Vater geheiratet hatte, weil er darin nicht nur einen Verrat an ihm, sondern auch an ihrem Glauben sah.

Als Kind hatte sie mit ihrem Vater, der in seinem Antiquariat mit seltenen, alten Büchern handelte, in der Rue des Rosiers gewohnt.

Sie war ohne Mutter und ohne Geschwister aufgewachsen und hatte ihre Kindheit umgeben von ledergebundenen Folianten mit Pergamentseiten verbracht. Immer wieder flüsterte sie mir ins Ohr, dass sich ein Mensch, der Bücher liebte, nie allein fühlte. Und dann legten wir uns auf den Teppich, und sie las mir aus ihren Lieblingsbüchern vor, aus den *Geschichten oder Erzählungen aus alter Zeit* von Perrault, oder aus einem Band mit Märchen von Hans Christian Andersen. Ich erinnere mich noch gut an das Geräusch der Seiten, wenn sie sie mit einem Finger umblätterte, und an ihr Lächeln, wenn ich sie, fast schon vom Schlaf übermannt, anbettelte, mir noch eine Seite vorzulesen.

Aber die Bedeutung der alten Bücher im obersten Fach erklärte sie mir erst kurz vor ihrem Tod.

Als die Krankheit sie mehr und mehr schwächte, sah ich sie immer häufiger in diesen alten Bänden blättern. Später habe ich mich oft gefragt, ob sie angesichts des nahenden Todes das Bedürfnis empfand, zu dem Leben zurückzukehren, das sie hinter sich gelassen hatte.

Wenn ich von der Schule nach Hause kam, lag sie im Bett, bekleidet mit einem Morgenmantel, aus dessen Ärmeln ihre dünnen Arme herausragten, und fuhr mit dem Zeigefinger über die Zeilen der alten Texte.

Sie war in den letzten Monaten völlig abgemagert und hatte dunkle Ränder unter den Augen. Ihr ehemals glänzendes Haar war strohig geworden.

Ich kuschelte mich an sie und versuchte, ihr etwas von meiner Wärme abzugeben.

»Als dein Großvater gestorben ist«, sagte sie, »habe ich bis auf einige wenige Exemplare alle seine Bücher verkauft. Die fünfzehn Bände, die ich behalten habe, waren nicht die wertvollsten Bücher, und die meisten davon habe ich verkauft, kurz nachdem ich deinen Vater geheiratet hatte. Ich habe nur die aufgehoben, die für mich eine Seele besaßen.«

Sie legte eine knochige Hand auf den ledernen Einband des Buchs, in dem sie gerade gelesen hatte, und schloss die Augen.

Ich wusste genau, was meine Mutter meinte. Alte Bücher enthalten eine Geschichte, die bedeutsamer ist als die Worte, die in ihnen geschrieben stehen, bedeutsamer als das Papier, als die Druckerschwärze. Sie besitzen eine uralte Seele.

»Als ich noch kleiner war als du jetzt, hat mein Vater mir schon beigebracht, hebräische Texte zu lesen ...«

Sie lächelte und nahm meine Hand. Ich spürte die vogelzarten Knochen ihrer Finger, spürte, dass ihr Händedruck noch schwächer war als am Tag zuvor.

»Dir hätte ich es auch beibringen sollen«, fuhr sie leise fort. »Aber ich habe mich deinem Vater nicht widersetzt, als er dich katholisch taufen lassen wollte. Er ist nie zur Kirche gegangen, und ich habe mir gesagt, wenn ein bisschen Weihwasser meine Tochter vor Intoleranz und Hass schützen kann, mache ich nichts falsch ...« Ihr versagte die Stimme.

Sie nahm meinen Finger und zeigte damit auf die hebräischen Buchstaben, die für mich wie Musiknoten aussahen. »Das ist der Buchstabe *shin*«, sagte sie. Unter großen Anstrengungen und ständig nach Luft ringend begann sie, mir zu übersetzen, was da auf der Seite stand, und führte mich durch einen Text, der über die Jahrhunderte von Generation zu Generation weitergegeben worden war. Nach ihrem Tod habe ich diese Sätze immer und immer wieder in Gedanken wiederholt.

Die Bedeutung der Worte verstand ich nicht, aber für mich war es die Sprache der letzten Atemzüge meiner Mutter.

5

Marthe

Paris 1892

Anstatt Blumen oder Pralinen schenkte Charles Marthe jetzt Bücher über Kunstgeschichte und andere Themen, von denen er annahm, dass sie sie anregen könnten. Es wunderte ihn, dass sie sich neuerdings nicht mehr nur für teure Gesichtscremes und Parfüms, Seidenkleider und ausgefallene Dessous interessierte.

»Das hier könnte etwas für dich sein«, sagte er, wenn er ihr beispielsweise ein Buch über die Geschichte der englischen Möbel oder die Entwicklung der französischen Landschaftsmalerei auf den Tisch legte. Sie hatte ihm freimütig gestanden, dass ihre Bildung große Lücken aufwies, und er war gern bereit, diese zu füllen.

Eines Nachmittags brachte er ihr ein Buch mit Goldschnitt mit, das ihm ganz besonders zu gefallen schien.

»Was ist das für ein Buch?«, fragte sie kokett.

Sie nahm den Band entgegen und las den Titel: *Fabeln von Jean-Pierre Claris de Florian.*

»Ach, der Name«, sagte sie lächelnd und küsste Charles auf die Wange. »Darf ich den Autor als Verwandten betrachten?«

»Es ist nicht nur der Name, mein Täubchen. Auch wenn es dich in noch größerem Glanz erstrahlen lassen könnte, wenn du behauptest, dass du von einem Autor aus dem achtzehnten Jahrhundert abstammst …«

»Allerdings«, sagte sie, während sie verträumt mit den Fingerspitzen über den Einband fuhr.

»Aber das Bemerkenswerteste an dem Buch ist für mich die letzte Zeile von Florians siebter Fabel«, fuhr Charles fort.

Sie setzte sich aufs Sofa und blätterte in dem Buch, bis sie die Fabel fand. Sie trug den Titel *Die Grille.*

»Du wirst dich in der Geschichte wiedererkennen«, sagte er, nahm seine Pfeife und riss ein Streichholz an. Blaue Rauchkringel stiegen in die Luft auf.

Eine arme kleine Grille, las Marthe laut vor,
sah, im Grase hingestreckt,
eines Schmetterlings Spiele
staunend zu …

Die Fabel erzählte von dem Schmetterling, der vergeblich versuchte, ein paar Jungen zu entkommen, die ihn jagten. Nachdem sie ihn schließlich gefangen hatten, rissen sie ihm erst einen Flügel aus und dann den Kopf ab.

Angesichts der Grausamkeit der Welt sagte die Grille:

Da die Grille dieses sieht,
preiset sie ihr Los und zieht
ins Verborgne sich zurück.
Glanz verleiht nicht immer Glück!

Marthe schaute Charles an, als wüsste sie nicht recht, ob sie den Sinn der Worte richtig verstanden hatte.

»Begreifst du denn nicht, mein Täubchen? ... Ich habe dich damals auf der Bühne gesehen, wo lauter Rohlinge dir die Flügel ausreißen wollten. Aber ich habe dafür gesorgt, dass du in Frieden und ungestört in deinem eigenen kleinen Reich leben kannst.«

Er nahm ihr das Buch aus den Händen.

»Mein Täubchen ist in Sicherheit. Seine Flügel schlagen nur für mich.«

»Ja«, hauchte sie, als er ihr einen Arm um die Taille legte und sie an sich zog. »Beschützt und verborgen«, flüsterte sie und schmiegte sich an ihn. »Ich gehöre dir allein.«

Dass er ihr das Buch mit Florians Fabeln geschenkt hatte, rührte sie zutiefst. Sie nahm sich vor, ihm im Gegenzug ein Geschenk zu machen, das ihn während der langen Zeiten, die sie getrennt waren, stets an sie erinnern würde.

Auf dem Rückweg von Ichiros Laden kam sie eines Nachmittags in einer schmalen Seitenstraße ganz in der Nähe ihrer Wohnung an einem Geschäft vorbei, in dem Schmuck aus zweiter Hand verkauft wurde. Sie trat näher ans Schaufenster und bewunderte die Auslagen: eine schwarze Perlenkette, eine emaillierte Brosche und ein Ring mit einem Aquamarin von der Größe eines Vogeleis. Was sie jedoch am meisten interessierte, war die goldene Taschenuhr.

Sie beugte sich vor. Die Uhr war geöffnet, sodass man das Guilloche-Zifferblatt mit den römischen Ziffern sehen konnte. Dann entdeckte sie die Gravur auf der Innenseite des Deckels. Es war eine Taube.

Sie bekam Herzklopfen. Die Uhr wäre das perfekte Geschenk für Charles. Jedes Mal, wenn er die Uhr aufklappte, würde er diese Gravur erblicken. Es würde sein wie ein geheimer Code zwischen ihnen, die Abbildung seines Kosenamens für sie – eine Taube mit ausgebreiteten Flügeln.

Marthe betrat das Geschäft und bat den Verkäufer, ihr die Uhr zu zeigen.

»Die Uhr gehört zur Dekoration, Mademoiselle«, sagte der Mann. »Das Hemmungsrad ist defekt, und trotz mehrerer Versuche ist es uns nicht gelungen, es zu reparieren.«

Marthe zog einen Handschuh aus und berührte den Rand des Uhrdeckels. Die Taube schien zu fliegen, und ihre Flügel bildeten ein perfektes, sinnliches V.

»Diese Uhr wäre also nur ein passendes Geschenk für jemanden, der gar nicht wissen will, wie spät es ist ...«

»Ganz recht, Mademoiselle.«

Sie lächelte.

»Die Uhr ist sehr preiswert, Mademoiselle. Der Geschäftsinhaber hat den Preis nur nach dem Gewicht des Golds berechnet.«

Er nahm einen Stift und schrieb den Preis auf einen Zettel.

»Das ist wirklich ein gutes Angebot«, sagte sie, öffnete ihre seidene Handtasche und nahm einen Scheck heraus. »Das perfekte Geschenk. Ich freue mich sehr.«

Als Charles das nächste Mal bei ihr war, wartete sie, bis er sich aus den zerwühlten Laken befreit hatte und sich daranmachte, sich anzuziehen.

»Wann sehen wir uns wieder?«

»Ach, mein Täubchen, du weißt doch, dass ich dir das nicht sagen kann. Meine Termine ändern sich von Woche zu Woche.«

Mit einem koketten Lächeln setzte sie sich auf und lehnte sich an das Kopfteil. Ihre roten Locken umspielten ihre Schultern.

»Ich habe ein Geschenk für dich, Charles.«

Sie wickelte sich in das Laken und ging zu ihrer Frisierkommode.

»Ein Geschenk? Ich hoffe, du hast nicht allzu viel von deinem Taschengeld für mich ausgegeben, mein Täubchen. Denn wenn du das getan hast, werde ich dir böse sein.«

»Nein, nein. Dafür, dass es sich um einen künstlerisch wertvollen Gegenstand handelt, habe ich eigentlich sehr wenig dafür bezahlt.«

Sie nahm eine mit blauem Samt bezogene Schachtel aus einer Schublade.

»Ich glaube, du wirst verstehen, warum es für dich bestimmt ist.«

Er legte sich sein Jackett über den Arm, stand auf und kam auf sie zu.

Sie öffnete die Schachtel, nahm die Uhr heraus und reichte sie ihm.

Als er den Deckel aufklappte und die Gravur betrachtete, spürte sie, dass er sofort ihre Bedeutung verstand.

»Perfekt!« Er strahlte und küsste sie auf die Wange. »Sie wird mich immer an mein Lieblingstäubchen erinnern …«

»Sie funktioniert nicht«, sagte Marthe und nahm ihm die Uhr aus der Hand. Dann schaute sie auf die bronzene

Uhr auf ihrem Kaminsims. »Jedenfalls nicht auf konventionelle Weise …«

Mithilfe des Rädchens an der Seite des Gehäuses stellte sie die Zeit ein. »Sie wird dir diese Uhrzeit anzeigen, bis du das nächste Mal zu mir kommst.« Dann klappte sie die Uhr zu und gab sie ihm zurück.

»So wird die Zeit stehen bleiben, bis wir uns wiedersehen.«

Er steckte die Uhr in die Brusttasche seines Jacketts.

»Ich werde sie ganz dicht an meinem Herzen aufbewahren, bis wir eine neue Zeit einstellen können.«

Es genügte Marthe nicht länger, Shunga-Drucke und asiatische Porzellanvasen zu sammeln, sie wollte sich während Charles' Abwesenheit weiterbilden. Sie begann, die elegantesten Kunstgalerien und Museen von Paris aufzusuchen. Als Kind hatte sie sich vom Louvre stets eingeschüchtert gefühlt, von diesem großen, majestätischen Gebäude, das in ihrer Fantasie mit Schätzen angefüllt war. So als hätte ein Mädchen von niederem Stand kein Recht, sich all dieser Pracht zu nähern. Jetzt jedoch, in ihren feinen Kleidern, hatte sie keine Hemmungen, das Museum zu betreten und durch seine Hallen zu schlendern.

Stundenlang hielt sie sich in den Räumen mit den Porträtsammlungen auf. Sie betrachtete die kunstvolle Pinselführung der holländischen Meister und die engelgleichen Gesichter, die Maler wie Da Vinci und Botticelli kreiert hatten. Sie staunte darüber, wie die Griechen die Konturen und die Sinnlichkeit weiblicher Gliedmaßen eingefangen hatten; wie sie Marmor zum Schimmern brachten, wie sie mit Licht und Schatten arbeiteten. Sie begriff, dass Licht und Schatten in der Malerei ebenso bedeutungsvoll waren wie im Leben.

Am besten gefielen ihr die lebensgroßen Gemälde von Frauen aus den verschiedensten Jahrhunderten. Sie stand vor den opulenten vergoldeten Rahmen und studierte die Gesichter, immer auf der Suche nach Hinweisen auf irgendetwas Verborgenes. Sie fragte sich, was diese Frauen bewegt und wie sie ausgesehen haben mochten, wenn sie ihre Mieder ablegten und ihre Kleider zu Boden gleiten ließen.

Sie verbrachte längst nicht so viel Zeit bei den Bildnissen der Venus in herrlicher Nacktheit oder den Darstellungen von nackten Nymphen, die auf grünen Wiesen tanzten. Sie wusste, wie der Körper einer schönen Frau aussah. Was sie interessierte, war das, was unter der bleichen Haut und hinter den blauen Augen existierte. Sie fragte sich, wo diese Frauen ihr Feuer und ihre Leidenschaft verbargen.

Die Einrichtung ihrer Zimmer wurde immer komplexer. Die Wohnung war nicht länger nur ein Liebesnest, sondern spiegelte Marthes Entwicklung wider. Ihre asiatischen Porzellanvasen standen in den Regalen im Salon, und ihre Shunga-Drucke lagen verborgen in den Schubladen ihrer Schlafzimmerkommode. Sie war schon seit zwei Jahren Charles' Mätresse, als sie ihr erstes Ölgemälde kaufte; es stellte ein vielleicht zwölfjähriges Mädchen in einem weißen Kleid dar.

Weder Charles noch Giselle – die beiden waren die Einzigen außer ihr selbst, die die Wohnung je betraten – sagte sie, warum sie sich ausgerechnet für dieses Bild entschieden hatte. Sie hatte es getan, weil das Mädchen das gleiche Gesicht hatte wie Odette. Und ihr Kleid sah fast genauso aus wie das Kleid, das Marthes Mutter weinend gewaschen hatte.

Im Gesichtsausdruck des Mädchens lag kein Kummer. Und auch keine Weisheit. Es war das Gesicht eines Kindes, so rein und friedlich wie eine Decke aus frisch gefallenem Schnee.

Als sie genug gespart hatte, kaufte sie ein weiteres Bild. Diesmal eine kleine Pastellzeichnung von einer Tänzerin, deren geschmeidiger, muskulöser Körper sie faszinierte.

»Du entwickelst dich langsam zur Kunstkennerin«, bemerkte Charles eines Tages, nachdem er es sich auf dem Sofa bequem gemacht hatte. Marthe hatte die Fensterläden geöffnet, und im Sonnenlicht, das ins Zimmer fiel, sah sie Staubkörnchen tanzen wie Sternenstaub.

Sie hob ihren Rock und setzte sich neben ihn. Auf dem Sofatisch lag seine goldene Taschenuhr, sodass sie wieder eine neue Zeit einstellen konnte, wenn er sich verabschiedete. Sie hatte dieses Ritual, mit dem sie ihre eigene Zeit maßen, inzwischen lieb gewonnen.

»Interessant zu sehen, was dich anzieht ... Die meisten Menschen sind geschmacklich auf einen Stil oder eine Kunstperiode festgelegt. Du bist hingegen wie ein geschliffener Kristall mit tausend Facetten.«

Lächelnd nahm sie seine Hand. »Du scheinst der Meinung zu sein, dass dein Geld gut angelegt ist. Das freut mich.«

»Der Meinung bin ich tatsächlich«, erwiderte er und drückte ihre Hand.

»Ich muss immer wieder daran denken, wie ich in

Venedig mit dir zur Kirche San Giorgio dei Greci gegangen bin ... Erinnerst du dich? Als wir eintraten, war es stockdunkel. Und es roch feucht und muffig wie im Tresorraum einer Bank.« Er schloss die Augen und gab sich der Erinnerung hin. »Und dann leuchteten auf einmal die Gemälde von Carpaccio auf wie Lichtstrahlen. Ich habe gehört, wie du neben mir die Luft angehalten hast ... und als ich mich dir zuwandte, habe ich gesehen, wie dein Gesicht sich verwandelt hat. Es war eine Offenbarung.

In dem Augenblick hast du mich sehr glücklich gemacht. Genauso wie die Gemälde von San Giorgio hast du den ganzen Raum erleuchtet.«

Seine Worte gingen ihr sehr nahe. Nicht nur, weil er sich so liebevoll an jenen Nachmittag erinnerte, sondern auch, weil er einen Augenblick der Intimität beschrieb, der sich außerhalb des Schlafzimmers abgespielt hatte. Das rührte sie ganz besonders.

Einen Moment lang schwiegen sie beide.

»Charles ...« Sie war so von Gefühlen überwältigt, dass ihre Stimme zitterte. »Ich erinnere mich gut an jenen Nachmittag.«

»Und an den Abend.« Er schloss die Augen und lächelte. »Daran, wie du in dem prächtigen Bett deine Haare gelöst hast. Ich wäre kein Mann, wenn ich nicht auch das erwähnen würde.«

Schon bald besaß sie fünf Gemälde. Das holzgetäfelte Speisezimmer, das sie bisher kaum benutzt hatten, wurde zu einer kleinen Galerie für ihre wachsende Sammlung. Über den Kaminsims hängte sie ein Bild von einer jungen Frau mit Parasol, das in zarten, pudrigen Farben gehalten war, und rechts und links daneben zwei Rhinozeroshörner, die zu kaufen Ichiro sie überredet hatte.

Sie besuchte Ichiro immer noch einmal pro Woche, denn mit der Zeit hatte sich zwischen ihnen eine echte Freundschaft entwickelt.

Sie waren beide Außenseiter, er ein Ausländer in Paris, sie eine Frau der Halbwelt. Ohne dass sie ihm irgendetwas hätte erklären müssen, verstand Ichiro das Paradox ihres Lebens – dass sie eingesperrt und zugleich vollkommen unabhängig war. Dass sie ein ähnliches Leben führte wie die Frauen auf den Reispapierrollen, geschult darin, anderen Vergnügen zu bereiten: eine Künstlerin der körperlichen Liebe, Kennerin von Höhen und Tiefen der Lust, eine Liebhaberin des ausgefallenen Geschmacks. Sie gehörte einer Welt an, die so schwer fassbar war wie ein Gedicht, so flüchtig wie Weihrauch und der Mondschein. Und für diejenigen, die verstanden, war sie absolut rein.

Ichiro hatte Marthe von den japanischen Geishas erzählt. Frauen, die nicht nur wegen ihrer Schönheit begehrt wurden, sondern auch wegen ihres Charmes. Sie konnte sich gar nicht sattsehen an den Bildern von Frauen, die auf den Gebieten der Poesie, der Kunst und der Musik ebenso versiert waren wie auf dem Gebiet der körperlichen Liebe.

Ichiro mochte Marthe, denn sein Beruf brachte es mit sich, dass er ein sicheres Gespür für schöne und seltene Dinge besaß. Was ihm an Marthe aber am besten gefiel, war ihre Neugier. Das Leben, das sie führte, gab ihr nicht die Möglichkeit zu reisen. Wenn sie jedoch eine kostbare Porzellanvase in den Händen hielt oder mit den Fingerspitzen über einen Holzschnitt fuhr, sah er ihr an, dass sie sich auf eine innere Reise begab.

»Für mich sind Sie wie die Vasen, die Sie so bewundern«, sagte er einmal zu ihr, als sie in seinem Hinterzimmer seine neueste Lieferung begutachteten. »Feuer in einer zarten Wolke.«

Sie errötete. Sie hatte ihn bisher noch nie näher betrachtet, sondern sich immer auf die Kunstwerke konzentriert, die er ihr anbot. Jetzt richtete sie ihr Augenmerk nur auf ihn. Er war feingliedrig wie ein Sperling, seine Gesichtszüge waren kantig, und seine Haut schimmerte golden.

»Zeigen Sie mir mal, was Sie da hinten in den Kisten haben«, sagte sie mit einem verschmitzten Lächeln. Sie wusste, dass er sein Angebot erweitert hatte. Zusätzlich zu asiatischem Porzellan und exotischen Drucken importierte er neuerdings auch Elfenbein und Bernstein, bemalte Straußeneier und Rhinozeroshörner.

Er lächelte. »Ihnen zeige ich nur meine beste Ware.«

Er kam mit zwei samtenen Beutelchen aus dem Hinterzimmer. Vorsichtig öffnete er das erste und entnahm ihm sieben kleine, kunstvoll geschnitzte Figuren. Jede stellte ein anderes Tier da: ein Fuchs aus Bernstein, ein Hasen aus Elfenbein und eine Schildkröte aus dem Holz des Blauglockenbaums.

»Diese Objekte aus Fernost sind unter Sammlern der letzte Schrei«, sagte er. »Sie werden Netsuke genannt ... Sie sind so klein, dass man sie bei sich tragen und jederzeit betrachten kann.«

Er legte sich eins der Tiere in die Handfläche und zeichnete mit dem Finger seine Linien nach. Dann schloss er die Hand, um es zu erwärmen. »Jeder, der einmal ein Netsuke in der Hand gehalten hat, fügt etwas hinzu. Die Hautfeuchtigkeit trägt zur Bildung der Patina bei. Der Wert eines Netsuke erhöht sich mit jeder Berührung.«

»Darf ich es noch einmal sehen?«

»Selbstverständlich«, sagte Ichiro, erfreut über ihr Interesse.

Sie nahm den kleinen Fuchs aus Bernstein und betrachtete ihn eingehend.

In ihrer Hand verwandelte sich die kleine Schnitzerei. Wenn sie die Figur ins Licht hielt, schimmerte sie goldgelb, wenn sie sie in der hohlen Hand hielt, wurde sie fast schwarz. Niemand kannte Marthes Vorlieben so gut wie Ichiro. Sie fühlte sich zu allem hingezogen, was so flüchtig und geheimnisvoll war wie die Welt, in der sie lebte. Zu Dingen, die nicht nur schön waren, sondern sowohl vom Licht als auch von der Dunkelheit verwandelt wurden.

»Wie wunderbar klein sie sind …«, murmelte sie.

Es war, als hielte sie etwas Geheimes in der Hand.

»Verborgene Schönheit«, sagte Ichiro und schloss die Augen. »Die beste, die es gibt.«

6

Solange

Dezember 1938

Von all den Geschichten meiner Großmutter schwirrte mir so sehr der Kopf, dass ich kaum noch Schlaf fand. Was sie mir erzählt hatte, konnte ich mir in allen Einzelheiten präzise ausmalen.

Ich sehnte mich danach, wieder in die Behaglichkeit ihrer Wohnung zurückzukehren. Dort lag immer ein zarter Duft in der Luft, und das Licht war so weich wie sonst nirgendwo. Wir tranken Tee aus weißen Porzellantassen, handbemalt mit winzigen Vögeln und Blüten, wir aßen Pralinen, die auf einem silbernen Tablett bereitlagen.

Meine Großmutter war das Gegenteil meiner Mutter. Die Ausstrahlung meiner Mutter war nicht in Eleganz und Schönheit begründet, sie war vielmehr eines jener seltenen Geschöpfe, deren Intelligenz und Seele ganz eng verbunden waren mit der Liebe zum geschriebenen Wort. *Maman* war nicht fasziniert von Seide und Parfüm, so wie Marthe. Sie liebte den Rhythmus der Prosa und die Musik der Poesie. Ihr Vater hatte ihr zwar vorgeworfen, sie hätte ihren Glauben verraten, doch ich wusste es besser. Denn die letzten Bücher, die meine Mutter sich an die

Brust gedrückt hatte, waren nicht ihre geliebten Romane von Dostojewski oder Flaubert gewesen, sondern die Folianten, die sie mit uralten Zeiten verbanden.

Marthe dagegen interessierte sich nur für das gesprochene Wort. Bei all meinen Besuchen sah ich kein einziges Buch in ihrer Wohnung. Falls Marthe Romane las, dann hielt sie ihre Bücher verborgen. Ich spürte, dass sie inzwischen nur noch Interesse für ihre eigene Geschichte hatte. Sie genoss es, in ihrem wuchtigen Sessel zu thronen, die Augen zu schließen und in ihren Erinnerungen zu schwelgen. Sich in eine Zeit zurückzuversetzen, als sie so jung und schön war wie auf dem Porträt über ihrem Kaminsims.

Ihr ganzes Leben lang hatte sie die Wirklichkeit aus ihrem Leben ausgesperrt. Sie streichelte ihre Perlen, als wären sie eine Schnur, die sie in eine andere Zeit zurückführte. Die Möbel in ihrem Salon, die Porzellanvasen auf den Regalen und das silberne Tablett auf dem Sofatisch waren dieselben. Aber die Hauptfigur war vierzig Jahre jünger, und die Person, die ihr gegenübersaß, war nicht ihre rastlose neunzehnjährige Enkelin, die nach ihren Geschichten gierte, sondern ein von ihr hingerissener Edelmann namens Charles.

In dem Café, in das ich zum Schreiben ging, war ein Kaffee mit einem Croissant ziemlich billig. Für zwei Sous konnte ich mehrere Stunden an einem kleinen Tisch sitzen und das Material für mein Buch ordnen und überarbeiten. Nach einer Weile hatte ich bereits drei Hefte vollgeschrieben. Während ich immer mehr Einzelheiten über die Kindheit meiner Großmutter aufschrieb, über ihre Schwangerschaft und über die Zeit, als sie sich mit Charles' Hilfe neu erfand, begann ich, meine Familie mit anderen Augen zu sehen. Und mit der Zeit verstand ich nicht nur meine Großmutter immer besser, sondern auch meinen Vater.

Ich begriff, wie die Umstände ihrer Kindheit und Jugend sie geformt hatten. Während meine Großmutter versucht hatte, das Elend ihrer Kindheit mit einem Puderpinsel hinwegzufegen, hatte mein Vater seinen Seelenfrieden in der Ordnung gefunden, die er in sein Leben brachte. Hatte ich meinen Vater früher für kühl und gefühllos gehalten, so erinnerte er mich jetzt an eines von Ichiros antiken Kästchen: Auch bei meinem Vater gab es Geheimfächer, in denen er seinen Schmerz aufbewahrte.

Ich sah ihn vor mir, wie er als Achtzehnjähriger den Brief von Marthe öffnete und erfuhr, dass sie seine leibliche Mutter war, ich sah ihn vor Marthes Wohnungstür stehen, wie er nervös und verlegen im Salon wartete, bis sie in einem pastellfarbenen Kleid eintrat.

Ebenso wie meinen Vater konnte ich mir jedoch auch meine Großmutter in ihren verwundbarsten Momenten vorstellen. Ich sah sie in ihrem schönen, rosafarbenen Kleid vor mir, aber auch, wie sie Jahre zuvor zitternd und verängstigt in einem düsteren Zimmer ihrer ärmlichen Wohnung stand und ihren Sohn einer Frau übergab, von der sie wusste, dass sie sich viel besser um ihn kümmern würde, als es ihr jemals möglich wäre.

Ich schrieb und schrieb. Und mit jeder Seite, die ich füllte, kamen sie mir beide menschlicher vor. Ich begriff, dass Marthe vollkommen recht hatte: In jedem Leben gibt es Licht und Schatten.

Und all diese neuen Blickwinkel führten dazu, dass ich auch mich selbst mit anderen Augen sah. Mir wurde bewusst, dass ich ebenfalls ein Teil dieser Geschichte war. Als meine Geschichte wuchs, erfuhr ich nicht nur, wie die Menschen um mich herum gelebt hatten. Vor allem versuchte ich zu verstehen, welche Seiten ihrer Persönlichkeit sich in der Art und Weise zeigten, wie sie geliebt hatten.

7

Marthe

Paris 1897

Marthe spürte eine Veränderung an Charles. Wie ein erfahrenes Tanzpaar waren beide mit dem Rhythmus des anderen vertraut, und ihr entging nicht, dass er ihr etwas verheimlichte.

Seit neun Jahren kannte sie die Sprache seiner Zärtlichkeiten. Seine Finger waren auf tausend verschiedene Arten über ihre Haut gewandert. Er hatte sie mit warmen, wissbegierigen Händen erkundet, jedes Tal, jede Klippe, jede Höhle ihres Körpers vermessen.

Jetzt jedoch ermunterte er sie nicht mehr zu akrobatischen Übungen im Bett. Stattdessen war er damit zufrieden, sie eng an sich gekuschelt in den Armen zu halten. Wenn sie in ihrem Schmetterlingsbett lagen, drehte er sich auf die Seite, legte ihr eine Hand auf den Bauch, vergrub das Gesicht in ihrem Nacken und atmete ihr Parfüm ein.

Sie spürte die Veränderung nicht nur an seinen Berührungen, sondern auch an seinem Körper.

»Ich mache mir Sorgen«, sagte sie immer wieder zu ihm. »Du bist so dünn geworden. Man kann ja schon deine Rippen zählen.«

»Ach, es ist nichts«, antwortete er dann. »Du bist mein Lebenselixier. Ich muss dich nur häufiger sehen.« Er zeigte auf die Taschenuhr, die er auf den Sofatisch gelegt hatte. »Die Zeit ohne dich war einfach zu lang.«

Marthe glaubte ihm nicht. Er aß kaum noch etwas, nicht einmal seine Lieblingsspeisen wie kalte Ente oder Fasan in Rotwein, die sie Giselle zubereiten ließ, rührte er an. Und nicht nur das, er vertrug auch neuerdings keinen Alkohol mehr. Marthe war nicht entgangen, dass er seit einiger Zeit kein einziges Glas von seinem Lieblingswein getrunken hatte.

»Du musst zum Arzt gehen«, sagte sie beim nächsten Mal, doch er winkte ab.

»Émilienne hat schon einen Termin bei einem Spezialisten für mich gemacht. Du brauchst dir also keine Sorgen um mich zu machen.«

Émilienne. Allein den Namen seiner Frau zu hören versetzte ihr einen Stich.

Charles sprach kaum jemals über seine Familie. Marthe hatte von Anfang an gewusst – und akzeptiert –, dass er eine Frau und einen Sohn hatte. Er erwähnte sie so gut wie nie, so als wären sie Gegenstände in einem Regal, das sie sowieso nie zu sehen bekommen würde. Sie wusste, dass er einen Adelstitel besaß, außerdem eine Stadtwohnung in Paris und ein Anwesen in Bordeaux.

Mehr als einmal hatte Charles sich darüber beklagt, dass seine Frau sich lieber in Paris aufhielt als auf ihrem Landgut. Es wäre viel praktischer für ihn gewesen, seine Frau und seinen Sohn auf dem Land zu wissen. Wenn Émilienne sich in Paris aufhielt, war es sehr schwierig für ihn, länger als ein paar Stunden bei Marthe zu bleiben.

Dann war ihre gemeinsame Zeit knapp bemessen, ihr Liebesspiel hastig. »Sie wähnt mich bei Freunden«, erklärte er Marthe und trank einen Scotch, bevor er sie verließ, damit Émilienne den vertrauten Geruch eines Treffens unter Männern an ihm wahrnahm.

Aber genauso, wie Charles von seiner Frau erwartete, dass sie ihm in Bezug auf seine außerhäuslichen Aktivitäten keine Fragen stellte, erwartete er dasselbe von seiner Mätresse. Er setzte voraus, dass Marthe einen respektvollen Abstand zu allem hielt, was seine Familie betraf. Er würde sie nie in seine Wohnung in der Rue Fortuny einladen, selbst wenn seine Frau auf seinem Landgut weilte. Es war ihr nicht gestattet, ihn nach seinem Privatleben zu fragen. Die Beziehung mit Marthe existierte nur innerhalb der Wohnung in der kleinen Straße Square La Bruyère.

Aber Marthe war es nie gelungen, ihre Neugier ganz zu unterdrücken. Ganz zu Anfang ihrer Beziehung, kurz nach ihrer Reise nach Venedig, hatte sie das starke Bedürfnis empfunden herauszufinden, wo Charles den größten Teil seines Lebens verbrachte. Und so hatte sie sich eines Nachmittags, als Charles für ein paar Tage nach London gereist war, auf den Weg zu seiner Pariser Stadtwohnung gemacht.

In dem einfachen Kleid, das sie ausgewählt hatte, und mit dem Hut, der ihr Gesicht ein bisschen verbarg, kam sie sich vor wie eine Spionin. Als sie vor dem Gebäude mit der prächtigen Fassade stand, schlug ihr das Herz bis zum Hals. Das Haus war ein typisches Beispiel der Beaux-Arts-Architektur und viel beeindruckender, als sie erwartet hatte. Sie betrachtete die eleganten, hohen Sprossenfenster, die aufwendigen Steinmetzarbeiten, die kunstvolle Fächerrosette über der Eingangstür, den schweren, glänzenden Türklopfer aus Messing.

Zu ihrer großen Überraschung ging plötzlich die Tür auf, und eine Frau etwa in ihrem Alter trat aus dem Gebäude, an der Hand einen kleinen Jungen.

Émilienne war tadellos gekleidet. Ihr Jackett war hyazinthblau, ihr seidener Rock cremefarben. Sie wirkte ganz und gar nicht wie die graue Maus, die Marthe sich vorgestellt hatte, vielmehr strahlte sie jugendliche Vitalität und Unbeschwertheit aus. Sie hatte flachsblondes Haar und ein schön geschnittenes Gesicht. Mit ihrem langen Hals, den schmalen Schultern und dem Jackett mit Schößchen, das ihre schlanke Taille betonte, erinnerte sie Marthe an die perfekt frisierten Modelle in den Modemagazinen. Als Charles sich Marthe zur Geliebten gemacht hatte, hätte er keinen größeren Kontrast wählen können. Sein Sohn allerdings war ein Abbild seines Vaters. Er hatte die gleichen schwarzen Locken, die gleiche marmorweiße Haut. Selbst sein Lächeln war das seines Vaters.

Der Junge sang ein Kinderlied, das Marthe aus ihrer Kindheit kannte.

Ah, vous dirai-je, Maman
Ce qui cause mon tourment?

Seine Stimme drückte eine Lebensfreude aus, die Marthe völlig verstörte.

Ihren Berechnungen nach müsste der Junge knapp vier Jahre alt sein. Genauso alt wie ihr eigener Sohn. Vor ihrem geistigen Auge tauchte ein Bild von Louise Franeau auf, mit einem Kind in den Armen, das gerade mal ein paar Stunden alt war.

Plötzlich überkam Marthe dasselbe schreckliche Gefühl wie damals kurz nach der Geburt ihres Sohnes. Dieses Ziehen in den Brüsten, als die Milch eingeschossen war, nur dass jetzt keine Milch kam, sondern nur Schmerz. Ihr wurde schwindlig, so als würde der Gehweg unter ihr nachgeben. Sie hatte die Erinnerung daran, dass sie ihr Kind weggegeben hatte, wie einen bösen Traum verdrängt und vergessen, aber jetzt wallten all die Gefühle von damals wieder in ihr auf.

Sie versuchte, ihr Gleichgewicht wiederzufinden, ohne Erfolg, obwohl Émilienne und der Junge längst außer Sichtweite waren.

Sie schaffte es gerade, den Arm zu heben, um eine Kutsche anzuhalten, die sie nach Hause brachte. Auf dem Heimweg, allein in der Kutsche, bemühte sie sich, ihre Fassung wiederzugewinnen. Sie schloss die Augen, lehnte den Kopf an das lederne Polster und atmete mehrmals tief durch. Sie fand jedoch nicht zurück zu ihrem normalen Atemrhythmus. Stattdessen schien ihr Zustand sich bloß zu verschlimmern. Trotz ihrer Bemühungen, sich zu beruhigen, kam ihr ein leises Wimmern über die Lippen.

Mit zitternden Händen öffnete sie ihre Handtasche und nahm das kleine Fläschchen Minzalkohol heraus, das sie für Notfälle immer bei sich hatte. Sie gab ein paar Tropfen davon auf ein Taschentuch, hielt es sich unter die Nase und atmete die beruhigenden ätherischen Öle ein.

Als die Kutsche vor ihrer Haustür hielt, empfand sie eine vertraute Benommenheit. Genauso hatte sie sich gefühlt, als Odette gestorben war, und wenn ihre Mutter versucht hatte, ihre blauen Flecken zu verbergen, nachdem einer ihrer »Besucher« sich verabschiedet hatte.

Wortlos ließ Marthe sich von Giselle ihre Jacke und den Hut abnehmen, dann bat sie sie, ihr ein Bad zu bereiten. Als sie im besänftigenden warmen Wasser lag, versuchte sie, Charles' Ehefrau und seinen Sohn zu vergessen und auch ihre schmerzvollen Erinnerungen, die der Anblick der beiden ausgelöst hatte.

Genau wie damals, als Louise Franeau mit ihrem Sohn aus dem Haus gegangen war, schloss sie die Augen, so fest sie konnte, und schob alle Gefühle beiseite.

Bis Weihnachten wurde Charles immer schwächer, und Marthe hatte keinen Zweifel mehr daran, dass er schwer krank war. Sein Zustand wirkte sich auf ihre Gemütsverfassung aus. Sie verlor den Appetit und fand kaum noch Schlaf. Sie wollte ihn nicht mit ihren Bedenken belasten, doch die Vorstellung, ohne ihn leben zu müssen, versetzte sie in Angst und Schrecken. Plötzlich hatte sie das Gefühl, ebenso wie ihr Kanarienvogel Fauchon in einem goldenen Käfig zu hocken. Für alles, was sie aß, jedes Gespräch – selbst jede Berührung –, sorgte Charles. Abends schaute sie sich in ihrer Wohnung um und stellte sich vor, wie alles, woran sie sich gewöhnt hatte, einfach verschwinden würde. Sie fühlte sich vollkommen machtlos, und sie wusste nicht, was schlimmer war, ihre Sorge um Charles' Gesundheit oder ihre Angst, in ihr früheres Leben zurückkehren zu müssen.

Sie bemühte sich, mehr Informationen aus ihm herauszubekommen, aber den Spezialisten, bei dem Émilienne ihm angeblich einen Termin besorgt hatte, erwähnte er nie wieder. Er sagte ihr auch nicht, an welcher Krankheit er überhaupt litt. Es war, als gehörte sein Gesundheitszustand ebenso wie seine Frau und sein Sohn zu den Themen, über die Marthe nicht sprechen durfte.

Ihr fiel aber auf, dass er, obwohl er immer schwächer wurde, doch neue Möglichkeiten suchte, sich sinnlichen Genuss zu verschaffen.

So hatte er einen hohen Standspiegel bestellt und Marthe gebeten, ihn im Schlafzimmer aufstellen zu lassen, damit er sie, wenn sie sich abends für ihn entkleidete, aus allen Winkeln betrachten konnte.

Wenige Tage vor Weihnachten erschien er mit einem Geschenk bei ihr.

»Marthe …« Sein Gesichtsausdruck war ernster als gewöhnlich. »Ich gebe dir dein Weihnachtsgeschenk jetzt schon.«

Er hielt eine wunderschöne rote Tasche in der Hand, an deren Henkeln eine große rote Schleife befestigt war.

Sie gingen in den Salon und setzten sich nebeneinander aufs Sofa. Er nahm eine kleine, mit Leder bezogene Schachtel aus der Tasche und reichte sie Marthe.

»Das ist der erste Teil des Geschenks.« Sie bemerkte, dass er feuchte Augen bekommen hatte und dass seine Hände zitterten.

»Mellerio …«, flüsterte sie, als sie den Markennamen auf der Schachtel erkannte. »Das muss dich ein Vermögen gekostet haben.«

»Das hat es …«

»Charles …« Mellerio dits Meller war der älteste und angesehenste Juwelier von Paris. Der Laden in der Rue de la Paix war seit vielen Jahrzehnten die erste Adresse für die gehobene Gesellschaft. Die Schachtel musste etwas ganz Außergewöhnliches enthalten.

»Darf ich es öffnen?«

»Ich bitte darum.« Er machte eine ungeduldige Geste. »Ich kann es kaum erwarten.«

Als sie die kleine Schachtel mit der goldenen Krone in der Mitte aufklappte, entfuhr ihr ein kleiner Aufschrei.

»Darauf habe ich mich den ganzen Tag gefreut«, sagte Charles. »Das klang fast so gut wie dein freudiger Ausruf beim Anblick der Gemälde in der Kirche San Giorgio dei Greci.«

»O Gott«, stöhnte sie, als sie sah, was die mit Satin ausgekleidete Schachtel enthielt: eine Perlenkette mit einem Verschluss in Form eines mit Smaragden besetzten Schmetterlings.

»Großer Gott, Charles«, sagte sie und schlug sich eine Hand vor den Mund. Sie traute ihren Augen kaum.

»Leg sie dir an«, sagte er. »Ich möchte sie auf deiner Haut sehen.«

Langsam nahm sie die Perlen aus ihrem Nest aus Satin und platzierte das beiliegende Papier aus Pergament mit der Beschreibung der Perlen und der Echtheitsgarantie des Juweliers auf dem Tisch.

»Dieses Dokument ist wichtig«, sagte Charles. »Das brauchst du für den Fall, dass du die Perlen einmal verkaufen willst.«

Sie legte das Papier zurück in die Schachtel, dann ließ sie sich von Charles die Kette um den Hals legen.

»So etwas Schönes würde ich niemals verkaufen, Charles …« Sie nahm den Geruch nach Pfeifentabak in seinen Haaren wahr, als er sich vorbeugte, um den Verschluss in ihrem Nacken zu schließen.

Schließlich richtete er sich wieder auf, um die Perlen und ihre Trägerin zu bewundern.

»Ich möchte, dass du abgesichert bist, wenn ich einmal nicht mehr bin, Marthe. Diese Perlen sind über hunderttausend Francs wert.«

Sie spürte, wie ihre Kehle sich zuschnürte. Sie hatte nie über ihre Existenzängste gesprochen, aber offenbar hatte er sie gespürt und Vorkehrungen getroffen. Hunderttausend Franc würden für den Rest ihres Lebens reichen, wenn sie gut damit haushielt.

»Weißt du, warum Perlen noch wertvoller sind als Diamanten, mein Täubchen?«

Sie schüttelte den Kopf.

Er hob einen Finger, als wollte er die Kette an ihrem Hals berühren.

»Weil es nur ein einziges Sandkorn braucht, um in einer Auster eine Blase entstehen zu lassen. Aus dieser Blase wird dann vielleicht – ganz vielleicht – einmal eine Perle. Und wenn das passiert, dann nicht über Nacht. Es kann Jahre dauern, bis eine Perle die Größe einer Erbse hat.« Er holte tief Luft. »All das geschieht in Innern einer Auster. Und eine Auster ist nicht etwa durchsichtig …«

Sie schüttelte staunend den Kopf. Als er sie anfangs nach der Vorstellung am Theater abgeholt und mit ins Maxim's genommen hatte, hatte sie zum ersten Mal rohe Austern gegessen. Sie hatte die großen grauen Schalen in der Hand gehalten und das Weichtier herausgesaugt. Der Geschmack war berauschend gewesen, so als würde sie direkt aus dem Meer trinken.

»In den allerseltensten Austern bildet sich eine Perle … Und dann muss man auch noch genug Perlen von genau gleicher Größe und Farbe und Brillanz finden, um eine solche Halskette daraus zu fertigen.« Er lächelte sie an. »Kannst du dir vorstellen, wie unglaublich schwierig das ist, Marthe?«

Sie schüttelte den Kopf.

»Und jetzt trägst du fünfundsechzig echte Perlen um den Hals, die alle gleich groß sind und gleich hell schimmern. Sollte mir etwas zustoßen, musst du die Perlen dem Juwelier Mellerio zurückverkaufen …«

»Was redest du denn für einen Unsinn?«, fiel sie ihm ins Wort und nahm seine Hand. »Du gehst doch nicht fort … oder?«

Sein Gesichtsausdruck änderte sich. Er nahm seine Pfeife aus der Brusttasche.

»Deine Gesundheit … sag mir endlich, was mit dir los ist!« Der Gedanke, Charles zu verlieren, versetzte sie in Panik.

Er schwieg.

»Was hat der Arzt gesagt? Du wirst doch bestimmt geheilt, oder?«

Ihre Finger zitterten. Plötzlich fühlten die Perlen sich kalt auf ihrer Haut an.

»Man hat mir geraten, meine Angelegenheiten zu ordnen«, sagte er schließlich.

Sie brachte kein Wort heraus.

Er rang sich ein Lächeln ab. »Du bist meine große Liebe, Marthe.« Er zog sie an sich. »Betrachte die Perlen als eine Art Lebensversicherung.«

An jenem Nachmittag schmiegten sie sich in ihrem Schlafzimmer aneinander, als trieben sie auf einem Floß über das Meer. Nach einer Weile zog sie sich ganz langsam für ihn aus, als wäre es das allerletzte Mal. Es sollte ein Geschenk für ihn sein. Er sollte sie in allen Spiegeln sehen. Ihre langen, blassen Gliedmaßen, ihre vollen Brüste, ihre rosafarbenen Brustwarzen, die er mit den Fingerspitzen berührte, als wären es Rosenblütenblätter.

Nachdem ihr Seidenkleid auf den Boden geglitten war, ihr Mieder aufgeschnürt und auf dem Stuhl abgelegt und ihre Strümpfe heruntergerollt waren, stand sie vor ihm, nur bekleidet mit den Perlen um ihren Hals.

»Genau so hatte ich es mir vorgestellt«, sagte Charles und schloss die Augen. Still wie ein Kätzchen schlüpfte sie zu ihm unter die Bettdecke und schlief in seinen Armen ein.

8

Solange

September 1939

Es nieselte leicht, als ich die Wohnung meiner Großmutter verließ. Die Stunden waren wie im Flug vergangen, während ich gebannt ihrer Geschichte lauschte, wie sie in den Besitz der kostbaren Perlenkette gelangt war.

Auf dem Weg zur Metro bemerkte ich eine ungewöhnliche Unruhe in den Straßen. Männer und Frauen drängten sich an Straßenecken und rissen sich um die Tageszeitungen. Aus den Cafés hörte man Radios dröhnen. Ich blieb stehen und kaufte einem Jungen eine Zeitung ab. Die Schlagzeile verkündete in riesigen Lettern Hitlers neuesten Schachzug: Die Deutschen waren in Polen eingefallen. Unter der Schlagzeile befand sich ein Foto des Diktators, er stand an einem Rednerpult, eine Hand erhoben, das Gesicht wutverzerrt. Mich packte die Angst. Die weltferne Atmosphäre in der Wohnung meiner Großmutter war sofort vergessen, und ich eilte nach Hause.

Ich rannte die Treppe zu unserer Wohnung hoch, zog meinen Pullover aus und legte meine Handtasche und die Zeitung auf den Küchentisch. Draußen prasselte der Regen auf den schmiedeeisernen Balkon.

Als ich gerade dabei war, den Herd anzufeuern, um Wasser zu kochen, kam mein Vater herein.

»Solange?« Im Gegensatz zu mir war er dem Wolkenbruch nicht entkommen. Er stand klatschnass in der Tür, in der Hand eine aufgeweichte Zeitung.

Am Klang seiner Stimme erkannte ich, wie groß seine Angst war.

»Ja, ich bin hier …« Er zog sich seine nasse Anzugjacke aus.

»Du hast es also schon gehört …«

»Ja. Aber was hat es zu bedeuten?«

Er antwortete nicht gleich. Mit geschlossenen Augen dachte er nach.

»Es bedeutet, dass Hitler nicht nur ein Auge auf Österreich und das Sudetenland geworfen hat.« Er war aschfahl geworden.

Er zeigte auf das Radio, und ich schaltete es ein.

Dann setzten wir uns an den Esstisch.

Während des Abendessens sprachen wir kaum ein Wort. Im Radio wurde berichtet, dass die Wehrmacht trotz des deutsch-polnischen Nichtangriffspakts von 1934 in Polen einmarschierte.

»Das bedeutet einen zweiten Weltkrieg«, murmelte mein Vater kopfschüttelnd. »So viele Tote im letzten Krieg, und jetzt geht es schon wieder los.« Er war zutiefst betrübt. »Ich glaube nicht, dass Frankreich noch einen Krieg gegen die Deutschen durchstehen kann«, flüsterte er. »Aber vermutlich wird die nächste Schlagzeile verkünden, dass wir keine andere Wahl haben, als Deutschland den Krieg zu erklären.«

Die Brutalität, die Frankreich im letzten Krieg hatte

ertragen müssen, war so extrem gewesen, dass es kaum einen Franzosen gab, der nicht einen neuerlichen Krieg fürchtete. Die deutsche Armee hatte uns in die Knie gezwungen. Der Grabenkrieg war grauenvoll gewesen. Viele meiner Klassenkameraden hatten ihre Väter nie kennengelernt oder hatten Väter, die Kriegsinvaliden waren.

Bis auf ein paar Einzelheiten, die meine Mutter mir erzählt hatte, wusste ich fast nichts über die Kriegserfahrungen meines Vaters. In den letzten Kriegsmonaten hatte er in einem Militärlazarett in der Nähe von Verdun verwundeten Soldaten Morphium verabreicht. Nie sprach er über diese Männer, über die schrecklichen Wunden, die Amputationen. Doch ich erinnerte mich gut daran, wie er, als ich noch ein Kind war, häufig nachts schreiend aus Albträumen aufgewacht war, und wusste, dass er die Erinnerungen an all die Schrecken in sich trug. Ich erinnerte mich auch daran, wie meine Mutter ihn in solchen Nächten getröstet hatte, bis er endlich wieder einschlafen konnte.

Ich glaubte, dass meine Mutter ihn von seinen inneren Qualen erlöst hatte. Dass sie wieder Licht in sein Leben gebracht hatte, das andernfalls düster und verschlossen geblieben wäre.

Als ich klein war, hatte sie mir immer wieder erzählt, wie sie sich kennengelernt hatten. Sie waren sich wenige Monate nach dem Krieg in einem kleinen Buchladen in der Nähe des Boulevard Saint-Germain zum ersten Mal begegnet. Sie hielt gerade ein Exemplar von *Madame Bovary* in der Hand, als er sie mit der Schulter angerempelt hatte. Vor lauter Verblüffung war ihr das Buch aus den Händen geglitten und zu Boden gefallen.

»Vorsicht, Rattengift«, hatte mein Vater gesagt und mit einer Anspielung auf das Buch die peinliche Situation zu retten versucht.

Sie hatte über seine Chuzpe gelacht, und dann hatten sie eine Stunde lang gemeinsam in dem Labyrinth aus Bücherregalen gestöbert, meine Mutter auf der Suche nach Romanen aus dem neunzehnten Jahrhundert, mein Vater nach wissenschaftlichen Abhandlungen über Behandlungsmethoden mit Naturheilmitteln.

Erst lange nach ihrem Tod, als ich noch einmal die Aufzeichnungen in meinem Notizbuch über den stillen Beginn der Beziehung und die Ehe meiner Eltern las, begann ich, nach Hinweisen zu suchen, die mir etwas über seine wahren Gefühle für meine Mutter verraten konnten.

Ich schloss die Augen und dachte daran, wie ich kurz nach dem Tod meiner Mutter einmal ins Wohnzimmer gekommen war und er vor ihrem Bücherschrank gestanden hatte, die Hände tief in den Hosentaschen vergraben. Tief in Gedanken versunken betrachtete er die offenkundige Unordnung in dem Schrank. Nie hatte er versucht, daran etwas zu ändern, er hatte alles so gelassen, wie sie es für richtig gehalten hatte, als wäre es ein Vermächtnis, in dem sie immer noch lebendig war. Und als ich dieses Bild vor meinem geistigen Auge sah, wurde mir bewusst, wie sehr mein Vater meine Mutter geliebt hatte.

Weder mein Vater noch ich sagten etwas, als die Nachrichten über den deutschen Einmarsch in Polen aus dem Radio drangen.

Mein Vater war todernst. Er verbarg sein Gesicht in den

Händen. Mein Leben lang war es mir immer schwergefallen, den Mund zu halten, doch jetzt fehlten mir die Worte.

Als ich am Abend ins Bett ging, musste ich wieder an meine Großmutter denken. Ich hatte in ihrem Salon noch nie ein Radio gesehen. Und auch keine Zeitung auf ihrem Sofatisch. Ich fragte mich, ob sie von der Invasion erfahren hatte. Und falls sie davon gehört hatte, ob die Neuigkeit sie überhaupt berührt hatte.

9

Solange

September 1939

Bei meinem nächsten Besuch bei Marthe schaute ich mich sofort im Salon um.

»Hast du kein Radio?«, fragte ich sie.

»Natürlich habe ich eins. Es ist hier.«

Sie stand auf und führte mich in ein Zimmer, das ich bis dahin noch nie betreten hatte. Die Wände und Decke waren holzgetäfelt. In der Mitte stand ein großer Esstisch mit sechs Stühlen, an einer Wand ein mit kostbarem Porzellan gefüllter Vitrinenschrank, und auf einem hohen Sockel neben dem eleganten Kaminsims stand ein kleines, hufeisenförmiges Radio.

»Da ist es!«, sagte meine Großmutter.

»Und wann hast du es zuletzt eingeschaltet?«

»Das ist schon lange her«, gab sie zu. Dabei errötete sie nicht einmal, sondern reckte trotzig das Kinn vor, fast so, als wäre sie stolz darauf.

»Hast du von Hitlers Überfall auf Polen gehört?«

Sie legte den Kopf schief und musterte mich.

»Ich glaube, Giselle hat etwas davon erwähnt …«

»Und bist du nicht beunruhigt?«

Ich spürte regelrecht, wie sich ihr Starrsinn aufplusterte, wie die Federn eines Vogels, der sich zum Abflug bereit macht.

»Solange …« Als sie meinen Namen ganz langsam aussprach, änderte sich das Licht in ihren Augen. »Mache ich auf dich den Eindruck, als wäre ich beunruhigt?«

Ich musste zugeben, dass mein tadelnder Tonfall das Einzige zu sein schien, das sie beunruhigte.

»Du müsstest mich doch inzwischen gut genug kennen, um zu wissen, dass ich alles Unangenehme im Leben aus diesen vier Wänden heraushalte. Das ist schon immer meine große Kunst gewesen und der Grund, warum meine Besucher immer wieder zu mir zurückgekommen sind.«

»Besucher«. Sie hatte also anscheinend mehr Liebhaber gehabt als nur Charles. Ein leichter Schauder lief mir über den Rücken.

»Und falls es wieder Krieg gibt?«, fragte ich. Auch wenn sie verstimmt war, wusste ich, dass ich sie alles fragen durfte. Unsere Beziehung war viel offener als die zwischen meinem Vater und mir.

»Solange … Ich habe den Krieg mit Preußen überlebt. Ganz zu schweigen von den Feldzügen des französischen Empire von Dschibuti bis Dakar.« Sie holte tief Luft. »Und natürlich den Ersten Weltkrieg. Du wirst also verstehen, dass diese Nachricht mich nicht beunruhigen kann. Ich habe Kriege erlebt, die aus ganz unterschiedlichen Gründen ausgebrochen sind; mal war es ein Streit um den Preis von Gummibäumen, mal ein Attentat auf den Erzherzog Franz Ferdinand in Sarajevo.

Ich bin alt genug, um zu wissen, dass Männer von zwei Dingen getrieben werden: Krieg und Sex.« Sie lächelte. »Und für Krieg habe ich mich noch nie interessiert.«

Ich wünschte, ich könnte die Welt ebenso ausblenden wie meine Großmutter. Kaum hatte ich jedoch ihre Wohnung verlassen, überfiel mich wieder die Angst vor einem neuerlichen Krieg mit Deutschland.

Es dauerte nicht lange, bis die Voraussage meines Vaters sich bewahrheitete. Zwei Tage nach dem deutschen Überfall auf Polen erklärten Großbritannien und Frankreich Deutschland den Krieg. Die Neuigkeit verbreitete sich in der Stadt wie ein Lauffeuer, per Telefon, Schlagzeilen, Radio, aber auch durch Mundpropaganda in den Cafés und auf der Straße. Als ich am nächsten Tag wie üblich in mein Café ging, drehte sich jedes Gespräch um den Krieg. Würden wir bombardiert werden? Mussten Mütter fürchten, dass ihre Söhne zum Kriegsdienst eingezogen wurden? Schon jetzt bildeten sich lange Schlangen vor den Metzgereien und Bäckereien. Ich war davon überzeugt, dass Giselle unter den Ersten war, die sich angestellt hatten. Innerhalb kürzester Zeit würden alle Läden leer gekauft sein.

Von da an saßen mein Vater und ich jeden Abend am Küchentisch, vor uns das Radio, und lauschten den neuesten Nachrichten.

Wir begannen, fürsorglicher miteinander umzugehen. Ich verabschiedete mich früher als bisher von Marthe und nahm dankbar an, was Giselle mir an Lebensmitteln mitgab, die sie auf dem Schwarzmarkt erstanden hatte. Wenn mein Vater abends von der Arbeit kam, hatte ich immer eine warme Mahlzeit für ihn bereit. Ich bemühte mich, meine Unterlagen stets rechtzeitig wegzuräumen und nicht mehr auf dem Tisch ausgebreitet liegen zu lassen. Und ich unterließ es, mich zu beklagen oder mich mit ihm zu streiten. Stattdessen zeigte ich mich ihm gegenüber dankbar und liebevoll.

Im Radio wurde nicht nur über das Vorrücken der deutschen Wehrmacht berichtet, sondern auch über die antisemitischen Gesetze, die die Deutschen in Polen erließen. Obwohl ich keine jüdischen Freunde hatte, betrübten mich die Nachrichten. Ich dachte immer häufiger an meine Mutter, an ihr langes schwarzes Haar, ihr mageres Gesicht, ihre grauen Augen. Ich sah sie über die hebräischen Texte gebeugt dasitzen. Ich stellte mir vor, wie sie mit dem Zeigefinger über die Zeilen aus schwarzen Buchstaben fuhr, wie sie die vergilbten Seiten umblätterte. Immer noch wusste ich nichts über ihre Familiengeschichte.

Das jüdische Viertel von Paris war ein Labyrinth aus gewundenen Gassen, überall gab es kleine Läden, Schneidereien, koschere Metzgereien. Im Marais wimmelte es von Einwanderern aus Osteuropa, die vor Pogromen in ihren Ländern geflüchtet waren und ihre Bräuche mitgebracht hatten. Der Geruch nach Essig und Knoblauch aus den Gurkenfässern vor den Delikatessenläden mischte sich mit dem süßen Duft nach Zimt und Datteln, der aus den Bäckereien drang. Hin und wieder ging ich ins Marais, neugierig auf die Menschen, unter denen meine Mutter gelebt hatte und die mir so fremd waren.

Ich nahm die Bücher meines Großvaters aus dem obersten Fach von *Mamans* Bücherschrank in der Hoffnung, mehr über ihre Geschichte zu erfahren, eine Geschichte, die ebenso komplex war wie die, die ich, neugierig geworden durch ein Porträt und eine Perlenkette, von Marthe erfuhr.

Ich schlug die Bücher in braunes Papier ein, um sie vor unbefugten Blicken zu schützen, und machte mich auf den Weg. Ich hatte einen Donnerstagvormittag gewählt, da am nächsten Spätnachmittag der Sabbath begann und dann alle Läden geschlossen sein würden. An der Metrostation Saint-Paul stieg ich aus und ging durch die mit Kopfstein gepflasterten Straßen, vorbei an Schaufenstern und Ladenschildern. Ich sah Männer mit schwarzen Mänteln und Hüten, mit langen Bärten und Schläfenlocken, aber auch junge Frauen, die genauso aussahen wie ich – manche trugen sogar weite Hosen mit Umschlag, die gerade der letzte Schrei waren. Ich wusste selbst nicht genau, wohin ich unterwegs war oder was ich im Marais zu finden hoffte, ich wusste nur, dass ich mehr über die Bücher erfahren musste, die meine Mutter mit ihrer Vergangenheit verbunden hatten.

Direkt am Pletzl, dem Platz mitten im jüdischen Viertel, an der Rue des Écouffes, fand ich einen kleinen Buchladen, dessen Schild die Aufschrift trug: *Seltene jüdische Bücher und Manuskripte.*

Meine Bücher fest an die Brust gedrückt, öffnete ich die Tür des Ladens.

Ein angenehmer Geruch nach Papier und Druckerschwärze umfing mich. An den Wänden standen mit Büchern gefüllte Regale, doch sie waren nicht so vollgestopft wie in den Buchläden, die ich sonst kannte. In einer Vitrine fielen mir zwei Bände besonders auf. Ein Mann mit einer Schürze um den Bauch schob sich an mir vorbei, als ich gerade eintreten wollte.

Er rief jemandem zu, er würde am Nachmittag zurückkommen. Er hatte einen leichten deutschen Akzent.

Ganz hinten im Laden saß ein junger Mann über einen Schreibtisch gebeugt. Ein grüner Lampenschirm verdeckte sein Gesicht, sodass ich nur seinen schwarzen Haarschopf sehen konnte.

Er musste mein Eintreten bemerkt haben, denn als ich näher ging, hob er den Kopf.

»Guten Tag, was kann ich für Sie tun?«, fragte er höflich. Er legte einen kleinen Zettel als Lesezeichen in den Folianten, den er gerade studiert hatte, und klappte ihn zu.

Ein bisschen verwirrt ließ ich den Blick über die Rücken der alten Bücher wandern.

»Wir sind kein normaler Buchladen, Mademoiselle. Wir sind spezialisiert auf seltene Bücher und Manuskripte … genauer gesagt, seltene jüdische Bücher.«

Ich lächelte. »Dann bin ich ja hier richtig.«

Ich zeigte ihm mein Paket. »Gibt es einen Ort, wo wir uns diese Bücher ungestört ansehen können?«

Er errötete kaum merklich, was mich nur noch mutiger machte.

»Ja«, sagte er. »Bitte, folgen Sie mir.«

Im Hinterzimmer des Ladens stand ein langer Holztisch, über dem eine nackte Glühbirne baumelte. Der junge Mann betätigte den Lichtschalter.

»Hier können wir sie uns ansehen. Aber zuerst möchte

ich mich vorstellen«, sagte er schüchtern und streckte mir die Hand entgegen. »Ich bin Alex Armel. Der Laden hier gehört meinem Vater.«

»Ich bin Solange Beaugiron«, sagte ich. »War das Ihr Vater, der gerade gegangen ist?« Ich konnte meine Neugier nicht zügeln.

»Nein, nein, das war Solomon ... Er restauriert alte Bücher. Er ist unglaublich gut«, erwiderte Alex. Im Marais wimmelte es zwar neuerdings von Einwanderern, aber Alex sprach akzentfrei Französisch. »Früher hat er in Berlin gearbeitet. Wir können uns glücklich schätzen, ihn jetzt hier zu haben.«

Ich lächelte und wickelte vorsichtig meine Bücher aus. Dann lagen *Mamans* geliebte, in Leder gebundene Folianten vor uns auf dem Tisch.

»Es fasziniert mich immer wieder zu sehen, was die Leute uns bringen«, sagte Alex. »Darf ich?«

»Selbstverständlich ...« Ich trat einen Schritt zur Seite. Ganz vorsichtig beugte er sich vor, so als wollte er die Bücher erst ganz genau betrachten, bevor er sie anfasste.

Gebannt schaute ich ihm zu, wie er den ledernen Einband der beiden Bücher begutachtete und dann den ersten Band aufschlug, und zwar von hinten, genau wie meine Mutter es immer getan hatte.

»Wenn man bedenkt, wie alt das Buch ist, ist das Hadernpapier noch ziemlich gut erhalten«, sagte er. »Und sehen Sie sich dieses filigrane Muster an.« Er zeigte auf die kunstvolle Umrandung des Buchdeckels, in dessen Mitte der hebräische Titel in schwarzen kalligrafischen Buchstaben geschrieben war.

»Das Buch ist sehr alt und außergewöhnlich schön ...

es wurde im sechzehnten Jahrhundert bei Giovanni di Gara in Venedig gedruckt, das war damals eine der größten Druckereien Europas. Di Gara war zwar selbst kein Jude, hat jedoch viele Bücher gedruckt, die auf Hebräisch geschrieben waren.«

Er hob das Buch hoch und hielt es ins Licht. »Wer auch immer dieses Buch in seinem Besitz hatte, ist sehr behutsam damit umgegangen.«

»Danke«, sagte ich leise.

»Haben Sie diese Bücher schon lange?«

»Sie haben meiner verstorbenen Mutter gehört. Ihr Vater hatte so einen ähnlichen Buchladen wie Sie, ich glaube, in der Rue des Rosiers.«

»Merkwürdig«, sagte er. »Ich habe noch nie von dem Laden gehört ... aber mein Vater kannte ihn bestimmt. Er müsste gleich hier sein. Bis dahin können wir uns ja auch noch das zweite Buch ansehen, das Sie mitgebracht haben.« Er lachte kurz auf. »Es sieht noch wertvoller aus als das erste. Wenn ich mich nicht irre, handelt es sich um ein äußerst seltenes Exemplar, und ich vermute, dass es auch sehr alt ist.«

Er nahm das Buch, das etwas größer war und so schwer wie eine alte Bibel, und schlug es genauso ehrfürchtig auf wie das erste. In diesem Buch hatte meine Mutter in den Wochen vor ihrem Tod gelesen. Seitdem hatte ich mehrmals völlig fasziniert darin geblättert. Ich konnte mich zwar an keines der Wörter erinnern, die sie mir damals vorgelesen hatte, doch ich hatte stundenlang über den vielen kunstvollen Illustrationen in dem Buch gebrütet, Blumen- und Vogelmotive in einer leuchtenden Palette aus Blau, Rot und Gold bildeten prächtige

Bordüren. Auf manchen größeren Illustrationen waren auch Menschen dargestellt. Es gab ein Bild von einer Familie, die an einem Tisch saß, und eines von einer Gestalt, die einen Stab hielt.

Alex betrachtete eine Seite genauer, dann blätterte er sie ehrfurchtsvoll um. »Das ist eine sehr, sehr alte Haggada, ein Gebetbuch, aus dem die Juden beim Pessachfest vorlesen.« Er sprach so leise, dass es kaum ein Flüstern war. »Ein Beispiel außergewöhnlicher Kunstfertigkeit.« Er blätterte eine weitere Seite um und betrachtete die alte Schrift. »Es ist alles handgeschrieben auf Vellum, einem Pergament aus Kalbshaut.«

Er betrachtete eine Illustration, auf der ein Patriarch seiner Familie die Geschichte der Sklaven in Israel zu erzählen schien.

Als Alex mir gerade ein besonderes Detail erklären wollte, bimmelte das Glöckchen über der Ladentür, und wir hörten Schritte.

»Alex?«, rief eine Stimme. »Ist Solomon schon gegangen?«

»Ja, Papa. Ich bin im Hinterzimmer. Mit einer Kundin.«

Einen Augenblick später stand der Mann, der aussah wie eine ältere Version von Alex, in der Tür.

»Habe ich in der halben Stunde, die ich weg war, noch etwas verpasst, außer dass sich ausnahmsweise eine hübsche junge Frau in unseren Laden verirrt hat?« Die Ähnlichkeit zwischen Vater und Sohn war verblüffend. Sie hatten das gleiche kantige Gesicht, die gleiche kräftige Nase, die gleichen lebhaften grünen Augen.

»Hm, lass mich überlegen ...« Alex lachte. »Du hast verpasst, was die hübsche junge Frau mitgebracht hat, nämlich eine Ausgabe des *Zemirot Yisrael* von Najara aus dem sechzehnten Jahrhundert und ein seltenes Exemplar einer Haggada aus dem vierzehnten Jahrhundert.«

»Willst du mich auf den Arm nehmen?«

»Nein, Papa, ganz und gar nicht. Hier, sieh selbst.«

Sein Vater konnte seine Aufregung nicht verbergen. Er schüttelte mir die Hand. »Zuerst möchte ich mich vorstellen. Ich bin Bernard Armel, Buchhändler und Alex' Vater. Und Sie sind?«

»Solange Beaugiron.«

»Ein schöner Name für eine schöne junge Frau«, sagte er. Dann trat er an den Tisch und begann, die beiden Bücher mit großer Vorsicht zu untersuchen.

Fasziniert schaute ich zu, wie behutsam Monsieur Armel die Seiten umblätterte, um die Bindung möglichst zu schonen. Mit zusammengekniffenen Augen studierte er die hebräischen Texte und gab hin und wieder ein Geräusch von sich, wie um etwas zu bestätigen, von dem nur er wusste.

Mit dem Buch, das in Venedig gedruckt wurde, beschäftigte er sich nur wenige Minuten. Er interessierte sich vor allem für die Haggada.

»Woher haben Sie diese Bücher?«, fragte er schließlich. Mir fiel sofort die Veränderung in seiner Stimme auf. Seine gute Laune war verflogen, er wirkte mit einem Mal fast misstrauisch.

»Sie gehörten meinem Großvater mütterlicherseits«, sagte ich und war selbst überrascht über meinen trotzigen Ton. Ich hatte plötzlich das Gefühl, mich verteidigen zu müssen.

»Ihr Großvater war Moishe Cohen?«

Er sah mich herausfordernd an.

»Ja«, antwortete ich mit fester Stimme.

»Unglaublich.«

Alex sah mich an. Die Energie im Zimmer hatte sich verändert. Auf einmal fühlte ich mich nicht mehr wie eine Fremde, sondern als gehörte ich zu ihnen und ihrer Gemeinde. Wie ein verlorener Koffer, der unverhofft an Land gespült worden war.

»Ich habe ihn gekannt.«

»Wirklich?« Ich bekam Herzklopfen.

»Ja, sogar ziemlich gut. Es gibt nicht viele, die mit seltenen Büchern handeln, und noch weniger, die mit seltenen jüdischen Büchern handeln.

Ihr Großvater hatte ein Talent dafür, in ganz Europa verborgene Schätze aufzuspüren. Er genoss sehr großes Ansehen hier in der Gemeinde.«

Ich sog jedes Wort auf, das aus Monsieur Armels Mund kam, denn ich wusste so gut wie nichts über meinen Großvater.

»Nach Moishes Tod habe ich seine ganze Sammlung gekauft. Zumindest dachte ich, dass es sich um die gesamte Sammlung handelte ...«, sagte Alex' Vater. »Ich habe die Bücher direkt von Ihrer Mutter gekauft.

Ihr Großvater hat mir diese Haggada nur ein einziges Mal gezeigt, und ich habe mich immer gefragt, wer sie gekauft haben könnte ...« Er zeigte auf das Buch. »Es ist ein äußerst seltenes und wertvolles Exemplar, und ich wusste, dass er es zu einem Preis anbot, den sich nur wenige leisten konnten. Aber ich hätte es gern als Kapitalanlage gekauft.«

»Er hat die Bücher nicht verkauft«, sagte ich leise. »Meine Mutter hat sie nach seinem Tod behalten.«

»Ihre Mutter …« Wieder änderte sich seine Stimme. Diesmal lag Wehmut darin.

Er musterte mich eingehend, dann schien er etwas in meinem Gesicht zu erkennen. »Sie haben ihre Augen. Dieses schöne Graugrün, das sich im Licht verändert.« Sein Blick ging ins Leere. »Sie war genauso schön wie Sie, und als sie Ihren Vater geheiratet hat, hat es Ihrem Großvater das Herz gebrochen.«

Er klappte die Haggada zu und legte das andere Buch daneben. »Kommen wir noch einmal auf die beiden Bücher zurück …«

Ich lächelte ihn an. Ich hatte ihn erst vor wenigen Minuten kennengelernt, und doch hatte ich bereits erkannt, dass er ein Experte auf seinem Gebiet und ein warmherziger Vater war.

»Alex, sei so gut und brüh uns eine Kanne Tee auf. Und bring uns ein paar von den Keksen, die Solomons Frau gebacken hat.«

»Ja, Papa«, sagte Alex lächelnd und stand auf.

Bis dahin hatte ich die kleine Anrichte mit der Spüle und dem Gaskocher im hinteren Teil des Zimmers noch gar nicht bemerkt. Aus dem Augenwinkel sah ich, wie Alex den Flötenkessel mit Wasser füllte und auf die Flamme setzte.

»Kommen Sie«, sagte Monsieur Armel und führte mich zu dem Schreibtisch, an dem Alex gesessen hatte, als ich angekommen war. »Setzen Sie sich, ich hole noch zwei Stühle.«

Ich nahm Platz und schaute zu, wie er den Tisch leerräumte und zwei Stühle dazu stellte.

Alex brachte ein Tablett mit einer Kanne und einem Teller mit Keksen.

»Zu Ihren Diensten«, scherzte er, füllte drei Tassen und setzte sich an den Tisch.

»Bitte, bedienen Sie sich, Solange«, sagte sein Vater und schob den Teller mit den Keksen zu mir herüber.

Ich lächelte. Es waren Kekse, die mich an meine Mutter erinnerten. In besseren Zeiten hatte sie sie mit Butter gemacht, aber die mit Pflaumenmarmelade gefüllte Vertiefung in der Mitte hatte nie gefehlt. Ich fragte mich, ob es noch mehr Kleinigkeiten in ihrem Verhalten gegeben hatte, die mir gar nicht aufgefallen waren, Dinge, die sie tat, um ihre Vergangenheit lebendig zu halten, und sei es nur für sich selbst.

Alex' Vater lächelte, als ich mir einen Keks in den Mund steckte.

»Solange, hat Ihre Mutter Ihnen Geschichten über Ihren Großvater erzählt? Oder über ihr Leben im Marais, bevor sie Ihren Vater geheiratet hat?«

Ich schüttelte den Kopf.

»Als ich Ihre Mutter das letzte Mal gesehen habe, war sie mit Ihnen schwanger. Sie war zu mir gekommen, um mir die Bestände ihres Vaters zu verkaufen. Obwohl er sie zu Lebzeiten enterbt hatte, hinterließ er ihr kurz vor seinem Tod doch alles. Sie war seine einzige Erbin.«

Er musterte mich.

»Sie war damals höchstens ein paar Jahre älter, als Sie es jetzt sind.«

Ich biss mir auf die Lippe. Es war ein bittersüßer Gedanke, mir *Maman* als junge, schwangere Frau vorzustellen.

»Sie hat sich an mich gewandt, weil sie wusste, dass ihr Vater und ich lange befreundet gewesen waren. Ich habe ihr erklärt, ich würde ihr alles abkaufen ... Aber als ich sie nach der Haggada aus Barcelona gefragt habe, hat sie mir nicht geantwortet. Heute, zwanzig Jahre später, verstehe ich, warum. Sie hat das Buch für sich behalten.«

»Ich glaube, sie hätte es für keinen Preis der Welt verkauft«, sagte ich. »Dinge, die ihr etwas bedeuteten, hat sie nicht weggegeben, und das hatte nichts mit Geld zu tun.« Ich senkte den Blick. »Aber ich bin mir ziemlich sicher, dass sie gewusst hat, wie wertvoll die Bücher sind ...«

»Ich hätte ihr einen stolzen Preis dafür bezahlt«, sagte Monsieur Armel. »Der *Zemirot Yisrael* ist wertvoll, doch längst nicht so kostbar wie die Haggada aus Barcelona. Dieses Buch ist nicht nur wegen seines Alters und seiner Seltenheit unschätzbar, sondern vor allem wegen der Geschichte der Leute, die es hergestellt haben.«

Ich hob die Brauen.

»Dass dieses Buch nach all den Jahren wieder auftaucht, ist eine Sensation. Wie gesagt, Ihr Großvater hat es mir nur ein einziges Mal gezeigt. Ich hatte gerüchteweise gehört, dass er irgendwie in den Besitz des Buchs gelangt war, und ich habe ihn monatelang bearbeitet, bis er sich endlich hat erweichen lassen. Ich durfte es mir also ein Mal ansehen, aber wie er an die Haggada gekommen ist, hat er mir nie verraten.«

Ich schaute zu dem Tisch hinüber, auf dem die beiden Bücher lagen. Ich hatte ja immer vermutet, dass sie ziemlich wertvoll waren, noch mehr bedeutete es mir jedoch, dass ich durch sie etwas über meine Mutter erfuhr.

»Sie können sich gar nicht vorstellen, wie interessant die Geschichte der Herstellung dieses Buchs ist. Es ist nicht irgendein Gebetbuch für das Pessachfest, es ist ein Gemeinschaftsprojekt zweier Liebender.«

Alex wandte sich mir zu. Ich sah ihm an, dass jetzt eine Geschichte kommen würde, die wir beide noch nicht kannten.

»Diese Haggada wurde im vierzehnten Jahrhundert von einem sephardischen Rabbi geschrieben und von seiner Frau illustriert. Die beiden haben in ihrem Leben nur ein einziges Buch hergestellt, und zwar das, das sich jetzt in Ihrem Besitz befindet.« Er schwieg einen Moment lang.

»Rabbi Avram war ein Meister der Kalligrafie, und seine Frau besaß ein außergewöhnliches künstlerisches Talent, vor allem als Malerin. Zu Beginn ihrer Ehe kam ihnen die Idee, gemeinsam eine Haggada herzustellen. Rabi Avram würde die Geschichte des Pessachs und die Gebete, die seit Jahrhunderten überliefert wurden, aufschreiben, und seine Frau sollte das Buch illustrieren. Sie brauchten über zwanzig Jahre, bis es fertig war.«

Er schlug das Buch an einer Seite auf, wo die Bordüre Vögel und Löwen darstellte. Das Pergament war stellenweise fleckig, und das Blattgold war zum Teil abgeblättert, dennoch war die außergewöhnliche Qualität der Zeichnung noch gut zu erkennen.

Während Alex' Vater uns von der Entstehung der Haggada berichtete, stellte ich mir vor, wie der Rabbi die Texte schrieb und seine Frau an seiner Seite mit Pinsel und Farbe die Illustrationen beisteuerte. Es war ein magisches und mystisches Bild.

Monsieur Armel schlug das Buch wieder zu und hob

es hoch. »Können Sie sich vorstellen, zwanzig Jahre lang an einem einzigen Buch zu arbeiten?«, fragte er.

Ich schüttelte den Kopf.

»Wenn man bedenkt, dass dieses Buch über Jahrhunderte Unruhen, Kriege und die ständige Gefahr von Brand und Flut überlebt hat, sind zwanzig Jahre gar nicht so viel«, sagte er. »Es ist wie das jüdische Volk selbst, es lebt immer weiter, obwohl ständig die Gefahr besteht, dass es ausgelöscht wird.«

Mir lief ein Schauder über den Rücken.

»Hat Ihre Mutter Ihnen eigentlich erzählt, dass sie Jüdin war, Solange?«

Ich spürte, wie sich mir der Magen umdrehte.

»Sie hat es mir wenige Monate vor ihrem Tod erzählt«, flüsterte ich. Ich hatte keinen Grund, den Armels gegenüber verlegen zu sein, und doch schämte ich mich.

Alex senkte den Blick. »Es ist wohl kein so guter Zeitpunkt, die Wahrheit zu erfahren, jetzt, wo Hitler an der Macht ist.«

»Hitler«, sagte sein Vater verächtlich. Dann schüttelte er den Kopf. »Er ist eine größere Gefahr für uns als alle Bomben und Schützengräben eines neuen Kriegs. Er will unser ganzes Volk ausrotten.«

Ich verzog das Gesicht.

»Tut mir leid …« Alex' Vater versuchte, mich zu beruhigen. »Aber Solomon hat uns schreckliche Dinge erzählt, die er aus Deutschland hört.« Er stieß einen tiefen Seufzer aus.

»Wir müssen einfach hoffen, dass Frankreich seinen Idealen *Liberté, Égalité* und *Fraternité* treu bleibt«, bemerkte ich.

Alex trank seine Tasse aus. »Es tut gut, eine optimistische Frau in der Nähe zu wissen, stimmt's, Papa?«

Monsieur Armel lächelte.

»Meine Mutter ist schon vor langer Zeit gestorben, seitdem sind wir nur noch zu zweit.«

»Genau wie mein Vater und ich«, sagte ich.

Alex nickte. »Es ist schön, dass mal jemand hier im Laden ist, der uns nicht rät, uns auf den Untergang gefasst zu machen. Leider ist es so, wie mein Vater sagt, dass Schlimmes auf uns zukommt, falls die Deutschen Frankreich erobern.«

Ich schüttelte mich. Nicht nur die Juden fürchteten eine deutsche Invasion. Ganz Frankreich zitterte davor. Selbst diejenigen, die erst nach dem Ersten Weltkrieg geboren worden waren, hatten von der Grausamkeit der deutschen Wehrmacht gehört.

»Wir glauben fest daran, dass die französische Armee alles in ihrer Macht Stehende tun wird, um eine Invasion der Deutschen zu verhindern. Außerdem haben wir ja die Maginot-Linie«, sagte ich. »Die wird uns auch schützen.«

Alex breitete die Arme aus. »Wir können nur beten, dass Sie recht haben, Solange.«

Das Gespräch über Hitler hatte uns verunsichert. Alex hatte unsere Tassen noch einmal gefüllt, aber keiner von uns trank einen Schluck oder rührte noch einen Keks an.

Ich hatte einen Klumpen im Magen und entschloss mich, den Heimweg anzutreten. Ich bedankte mich bei den beiden Männern und wartete, bis Alex meine Bücher wieder eingepackt hatte.

»Ich nehme an, Sie sind nicht daran interessiert, die beiden Bücher zu verkaufen«, sagte Monsieur Armel verständnisvoll.

Ich nickte. In dem Moment hätte ich sie für kein Geld der Welt hergegeben. Meine Mutter hatte ihre Gründe gehabt, sie zu behalten, und ich war entschlossen, ihre Entscheidung zu akzeptieren. Zwar konnte ich die hebräischen Texte nicht lesen und wusste nichts über die komplexe Geschichte, die für Alex und seinen Vater in diesen seltenen Büchern steckte, aber durch sie fühlte ich mich meiner Mutter zutiefst verbunden.

Als ich an jenem sonnigen Nachmittag nach Hause ging, die Bücher an die Brust gedrückt, spürte ich den Geist meiner Mutter in mir. Ich hörte ihre Stimme und sah ihr Gesicht vor meinem geistigen Auge. In Monsieur Armels Laden hatte ich wieder etwas über das Leben meiner Mutter gelernt, und ich musste an die Worte denken, die sie zu mir gesagt hatte: »Jedes Buch geht auf eine eigene Reise.«

10

Marthe

Paris 1898

Sie sprachen nie über seine Krankheit. Charles hatte Marthe zu verstehen gegeben, dass er die wenige Zeit, die ihm blieb, nicht mit Gesprächen über seinen sich verschlimmernden Gesundheitszustand vergeuden wollte.

Seit zehn Jahren war Marthe jetzt Charles' Mätresse, seine exklusive Geliebte. Sie hatte sich zu einer Meisterin darin entwickelt, die schöne Illusion aufrechtzuerhalten, die er so sehr liebte. Aber während es ihr leichtfiel, sich mit Samt und Seide immer wieder neu zu erfinden und dieses neue Ich durch ihre Sammlung an Kunstobjekten und teurem Porzellan weiter zu verfeinern, gelang es ihr immer weniger, ihre wachsende Sorge um Charles zu unterdrücken.

Sein Leiden stand stets unausgesprochen im Raum. Zwar weigerte er sich beharrlich, darüber zu reden, doch sein körperlicher Verfall war nicht zu übersehen. Egal, ob sie im Salon saßen oder einander in ihrem Bett in den Armen lagen, Marthe spürte, dass Charles kurz davor stand, seiner Krankheit zu erliegen.

Sein unersättliches Verlangen nach ihr war längst erloschen. Er bewegte sich immer langsamer und musste mit seiner Energie sorgsam haushalten. Hatte er sich früher voller sportlicher Energie in ihre Liebesspiele gestürzt, so erlebte sie ihn jetzt nur noch ermattet.

Seine Krankheit wurde für Marthe zu einer ständigen Herausforderung. Sie hatte sich angewöhnt, alles Unangenehme aus ihrem Leben zu verdrängen. Vor Charles' Krankheit konnte sie allerdings kaum noch die Augen verschließen. Sie lag wie ein Schatten über allem, den sie nicht aus ihrer Wohnung fernhalten konnte, so sehr sie sich auch bemühte.

Das Weiße in Charles' Augen hatte sich gelb verfärbt. Seine Lippen waren aufgesprungen, und seine Haut war aschfahl.

Manchmal konnte sie sich einfach nicht zurückhalten, so kategorisch er sich auch Bemerkungen über seinen Zustand verbat.

»Ich komme hierher, um die Welt da draußen zu vergessen … um mit dir zusammen zu sein.«

»Aber deine Gesundheit ist nicht die Welt da draußen«, entgegnete sie, verzweifelt bemüht, nicht zu weinen. »Was passiert mit mir, wenn du nicht mehr bist?«, fragte sie mit zitternder Stimme.

»Du hast immer noch deine Jugend, meine Schöne«, sagte er, obwohl Marthe inzwischen fast vierunddreißig war. »Du brauchst nur über die Champs-Élysées oder am Eiffelturm vorbeizuschlendern, und eh du dich versiehst, wird sich irgendein Filou deiner annehmen.«

»Ich will aber nicht irgendeinen Filou.« Sie senkte den Blick. »Ich will nur dich.« Sie trug seine Perlenkette, die sie kaum jemals ablegte.

Mit einer Fingerspitze berührte er vorsichtig den Schmetterlingsverschluss mit den Smaragden, der nach vorne gerutscht war.

»Aber du hast mich doch, Marthe. Mein Herz gehört nur dir.«

Sie spürte, wie sie die Fassung verlor. Als Erstes kamen die Tränen. Sie tat alles, um nicht vor seinen Augen zu schluchzen. Als Louise Franeau ihren kleinen Henri mitgenommen hatte, hatte sie sich so fest auf die Lippe gebissen, dass sie blutete, und jetzt schmeckte sie wieder Blut.

Sie wagte nicht, weiterzusprechen aus Angst, ihre Stimme würde sie verraten. Niemand in ihrem Leben hatte sie so gut behandelt wie Charles. Sie wusste, dass es auch ganz anders hätte kommen können, als er sie damals unter seine Fittiche genommen hatte. Es gab genug Männer, die gewisse, für ihre Schönheit und ihren Charme bekannte Frauen lediglich für »den Besuch« bezahlten. In Paris gab es eine ganze Hierarchie von Freudenmädchen, von der hochbezahlten Kurtisane bis hin zu Huren in den billigen Bordellen. Marthe hatte großes Glück gehabt, dass sie nicht wie viele Huren, die aus genauso ärmlichen Verhältnissen stammten wie sie, in einem dieser Freudenhäuser gelandet war.

Charles hatte sie stets so großzügig und liebevoll behandelt, wie er konnte. Bei ihm hatte es ihr an nichts gemangelt. Und als einzige Gegenleistung hatte er von ihr verlangt, dass sie das Arrangement respektierte. Dass sie sich nicht in seine Ehe mit Émilienne einmischte. Dass sie ihn mit offenen Armen empfing, wenn er Liebe brauchte.

Der Gedanke, Charles zu verlieren, trieb sie um. Zwar war sie durch die Perlenkette finanziell abgesichert, aber ein Leben ohne ihn konnte sie sich nicht vorstellen. Er musste unbedingt wieder gesund werden.

»Die Taschenuhr«, flüsterte sie. Er nahm sie aus der Brusttasche und reichte sie ihr wie bei jedem Besuch. Das goldene Gehäuse hatte inzwischen Patina angesetzt. Als sie die Uhr entgegennahm, fragte sie sich, wie oft Charles sie wohl in der Hand halten und sich der Erinnerung an sie hingeben mochte, während das Metall in seiner Hand warm wurde.

Sie öffnete die Uhr. Die Zeiger gaben die Uhrzeit an, als er das letzte Mal in ihren Armen gelegen hatte. »Gehst du jetzt?«

»Ja, mein Täubchen. Émilienne wartet schon auf mich.«

Sie kämpfte mit den Tränen, die er nicht sehen sollte. Sie sah ihren alten Charles hinter den gelben Augen, den hohlen Wangen. Wortlos stellte sie die Uhrzeiger auf die Zeit ein, die die Uhr auf dem Kaminsims anzeigte.

»Die Zeit wird stillstehen, bis du wiederkommst.« Sie legte die Uhr auf den Tisch, dann nahm sie seine Hand, drückte ihm einen Kuss auf die Handfläche und schloss seine Finger darüber. Wie sehr sie sich wünschte, er könnte ihre Küsse in seiner Faust aufbewahren.

11

Solange

September 1939

Von nun an fanden wir drei uns jeden Abend am Esstisch ein: mein Vater, ich und das Radio.

Das Radio hatte stets den Ehrenplatz zwischen uns. Nachdem ich das Abendessen serviert und unsere Weingläser gefüllt hatte, hörten wir uns an, was Deutschland und die Sowjetunion als Nächstes vorhatten. Zwei Wochen, nachdem Frankreich und Großbritannien Deutschland den Krieg erklärt hatten, fiel die sowjetische Armee in Polen ein.

»Glaubst du, dass Frankreich auch angegriffen wird?«, fragte ich meinen Vater.

»Ich bete, dass das nicht passiert, Solange«, sagte er. Er war in den vergangenen Wochen merklich gealtert und wirkte müde. »Aber unmöglich ist es nicht.«

Ich schenkte ihm Wein nach.

»Ich glaube nicht, dass die Deutschen sich auf Osteuropa beschränken werden. Hitler will alles.«

Mir lief es eiskalt über den Rücken.

»Ich habe Angst«, flüsterte ich. »Hitler gibt den Juden die Schuld an allen Problemen, die Deutschland hat.« Ich erzählte meinem Vater nichts von dem Nachmittag, den ich in Monsieur Armels Buchladen verbracht hatte, von den Geschichten, die ich über meinen Großvater gehört hatte, von der Angst in Alex' und Monsieur Armels Augen, als der Name Hitler gefallen war. Aber ich wollte wissen, was mein Vater dazu sagen würde, wenn ich ihm gestand, wie sehr mich der Antisemitismus ängstigte, den Hitler in ganz Europa entfachte.

Mein Vater hob das Weinglas an die Lippen. Er musterte mich durch seine Brillengläser. Keiner sagte etwas. An der Art, wie ich seinen Blick erwiderte, schien er abzulesen, dass ich erfahren hatte, dass ich Jüdin war.

»*Maman* hat mir vor ihrem Tod Bücher gezeigt, die auf Hebräisch geschrieben sind«, sagte ich, ohne den Blick abzuwenden. »Ich weiß, dass ich Jüdin bin.«

Er atmete tief aus und stellte sein leeres Glas auf den Tisch.

»Ehrlich gesagt ...« Er lehnte sich zurück. »... bin ich erleichtert, dass du endlich die Wahrheit kennst.«

»Warum habt ihr sie mir beide so lange vorenthalten?«

Mein Vater betrachtete seinen halb leer gegessenen Teller. Mit einer Fingerspitze fuhr er um den Rand seines Weinglases, so als suchte er nach den richtigen Worten. Ich sah ihm an, wie sehr es ihn schmerzte, dass er nicht mehr Zeit hatte, seine Antwort zu formulieren, er, der immer so großen Wert darauf legte, sich präzise auszudrücken.

»Du weißt ja, dass die Juden in Frankreich nicht immer gut behandelt wurden, Solange. Du brauchst dich nur daran zu erinnern, was mit Capitaine Dreyfus passiert ist. Wir sind immer noch ein Land, das sich als sehr französisch und sehr katholisch betrachtet und allem anderen gegenüber sehr misstrauisch ist …« Sein Blick ging in die Ferne. »Wir behaupten zwar gern, wir seien eine tolerante Nation, aber das ist leider nicht immer der Fall …«

»Ihr wolltet mich also schützen?« Es fiel mir schwer, mir meine Enttäuschung darüber nicht anmerken zu lassen, dass sie mir das so lange verschwiegen hatten. »Ich kann ja verstehen, dass du mich katholisch erziehen wolltest, aber nicht, warum *Maman* meinte, mir die Wahrheit vorenthalten zu müssen. Ich hatte nicht den Eindruck, dass sie sich für ihre Vergangenheit geschämt hat.«

Er schüttelte den Kopf. »Nein, sie hat sich nicht für ihre Wurzeln geschämt, Solange, sondern diese waren mit Verletzungen verbunden.«

Ich hob fragend die Brauen.

»Die Geschichte deiner Mutter ist kompliziert …« Nachdenklich trank er einen Schluck Wein und stellte das Glas wieder ab.

»Sie ist privilegierter aufgewachsen als die meisten Mädchen in ihrer Gemeinde. Jahrelang hat sie allein mit ihrem Vater gelebt …«

Ich nickte, denn ich wusste, dass meine Großmutter gestorben war, als meine Mutter erst drei Jahre alt gewesen war.

»Und die Bücher«, er zeigte auf den Bücherschrank, »waren ihr immer ein Trost. Fast ihr ganzes Leben jedenfalls.«

Etwas an seinem Ton änderte sich. Normalerweise wirkte er eher streng, vielleicht aus einem tiefen Bedürfnis heraus, sich präzise auszudrücken. Doch jetzt klang seine Stimme richtig weich, so als hätte allein die Erinnerung an meine Mutter eine tröstliche Wirkung auf ihn.

»Dein Großvater hatte einen Laden für seltene Bücher und Manuskripte in der Rue des Rosiers. Ich nehme an, er dachte, deine Mutter würde irgendwann mit ihm zusammen in dem Laden arbeiten, oder eher noch, dass sie einen Juden heiraten würde, dem er den Laden vererben konnte.«

Er senkte den Blick.

»Dann hat sie stattdessen mich geheiratet.« Er räusperte sich. »Du wirst dir die Enttäuschung deines Großvaters vorstellen können ... Ich war ein hart arbeitender Apotheker, ein Katholik und ein Mann, dessen Familienverhältnisse alles andere als klar waren.«

Ich schaute meinen Vater mitfühlend an. Ich sah ihm an, dass er sich selbst nach all den Jahren immer noch die Schuld an dem gab, was zwischen meiner Mutter und ihrem Vater vorgefallen war.

»Ich war nicht der junge Jude, der das Familienunternehmen fortführen, die Traditionen wahren und den Platz der Familie in der Gemeinde pflegen konnte, den sie seit Generationen innehatte.«

Ich nickte. Ich musste an Alex und seinen Vater denken, die Seite an Seite in ihrem kleinen Laden arbeiteten, daran, wie respektvoll der Sohn sich dem erfahrenen Vater gegenüber verhielt.

»Dein Großvater schätzte Bücher, die seiner Meinung nach wertvoll und selten waren. Und auch die Leute in seinem Freundeskreis kannten den Wert dieser Bücher.

Er hat deine Mutter über alles geliebt, aber ich passte

einfach nicht in seine Welt.« Er trank noch einen Schluck Wein. »Er mag mich vielleicht für ziemlich gewöhnlich gehalten haben, doch er hat nie begriffen, dass wir sie beide mehr als alles andere auf der Welt geliebt haben.«

»Wenn er sie so sehr geliebt hat, warum hat er sich dann von ihr losgesagt?«

Mein Vater schüttelte den Kopf. »Schande ist eine schlimme Sache, Solange.« Er schob seinen Teller von sich weg. »Er fühlte sich von ihr verraten. Sie haben sich fürchterlich gestritten, nachdem ich ihr einen Antrag gemacht hatte. Er wollte nicht, dass sie mich heiratete. Er meinte, es gäbe mindestens ein Dutzend junge Männer in der Gemeinde, die sie gern heiraten würden, und von denen er jeden einzelnen als Schwiegersohn akzeptieren würde. Ich glaube, er konnte sich einfach nicht vorstellen, dass sie mich tatsächlich geliebt hat.«

Ich versuchte, mir meine Mutter bei so einem hitzigen Streit vorzustellen. Es war mir fast unmöglich, denn sie war so sanft gewesen und hatte immer ganz leise gesprochen.

»Er hat sie aus dem Haus geworfen. Er hat ihr gesagt, sie würde Schande über ihn und den Namen der ganzen Familie bringen.«

Mich schauderte.

»Ein paar Wochen später haben wir dann im Rathaus geheiratet.«

Den Rest der Geschichte kannte ich. Kurz vor ihrem Tod hatte meine Mutter mir erzählt, dass ihr Vater einen tödlichen Herzinfarkt erlitten hatte, als sie mit mir schwanger gewesen war, dass sie seinen Laden hatte schließen und seine Bestände verkaufen müssen. Nur die beiden alten Bücher hatte sie behalten. Und sie hatte es ihr Leben lang bereut, dass sie sich nicht mit ihrem Vater ausgesöhnt hatte, bevor er gestorben war.

»Ich verstehe nur nicht, warum ihr mir das alles verheimlicht habt. Es kommt mir so unrecht vor, dass ich es erst so spät erfahre.«

Mein Vater seufzte. »Deine Mutter war am Boden zerstört, als er ihr nach unserer Hochzeit erklärt hat, dass sie sein Haus nie wieder betreten durfte, das musst du doch verstehen.«

Ich hätte meiner Mutter so viel Charakterstärke und solch offenen Ungehorsam nie zugetraut. Was mein Vater mir erzählte, zeigte mir eine Seite an ihr, die mir bis dahin unbekannt gewesen war.

Wir schwiegen eine Weile. Aber das Schweigen war nicht unangenehm. Im Gegenteil, ich fühlte mich meinem Vater näher denn je. Ich war froh, dass er mir endlich die Wahrheit gesagt hatte. Während ich dort mit ihm am Tisch saß, gingen mir tausend Fragen durch den Kopf.

»In den vergangenen beiden Jahren hast du viele neue Informationen verdauen müssen, das ist mir durchaus bewusst.« Er holte tief Luft. »Es war schwer für mich, dich ohne deine Mutter großzuziehen. Sie fehlt mir so sehr.« Bei den letzten Worten versagte ihm beinahe die Stimme. »Ich war fast genauso alt, wie du jetzt bist, als ich erfahren habe, dass es ein Geheimnis in meiner Familie gab, dass nicht Louise Franeau, sondern Marthe de Florian, die Frau, der du neuerdings jede Woche einen Besuch abstattest, meine leibliche Mutter ist.«

Ich betrachtete meine Hände in meinem Schoß. Ich hatte den Zusammenhang noch gar nicht hergestellt, aber was mein Vater sagte, stimmte. Auch ihn hatte man in Bezug auf seine Herkunft im Dunkeln gelassen. Und der Kontrast zwischen der Frau, die ihn großgezogen hatte, und der Frau, die ihn zur Welt gebracht hatte, musste ein großer Schock für ihn gewesen sein.

»Wir haben beide gelernt, dass Frauen in der Lage sind, ein Geheimnis zu wahren ... und dass unsere Mütter viel komplizierter sind, als wir geglaubt haben.«

»Ja«, sagte ich. »Trotzdem fühlt es sich merkwürdig an, erst jetzt zu erfahren, dass ich Jüdin bin.«

»Ich würde sagen, du bist Jüdin in dem Sinne, dass das Blut deiner Mutter in deinen Adern fließt. Aber die Frau, die mich großgezogen hat, Louise Franeau, die zwei Jahre nach deiner Geburt gestorben ist, hat dich in die Arme genommen und dich in einer katholischen Kirche taufen lassen. Sie konnte nicht schlafen, solange du nicht getauft warst.«

»Aber die Religion meiner Mutter steht nicht auf meiner Geburtsurkunde, oder?«

»Nein«, sagte er. »Ich glaube nicht, dass die Religion in Frankreich auf der Geburtsurkunde vermerkt wird. Ich werde das jedoch überprüfen.« Er stand auf, ging zu seinem Schreibtisch und nahm aus dem untersten Schubfach eine metallene Kassette, in der er alle seine wichtigen Unterlagen aufbewahrte. »Hier steht nur der Mädchenname deiner Mutter: Cohen.«

»Der Name reicht, um mich zu verraten, wenn sie die Geburtsurkunde überprüfen«, sagte ich.

»Darüber sollten wir uns jetzt keine Gedanken machen,

Solange. Bisher marschieren noch keine Deutschen über die Champs-Élysées.«

»Noch nicht«, sagte ich und schaltete das Radio ein. »Aber ich sehe sie immer vor mir, wie sie es tun.«

12

Marthe

Paris 1898

Marthe hatte Charles nicht so recht geglaubt, als er ihr angekündigt hatte, dass es nach den Perlen noch ein zweites Geschenk geben würde. Sie konnte sich nicht vorstellen, was sein erstes Geschenk noch übertreffen sollte. Aber als sie eine knappe Woche später im Bett lagen und er mit den Fingerspitzen über ihren Körper fuhr, sagte er: »Ich habe ein Porträt von dir in Auftrag gegeben.«

Sie hielt sich das Laken vor die Brust und setzte sich auf. »Ein Porträt?«

»Ja«, sagte er mit leuchtenden Augen. »Ich kenne doch deine Sammelleidenschaft. Überall in deiner Wohnung hast du Kunstgegenstände und Gemälde. Ich möchte, dass über dem Kaminsims ein großes Porträt von dir hängt. Ich möchte dich zweifach sehen, wenn ich hier bin.«

»So asketisch, wie du in letzter Zeit bist, scheint mir das ein bisschen übertrieben, meinst du nicht?« Sie streichelte ihm die Wange. »Bist du dir auch ganz sicher, dass du mich zweifach haben willst?«, fragte sie in gespielter Bescheidenheit.

Er küsste sie. Sie schloss die Augen. Er war inzwischen so dünn geworden, dass er sie an eines von diesen Drahtgestellen erinnerte, die Bildhauer anfertigten, bevor sie den Ton auftrugen.

»Ich wünschte, du würdest deine Kräfte schonen, anstatt sie in Verhandlungen mit Künstlern zu vergeuden.«

»Also wirklich, Marthe, ich kenne dich zu gut. Findest du die Idee nicht furchtbar aufregend? Für einen der angesehensten Künstler von Paris Modell zu sitzen?«

»Und wer sollte dieser Künstler sein?«, fragte sie kokett.

»Ein Mann namens Giovanni Boldini.«

Marthe schaute Charles verständnislos an. Den Namen hatte sie noch nie gehört.

»Er ist derzeit der begehrteste Porträtmaler, mein Täubchen. Und er ist ein guter Freund von Sargent.«

Marthe hob fasziniert eine Braue. Es war sehr viel passiert, seit sie 1884 mit ihrer Freundin Camille durch den Salon de Paris geschlendert war und zum ersten Mal den Namen John Singer Sargent gehört hatte.

Camille hatte immer die verrücktesten Ideen gehabt und aus jedem bisschen Freizeit, das sie außerhalb der Schneiderei verbrachten, ein Abenteuer gemacht.

Sie hatten sich vor dem Palais d'Industrie verabredet. Marthe war vor lauter Aufregung viel zu früh eingetroffen. So viele Menschen hatte sie noch nie in den Straßen gesehen. Es war ein herrlicher Tag, die Kastanien standen in voller Blüte. Eine Kutsche nach der anderen hielt vor dem Eingang zum Palais. Marthe sah die vornehmsten Frauen der Stadt aus den Kutschen steigen und ihre pastellfarbenen Parasols gegen das Sonnenlicht öffnen.

Zusammen mit Camille hatte sie das Palais betreten und den starken, fremden Geruch nach Firnis und Leinöl eingeatmet. Sie waren durch die riesigen Hallen geschlendert, jede einen Ausstellungskatalog unterm Arm. Sie gingen an dem Wandgemälde von Pierre Puvis vorbei und blieben ein paar Minuten stehen, um die nackten, Wein trinkenden Gestalten in Bouguereaus Bild *Die Jugend des Bacchus* zu betrachten.

Am deutlichsten hatte Marthe allerdings Sargents Porträt von Amélie Gautreau in Erinnerung. Es hatte einen Skandal im Salon ausgelöst. Das große Bild, das im letzten Saal der Ausstellung hing, war beinahe lebensgroß und dominierte den ganzen Raum, sodass alle anderen Gemälde daneben klein und bedeutungslos erschienen. Wenn Marthe jetzt die Augen schloss, sah sie Amélie Gautreaus blasse Haut und ihren langen Schwanenhals noch immer deutlich vor sich.

An jenem Nachmittag waren Marthe und Camille an zahllosen Aktbildern vorbeigegangen, doch keines davon war so provokativ gewesen wie das Gemälde von der vollständig bekleideten Madame Gautreau. Die Nackten auf den anderen Bildern, die sich in idealisierten Landschaften tummelten, wirkten wie geschlechtslose Engelchen. Madame Gautreau dagegen, oder Madame X, wie das Porträt betitelt war, wirkte wesentlich sinnlicher als alle anderen Figuren in den ausgestellten Bildern. Sargent hatte sie im Profil gemalt, bekleidet mit einem tief ausgeschnittenen Korsagenkleid, das von schmalen diamantenbesetzten Trägern gehalten wurde und ihre extrem blasse Haut betonte. Das Bild war Marthe wie ein Affront vorgekommen.

Und sie hatte es nie vergessen. Amélie Gautreaus Körper, obwohl in schwarzen Samt gehüllt, hatte nur wenig der Fantasie überlassen. Jede Linie und jede Kurve waren deutlich zu erkennen. Das Porträt hatte den Raum erleuchtet wie eine Fackel.

Während alle um sie herum schockiert die Luft angehalten und miteinander geflüstert hatten, war Marthe insgeheim hingerissen gewesen.

Jetzt konnte sie kaum glauben, dass Charles vorschlug, ein Zeitgenosse von Sargent solle sie porträtieren. »Sargent gefällt mir«, sagte sie und kuschelte sich an Charles. »Von diesem Boldini hab ich aber noch nie gehört ...«

Sie begann bereits sich auszumalen, wie sie dem Künstler Modell saß, den Kopf leicht zur Seite gewandt, bekleidet mit einem ihrer Lieblingskleider. Und es tröstete sie, dass Charles trotz seiner Krankheit nicht aufgehört hatte, sie aus allen Blickwinkeln zu betrachten.

»Ich habe bereits einen Termin mit ihm ausgemacht«, riss Charles sie aus ihren Tagträumen. »Er wird dich übermorgen aufsuchen. Lass Giselle eine Kleinigkeit für ihn zubereiten. Er ist klein, doch er ist bekannt für seinen Appetit.« Er lächelte. »Du wirst verstehen, was ich meine, wenn du ihn siehst.«

Sie nahm seine Hand und drückte sie sich an die Lippen. »Mach dir keine Sorgen, Liebling. Ich habe noch keinen Mann hungern lassen.«

Boldini traf um halb eins bei ihr ein. Marthe erwartete ihn im Salon. Ein blasses, fliederfarbenes Kleid schmiegte sich an ihren langgliedrigen Körper. Um den Hals trug sie Charles' Perlen.

»Monsieur Boldini«, kündigte Giselle den Maler an und führte ihn in den Salon.

Marthe traute ihren Augen nicht. Der Mann sah ganz anders aus, als sie erwartet hatte. Er war klein und fast kahl und hatte einen langen Bart und dichte, buschige Augenbrauen. Er trug eine Brille mit Drahtgestell.

Marthe erhob sich aus ihrem Sessel und reichte ihm die Hand. Sie war fast einen halben Kopf größer als der Künstler.

»Welch eine Freude zu wissen, dass ich eine so schöne Frau malen werde«, sagte er und küsste ihr die Hand. »Das wird mir die Arbeit zu einem Vergnügen machen.«

Sie lächelte, froh, dass der Mann mit seinem Charme wettmachte, was an seinem Äußern zu wünschen übrig blieb.

»Ich fühle mich geehrt, von so einem großen Künstler porträtiert zu werden. Charles hat Sie in den höchsten Tönen gelobt.«

Boldini stand immer noch in der Mitte des Zimmers. Unter einem Arm hielt er einen großen, mit schwarzer Kordel zusammengehaltenen Zeichenblock.

»Bitte, Monsieur Boldini, fühlen Sie sich wie zu Hause …« Mit einer Geste bedeutete sie ihm, Platz zu nehmen.

Er nickte und setzte sich ihr gegenüber. Sie bemerkte, wie er die Kunstobjekte im Salon betrachtete.

»Wie ich sehe, mögen Sie asiatisches Porzellan.«

Marthe lächelte, erfreut, dass der Künstler ihre Sammlung wahrgenommen hatte. Ihre Porzellanvasen waren ihr ganzer Stolz. »Ja, sehr. Mit den Vasen hat meine Sammelleidenschaft begonnen – und dann konnte ich nicht genug davon bekommen.«

»Wie interessant …« Sein Gesichtsausdruck ließ erkennen, dass er sich über Marthes außergewöhnlichen Geschmack wunderte, denn asiatisches Porzellan wurde nur von wenigen Kennern geschätzt.

»Ich bin auch ein leidenschaftlicher Sammler«, sagte er. »Was Sie hier zusammengetragen haben, genießt meine volle Bewunderung.«

Marthe strahlte. Es freute sie ungemein, dass sie ihn mit etwas beeindruckt hatte, das sie selbst geleistet hatte, etwas, das über ihre eigene Schönheit hinausging.

Boldini zeigte auf eine Vase auf einem Regal, die geformt war wie ein Flaschenkürbis. »Mondscheinglasur. Meine Lieblingsglasur.« Er schloss kurz die Augen, als hätte die blassblaue Glasur ihn an etwas erinnert.

»Die Chinesen haben so eine unglaublich abgestufte Palette«, sagte er. »Als könnten sie jede Schattierung von Atemluft, von Wasser, von Eis darstellen … Für Elemente, die wir als durchsichtig empfinden, kennen sie perfekte Schattierungen in Blau.«

Während sie ihm zuhörte, spürte sie, wie etwas in ihr aufwallte, ein ganz und gar unerwartetes Gefühl. Sie wollte, dass er weiterredete, denn sie war unglaublich neugierig zu erfahren, was er zu sagen hatte.

»Und die da …« Er zeigte auf eine andere Vase, eine aus der Famille-rose-Periode. »Ich kann mir direkt vorstellen, eine von diesen Blüten in der Hand zu halten … die samtenen Blütenblätter mit den Fingern zu berühren.« Am Ende hatte er geflüstert, als wollte er den beinahe erotischen Gehalt seiner Worte unterstreichen.

Marthe wurde ganz warm in ihrem Kleid.

»Die Pinselstriche des Künstlers bilden ein perfektes

Hochrelief. Einen Kontrast zwischen Hart und Weich.« Er wandte sich von der Vase ab und schaute Marthe an. »Das hat etwas sehr Sinnliches, finden Sie nicht auch?«

Sie erwiderte sein Lächeln, erfreut, dass sie etwas gemeinsam hatten. Trotz seiner koboldhaften Erscheinung zog er sie völlig in seinen Bann. Sie betrachtete sein kleines Gesicht, die verkniffenen Züge. Den fast kahlen Schädel. Er war weiß Gott kein gut aussehender Mann. Er hatte nichts von dem, was sie von Anfang an zu Charles hingezogen hatte: die Größe, das dichte schwarze Haar, die gerade Nase und die vollen Lippen. Aber als ihr Blick auf seine Hände fiel, sah sie, dass die Natur es wenigstens in einer Hinsicht gut mit ihm gemeint hatte.

Seine Finger waren lang und schmal, die Hände blass und glatt. Sie konnte keine einzige Verfärbung und kein einziges Haar entdecken.

Seine Finger waren wirklich ausgesprochen schön. Sie konnte sich gut vorstellen, wie sie Pinsel und Palette hielten.

»Ja«, sagte sie, um das Gespräch wieder aufzunehmen, nachdem ihre Gedanken sie kurz abgelenkt hatten. »Nicht nur die Emaillelinien sind bemerkenswert, sondern auch die Form der Vasen. Die wie eine Sanduhr geformten wirken ausgesprochen feminin ... selbst die Vasen in Kürbisform weisen eine gewisse weibliche Robustheit auf.«

»Sie haben einen außergewöhnlich guten Blick.« Er lächelte. »Ich bin beeindruckt.«

»Dazu gibt es keinen Grund«, erwiderte sie. »Es ist einfach erfrischend, auf jemanden zu treffen, der dieselbe Sprache spricht ...«

»Es kommt sehr selten vor, Madame, dass man mit

einer Frau so frei über Schönheit und Kunst sprechen kann …« Er breitete die Hände aus, als würde er einen imaginären Vogel freilassen. Marthe beobachtete ihn fasziniert, sie hing an seinen Lippen. Sie fühlte sich regelrecht hypnotisiert von seinen Bewegungen und seiner Stimme.

»Die Glasuren inspirieren meine Arbeit … Sie können sich nicht vorstellen, wie oft ich schon versucht habe, diese Schattierungen zu reproduzieren. Aber mit Ölfarben ist es unmöglich, diese Art von Transparenz abzubilden.«

»Doch, das kann ich mir sehr gut vorstellen.« Ihr wurde ganz heiß. Dieser Austausch von Schmeicheleien erregte sie. Der Künstler redete mit ihr wie mit seinesgleichen, als wäre sie eine Frau, die die Sprache der Künstler verstand.

»Dafür besitze ich jedoch andere Fähigkeiten«, sagte er und gestikulierte wieder mit den Händen. »Also, keine Sorge. Ich verspreche Ihnen, Ihr Porträt wird sehr schön werden.«

»Daran zweifle ich nicht«, erwiderte Marthe mit einem betörenden Lächeln. »Man hat mir gesagt, Sie sind der beste Porträtmaler in Paris.«

»Auf jeden Fall sorgen meine Gönner dafür, dass ich mich in Paris sehr wohlfühle.«

Wieder sah sie etwas in seinen Augen aufblitzen. Er besaß eine außergewöhnliche Vitalität. Ihr wurde bewusst, dass ihr, seit Charles immer schwächer wurde, die Gesellschaft eines Menschen mit solcher körperlichen und mentalen Energie gefehlt hatte.

Boldini griff nach dem Zeichenblock, der an seinem Sessel lehnte, und löste die schwarze Kordel.

»Darf ich?«, fragte er und klopfte auf den Block. »Ich würde gern ein paar Skizzen von Ihnen machen, bevor ich mich verabschiede.«

»Selbstverständlich«, sagte sie, richtete sich in ihrem Sessel auf und hob das Kinn ein wenig. Dann konzentrierte sie ihren Blick auf ihn wie eine Jägerin.

»Sie scheinen das schon einmal gemacht zu haben«, sagte er.

»Nein. Es ist das erste Mal.«

Er lächelte. »Sobald es Ihnen genehm ist, müssten Sie dann in mein Atelier am Boulevard Berthier kommen, damit ich mit dem Porträt beginnen kann.« Er schlug den Block auf und glättete das oberste Blatt mit einer Hand. »Schließlich möchte ich Ihre schöne Wohnung nicht mit meinen Farben besudeln … Heute möchte ich allerdings nur einige Skizzen von Ihrem Gesicht anfertigen …«

Sein Stift flog bereits über das Blatt. Noch ehe sie antworten konnte, begann er, mit schnellen Strichen ihre Gesichtszüge aufs Papier zu bringen.

»Was für ein merkwürdiger kleiner Mann!«, sagte sie zu Charles. Er lag neben ihr im Bett, die Pfeife in der Hand.

»Aber sehr talentiert, das versichere ich dir. Ich habe letztes Jahr im Pariser Salon sein Porträt von Madame Veil-Picard gesehen …« Er sog an seiner Pfeife. »Sehr bemerkenswert. Er hat ihren verschmitzten Blick genau eingefangen.« Er kitzelte Marthe am Kinn. »Ich möchte nicht irgendein steifes Porträt von dir. Es soll ein lebendiges Bild werden.«

»Ich wünschte, du hättest auch ein Porträt von dir in

Auftrag gegeben«, flüsterte sie ihm ins Ohr. »Gerade du hättest es verdient, unsterblich gemacht zu werden.«

Er lächelte. Um seine Augen bildeten sich Fältchen wie winzige Fächer. »Von mir ein Porträt anzufertigen würde sich nicht mehr lohnen.« Er lachte kurz auf. »Ich befinde mich in einem Zustand des Verfalls.« Er nahm ihre Hand und legte sie sich auf die Brust. »Du dagegen ... bist auf der Höhe deiner Schönheit.«

»Aber es scheint dir doch besser zu gehen, mein Liebling.« Sie fand, dass er gar nicht mehr so blass wirkte. Er hatte sogar etwas von den Kleinigkeiten gegessen, die sie von Giselle hatte zubereiten lassen.

»Lass uns einfach den Augenblick genießen«, sagte er. Charles war ein Meister darin, jederzeit das Thema zu wechseln, wenn Marthe versuchte, über seinen Gesundheitszustand zu sprechen.

Er schob eine Hand zwischen ihre Schenkel. »Vergiss Boldini«, sagte er mit einem schelmischen Lächeln. »Er darf vielleicht deine Lippen malen.« Er küsste sie auf den Mund. »Aber ich bekomme dich zu sehen, wenn du am allerschönsten bist.«

Sie spürte, wie seine Finger in sie eindrangen.

Er war so geschickt. Sie lächelte und schloss die Augen.

13

Solange

Oktober 1939

Jene Herbstwochen sollten die letzten Wochen sein, in denen sich die Einwohner von Paris noch Illusionen über einen bevorstehenden Krieg hingaben. Noch nie hatte ich so lange Schlangen vor den Kinos gesehen – das zweistündige Kinovergnügen hatte sich als perfektes Mittel erwiesen, die Wirklichkeit für eine Weile zu vergessen. Selbst ich gab meine zwei Sous hin und wieder für eine Kinokarte aus, anstatt mich mit meinen Aufzeichnungen ins Café um die Ecke zu setzen.

Ende September kapitulierte Polen, die polnische Regierung floh nach London, und Deutschland und die Sowjetunion teilten das Land untereinander auf.

Während die Schlagzeilen vom Einmarsch der sowjetischen Truppen in Lettland berichteten und die französischen Truppen in Erwartung einer deutschen Invasion an der Maginot-Linie Stellung bezogen, war die französische Bevölkerung hauptsächlich mit ihrem leeren Magen beschäftigt. Seit die Vitrinen in den *Boulangerien* immer leerer geworden waren, träumten wir alle von ein bisschen Butter und Zucker. In den meisten Bäckereien gab es nur noch wenige Baguettes und das eine oder andere Landbrot. Verschwunden waren die köstlichen *Tartes* und Schokoladenkuchen. Anstelle von süßem Gebäck hatten die Bäcker nur ein bisschen angefaultes Obst im Angebot. Am Himmel über unseren Köpfen sahen wir silberne Flugzeugflügel, allerdings noch nicht das eiserne Kreuz der deutschen Luftwaffe.

Mein Vater hatte angefangen, sich einen Vorrat an Medikamenten anzulegen, die sich im Krieg als wertvoll erweisen würden. Immer wieder brachte er ein paar Fläschchen mit nach Hause und verstaute sie im Badezimmerschrank.

»Alle jungen Männer in deinem Alter werden jetzt zum Kriegsdienst eingezogen, Solange«, sagte er eines Abends beim Essen zu mir. »Mit neunzehn beginnt die Wehrpflicht.«

Ich schüttelte den Kopf. Es war nur schwer vorstellbar, dass die Jungs, mit denen ich zur Schule gegangen war, jetzt in den Krieg ziehen würden. Der Gedanke an ihre Mütter brach mir das Herz.

»Wie schrecklich für die Familien dieser Jungen, die über Nacht zu Männern und Soldaten werden sollen«, sagte mein Vater.

Ich nickte. Ich musste an Alex und seinen Vater denken. Alex war mindestens neunzehn.

»Du wirst doch nicht eingezogen, oder?«, fragte ich ihn. Mein Vater war kein junger Mann mehr, und ich konnte mir nicht vorstellen, dass man ihn in den Kampf schicken würde.

Er antwortete nicht sofort. Sein Blick ging in die Ferne, als erinnerte er sich daran, wie er vor einigen Jahrzehnten, mit Mitte zwanzig zum Kriegsdienst rekrutiert worden war.

»Ich glaube nicht, dass man mich zum Dienst an der Waffe rufen wird, aber sowohl an der Front als auch in den Lazaretten werden Apotheker gebraucht werden. Schwer zu sagen, was auf uns zukommt.«

Ich rang die Hände. Diese bedrückende Ungewissheit trieb im Moment alle Franzosen um. Alle außer Marthe. Neuerdings besuchte ich sie fast täglich, und jedes Mal, wenn ich auf dem Weg zu ihr das Haus verließ, fiel mir auf, wie sehr die Menschen sich veränderten. Die Frauen hüllten sich in Schals ein, die Männer suchten in ihren Taschen nach ein paar Münzen, um ein Exemplar der neuesten Zeitung zu erstehen. Die Kinder klammerten sich ängstlicher als sonst an die Hände ihrer Mütter. Liebende küssten sich verzweifelt im Licht der Gaslaternen, so als wäre jeder Kuss ihr letzter.

Während mir mein eigenes Leben völlig uninteressant erschien, konnte ich stundenlang über das Leben der Menschen um mich herum nachgrübeln. Ich betrachtete alles durch die Augen einer Person, die außerhalb des Geschehens stand, und ich fragte mich, ob das wohl der Fluch derjenigen war, die davon träumten zu schreiben.

Ich stapfte also weiterhin durch die Straßen von Paris, mein Notizheft an die Brust gedrückt, den Blick auf meine Umgebung konzentriert.

Marthe hatte sich inzwischen daran gewöhnt, dass ich stets mit Stift und Papier bewaffnet in ihre Wohnung kam. Die Kapitel ihrer Lebensgeschichte wurden immer zahlreicher, und die darin agierenden Figuren nahmen auf den Seiten in meinem Heft Konturen an. Ich konnte es kaum erwarten, die Einzelheiten der Geschichte von Monsieur Boldini und der Entstehung des Porträts zu erfahren.

14

Marthe

Paris 1898

Der Künstler hatte Marthe bei seinem Abschied eine Visitenkarte überreicht.

Giovanni Boldini

41 Boulevard Berthier

Paris

Fasziniert betrachtete sie die erhabenen schwarzen Buchstaben, und als sie die Karte umdrehte, sah sie, dass Boldini ihr eine Überraschung dagelassen hatte: eine kleine Zeichnung von ihrem Kopf im Profil. Mit wenigen kräftigen Strichen hatte er ihren langen Hals, ihr ausgeprägtes Kinn und ihre Locken festgehalten.

Der Mann hatte sie sehr beeindruckt. Sie hatten über so viele Themen diskutiert, nicht nur über ihr Porträt. Sie freute sich jetzt schon darauf, ihn wiederzusehen und womöglich noch mehr Gemeinsamkeiten zu entdecken.

Vielleicht teilte er sogar ihre heimliche Schwäche für die erotischen Shunga-Drucke. Vorerst schob sie diesen Gedanken jedoch noch beiseite.

Für ihren ersten Besuch in seinem Atelier hatte er den Mittwoch vorgeschlagen, und sie hatte es kaum erwarten können, dass die zwei Tage bis dahin vergingen. Jetzt war es endlich so weit. Schon beim Aufwachen war sie ganz aufgeregt gewesen. Da das Atelier John Singer Sargent gehörte, fragte sich Marthe, ob der Künstler das skandalöse Porträt von Amélie Gautreau innerhalb derselben Wände gemalt hatte, wo jetzt ihr Porträt entstehen sollte.

Sargent hatte in seinem Gemälde sowohl die helle als auch die dunkle Seite seiner Muse eingefangen. Amélies blasse Haut stand in scharfem Kontrast zu ihrem schwarzen Korsagenkleid, das der Frau etwas Strenges, die Ausstrahlung einer kühlen Schönheit verliehen hatte. Marthe wollte in ihrem Porträt lieber weicher und sinnlicher dargestellt werden.

Jetzt stand sie vor ihrem Kleiderschrank und überlegte, was sie anziehen sollte.

Vorsichtig befühlte sie den Stoff verschiedener Kleider. Sie zog eines heraus, das sie ganz besonders mochte und von dem sie glaubte, dass es Boldini gefallen würde. Es war eines ihrer kostbarsten Kleider, ihr einziges Kleid aus dem Hause der Schwestern Callot, vier Modeschöpferinnen, die einen der begehrtesten Modesalons von Paris betrieben. Schon in ihrer Zeit als Näherin hatte Marthe von ihren Kleidern geträumt. Sie trat vor den Spiegel und hielt sich das Kleid an. Es war aus reiner tief rosafarbener Seide. Es kam ihr vor, als wäre sie erst gestern in dem Salon in der Rue Taitbout gewesen, um die Einzelheiten des Kleides mit Marie, der begabtesten der Schwestern, zu besprechen.

Marie hatte ihr die weich fallende Seide empfohlen. Sie hatte einen Stoffballen aus dem Regal genommen, ein Stück abgewickelt und es Marthe angehalten.

»Er ist leicht irisierend«, hatte Marie ihr erklärt. »Und er ist halb durchsichtig. Stellen Sie sich einfach Sonne und Mond vor.« Sie schob eine Hand unter den Stoff und führte Marthe vor, wie die Farbe sich änderte, je nachdem, wie sie ihre Hand bewegte. »Der Stoff kommt beim Gehen ganz besonders schön zur Geltung«, fuhr Marie fort. »Er hat sozusagen ein Eigenleben ... eine gewisse Magie, wenn Sie so wollen.«

Marie konnte natürlich nicht ahnen, dass ihre Kundin früher selbst einmal Näherin gewesen war und sich mit der Wirkung solcher Stoffe sehr gut auskannte.

»Treten Sie mal ans Fenster«, hatte sie Marthe aufgefordert. »Sehen Sie, wie der Stoff schimmert? Dieser Effekt entsteht dadurch, dass Schuss und Kette in entgegengesetzter Richtung gewebt werden.«

Marthe nahm einen Zipfel des Stoffs zwischen die Fingerspitzen und nickte. »Ja, ein Kleid aus diesem Material wird bestimmt großartig.«

Dann hatte Marie ihr einen hellrosa Organza für die Ärmel gezeigt. Marthe hatte sofort verstanden, welchen verblüffenden Effekt Puffärmel aus diesem steifen Stoff haben würden. »Wir werden sie sehr bauschig machen, wie zwei Sonnenaufgänge, das wird die Korsage mit der schmalen Taille und den langen Rock betonen«, sagte Marie aufgeregt. »Ich hole kurz Stift und Papier, dann zeige ich es Ihnen.«

Die Zeichnung war unnötig gewesen, denn Marthe hatte sich das Kleid mit Leichtigkeit vorstellen können. Der Kontrast zwischen den beiden Stoffen, der Organza bauschig und fedrig, die Seide weich und hauchzart, alle Konturen ihres Körpers umschmeichelnd.

Als sie sich das Kleid jetzt anhielt, musste sie lächeln. Das Kleid besaß eine ganz eigene Magie, genau wie Marie es versprochen hatte. Die Ärmel mehrmals gerüscht, die Korsage mit Spitze besetzt, der Rock weich fallend. Wenn sie sich in dem Kleid bewegte, schimmerte der Stoff in tausend verschiedenen Farben.

Genau das sollte Boldini mit seinem Pinsel wiedergeben, nicht nur ihre Figur und ihre Gesichtszüge. Das Porträt sollte zeigen, wie wandlungsfähig sie war, eine Frau, die in vollem Glanz erstrahlte, wenn sie aus dem Schatten ins Licht trat. Das Porträt sollte die Fähigkeit besitzen, einen ganzen Saal zu erleuchten.

Die Schwestern Callot hatten ein kleines Vermögen für das Kleid berechnet, doch jetzt würde sich jeder Sous bezahlt machen. Marthe stellte sich vor, wie sie Boldinis Atelier betrat, wie sein Blick sie erfasste, noch ehe sein Pinsel die Palette berührte. Wenn er sie zum ersten Mal in diesem Kleid sah, würde das seine Fantasie sofort anregen. Er würde sie auf seiner Leinwand in vollem Glanz erstrahlen lassen. Er würde sie so darstellen, wie sie ihre Porzellanvasen sah. Eine Frau, die in tausend Facetten schimmerte. Eine Frau, die Feuer und Sanftheit in sich vereinte, Schatten und Licht.

15

Marthe

Paris 1898

Nachdem Giselle ihr beim Ankleiden geholfen und die mit Strass besetzte Schärpe um ihre Taille befestigt hatte, setzte Marthe sich an ihre Frisierkommode. Sie legte Rouge auf und schminkte sich die Lippen rosarot. Sie türmte ihre langen Locken zu einer Hochsteckfrisur auf, sodass ihr Schwanenhals zur Geltung kam, und zum Schluss legte sie ihre kostbare Perlenkette an.

Vor dem Haus am Boulevard Berthier half der Kutscher ihr beim Aussteigen. Die Straße war eher unscheinbar, ohne die Pracht und die aufwendigen Fassaden wie in der Rue Fortuny, wo Charles mit Émilienne lebte.

Sie hob den Saum ihres Kleids an und ging zur Tür. An der Straßenecke schrie ein Zeitungsjunge die neuesten Schlagzeilen über die Dreyfus-Affäre hinaus. »*J'accuse!*« stand in riesigen Lettern auf der Titelseite der Zeitung. Marthe hätte schwören können, dass sie, als sie sich auf den Weg gemacht hatte, einen anderen Zeitungsjungen »Tod den Juden! Tod dem Verräter!« hatte schreien hören.

Das Geschrei war ihr ein Graus. Politik gehörte zu den Dingen, die sie aus ihrem Leben fernhielt, und so hatte sie sich auch nicht für die Einzelheiten dieses Skandals interessiert. Sie kannte sowieso nicht viele Juden, die Sache war ihr also ziemlich gleichgültig. Aber die hässlichen Worte beleidigten ihre Gefühle. Sie verabscheute diese Art Vulgarität. Sie drückte auf die Klingel, bestrebt, in der Oase des Künstlers Zuflucht vor dem geschmacklosen Gejohle zu finden.

»Madame de Florian«, begrüßte sie Boldini und ließ sie ein. Er trug einen Kittel über dem Anzug, aus dessen Taschen zwei Pinsel ragten. »Es freut mich sehr, dass Sie gekommen sind.«

»Das Vergnügen ist auf meiner Seite«, sagte sie und reichte ihm die Hand. Sie schaute zu, wie seine Lippen sich ihrem Handschuh näherten, ohne ihn zu berühren.

»Darf ich Ihnen Ihr Cape abnehmen?« Sie hatte ein austerngraues, kurzes Cape aus Samt und Seide mit rosafarbenen Schleifen gewählt. Als er es ihr abnahm, schenkte sie ihm ein kokettes Lächeln und zupfte ihre Ärmel zurecht. »Wollen Sie mir auch Ihren Hut geben?«

Sie zog die Hutnadeln aus ihrem kleinen, mit Maribufedern geschmückten Hut.

»Sie sehen schön genug aus, um gemalt zu werden, Madame de Florian.«

»Danke.« Sie konnte ihre Freude über seine Aufmerksamkeit nicht verhehlen.

Er legte sich das Cape über den Arm und machte eine einladende Geste mit ihrem Hut. »Hier entlang, bitte.«

Sie betrat das Atelier, in dem zahlreiche Leinwände an den Wänden lehnten und die Luft vom Geruch nach Lack und Farbe erfüllt war. Von den Dämpfen wurde ihr ein bisschen schwindelig, aber zugleich fühlte sie sich auf ganz neue Weise belebt.

»Haben Sie die alle gemalt?«, fragte sie und zeigte mit einer ausladenden Geste auf die vielen Bilder an den Wänden.

»Ja. Sie befinden sich alle in verschiedenen Stadien der Fertigung. Ich arbeite immer an mehreren Bildern gleichzeitig, sodass ich ein Gemälde, wenn ich mich ihm wieder zuwende, mit neuen Augen sehen kann.«

»Wenn man das doch auch mit Menschen machen könnte …«, sinnierte sie. »Das täte uns allen gut.«

Er zögerte kurz, so als überlegte er, ob er mit einem höflichen »in der Tat« oder ausführlicher antworten sollte, so als wäre sie eine Künstlerkollegin. Er entschied sich für Letzteres. »Die perspektivische Darstellung ist ein Werkzeug, das viel zu selten benutzt wird. Wenn die Menschen den Mut besäßen, hin und wieder die Perspektive zu wechseln, wäre die Welt ein wesentlich angenehmerer Ort.«

Marthe schaute Boldini in die Augen. »Da haben Sie allerdings recht. Wir benutzen Lupen zum Lesen und Operngläser, um ein Theaterstück zu verfolgen, aber unser Leben betrachten wir nur selten von einem anderen Blickwinkel aus.«

Er antwortete nicht gleich, und sein Schweigen trug noch zu Marthes Aufregung bei. Ihr war gar nicht bewusst gewesen, wie sehr sie die Zwiegespräche vermisste, die sie mit Charles geführt hatte, bevor er krank geworden war. In ihrer Wohnung hatte sie auch vor Charles'

Krankheit ziemlich abgeschottet gelebt, und seit er immer schwächer wurde, sprach sie nicht mehr jeden Gedanken aus, der ihr in den Sinn kam, denn sie wollte ihn nicht mit ihrer Energie ermüden. Die Gelegenheit, sich mit Boldini über Kunst und den kreativen Prozess des Malens auszutauschen, kam ihr wie gerufen, und sie fühlte sich so lebendig wie schon lange nicht mehr.

»Ich habe den Eindruck, dass sich unter den Perlen und den herrlichen Locken eine echte Künstlerin verbirgt, Madame de Florian ...« Boldinis Augen wurden schmal hinter seinen Brillengläsern. »Was Sie da gerade gesagt haben, hätte auch aus dem Mund eines meiner Malerkollegen kommen können.«

Sie lächelte. »Monsieur Boldini, Sie schmeicheln mir.« Sie berührte leicht ihre Perlen. Sie spürte, wie der Verschluss nach vorne rutschte.

»Wenn ich Ihnen schmeicheln wollte, könnte ich mich auf Ihre Schönheit beschränken. Dann bräuchte ich die Kunst nicht zu erwähnen.«

Marthe errötete.

»Es wird eine große Herausforderung sein, all das mit Farbe und Pinsel zum Ausdruck zu bringen. Es genügt nicht, ein Bild zu malen, das lediglich Ihre Gesichtszüge wiedergibt. Es muss auch Ihr Feuer enthüllen, Ihre Intelligenz ... Ihre überbordende Lebensfreude«, sagte Boldini nach einem Moment des Schweigens. »Aber diese Herausforderung nehme ich mit großem Vergnügen an.«

Der kleine Mann mit der Glatze, der Drahtbrille und den kleinen Augen hatte ihr soeben den Atem geraubt.

»Dann lassen Sie uns anfangen«, sagte sie mit leuchtenden Augen.

»Nehmen Sie doch Platz«, sagte Boldini und führte Marthe zu einer Ecke, wo ein kleines, zweisitziges Sofa mit verschnörkelten, weißen Armlehnen stand. Direkt gegenüber stand ein dazu passender Sessel.

»Ich habe kein Dienstmädchen, das uns Tee machen kann, aber ich bin in der Lage, Wasser zu kochen.«

»Dann sind sie also ein sogenannter moderner Mann …«, erwiderte sie lachend. Sie schaute sich im Atelier um. Es gab nur wenige Möbelstücke. Durch die hohen Fenster fiel helles Licht. Marthe spürte, wie Boldini ihr mit seinem Blick folgte, als sie sich durch das Atelier bewegte. Sie wusste, dass der Stoff ihres Kleids im Licht changierte.

»Während Sie sich mit Leichtigkeit in jeder Epoche zu Hause fühlen würden, Madame. Es war zweifellos Ihre künstlerische Ader, die Sie diesen außergewöhnlichen Stoff für Ihr Kleid hat auswählen lassen … Die Farbe ändert sich mit jedem Schritt, den Sie gehen.«

»Ach, tatsächlich?«, erwiderte sie mit gespielter Verwunderung. Sie blieb vor dem kleinen Sofa stehen, dann hob sie ihren Rocksaum an und schob Rock und Schleppe zu einer Seite, um nicht von der Fülle des Stoffs behindert zu werden, wenn sie sich setzte.

»Brauchen wir *wirklich* Tee?«, fragte Boldini unvermittelt. »Brauchen wir solche Formalitäten? Es wäre doch eigentlich reine Zeitverschwendung …«

Er setzte sich ihr gegenüber auf einen kleinen Sessel und beugte sich vor. »Am liebsten würde ich sofort anfangen, Sie in diesem Kleid zu zeichnen …« Er hob die Brauen. »Oder wäre das unhöflich?«

»Ich denke, Sie wissen ganz genau, dass ich keinen großen Wert auf Tee lege, Monsieur Boldini.«

Ein Lächeln erhellte sein Gesicht.

»Ich bin ebenso wie Sie der Meinung, dass wir unsere Zeit für das Porträt nutzen sollten, anstatt müßig an Teetässchen zu nippen.«

»Sie sind eine außergewöhnliche Frau, Madame. Sie verzichten auf Etikette zugunsten meines unbändigen Drangs, Sie zu malen. Ich hole meinen Skizzenblock.«

Er ging in eine andere Ecke des Ateliers, wo sich Skizzenblöcke unterschiedlicher Größe stapelten. Er nahm einen der größeren und fischte mehrere Kohlestifte aus einer hohen, schlanken Dose.

Als er zu ihr zurückkehrte, bekam sie Herzklopfen. Er setzte sich wieder ihr gegenüber und schlug den Block auf.

»Schauen Sie bitte nach rechts«, wies er sie an.

Als sie den Kopf nach rechts drehte, rutschten ihre gebauschten Ärmel von den Schultern, und sie spürte die kühle Luft an den Brüsten.

Er hatte noch nicht mit dem Skizzieren begonnen. Er saß, den Kohlestift in der Hand, über das Zeichenblatt gebeugt und musterte sie, als wäre sie ein unschätzbar wertvoller Gegenstand.

Sie hob das Kinn ein wenig an, um sicherzustellen, dass ihr Profil so scharf war wie eine Messerschneide. Entgegen ihrer Erwartung war jedoch nicht das Schaben des Stifts auf dem Papier zu vernehmen. Stattdessen hörte sie, wie Boldini den Block auf dem Boden ablegte.

Boldini stand auf. »Darf ich?«, fragte er. Sie spürte, wie er ihre Perlenkette verrückte, bis der Verschluss sich in ihrem Nacken befand. Dann schob er ihre gebauschten Ärmel weiter nach unten, sodass mehr von ihren nackten Schultern zu sehen war.

»So«, sagte er und hob ihr Kinn noch ein wenig. Sein Finger fühlte sich an wie ein brennendes Streichholz. »Viel besser.«

Er setzte sich wieder in seinen Sessel, hob den Skizzenblock vom Boden auf und begann zu zeichnen. Das Geräusch der Kohle auf dem Papier ließ Marthes Herz höherschlagen – es hörte sich an wie die Flügelschläge eines Vogels, der zum ersten Mal abhob.

16

Marthe

Paris 1898

Charles kam ihr inzwischen vor wie ein Geist. In den wenigen Monaten, seit ihr zum ersten Mal aufgefallen war, dass etwas mit ihm nicht stimmte, hatte er sich von einem hochgewachsenen, eleganten Mann in eine vor Schmerz gekrümmte Gestalt verwandelt. Obwohl es schon April war, zitterte er ständig vor Kälte. Seinetwegen ließ sie Giselle jedes Mal ein Feuer im Kamin des Salons anzünden, wenn er zu Besuch kam.

Nicht nur das Weiße in seinen Augen, sondern auch seine Haut hatte sich gelb verfärbt. Marthe vermutete, dass er an Gelbsucht litt. Und das Beunruhigendste war, dass er nicht einmal mehr das Bedürfnis hatte, sich auszuziehen und sich mit ihr in ihr Schmetterlingsbett zu legen.

Stattdessen saßen sie jetzt meist in trauter Zweisamkeit im Salon. Er kam jedes Mal in einem langen Mantel, auf dem Kopf einen Filzhut, die Pfeife in den bleichen Händen. Ihre Haut war noch warm von ihrem morgendlichen Bad, wenn sie ihn zur Begrüßung umarmte, seine Wangen fühlten sich kalt an, wenn sie die Hände daran legte.

Trotz seiner fortschreitenden Krankheit genoss Charles nach wie vor den Anblick von Marthes Schönheit in ihren transparenten Seidenkleidern. Er atmete ihren Duft ein, als sei sie sein Rosengarten.

Manchmal schaute er sie auf eine Weise an, die sie daran erinnerte, wie Boldini sie mit seinen Blicken erforschte.

Bei seinem letzten Besuch hatte Charles ihr erzählt, dass seine Kinderfrau ihm einmal gesagt hatte, er habe ein ausgeprägtes künstlerisches Talent.

»Als Junge habe ich Vögel gezeichnet«, sagte er, während er seine Finger mit ihren verschränkte. »Wir hatten ganz viele auf unserem Landsitz. Die eindrucksvollsten waren natürlich die Pfauen und die Falken, aber mich hat es immer zu den kleineren hingezogen, den Zaunkönigen und den Bachstelzen. Mich hat es fasziniert, dass sie klein genug waren, um sie in der Hand zu halten.«

Sie hatte gelächelt und die Augen geschlossen und sich Charles als kleinen Jungen mit Skizzenblock vorgestellt. In ihrer Fantasie sah er so aus wie sein Sohn, den sie einmal vor seinem Haus gesehen hatte. Dünne Beine, die aus kurzen Flanellhosen ragten, weißes Hemd und Hosenträger. Das Bild von dem kleinen Charles, wie er im Schneidersitz im Garten des Familienlandsitzes im Gras hockte, einen Zeichenblock auf den Knien, und Vögel zeichnete, rührte sie zutiefst.

»Jetzt weißt du, warum ich dich mein Täubchen nenne«, sagte er leise.

Es wunderte sie nicht, dass Charles als Kind künstlerisches Talent an den Tag gelegt hatte. Sie wusste, dass er ihre Wohnung eingerichtet hatte, er hatte die Kunstgegenstände ausgesucht, die Spiegel aufhängen lassen, die Sitzmöbel gekauft, die in weichen, sinnlichen Farben gepolstert waren, das Bett entworfen. Das war nicht das Werk eines Bankiers, das war das Werk eines Mannes mit einem geübten Blick für schöne Dinge.

»Warum hast du mit dem Zeichnen aufgehört, wenn es dir so viel Spaß gemacht hat?« Sie umschloss seine Hand etwas fester. Sie waren beide vollkommen entspannt, doch sie wollte nicht, dass er einschlief.

Er stieß einen tiefen Seufzer aus. »Das ist wohl meinem Vater zuzuschreiben. Er fing an, mich mit auf die Jagd zu nehmen. Wir haben zwar nie kleine Vögel geschossen, aber Fasane und Moorhühner. Von da an war mein Leben nicht mehr so idyllisch wie vorher …« Er schwieg einen Moment lang. »Als ich dann aufs Internat geschickt wurde, besaß ich nicht mehr die Gemütsruhe, um mich im Zeichnen von Vögeln zu verlieren.«

»Wie traurig«, sagte sie. »Ich hätte mich gern von dir zeichnen lassen.«

Er hatte gelacht. »Ich habe den besten Künstler beauftragt, das zu tun – und der soll dich in Ölfarben malen, nicht nur mit einem Bleistift zeichnen!«

Jetzt, eine Woche später, war er noch schwächer als bei seinem letzten Besuch.

»Wie weit ist das Porträt gediehen? Werde ich es bald zu sehen bekommen?«

»Boldini hat gerade erst angefangen, Skizzen anzufertigen«, sagte Marthe und nahm Charles' Hand. »Du musst kräftiger werden, damit du ihn in seinem Atelier besuchen kannst. Es ist sehr beeindruckend.«

Er lachte. »Das würde mir gefallen. Die Adresse habe

ich schon.« Er klopfte auf seine Brusttasche. »Es besteht kein großer Unterschied zwischen einem Künstler und einem Bankier. Beide geben klare Anweisungen, wenn es darum geht, wohin man den Scheck schicken soll.«

Jetzt lachte sie auch. »Es wird dir bestimmt gefallen, wenn es fertig ist.«

»Da bin ich mir ganz sicher ... Ich hoffe bloß, dass ich die Fertigstellung des Kunstwerks noch erlebe.«

In letzter Zeit weigerte er sich nicht mehr, über seinen Gesundheitszustand zu sprechen. Er sprach jetzt ganz offen über seinen körperlichen Verfall, sogar über seinen bevorstehenden Tod.

Ihre Rollen hatten sich vertauscht. Jetzt war es Marthe, die nicht über seine hässliche Krankheit sprechen wollte oder über die schmerzliche Wahrheit, dass sein Zustand sich nicht mehr verbessern, sondern nur noch weiter verschlimmern würde.

»Du wirst bestimmt wieder gesund, mein Liebling«, sagte sie und drückte seine Hand. »Es war ein langer Winter, und der Frühling fängt gerade erst an. Wenn im Bois de Boulogne die ersten Rosen blühen, wirst du dich schon viel besser fühlen, ganz bestimmt.«

»Ich habe mir nicht zum Ziel gesetzt, die Rosen blühen zu sehen, sondern dein Porträt in einem goldenen Rahmen.«

»Hör auf damit ... Du wirst es im Lauf der Jahre so oft sehen, dass du es irgendwann über haben wirst.« Sie fuhr ihm mit der Hand durchs Haar und gab ihm einen Kuss. Seine ehemals weichen Lippen waren jetzt trocken und aufgesprungen.

»Mein Täubchen«, sagte er und schaute ihr in die

Augen. »Wenn ich nur wieder sechs Jahre alt wäre, dann würde ich dich eigenhändig zeichnen.«

Sie erwiderte nichts, sondern stand wortlos auf und ging in das kleine Zimmer, wo sie in einem kleinen Schreibtisch ihr Briefpapier, Notizhefte und Stifte aufbewahrte.

Sie öffnete die unterste Schublade und kramte darin herum, bis sie einen Bleistift fand. Normalerweise benutzte sie diese roten Zedernholzstifte nicht, aber sie waren praktisch, wenn sie mit Giselle die Einkaufslisten machte.

Sie ging zurück in den Salon. »Hier«, sagte sie und gab ihm ein Notizheft und den Bleistift.

»Der große Meister braucht noch ein paar Wochen für sein Ölgemälde, du wirst also der Erste sein, der mich porträtiert.«

Er nahm das Heft entgegen und legte es sich auf die Knie. Dann nahm er ihr den Stift ab.

»Ich weiß wirklich nicht, wann ich das zum letzten Mal gemacht habe«, sagte er.

»So etwas vergisst man nicht vollkommen ...«

»Wenn meine Erinnerung mich nicht trügt, habe ich früher Zaunkönige und Bachstelzen gezeichnet – aber noch nie eine Taube.«

»Es gibt für alles ein erstes Mal, Liebling.«

»Da muss ich dir recht geben«, sagte er. »Stell dich doch da neben den Kamin.« Er zeigte in die Richtung.

»Mit dem größten Vergnügen ...«

Er begann, ihren Kopf zu zeichnen, ihren langen Hals. Dann legte er den Stift ab.

»Bitte, verzeih mir.« Er musste husten. »Ich bin plötzlich so müde.« Er legte das Heft auf dem Sofa ab.

Sie setzte sich neben ihn und nahm das Heft, um sich anzusehen, was er zu Papier gebracht hatte.

Er hatte sie im Profil gezeichnet, ein paar Haarsträhnen um ihr Ohr herum. Die Zeichnung war halb fertig.

Sein Talent war jedoch nicht zu übersehen.

»Ich muss nach Hause. Émilienne erwartet mich.«

Sie nickte, aber wie immer versetzte der Name seiner Frau ihr einen Stich. Sie legte das Heft wieder auf dem Sofa ab und begleitete ihn zur Tür. Sie nahm seine Wangen in beide Hände, genauso, wie sie es zur Begrüßung getan hatte, und küsste ihn auf die trockenen Lippen.

Er erwiderte ihren Kuss. Dann nahm er die Taschenuhr aus seiner Brusttasche, damit sie die genaue Zeit ihres Abschieds einstellen konnte.

»Bis zum nächsten Mal«, flüsterte er, steckte die Uhr wieder ein und küsste sie auf die Wange.

»Ich warte auf dich, bis die Zeiger sich wieder bewegen«, wisperte sie ihm ins Ohr.

Nachdem er gegangen war, lief sie zum Sofa und riss die Seite mit dem angefangenen Porträt aus dem Heft. Dann ging sie zu ihrem Schreibtisch und legte die Seite zu den ersten Liebesbriefen, die Charles ihr geschrieben hatte. Sie wusste, dass er die Zeichnung nie vollenden würde. Aber selbst dieses halb fertige Porträt von seiner Hand zu besitzen machte sie glücklich.

17

Marthe

Paris 1898

In der nächsten Woche sagte Charles seinen Besuch ab. Auch in der darauf folgenden. Er schickte ihr einen Brief, in dem er schrieb, er sehne sich nach ihr, schaffe es aber nicht aus dem Bett. Émilienne hatte darauf bestanden, dass er zur Erholung auf das Landgut der Familie fuhr, wo die Luft besser für ihn war.

In der Woche darauf entdeckte Marthe ein böses Omen. Als sie an dem Sockel vorbeiging, auf dem Fauchons Käfig stand, lag der kleine Vogel tot auf dem Boden des goldenen Käfigs, die Beine in die Luft gestreckt. Seine Augen sahen aus wie zwei winzige schwarze Steine.

Giselle wickelte den toten Vogel in ein Stück Seide und versuchte, Marthe zu trösten. Sie versicherte ihr, dass Fauchon länger gelebt hatte als die meisten Kanarienvögel, und sie versprach ihr, ihren Liebling im Park standesgemäß zu beerdigen.

»Er war eines der allerersten Geschenke von Charles«, jammerte Marthe, während Giselle Fauchon in eine Keksdose legte, die als Sarg herhalten musste. »Er hat ihn für mich gekauft, damit ich nicht allein war, damit er mich mit seinem Gezwitscher erheiterte.«

Was sie jedoch noch mehr bedrückte als Fauchons Tod war die Ahnung, dass sein Dahinscheiden der Vorbote eines ganz schrecklichen Ereignisses war. Sie versuchte, den Gedanken wegzuschieben, doch die Angst, dass Charles als Nächster sterben würde, verfolgte sie wie eine schwarze Wolke.

Da Charles nicht in Paris war und sie nur wenig hatte, um sich abzulenken, freute Marthe sich mehr denn je auf ihre Besuche in Boldinis Atelier. Nach all den Wochen, in denen Charles immer schwächer geworden war, sehnte sie sich nach der Gesellschaft von jemandem, der ebenso viel Energie hatte wie sie. Bald erfuhr sie, dass Boldini nicht nur ihre Leidenschaft für chinesische Vasen teilte, sondern auch ihre Liebe zu Venedig.

In einer ihrer ersten Sitzungen hatte er sie gefragt, woher ihr Name stammte. »De Florian?«, sinnierte er. »Ist das französisch?«

»Nein, das würde ich nicht sagen«, erwiderte sie kokett.

»Ach? Was würden Sie dann sagen?«

»Es ist venezianisch.«

»Sie meinen wie das Café in San Marco?«

»Genau.«

Seine Augen leuchteten.

»*Bellissimo.*« Sie wusste, dass er Italiener war, aber ihn plötzlich in seiner Muttersprache reden zu hören begeisterte sie auf der Stelle.

»Dort habe ich mich verliebt. Also habe ich den Namen angenommen.«

»Und wie lautet Ihr wirklicher Name?«

Sie zögerte. »Beaugiron.«

Er verzog das Gesicht. »Ja, Sie haben recht, *Carissima*. De Florian klingt viel besser.«

»Ich fand Venedig berauschend. Das Wasser. Das Licht. Die *Palazzi* in den schönsten Farben ... Es war, als wäre ich am Ende der Welt angekommen, wo es nur noch Schönheit gab ... und den Drang, sich zu lieben.«

Er lachte und legte seinen Skizzenblock ab.

»Sie sprechen immer von Farben. Vielleicht sollte ich Ihnen einen Satz Farben schenken.«

Sie lächelte, und ihr wurde so warm, dass ihr Kleid mit all dem Organza und der Seide sich plötzlich zu eng anfühlte. Sie wünschte, sie könnte sich von ihrer Korsage befreien und sich, nur mit einem Hausmantel bekleidet, auf einem von Boldinis Sofas zurücklehnen.

Sie bog den Rücken ein bisschen durch, um einen Krampf aufzulösen. »Es ist gar nicht so einfach, so lange still zu sitzen ... Viel lieber würde ich so wie Sie mit einem Kohlestift in der Hand hier im Atelier umherlaufen.«

»Ich glaube, es würde Ihnen nicht gefallen, sich an der Kohle die Finger schwarz zu machen«, entgegnete er lachend. »Ich könnte Sie mir eher mit einer Palette in der Hand vorstellen.«

»Das würde mir gefallen – Farben mischen, neue Farben kreieren«, sinnierte sie. »Aber ich würde auch gerne noch einmal nach Venedig reisen ...« Sie schloss die Augen und sprach weiter, als würde sie laut träumen. »Durch die engen Straßen spazieren, die *Palazzi* mit all den Fenstern in den schönen Fassaden betrachten ...«

Sie hörte das Schaben der Kohle auf dem Papier. »In den

Kirchen den Kopf in den Nacken legen und die herrlichen Deckenmalereien sehen.«

»Ihr Herz schlägt wie das einer Italienerin«, sagte er und lächelte sie an. »Vielleicht reisen wir ja eines Tages gemeinsam nach Venedig, dann zeige ich Ihnen mein geliebtes Ferrara.«

Sie stutzte. Nach Venedig hatte Charles nie wieder eine Reise vorgeschlagen. Venedig war eine einzige Verführung gewesen, dort hatten sie ihr Arrangement auf die Probe gestellt. Selbst wenn Boldini es nicht ernst meinte, die Vorstellung, noch einmal eine Reise zu unternehmen, erregte sie. »Ferrara?«, wiederholte sie. »Ist das in der Nähe von Venedig?«

»Jedenfalls nicht weit weg. Nah genug für einen Tagesausflug von Venedig aus.«

»Fahren Sie oft dorthin?«

»Nein. Eigentlich ziemlich selten. Italien gehört für mich der Vergangenheit an. Genau wie Sie nach Ihrer Reise nach Venedig habe ich mich in Paris neu erfunden.« Er sagte ihr, sie könne sich jetzt entspannen.

Erleichtert ließ Marthe sich gegen die Sofalehne sinken.

»Als ich aus Ferrara weggegangen bin, habe ich mich … Was soll ich sagen? – Da habe ich mich frei gefühlt.«

Boldini nahm seine Pfeife und riss ein Streichholz an. Als er die Pfeife anzündete, nahm Marthe den Geruch nach Eichenlaub wahr – der Tabak duftete viel erdiger als der orientalische Tabak, den Charles bevorzugte. Der Duft hatte etwas Berauschendes. Sie schloss die Augen und lauschte Boldinis Stimme.

»Zum ersten Mal in meinem Leben fühlte ich mich vom Schatten meines Vaters befreit. Ich war nicht länger der Sohn von Antonio Boldini, dem großen Maler von Engeln und Heiligen.«

Er paffte an seiner Pfeife. Rauchwölkchen drifteten in Marthes Richtung. »Vielleicht war ich ein *piccolo diavolo,* ein kleiner Teufel.« Er lachte. »Ich habe lieber Frauen aus Fleisch und Blut gemalt als Engel.

Was nicht bedeutet, dass ich meinem Vater nicht dankbar wäre für alles, was er mir beigebracht hat. Da er mich schon sehr früh menschliche Formen hat malen lassen, war ich den anderen Studenten an der Kunstakademie um Meilen voraus. Und meine schönsten Kindheitserinnerungen sind die Stunden, die ich in seinem Atelier verbracht habe. Der Geruch nach Terpentin und Sägemehl. Unfertige Leinwände, die an den Wänden lehnten …«

»Ein bisschen so wie hier?«, fragte sie und befingerte ihre Perlenkette.

»In seinem Atelier stand noch viel mehr herum. Und es war rustikaler. Mit dunklen Balken wie in einer alten Scheune.« Boldini zeigte zur Decke hoch. »Stellen Sie sich zehnmal so viele Leinwände in einem Atelier vor, das nur halb so groß war wie dieses hier. Zum Glück bin ich ein besserer Geschäftsmann als mein Vater. Wahrscheinlich hatte mein Vater Hemmungen, für seine Arbeit Geld zu verlangen, weil er für die Kirche arbeitete. Ich arbeite nur nach Vorkasse.«

»Mein Charles hat Ihnen also ein kleines Vermögen im Voraus gezahlt«, sagte sie lachend.

»Allerdings.«

»Ich würde auch nichts anderes von ihm erwarten. Er ist durch und durch ein Gentleman.«

Boldini beugte sich vor. »Und ich bin durch und durch ein Schurke.«

Sie quiekte vor Vergnügen. »Sie sind wirklich viel unterhaltsamer, als ich es mir hätte träumen lassen! Sie amüsieren mich, obwohl Sie mich zwingen, eine Stunde in einer qualvollen Pose zuzubringen!«

»Und Sie, meine Liebe, sind ein großartiges Modell. Ich habe bereits genug Skizzen, um mit dem Porträt zu beginnen.«

»Meine Arbeit ist also hiermit beendet?«, fragte sie in einem koketten Singsang. Kokettieren hatte ihr in letzter Zeit fürchterlich gefehlt, und so sehr sie Charles liebte, die Aufmerksamkeit, die Boldini ihr schenkte, tat ihr gut.

»O nein. Ich werde ein paar Wochen brauchen, um die Konturen auf die Leinwand zu bringen. Dann werden Sie noch einmal herkommen und für mich Modell sitzen müssen.« Er klappte den Skizzenblock zu. »Darf ich Ihnen schreiben, wenn ich etwas produziert habe, das Ihre Anerkennung verdient?«

Sie errötete. »Das würde mich sehr freuen.«

»Wieder etwas, das wir gemeinsam haben, Madame de Florian.«

Sie war völlig aufgedreht, als sie Boldinis Atelier verließ. Auch er hatte also das Gefühl, sich neu erfunden zu haben. Anstatt sie als Hochstaplerin zu beschimpfen, hatte er sich von seiner verletzlichen Seite gezeigt. Als ihre Kutsche durch die belebten Straßen von Paris fuhr, überkam sie das Bedürfnis, ihm für diese Geste der Liebenswürdigkeit zu danken.

»Rue de Seine einunddreißig«, wies sie den Kutscher an. Es war die Adresse von Ichiros Laden.

Sie war schon mehrere Wochen lang nicht mehr in dem Laden gewesen, doch sie wusste, dass sie dort etwas finden würde, womit sie Boldini nicht nur ihre Dankbarkeit zeigen, sondern auch ihre aufkeimende Freundschaft festigen konnte. Etwas Schönes, dachte sie, etwas, das Gefühle viel besser zum Ausdruck bringen würde als eine einfache Grußkarte mit ein paar höflichen Worten.

18

Marthe

Paris 1898

Ichiro trat hinter dem dunkelvioletten Vorhang hervor und begrüßte sie warmherzig.

»Madame de Florian, Sie sind viel zu lange nicht hier gewesen«, sagte er mit einer tiefen Verbeugung. »Ihnen sind viele schöne Dinge entgangen, die in den vergangenen Wochen eingetroffen sind und den Laden bereits wieder verlassen haben.«

Sie bemerkte, dass sein erfahrener Blick sofort auf die Perlen fiel, die sie um den Hals trug.

Sie hob eine Hand und berührte die Perlen leicht mit den Fingerspitzen. »Ihnen entgeht aber auch nichts, nicht wahr?«, sagte sie liebenswürdig. »Die sind ein Geschenk von jemandem mit einem erlesenen Geschmack.«

»Und sie kommen aus Japan«, sagte Ichiro und trat näher. »Es freut mich, etwas so Schönes zu sehen, das aus meiner Heimat stammt.«

Sie lächelte. »Man hat mir erklärt, wie schwierig es ist, genug Perlen zu finden, die in Größe und Farbe zusammenpassen ... Dass deswegen solche Halsketten so selten sind.«

»Ja. Wer auch immer Ihnen das gesagt hat, hat recht.« Er konnte den Blick gar nicht von ihren Perlen losreißen, und es freute sie, dass ihre Rollen ausnahmsweise einmal vertauscht waren, dass Ichiro etwas begehrte, was sie besaß, und nicht umgekehrt.

»Es ist bedauerlich, dass ich mich im Perlengeschäft nicht auskenne«, sagte er lächelnd. »Ich glaube, es ist viel lukrativer als der Handel mit Antiquitäten …«

Sie lachte. »Aber ohne Ihre Hilfe wäre ich verloren. Vor allem heute, denn ich brauche ein Geschenk für jemanden mit einem sehr ausgeprägten künstlerischen Sinn, für den ich bei La Samaritaine auf keinen Fall finden kann, was ich brauche. Deswegen bin ich zu Ihnen gekommen.«

»Das ist sehr gütig von Ihnen«, sagte Ichiro und legte die Hände zusammen. »Was kann ich also für Sie tun?«

»Mein Bekannter teilt meine Vorliebe für asiatische Porzellanobjekte. Vielleicht können Sie mir ein paar Exemplare zeigen?«

Ichiro nickte, und als er sie mit leuchtenden Augen anschaute, wurde ihr erst bewusst, wie sehr er ihr gefehlt hatte.

»Selbstverständlich. Ich kann Ihnen einige Vorschläge machen.« Er machte eine kleine Verbeugung. »Geben Sie mir ein paar Minuten, um sie aus dem Lager zu holen. Ich mache Ihnen eine Tasse Tee.«

Mit diesen Worten verschwand er hinter dem Vorhang.

Der Laden hatte für Marthe nichts von seiner Magie eingebüßt. Langsam schlenderte sie um die hohen Tische herum, auf denen Ichiro seine Waren ausstellte. Diesmal hatte er zwei sehr schöne Vasen aus der Zhou-Dynastie im Angebot, außerdem eine große Schale mit Chrysanthemenmuster, die sie vielleicht für sich selbst kaufen würde. Aber sie entdeckte nichts, von dem sie glaubte, dass es Boldini gefallen könnte.

Ichiro kam mit einem Lacktablett, auf dem zwei Keramiktassen mit dampfendem Tee standen.

»Nehmen Sie doch Platz … Ich habe einige Objekte im Keller, die ich heraufholen werde und Ihnen gern zeigen würde.«

Er zog einen Stuhl unter einem kleinen Tisch hervor, und Marthe setzte sich.

Ichiro nahm ebenfalls Platz und hob eine Tasse an die Lippen. »Dieser Bekannte, besitzt er eine ähnliche Sammlung wie Sie?«

Sie lächelte. »Ich weiß nicht, wie groß seine Sammlung ist. Aber aus Gesprächen konnte ich entnehmen, dass er eine besondere Vorliebe für durchscheinende Glasuren hat.«

Ichiro nickte. »Er muss sehr gebildet sein, wenn er sich mit solchen Dingen auskennt.« Er stand auf. »Ich hole jetzt die Objekte aus dem Keller.«

Kurz darauf kam er mit zwei Bambuskisten zurück.

»Diese beiden Vasen sind erst letzte Woche eingetroffen. Sie haben einer Samurai-Familie in Nara gehört.«

Er nahm den Deckel von der ersten Kiste.

»Ich habe sie aus Japan bekommen, doch sie wurden in einem kaiserlichen Ofen in Korea gebrannt. Es sind sehr seltene Stücke.«

Er hob die Vase aus einem Nest aus Stroh und hielt sie ins Licht.

Die Glasur war milchig blau.

»Sie ist wunderschön«, flüsterte Marthe, nahm die Vase in beide Hände und drehte sie hin und her, um sie aus allen Richtungen zu begutachten.

»Die andere ist ebenfalls sehr außergewöhnlich.« Ichiro stellte die zweite Kiste auf den Tisch.

Vorsichtig nahm er den Deckel der Kiste ab und nahm die Vase aus dem Stroh.

Als Marthe die bauchige Vase erblickte, begann ihr Herz heftig zu pochen. Sie hatte eine milchige Seladon-Glasur mit einem Netz aus feinen schwarzen Linien.

»Es handelt sich um ein besonders seltenes Exemplar. Am liebsten würde ich sie gar nicht verkaufen …« Ichiro stellte die Vase auf den Tisch. »Sie wurde in einem kaiserlichen Ofen gebrannt, genau wie die andere Vase, aber die Glasur ist einzigartig. Man nennt sie ›Craquelé‹, weil sie an brechendes Eis erinnert.«

Marthe beugte sich vor und betrachtete die Vase. So etwas hatte sie noch nie gesehen.

»Sie ist atemberaubend …« Sie fuhr mit einer Fingerspitze über die schimmernde Glasur. »Als wäre ein Spinnennetz in der Glasur gefangen.«

»Genau.« Ichiro lächelte. Sie sah ihm an, dass ihn ihre Begeisterung freute. »Diese Art von Glasur ist sehr schwierig herzustellen. Es müssen mehrere Schichten Glasur aufgebracht und nacheinander gebrannt werden, um diese haarfeinen Risse zu erzeugen. Dabei gehen natürlich viele Stücke kaputt.«

»Unglaublich«, flüsterte sie. »Darf ich sie mal anfassen?«

»Selbstverständlich.« Er hob die Vase an und reichte sie ihr.

Sie hielt die Vase ins Licht, um die Glasur genauer zu betrachten. Dieses Exemplar berührte ihr Herz und weckte ihre Fantasie. Sie war fasziniert von dem stimmungsvollen Grünton, der sie an das Grün des Wassers in den venezianischen Kanälen erinnerte, und besonders von der Wirkung der Glasur, die den Anschein erweckte, als wäre die Vase zerbrochen, obwohl die Oberfläche völlig intakt war. Ein Gegenstand, der so zart und zugleich so komplex war, würde Boldini gefallen, davon war sie überzeugt. Die Vase war das perfekte Geschenk für den Künstler.

»Ich denke, meinem Bekannten wird diese Vase besonders gefallen«, sagte sie.

»Sie ist allerdings etwas teurer als die erste, die ich Ihnen gezeigt habe«, sagte Ichiro leise.

Er schrieb den Preis auf, denn über Geld zu sprechen hatte ihm schon immer widerstrebt.

Auf dem Zettel stand *500 Francs*. So viel Geld gab sie normalerweise nicht einmal für etwas aus, das sie für sich selbst kaufte.

Die Finger an die Perlenkette gelegt, ließ sie sich den horrenden Preis durch den Kopf gehen.

»Das ist mehr, als ich erwartet hatte, aber ich glaube, mein Bekannter wird die Schönheit und die Seltenheit der Vase zu schätzen wissen …«

»Madame hat einen ausgesprochen exquisiten Geschmack.«

Marthe lächelte. »Würden Sie den Betrag bitte auf meine Rechnung setzen, Ichiro? Ich werde sie am Ende des Monats begleichen.«

Sie schaute ihm zu, wie er die Vasen sorgsam in ihre mit Stroh gefüllten Kisten verstaute.

»Ich werde sie für Sie in Geschenkpapier einwickeln, Madame de Florian.«

»Vielen Dank«, sagte sie und zog sich ihre Handschuhe wieder an.

Sie stellte sich vor, wie sie Boldini die Vase überreichte. Doch dann sagte sie sich, dass es viel eleganter wäre, wenn Ichiro das Geschenk direkt an Boldinis Atelier liefern würde. So konnte keine peinliche Situation entstehen, falls die Vase dem Künstler nicht so gut gefiel, wie sie es sich erhoffte.

Marthe nahm eine ihrer Visitenkarten aus ihrer Handtasche und schrieb in ihrer eleganten Handschrift auf die Rückseite:

Giovanni Boldini

41 Boulevard Berthier

Als Ichiro mit dem verpackten Geschenk aus dem Hinterzimmer kam, drückte sie ihm die Karte in die Hand.

19

Solange

Oktober 1939

Die letzten Oktoberwochen waren schwierig. Die Spannungen zwischen den europäischen Ländern, die sich Nazideutschland unterwarfen, und denen, die es bekämpfen wollten, wuchsen. Nicht nur der französische Premierminister Édouard Daladier, sondern auch der britische Premierminister Neville Chamberlain hatten Hitlers »Friedensangebot« abgelehnt. Im Radio wurde berichtet, dass Juden aus Polen deportiert wurden.

Ich musste immer wieder an den Laden von Monsieur Armel denken, der genauso gut der meines Großvaters hätte sein können, wenn er noch lebte. Zwar hatte ich auf keinen Fall vor, die Bücher meiner Mutter zu verkaufen, doch ich verspürte ein starkes Bedürfnis, Alex und seinen Vater noch einmal zu besuchen.

Und so ging ich an einem Montag, dem Tag, an dem ich mich normalerweise dem Schreiben widmete, in die Rue des Écouffes.

In der Metro hielten die Leute an jenem Nachmittag ihre Zeitungen umklammert, als handelte es sich um die Bibel.

Le Monde berichtete auf der Titelseite von einem Bombenangriff auf den Firth of Forth in Schottland. Wie lange würde es noch dauern, bis mein Vater und ich unter dem Küchentisch kauerten, während Bomben auf Paris fielen?, fragte ich mich. Schon jetzt lernten die Kinder in der Schule, wie man sich eine Gasmaske aufsetzte, und es wurde regelmäßig das Verhalten bei Fliegeralarm geübt.

Als ich aus der Metrostation trat, schaute ich mich um, um mich zu orientieren. Im Marais mit seinen vielen engen Straßen konnte selbst eine Pariserin wie ich sich leicht verirren. Auf dem Weg die Rue Pavée hinunter zum jüdischen Viertel fühlten meine Arme sich ohne die Sicherheit der Bücher, die ich beim letzten Mal bei mir gehabt hatte, leer an. In einer kleinen Bäckerei wollte ich für Alex und seinen Vater ein Geschenk kaufen, auch wenn ich nur ein paar Sous in der Tasche hatte.

Seit Kriegsbeginn hatten die Bäckereien jedoch kaum noch etwas im Angebot, und hier war es noch schlimmer als in unserem Viertel. Bei meinem letzten Besuch im Marais vor mehreren Wochen hatte ich noch köstliche, mit Nüssen und Trockenfrüchten gefüllte Pasteten und *Petits pains au chocolat* in den Schaufenstern gesehen, doch jetzt waren fast alle Körbe und Regale in der Bäckerei leer. Nur ein paar mit Zimt und Zucker bestäubte Kekse und Brote waren zu sehen.

Ich kaufte einige Kekse und verließ traurig die Bäckerei. In Frankreich war es Brauch, etwas Süßes mitzubringen, wenn man jemanden besuchte, aber die Kekse wirkten leblos, sie taugten kaum als Geschenk. Trotzdem tat es gut, etwas in meinen nervösen Händen zu halten.

Das herbstliche Sonnenlicht verlieh den labyrinthischen Gassen etwas Magisches. Die Mesusot an einigen Haustüren versinnbildlichten die Brücke zwischen den zwei Welten der Stadt. Die Männer in ihren schweren schwarzen Mänteln und den schwarzen Hüten gaben mir das Gefühl, mich an einem fremden, exotischen Ort zu befinden.

Und zugleich fühlte ich mich unwiderstehlich von alldem angezogen.

Ich fragte mich, ob von den Männern und Frauen, denen ich begegnete, vielleicht einige meine Mutter gekannt hatten oder möglicherweise sogar Kunden meines Großvaters gewesen waren.

Vor dem Laden von Monsieur Armel zögerte ich einen Moment lang und überlegte, was ich sagen sollte, wenn die beiden mich begrüßten. Schließlich war ich diesmal nicht unter dem Vorwand hier, dass ich den Wert von zwei Büchern schätzen lassen wollte. Als ich mein Spiegelbild in der Schaufensterscheibe betrachtete, die in die Stirn gezogene Mütze, den bis obenhin zugeknöpften Mantel, wurde mir bewusst, dass ich hier immer noch eine Außenseiterin war, egal, wie begierig ich war, mehr über diesen Ort und seine Bewohner zu lernen.

Ich drehte mich um. Leute gingen an mir vorbei, ohne von mir Notiz zu nehmen. Schließlich holte ich tief Luft und betrat den Laden.

Der Geruch nach Papier und Druckerschwärze beruhigte mich sofort. Für Menschen, die Bücher lieben, gibt es keinen besseren Geruch. Es war der Duft meiner Kindheit, für mich das Parfüm meiner Mutter. Ich fühlte mich in die Zeit zurückversetzt, als sie mir vorgelesen hatte, als ich auf ihrem Schoß gesessen und ihren Atem im Nacken gespürt hatte.

»Solange?« Alex hatte mein Eintreten sofort bemerkt und kam mir mit ausgebreiteten Armen entgegen.

»Ich war gerade zufällig in der Gegend und wollte nicht vorbeigehen, ohne hereinzuschauen«, sagte ich hastig. »Sie und Ihr Vater waren letztens so großzügig, und ich möchte mich noch einmal bei Ihnen bedanken.«

Ich reichte ihm die kleine Schachtel mit den Keksen aus der Bäckerei.

»Aber das wäre doch nicht nötig gewesen … Ich weiß, dass mein Vater sich gefreut hat, Sie kennenzulernen und die Haggada Ihres Großvaters wiederzusehen.«

Ich lächelte. »Und ich habe mich gefreut, etwas über meinen Großvater zu erfahren.«

»Kommen Sie«, sagte er und deutete in den hinteren Teil des Ladens. »Mein Vater ist heute nicht da, aber ich kann uns trotzdem einen Tee aufbrühen.« Er klopfte auf die Keksschachtel. »Und die möchte ich schließlich nicht allein aufessen.«

»Es sind nur ein paar. Die Bäckereien sind ja wie leer gefegt …«

Er nickte. »Die ersten Kriegsopfer«, sagte er leichthin.

»Meine Großmutter schafft es immer noch irgendwie, gutes Gebäck zu bekommen, aber fragen Sie mich nicht, wie sie das macht.«

»Sie können sich glücklich schätzen, so eine Großmutter zu haben.«

»Ja, sie ist eine bemerkenswerte Frau.« Ich lachte. »Sie würden sie vermutlich ziemlich charmant finden. Sie führt ein Leben, als wäre die Zeit stehen geblieben.«

»Und in welcher Ära hat sie sich eingerichtet?«, fragte er.

»In der Belle Époque«, sagte ich verschmitzt.

»Also in der Hochzeit der Dekadenz.« Es schien ihn zu amüsieren.

»Ja. Anfangs dachte ich, ich würde ein Theaterstück über sie schreiben. Aber inzwischen habe ich so viel Material, dass es für ein ganzes Buch über ihr Leben reicht.«

»Ich habe also eine zukünftige Romanautorin zu Gast?« Er zog einen Stuhl unter dem Tisch hervor, damit ich mich setzen konnte.

Ein bisschen peinlich berührt senkte ich den Blick. »Ihre Lebensgeschichte aufzuschreiben lenkt mich vom Krieg ab.«

»Sie sind voller Überraschungen. Als Sie zum ersten Mal hier waren, haben Sie uns die unschätzbare Haggada gezeigt, und jetzt erzählen Sie mir, dass Sie an einem Buch arbeiten. Darf ich fragen, wie alt Sie sind, Solange?«

»Ich bin neunzehn.« Ich errötete. Noch nie hatte jemand mit mir geflirtet. »Und Sie?«

»Viel älter«, erwiderte er grinsend. »Ich bin einundzwanzig.«

»Ah, also ein gesetzter Monsieur ...«

»So ist es.« Er stützte sich mit den Händen auf dem Tisch ab. Seine Finger waren blass und schlank, viel zarter, als ich es vermutet hatte. Ich musste an die Worte meiner Großmutter denken, die gesagt hatte, als sie Boldinis Hände gesehen habe, sei ihr seine Schönheit bewusst geworden.

»Und jetzt wird der gesetzte Monsieur Mademoiselle einen Tee aufbrühen.«

Er ging ins Hinterzimmer und kam wenige Minuten später mit einem Tablett zurück.

Ich blieb über eine Stunde bei Alex. Mindestens zweimal ging er ins Hinterzimmer, um frischen Tee aufzugießen, und von meinen Keksen waren bald nur noch ein paar Krümel übrig.

Wir redeten über unsere Lieblingsbücher und unsere Lieblingsautoren. Ich erzählte ihm von meiner Großmutter, deren Leben als Tochter einer Wäscherin angefangen hatte und die jetzt in einer vornehmen Wohnung voller Samt und Seide lebte. »Das ist das perfekte Material für einen Roman, der im neunzehnten Jahrhundert spielt«, sagte er beeindruckt.

»Stimmt.« Ich musste lachen.

»Sie haben mein volles Vertrauen, Solange. Ich kann es kaum erwarten, den Roman zu lesen!«

»Zuerst muss ich ihn zu Ende bringen«, sagte ich. »Das ist der schwerste Teil. Ich setze mich gern nachmittags mit meinem Notizbuch in ein Café bei uns um die Ecke und versuche zu arbeiten. Irgendwie kann ich mich dort besser konzentrieren als zu Hause.«

»Sie können gern in unserem Hinterzimmer arbeiten, wenn Sie wollen. Mein Vater hat bestimmt nichts dagegen. In letzter Zeit haben wir sowieso kaum Kundschaft, wie Sie zweifellos festgestellt haben.«

Ich schaute mich um. Es stimmte. Seit ich den Laden betreten hatte, war kein einziger Kunde hereingekommen.

»Wie soll es denn mit dem Laden weitergehen, wenn niemand mehr seltene Bücher kauft oder verkauft?«

»Oh, es werden viele seltene Bücher verkauft! Mein Vater ist heute in einen Vorort gefahren, um sich eine Sammlung anzusehen. Im Moment verkaufen die Leute wie verrückt, weil sie Bargeld brauchen. Alle sind nervös wegen das Kriegs ... Das Problem ist nur, dass keiner mehr kauft ...«

Seine Worte versetzten mir einen Stich. Die Vorstellung, dass Alex und seine Familie Probleme hatten, über die Runden zu kommen, betrübte mich.

»Aber machen Sie sich unseretwegen keine Sorgen. Ohne Sorgenfalten sehen Sie viel hübscher aus!«

Ich errötete.

»Oh, jetzt habe ich Sie in Verlegenheit gebracht. Das tut mir leid.« Er stand auf und stellte die Tassen und die Teekanne auf das Tablett. »Ich bin kein besonders geschickter Gesprächspartner ...«

»Ganz im Gegenteil!« Ich stand auch auf und wollte ihm beim Abräumen helfen. »Ich bin diejenige, die in solchen Dingen ungeschickt ist.« Eine Strähne fiel mir ins Gesicht, und ich schob sie mir hinters Ohr.

»Beim Schreiben ist es viel einfacher«, sagte ich. »Man kann einen Satz hundertmal neu formulieren, bis eine Figur genau das Richtige sagt ...«

Er stand jetzt ganz dicht vor mir, das Tablett in den Händen. »Was würde meine Figur denn jetzt sagen, wenn sie wüsste, dass eine hübsche junge Frau sich gleich verabschieden will?«

»Ich denke, Ihre Figur würde etwas Hoffnungsvolles sagen ...« Ich lächelte. »Vielleicht so etwas wie: ›Ich würde mich freuen, wenn Sie mich bald wieder besuchen würden.‹«

»Na dann«, sagte er und begleitete mich zur Tür. »Ich hoffe, dass ich eines Tages Ihren Roman in Händen halten werde, Solange.« Er öffnete die Tür und hielt sie für mich auf. »Und natürlich hoffe ich, dass Sie mich bald wieder besuchen.«

20

Marthe

Paris 1898

Zwei Tage später kam mit der Mittagspost ein Brief mit ihrem Namen in sinnlich geschwungener Handschrift. Der Absender auf dem Umschlag lautete *41 Boulevard Berthier*, Boldinis Apartment.

Madame de Florian!
Heute Nachmittag ist Ihre wunderschöne Porzellanvase eingetroffen. Mir fehlen die Worte, um meine Freude zum Ausdruck zu bringen, als ich das Paket geöffnet habe. Aber lassen Sie mich Ihnen zuerst das Paket selbst beschreiben. Wer auch immer es verpackt hat, muss ein wahrer Künstler sein. Es war nicht in Papier gewickelt, sondern in einen großen, handbemalten Seidenschal: blassblaue Kraniche auf auberginefarbenem Grund.
Als ich den Schal aufknotete, kam eine Holzkiste mit asiatischen Schriftzeichen zum Vorschein. Ich fragte mich, wer mir ein so exquisites Geschenk geschickt haben konnte, und nahm den Deckel ab. Und als ich die kostbare Porzellanvase aus ihrem Nest aus Stroh hob, wusste ich sofort, dass das Geschenk nur von Ihnen kommen konnte!

Es geschieht äußerst selten, Madame, dass ich ein Geschenk erhalte, das so sehr meinem persönlichen Geschmack entspricht. Eine so außergewöhnliche Glasur habe ich noch nie gesehen. Und dann die Farbe … das ist kein gewöhnliches Seladongrün. Es erinnert mich an das jadegrüne Wasser von Venedig, der Stadt, die wir beide so sehr lieben. Ich bin mir sicher, dass das von Ihrer Seite beabsichtigt ist.

Es ist ein viel zu großzügiges Geschenk, und ich kann mir gar nicht vorstellen, was für einen hohen Preis Sie für ein derart seltenes Exemplar bezahlt haben. Sie sollen wissen, dass diese wunderschöne Vase einen Ehrenplatz in meinem Atelier erhalten wird, wo sie mich Tag für Tag aufs Neue inspirieren kann.

Voller Ungeduld warte ich darauf, dass Sie mich wieder mit Ihrem Besuch beehren und ich Ihnen die ersten Pinselstriche Ihres Porträts zeigen kann.

Hochachtungsvoll,
Giovanni Boldini

Mehrere Minuten lang hielt sie den Brief in der Hand. Er war auf zartem Papier geschrieben, nicht auf dem schweren Verbundpapier, das sie für sich persönlich benutzte, oder auf edlem Papier mit einem aufgeprägten Familienwappen, wie Charles es bevorzugte. Boldinis Briefpapier war so dünn wie Reispapier, beinahe durchsichtig. Es erinnerte Marthe an das Papier, aus dem sie als Kind Drachen gebastelt hatte. Es war so leicht, dass sie nicht wagte, das Fenster zu öffnen aus Angst, es könnte wegfliegen.

Immer wieder las sie den Brief und stellte sich vor, wie das Paket bei ihm eintraf. Es fühlte sich an wie eine heimliche Fantasie, wenn sie sich ausmalte, wie Boldini den Seidenschal aufknotete, die Holzkiste öffnete und die Vase aus dem Strohbett hob. Dass sie beide auf gleiche Weise auf die kostbare Vase reagierten, beflügelte sie regelrecht.

Sie fand es erregend, dass sie Boldini ihre Gedanken nicht mit Worten übermittelt hatte, sondern durch das Werk eines Künstlers, der vor fast dreihundert Jahren am anderen Ende der Welt gelebt hatte. Ebenso wie sie hatte Boldini in der antiken koreanischen Glasur das Wasser von Venedig gesehen – eine Glasur wie Wasser, festgehalten zwischen Gefrieren und Zersplittern.

Die Erkenntnis, dass zwischen ihr und Boldini eine einzigartige Verbindung bestand, weckte ihre Lebensgeister. Marthe hatte nicht vor, Charles zu betrügen, und doch konnte sie nicht leugnen, dass die Sprache der Kunst, die sie mit Boldini teilte, sie in Hochstimmung versetzte. Sie konnte es kaum erwarten zu sehen, wie sich diese zusätzliche Verbindung auch in dem Gemälde zeigen würde, wenn er vor seiner Staffelei saß und an ihrem Porträt arbeitete.

In einer Schublade ihrer Frisierkommode, zusammengebunden mit einem rosafarbenen Seidenband, bewahrte Marthe die Briefe auf, die Charles ihr über die Jahre geschrieben hatte. Die Briefe aus der Zeit, als sie noch ein Revuemädchen gewesen war, und die, die er ihr nach besonders stürmischen Liebesnächten in ihrem Schmetterlingsbett geschrieben hatte. Aber mit den Jahren waren seine Briefe immer seltener geworden. In letzter Zeit schrieb er ihr nur noch, um sie über seinen Gesundheitszustand zu informieren oder um ihr mitzuteilen, dass sich seine Pläne geändert hatten.

Jetzt genoss sie es, auf Boldinis Brief zu antworten, über Kunst, Schönheit und das Anfangsstadium ihres Porträts zu schreiben. Seit Émilienne Charles vor Wochen vorgeschlagen hatte, mit ihr in die Berge zu fahren, um sich zu erholen, hatte sie ihn nicht mehr gesehen. »Sie glaubt, dass das Wasser dort mir helfen wird«, hatte er Marthe erklärt. »Ich mache mir keine großen Hoffnungen, aber ich habe ihr versprochen, es wenigstens zu versuchen.« Anfangs war sie eifersüchtig gewesen. Aber Charles war nicht mehr der kräftige Mann, der er einmal gewesen war, und so empfand sie es nicht als Verrat, als sie sich hinsetzte, um Boldinis Brief zu beantworten. Schließlich war es Charles' Wunsch, dass das Porträt so bald wie möglich fertig wurde. »Ich motiviere ihn nur, schneller zu arbeiten«, redete sie sich ein, als sie sich an ihren kleinen Schreibtisch setzte und Papier und Stift zur Hand nahm.

Verehrter Monsieur Boldini!
Es freut mich ungemein zu erfahren, dass Ihnen mein Geschenk gefallen hat. Ich hoffe, es wird Sie noch viele Jahre lang inspirieren. Als ich die Vase erblickte, wusste ich sofort, dass Sie die Schönheit erkennen würden, die mich so sehr berührt hat. Der Mann, der mir die Vase verkauft hat, sagte mir, dass es sich um eine Craquelé-Glasur handelt und dass der Künstler mehrere Schichten Glasur auftragen und nacheinander brennen muss, um diesen speziellen Effekt zu erzielen. Das Ergebnis ist wahrlich außergewöhnlich – man hält etwas in Händen,

das aussieht, als wäre es zerbrochen, und doch ist es vollkommen intakt. Ich wusste, dass Ihnen das Paradoxon gefallen würde.

Ich hoffe, dass mein Porträt Fortschritte macht und ich es bald sehen darf. Sollte noch eine weitere Sitzung notwendig sein, wird es mir ein Vergnügen sein, noch einmal in dasselbe Kleid zu schlüpfen und Ihnen einen Besuch abzustatten.

Hochachtungsvoll,
Marthe de Florian

Sie war nicht überrascht, als zwei Tage später ein weiterer Brief eintraf. Auf dem dünnen, durchscheinenden Papier schrieb Boldini:

Madame de Florian!
Wie immer nehmen Sie meine Gedanken vorweg, noch bevor ich sie gedacht habe. Ja, wenn es Ihnen möglich wäre, würde es mich sehr freuen, Sie zu einer weiteren Sitzung zu empfangen. Darf ich so verwegen sein und morgen Nachmittag drei Uhr vorschlagen? Und bitte, tragen Sie das rosafarbene Kleid. Es ist perfekt.

Voller Vorfreude,
G. Boldini

Charles war seit mehreren Wochen mit seiner Frau in den Bergen. Und obwohl sie täglich an ihn dachte und sich fragte, was er wohl gerade mit Émilienne unternahm, war sie dankbar für ihre wachsende Freundschaft mit Boldini.

Das Kleid wurde zu so etwas wie einem Markenzeichen für sie. Sie betrachtete es nicht länger als ein Kunstwerk aus dem Hause der Schwestern Callot oder als Zeugnis weiblicher Extravaganz. Das rosafarbene Kleid war jetzt fest verbunden mit ihrem Porträt. Marthe zog das Kleid an und machte sich bereit.

Sie wies Giselle an, die Korsage besonders fest zu schnüren.

»Sie ist schon so fest, wie es geht«, sagte Giselle.

»Fester«, beharrte Marthe. »Er soll das Gefühl haben, dass meine Taille so schmal ist wie die einer Wespe.«

Sie hörte Giselle keuchen, als sie an den Bändern zog.

Die Walfischknochen bohrten sich in ihren Oberkörper wie Messer.

»Wie können Sie noch atmen, Madame?«, fragte Giselle kopfschüttelnd.

Als die junge Frau sich bückte, um ihr in ihre Stiefel zu helfen, sah Marthe, dass ihre Hände von der Anstrengung gerötet waren.

»Tut mir leid, dass ich dich leiden lasse, bloß weil ich für das Porträt leiden muss.«

»Man sagt doch *Il faut souffrir pour être belle*. Wer schön sein will, muss leiden.«

Marthe lächelte. »Ja, das hat meine Mutter immer gesagt, wenn sie mir die Haare ausgekämmt hat.«

»Meine auch«, sagte Giselle wehmütig, als rührte sie der Moment der Vertrautheit.

Marthe fragte sich manchmal, ob Giselle ahnte, dass sie aus ähnlich ärmlichen Verhältnissen stammten. Sie bemühte sich immer, Giselle freundlich zu behandeln und sich nicht als etwas Besseres darzustellen, wenn sie allein in der Wohnung waren.

Die junge Frau war hübsch. Blondes Haar, blaue Augen.

Nur ihre Figur ließ zu wünschen übrig – sie war flach wie ein Waschbrett, ohne weibliche Kurven.

»Die Schmerzen der Schönheit«, sinnierte Marthe, während sie sich im Standspiegel betrachtete. »Jede Frau leidet auf ihre eigene Weise.« Sie bauschte sich die Ärmel auf. Die Gesichter der beiden Frauen waren im Spiegel vereint wie in einem oval eingerahmten Porträt. »Aber wenn man das Pech hat, hässlich geboren zu werden«, sagte Marthe mehr zu sich selbst als zu Giselle. »Kannst du dir vorstellen, wie schrecklich das wäre?«

21

Marthe

Paris 1898

Was ihr als Erstes auffiel, als sie das Atelier zum zweiten Mal betrat, war weder der Geruch nach Lack und Farbe, noch der Anblick der vielen Leinwände, sondern die Vase, die sie Boldini geschenkt hatte. Sie stand deutlich sichtbar auf einem Sockel neben seinem Schreibtisch.

Die Vase erstrahlte im Licht, das durch die hohen Fenster in den Raum fiel, und sie erinnerte Marthe an die kleinen Gemälde holländischer Meister, die sie im Louvre gesehen hatte.

Sie spürte Boldinis Blick, offenbar hatte er gespannt auf ihre Reaktion gewartet.

»Wie schön, dass Sie der Vase solch einen Ehrenplatz zugestanden haben«, sagte sie zu ihm.

»Ich wollte sie von jeder Stelle im Atelier aus sehen können ... Dort fällt das Licht genau richtig auf sie.« Er zeigte auf die hohen Fenster.

Marthe lächelte. »Der Effekt ist umwerfend ... wie die Vase durch den Einfall der Sonnenstrahlen halb im Licht, halb im Schatten steht.«

»Ganz genau.« Er strahlte.

Als sie näher trat, fiel ihr ein kleines Aquarell auf seinem Schreibtisch auf. Es zeigte die Vase. Drei Skizzen befanden sich auf dem Blatt. Sie sah, mit welch feinem Pinselstrich er Blau- und Grüntöne aufgetragen hatte.

Sie berührte eine Ecke des Blatts. »Es freut mich sehr, dass die Vase Ihnen so gut gefällt …«

»Sie haben die anderen Skizzen nicht gesehen, die ich ins Feuer geworfen habe. Es ist unmöglich, diese Glasur zu zeichnen! Der reine Wahnsinn!«

Sie lachte. »Es war nicht meine Absicht, Sie in den Wahnsinn zu treiben.«

»Dann hätten Sie vielleicht heute ein anderes Kleid anziehen sollen.«

Wieder musste sie lachen. Er flirtete mit ihr, und das erheiterte sie. »Das Kleid habe ich zugunsten des Porträts angezogen, nicht für Sie.«

Diesmal lachte er. »Ja, Madame de Florian, das denke ich mir. Dann sollten wir zugunsten des Porträts beginnen.«

In der Ecke, wo sie das letzte Mal für das Porträt Modell gesessen hatte, stand jetzt eine hohe Staffelei mit einer Leinwand. Die Leinwand war schon grundiert, doch es war noch kein Pinselstrich zu sehen. Sie war so leer wie ein frisches Blatt Papier.

»Aber *Monsieur*, Sie haben ja noch gar nicht angefangen«, sagte sie enttäuscht.

»Unter der Grundierungsschicht befinden sich mindestens hundert Pinselstriche, die Ihnen nicht gerecht wurden. Es ist wie mit der Vase, die Sie mir geschickt haben …« Er schüttelte den Kopf. »Es ist leicht, die Oberfläche von

Schönheit zu erkennen. Sie mit den Augen wahrzunehmen. Aber der Künstler steht vor der Aufgabe, die vielfältigen Schichten darunter zum Ausdruck zu bringen.«

Sie stand stumm da, völlig betört von seinen Worten.

»Wenn man nur die äußere Hülle der Schönheit zeigt, bleibt das Bild stumpf und zweidimensional.« Er ging zu der Leinwand, die auf der Staffelei stand. Bei manchen Modellen reichen mir die Skizzen als Grundlage für meine Arbeit. Aber bei Ihnen ... ist mir das unmöglich.«

Er bedeutete ihr mit einer Geste, sie möge auf dem Sofa Platz nehmen.

»Ich möchte Sie vor mir haben, wenn ich mit dem Porträt beginne.«

Er nahm seine Palette und rieb verschiedene Farbpigmente mit einem Spachtel in Öl.

»Und jetzt zeigen Sie mir, wie Sie in den nächsten hundert Jahren gesehen werden möchten«, sagte er, nachdem er seine Farben vorbereitet hatte.

Sie lachte, dabei rutschte ihr ein Ärmel von der Schulter. Sie stützte sich mit einem Ellbogen auf der Sofalehne ab und wollte mit der anderen Hand den Ärmel wieder hochziehen.

»Nicht bewegen!«, rief er aus. Sie saß immer noch im Profil, so wie letztes Mal, als er seine Skizzen angefertigt hatte, doch jetzt wurden ihre Brüste von der engen Korsage noch höher geschoben, und sie spürte den Kontrast zu den luftigen, bauschigen Ärmeln.

»Charles möchte ein lebendiges Porträt«, flüsterte sie, bemüht, ihre Pose beizubehalten.

»Charles wird begeistert sein«, sagte Boldini. Sie hörte, wie er mit schnellen Bewegungen Farbe auf die Leinwand auftrug. Seine Pinselstriche wurden offenbar durch die Energie seiner Fantasie angefeuert.

Ihr wurde unerträglich heiß. »Ich habe das Gefühl, als würde ich gleich in meinem Kleid platzen, wäre da nicht mein Korsett, das alles zusammenhält«, sagte sie.

»Diese Spannung ist wunderbar«, sagte er, einen Pinsel zwischen den Zähnen. »Es gibt kein Vergnügen ohne das Wissen um den Schmerz.«

Das wusste sie nur zu gut, das brachte das Leben einer Frau der Halbwelt mit sich. Gefangen zwischen Schönheit und Dunkelheit. Einerseits eingesperrt, andererseits vollkommen frei.

22

Marthe

Paris 1898

Für die ersten Pinselstriche benutzte er ein neutrales Grau. Er begann mit ihrem Kopf, malte die Umrisse ihres Profils, ihrer ausgeprägten Nase, ihrer Lippen, den sanften Schwung ihres Kinns.

Sein Pinsel diente nicht mehr nur als Verlängerung seiner Hand, sondern auch seiner Gedanken und seiner Fantasie. Er befand sich in einem tranceartigen Zustand des Malens, seiner ganz persönlichen Séance mit der Leinwand und der Farbe.

Er malte ihren langen Hals, ihre breiten Schultern. Er setzte ein paar federzarte Pinselstriche an die Stellen, wo er später ihre bauschigen Ärmel malen würde. Mit langen, schnellen Strichen deutete er ihren Arm an, der auf der Sofalehne ruhte, ihre blassen, langen Finger ausgebreitet wie ein Fächer.

Diese ersten Pinselstriche, mit denen er die Rundungen ihres Körpers einfing, führte er voller Energie aus. Obwohl er einen Großteil der Farben erst später auftragen würde – die verschiedenen Rosatöne für ihr Kleid und ihre rosige Haut, die hellen Töne für das Schillern der

Perlen an ihrem Hals –, zeigte dieser vorläufige Entwurf von Marthes Porträt schon ihr Wesen. Der lange Schwanenhals, die entblößte Schulter, das Dekolleté so tief, dass ihre vollen Brüste zur Geltung kamen. Die Pose war weniger eine Aussage als eine Einladung, sie zu berühren, sie zu liebkosen. Die Hitze zu spüren, die Boldini kreieren würde, sobald er sich daranmachte, ihre Haut zu malen.

23

Solange

November 1939

Ich erfuhr von Alex, dass er und seine Eltern nicht über dem Laden in der Rue des Écouffes wohnten, wie ich vermutet hatte, sondern im 16. Arrondissement.

»Viele jüdische Familien sind in den letzten Jahren aus dem Marais weggezogen«, sagte er. »Seit so viele Leute aus dem Osten einwandern, wird es im Viertel allmählich zu voll. In Belleville ist es auch nicht anders …« Offenbar sah er mir an, dass ich nichts von den Veränderungen innerhalb der jüdischen Gemeinde wusste. »Aber den Laden haben wir behalten. Hier im Marais sind die Mieten niedriger, und unseren Kunden bringen wir die Bücher nach Hause, damit sie sie sich in Ruhe ansehen können. Ich finde übrigens, dass es von Ihnen bis zu uns ein bisschen weit ist, deswegen dachte ich, wir können uns das nächste Mal vielleicht in der Mitte treffen? Kennen Sie das Café Saint Georges? Es ist gegenüber dem Hôtel Dosne-Thiers, ganz in der Nähe der Straße, wo Ihre Großmutter wohnt.«

»Sie meinen das Café mit den roten Markisen?«, fragte ich. »Das an dem kleinen Platz?«

»Genau.« Er lächelte.

Als ich mich verabschiedete, nahm er all seinen Mut zusammen und fragte mich, ob wir uns das nächste Mal in dem Café treffen sollten.

»Vielleicht könnten wir dort einen Kaffee trinken, wenn Sie das nächste Mal Ihre Großmutter besuchen. Dann würde ich von dort aus zur Arbeit gehen.« Er streifte mit der Hand den Ärmel meines Mantels. Selbst durch den Stoff ging mir die Berührung unter die Haut. Ich erschauderte, als hätte er etwas in mir entzündet.

»Ja, das würde mir gefallen.« Meine Wangen glühten. »Ich gehe sie am Mittwoch wieder besuchen. Endlich werde ich etwas über den Künstler erfahren, der sie gemalt hat. Darauf warte ich schon seit Monaten.«

Er lachte. »*Das Bildnis des Dorian Gray* ...«

Ich lächelte. »Ich glaube, Oscar Wilde hätte sich über meine Großmutter köstlich amüsiert. Auf jeden Fall hätte sie ihn mit ihrer geistreichen Art unterhalten.«

»Auf allen Gebieten außer auf dem der Liebe.«

»Ja, ich glaube, da hätte er Sie vorgezogen«, zog ich ihn auf.

»Dann also bis Mittwoch, Solange. Ich freue mich.« Er begleitete mich zur Tür.

»Bis Mittwoch«, sagte ich.

Er küsste mich zum Abschied auf beide Wangen, und den ganzen Nachmittag spürte ich die Berührung seiner Lippen auf meiner Haut.

Als ich am Mittwochmorgen zu dem Café ging, saß Alex schon an einem Tisch auf dem Gehweg. Es war November, aber trotz der feuchtkalten Luft waren alle Tische besetzt.

Alex trug einen dunkelblauen Anzug und eine graue Mütze über dem schwarzen Haar. Er war in die Lektüre von *Le Monde* vertieft.

»Alex?«

Er blickte auf und faltete die Zeitung zusammen.

»Verzeihen Sie«, sagte er. »Die Schlagzeilen hatten mich gefesselt.«

Ich setzte mich an den Tisch.

»Schön, dass Sie da sind«, sagte er. »Sie sind allerdings ein wesentlich angenehmerer Anblick als die Schlagzeilen.«

Ich knöpfte lächelnd meinen Mantel auf.

»Danke für das Kompliment«, sagte ich.

Er betrachtete mich mit leuchtenden Augen.

Ich schaute mich um. An den Tischen saßen lauter Männer in grauen Mänteln und Mützen, vor sich Kaffeetassen. Einige rauchten.

»Kommen Sie öfter hierher?«, fragte ich.

»Ja. Es gefällt mir, dass es nicht bei uns um die Ecke ist. Hier treffe ich fast nie jemanden, den ich kenne, und kann in Ruhe an meinem Tisch sitzen und lesen.« Er seufzte. »Es macht keinen Spaß, mir die Zeitung mit meinem Vater zu teilen und mir die ganze Zeit anzuhören, was Hitler seiner Meinung nach als Nächstes vorhat. Der Krieg macht alle vollkommen nervös.«

»Das verstehe ich«, sagte ich und rückte mein Halstuch zurecht. »Mein Vater und ich hocken jeden Tag stundenlang vor dem Radio.«

»Die schlimmen Sachen hört man nicht im Radio«, sagte Alex. »Solomon ist die wichtigste Nachrichtenquelle meines Vaters. Vor ein paar Tagen hat er einen Brief von seinem Bruder in Berlin bekommen. Die beiden schreiben einander in Geheimschrift, um die Zensur zu narren. Was in dem Brief stand, war sehr beunruhigend.«

Ich senkte den Blick.

»Die Nazis haben alle Juden, die in der Straße wohnten, zusammengetrieben, Männer, Frauen und Kinder. Und dann haben sie sie auf Lastwagen abtransportiert.«

Ich erbleichte. »Das ist ja furchtbar, Alex.«

»Ja.« Er schüttelte den Kopf. »Tut mir leid. Ich sollte Ihnen das gar nicht erzählen. Was im Radio berichtet wird, ist ja schon schlimm genug, aber das …« Er holte tief Luft. »Ich schlage vor, dass wir heute Vormittag nicht mehr über den Krieg reden, was halten Sie davon? Vielleicht können wir ihn mal eine Stunde lang vergessen … Es geht doch nicht an, dass wir unsere Energie nur noch darauf verwenden, uns den Kopf darüber zu zerbrechen, was morgen, nächste Woche oder nächsten Monat sein wird … Wie schön wäre es doch, mit einer jungen Frau einen Kaffee zu trinken und nur daran zu denken, wie wunderbar es wäre, ihre Hand zu halten.«

Ich spürte, wie meine Wangen heiß wurden.

»Oje, Sie sind ja auf einmal so rot wie Ihr Halstuch.«

Ich lachte.

»Sie gefallen mir in Rot«, sagte er. »Steht Ihnen gut.«

Ich berührte mein Halstuch mit den Fingerspitzen. »Danke.« Ich hatte mich mit großer Sorgfalt zurechtgemacht. Seit meine Großmutter ständig von Lippenstift und Seidenkleidern redete, legte ich immer größeren Wert auf mein Äußeres. Das rote Halstuch hatte ich ausgewählt, weil es einen hübschen Kontrast zu meinem dunklen

Haar und meinen dunklen Augen zu bilden schien. Es freute mich, dass es ihm gefiel.

»Was darf ich Ihnen bestellen?« Er winkte den Kellner zu sich.

»Nur einen Kaffee, bitte.« Ich hatte keinen richtigen Appetit. Seit ich aufgewacht war, hatte ich Schmetterlinge im Bauch.

»Zwei Kaffee«, sagte Alex zum Kellner, woraufhin der Mann nach drinnen verschwand.

»So …«, sagte Alex und beugte sich vor. »Sie besuchen Ihre Großmutter also mehrmals in der Woche?«

»Ja«, erwiderte ich lächelnd. »Das Merkwürdige ist, dass ich sie erst vor einem Jahr kennengelernt habe. Davor wusste ich noch nicht einmal, dass es sie überhaupt gibt.«

»Ach?« Er wirkte ehrlich verblüfft. »Wie ungewöhnlich Ihre Familie ist, Solange. Sie kommen mit zwei seltenen, wertvollen Büchern in unseren Laden, Sie erzählen uns, dass Sie erst kürzlich erfahren haben, dass Sie Jüdin sind, und jetzt zaubern Sie auch noch eine unbekannte Großmutter aus dem Hut …« Er beugte sich noch näher zu mir vor. »Da bin ich ja mal gespannt, was man Ihnen als Nächstes auftischt.«

»Ich weiß nicht …« Es wunderte mich, dass er mein Leben so interessant fand. Ich hatte es immer für ziemlich langweilig gehalten.

»Also, meine Großmutter ist schon sehr speziell. Ich glaube, deswegen hat mein Vater so lange gewartet, bis er sie mir vorgestellt hat. Er hat sich ein bisschen für sie geschämt. Aber irgendwann wusste er einfach nicht mehr, wie er mich beschäftigen sollte.« Ich rührte in meinem

Kaffee. »Als ich ihm erzählt habe, dass ich Schriftstellerin werden möchte, hat er sich wohl gedacht, dass sie mir einiges an Material zu bieten hätte …« Ich musste lachen. »Klingt ziemlich verrückt, oder? Seitdem habe ich aber sehr viel über meine Familie erfahren.«

»Ich finde das alles äußerst faszinierend. Ich weiß viel zu viel über jedes einzelne Mitglied unserer Familie, nicht nur über meinen Vater, auch über meine Tanten, meine Vettern und Cousinen und deren Ehepartner. Ihre Familie ist viel interessanter.«

Ich betrachtete ihn lächelnd. Noch vor wenigen Stunden hatte ich es kaum geschafft, mir das Halstuch umzubinden und den Mantel zuzuknöpfen, so nervös hatte mich der Gedanke gemacht, dass Alex mich langweilig finden würde oder dass ich nichts zu sagen haben würde. Und jetzt saß er mir gegenüber und konnte gar nicht genug bekommen von meinen Geschichten.

»Erzählen Sie mir von Ihrer Großmutter, Solange … Erzählen Sie mir, was Sie schreiben …« Er strahlte mich an. »Erzählen Sie mir einfach alles über sich!« Er lachte.

»Wie viel Zeit habe ich denn?«, fragte ich, während ich meine Tasse an die Lippen hob. Kleine Dampfwölkchen bildeten sich über dem Kaffee. Und als ich meine Augen wieder auf ihn richtete, begegneten sich unsere Blicke.

24

Solange

November 1939

Ich erzählte ihm alles, was Marthe mir anvertraut hatte. Von ihrer Kindheit in ärmlichen Verhältnissen. Von ihrer Beziehung zu Charles. Von der Entstehung ihres Porträts.

»Eine Schöne der Nacht, wie wunderbar skandalös«, sagte Alex mit einem verschmitzten Grinsen.

»Na ja, nicht direkt.«

»Dann also eine Kurtisane?«

Ich lachte. »Ich glaube nicht, dass sie allzu viele Namen in ihrem Terminkalender stehen hatte.«

»Faszinierend«, sagte er und beugte sich vor. »Noch ein Geheimnis, von denen es in Ihrer Familie ja nicht wenige zu geben scheint.«

»Ja, nicht wahr?«

»Meiner Meinung nach ist die Tatsache, dass die Barcelona-Haggada sich im Besitz Ihrer Familie befindet, allerdings das spannendste Geheimnis von allen.«

Ich lächelte. »Ja, wer hätte gedacht, dass meine Mutter so etwas Wertvolles besitzt? Die Haggada ist wahrscheinlich mehr wert als alles andere zusammen, was wir in unserer Wohnung haben.«

»Ich habe Ihre Wohnung noch nie gesehen«, sagte er mit einem verschmitzten Grinsen.

»Ich werde Sie demnächst einmal einladen, wenn Sie brav sind. Vielleicht zeige ich Ihnen dann sogar noch einmal die Haggada.«

Seine Augen funkelten. Ich hatte noch nie geflirtet und wunderte mich, wie selbstverständlich es sich anfühlte. Vielleicht war das der Einfluss meiner Großmutter.

»Das würde mir sehr gefallen«, sagte er und berührte leicht meine Hand. Ein wohliger Schauder überlief mich.

Ich musste an Marthe denken und an die Schmetterlinge, mit denen die seidene Polsterung ihres Bettes bestickt war, an den Verschluss ihrer Perlenkette, den mit Smaragden besetzten Schmetterling. Jetzt begriff ich, was mit dem Ausdruck *Schmetterlinge im Bauch* gemeint war.

Wir verabredeten einen Termin für einen Besuch. Ich gab ihm unsere Adresse und bat ihn, am Vormittag nach zehn zu kommen, denn um die Uhrzeit war mein Vater bereits in der Apotheke.

An dem Morgen bemühte ich mich, bei meinem Vater keinen Verdacht zu erregen. Ich konnte ihm unmöglich erzählen, dass ich einen jungen Mann in unsere Wohnung eingeladen hatte, und sei es auch nur, um ihm ein seltenes, wertvolles Buch zu zeigen.

Nachdem ich meinen Vater verabschiedet hatte, machte ich mich daran, die Wohnung auf Vordermann zu bringen. Am Tag zuvor hatte ich schon Staub gewischt, aber ich musste noch die Sofakissen aufschütteln, den Schreibtisch meines Vaters aufräumen und unten im Blumenladen einen Strauß frische Blumen kaufen.

Eine Viertelstunde vor der verabredeten Uhrzeit arrangierte ich die Rosen in einer Vase, zog mir mein blaues Wollkleid an und legte etwas Lippenstift auf.

Um Viertel nach zehn klingelte es an der Haustür.

Seine Schritte auf der Treppe ließen mein Herz höherschlagen. Wir wohnten im fünften Stock, und ich hörte ihn immer näher kommen. Aber erst als ich seinen keuchenden Atem hörte, trat ich aus der Wohnungstür.

»Solange«, sagte er, einen Strauß Veilchen in der Hand. »Gibt's hier keinen Aufzug?«

Ich lachte.

»Für Sie steige ich jedoch gern fünf Treppen hoch«, keuchte er. Ich stand in meinem Lieblingskleid vor ihm, die Haare im Nacken zusammengefasst. Im allerletzten Moment hatte ich mich entschieden, mir eine schwarze Seidenschleife ins Haar zu binden. Mit solchen femininen Accessoires hatte ich mich bis dahin nie groß beschäftigt.

»Tut mir leid, dass wir im obersten Stock wohnen«, entschuldigte ich mich.

»Das muss Ihnen nicht leidtun«, sagte er. Ich sah, dass er zur Kenntnis nahm, wie gut mir das blaue Kleid und die schwarze Schleife standen. »Wie hübsch Sie aussehen.«

»Danke.« Ich errötete. »Unsere Wohnung ist sehr bescheiden, aber treten Sie doch ein, Alex.«

Die Bücher meiner Mutter befanden sich im ersten Zimmer zur Linken, wenn man die Wohnung betrat. Der große Bücherschrank nahm eine ganze Wand ein.

»Wie schön, von Büchern begrüßt zu werden«, bemerkte Alex liebenswürdig. »Bei Ihnen sieht es so ähnlich aus wie bei uns.«

»Freut mich, dass wir noch etwas gemeinsam haben«, erwiderte ich lächelnd. »Kann ich Ihnen etwas zu trinken anbieten?«

Alex schüttelte den Kopf.

»Die Haggada steht ganz oben, da ist sie sicher aufgehoben«, sagte ich.

Alex lachte. »Was Sie für eine Vorstellung von Sicherheit haben, amüsiert mich, Solange. Andererseits würde wohl kaum ein Dieb vermuten, dass Sie im Besitz einer Haggada aus dem vierzehnten Jahrhundert sind.« Er lächelte mich an. »Die größte Gefahr droht Ihnen vermutlich von meinem Vater, doch ich bezweifle, dass er es bis in den fünften Stock hinauf schaffen würde.«

Ich lachte. »Ich hole nur eben einen Stuhl aus der Küche.«

»Ich helfe ihnen«, sagte er und folgte mir. Der Veilchenduft von dem Strauß hing immer noch in seiner Kleidung.

Ich gab ihm einen Stuhl, den er vor den Bücherschrank stellte, damit ich darauf steigen und das Buch aus dem Fach nehmen konnte.

»Ich halte den Stuhl fest, damit Sie stabil stehen«, erbot er sich.

Ich bedankte mich und stieg auf den Stuhl. Das Buch war schwer, ich musste vorsichtig sein. Ich dachte daran, wie behutsam und respektvoll Alex' Vater mit dem Buch umgegangen war, und ich wollte es ihm gleichtun.

»Alles in Ordnung?«, fragte Alex, den Stuhl fest im Griff.

»Ja«, sagte ich.

Langsam stieg ich wieder herunter, die jahrhundertealte Haggada in den Händen.

Wortlos legte ich das Buch auf den Tisch. Es war, als verlangte das Buch einen Moment der andächtigen Stille, bevor wir es aufschlugen.

Ich fühlte mich ein bisschen befangen, jetzt da ich die Geschichte des geheimnisvollen Buchs kannte und wusste, dass damit auch eine Liebesgeschichte verbunden war. Dass zwei Menschen Jahrzehnte darauf verwendet hatten, etwas zu erschaffen, das nicht nur ein Symbol war für die lange Geschichte des jüdischen Volkes und für den Auszug aus Ägypten, sondern auch ihrer Liebe. Das Buch erschien mir schöner denn je.

Ich spürte, dass Alex mir den Vortritt lassen wollte. Also ergriff ich den Buchdeckel vorsichtig an der linken unteren Ecke und schlug das Buch langsam auf.

Bei der Betrachtung der mit äußerster Sorgfalt geschriebenen Buchstaben konnte man beinahe hören, wie die Feder des Schreibers sich über das inzwischen vergilbte Pergament bewegte.

»Man kann sich kaum vorstellen, was für eine mühsame Arbeit das war, bevor der Buchdruck erfunden wurde«, sagte Alex leise. »Heutzutage sind wir wirklich verwöhnt.«

Er berührte den Rand der Seite, als würde er sich mit etwas verbinden, das eine Seele hatte.

»Damals musste man das Pergament gut vorbereiten und die Seitenaufteilung genau festlegen, bevor man den ersten Federstrich machte. Alles Material war teuer, und man durfte sich keinen Fehler leisten.«

»Ja, das glaube ich«, sagte ich leise.

»Es ist bewundernswert, wie viel Zeit und Geduld Rabbi Avram darauf verwandt hat, all die Gebete aufzuschreiben, aber eigentlich macht die Kunst seiner Frau das Buch so einzigartig.«

Er blätterte bis zu einer der Illustrationen weiter.

»Sie kannte sich nicht nur mit Farben aus, sondern auch mit Blattgold. Damals beherrschten nicht viele Leute diese Kunst, am allerwenigsten Frauen.«

»Wirklich?« Mir war früher schon aufgefallen, dass bei manchen Illustrationen Blattgold verwendet worden war, doch ich hatte mir nie Gedanken darüber gemacht.

»Ja. Man musste ja nicht nur Zugang zu Blattgold haben, sondern auch wissen, wie man es anbringt. Damals gab es zwei Methoden: Entweder man brachte mit einem Pinsel vorsichtig winzige Goldflöckchen auf, oder man klopfte das Blattgold mit einem Hammer hauchdünn aus, glättete es und streute es auf die zuvor mit Leim vorbereitete Seite. Und Rabbi Avrams Frau kannte beide Methoden.«

Das Buch weckte immer mehr mein Interesse.

»Und wie und wo mag sie diese Fertigkeiten erlernt haben?«

»Sie werden es nicht glauben, Solange, aber dieselbe Frage habe ich meinem Vater gestellt, nachdem Sie uns die Bücher gezeigt haben.«

»Und konnte er sie beantworten?«

»Ja. Er sagt, man glaubt, dass ihr Vater ein Meisterilluminator war und ihr alles beigebracht hat, was er wusste.«

»Es verleiht dem Buch noch mehr Bedeutung.« Ich holte tief Luft. »Wenn man bedenkt, wie viele Beziehungen eine

Rolle gespielt haben, damit das Buch entstehen und schließlich in Paris landen konnte.«

»Genau. Nicht zu vergessen die Beziehung Ihrer Mutter zu ihrem Vater.«

Ein Schauder überlief mich.

»Und dazu die Beziehung zwischen Ihnen und Ihrer Mutter.«

Was Alex sagte, stimmte. Ich erwähnte nicht, dass das Buch jetzt auch ihn in mein Leben geführt hatte. Plötzlich fühlte es sich so an, als wäre meine Mutter mit uns im Zimmer. Noch nie war ich ihr so dankbar dafür gewesen, dass sie diese Bücher aufbewahrt hatte.

Es waren schon mehrere Tage vergangen, seit ich zuletzt bei meiner Großmutter war. Zweimal hatte ich meinen Besuch verschieben müssen. Seit über einem Jahr ging ich jetzt schon zweimal pro Woche zu ihr, deswegen war es ungewohnt, sie so lange nicht zu sehen.

Ich hatte sie mittlerweile sehr ins Herz geschlossen, aber es fiel mir schwer einzuschätzen, wie sie zu mir stand. Sie war eine Geschichtenerzählerin, und ich war ihre Zuhörerin. Obwohl sie wusste, dass ich an einem Roman arbeitete, der auf ihrer Lebensgeschichte basierte, bat sie mich nie, ihr zu zeigen, was ich bisher geschrieben hatte, und sie zeigte auch kein Interesse daran zu erfahren, womit ich meine Zeit verbrachte, wenn ich nicht bei ihr war. Ich konnte mir also gut vorstellen, dass sie für sich und Charles eine Welt geschaffen hatte, die vollkommen von der Außenwelt abgeschottet gewesen war. Und ich konnte auch verstehen, dass ein Mensch wie sie sich nicht dafür interessierte, dass in Europa wieder ein Krieg tobte.

Ich wusste, dass ich sie genauso antreffen würde, wie ich sie beim letzten Mal verlassen hatte. Eine große, schlanke Frau, die sich die Haare mit Henna färbte, das Gesicht puderte und eine Perlenkette um den Hals trug. Sie würde sich in ihren Sessel setzen und mir von ihrem sterbenden Liebhaber erzählen und von dem Maler, der in ihr nicht nur ein Modell, sondern seine Muse sah.

Um eine eventuelle Rüge ihrerseits abzumildern, kaufte ich einen extragroßen Blumenstrauß. Schokolade oder Kaffee waren in Paris nirgendwo mehr zu bekommen, frische Blumen gab es jedoch immer. Unsere Wohnung war erfüllt vom Duft nach Rosen und Veilchen, und das hatte mich an Marthe erinnert. Genauso duftete es in ihrer Wohnung.

Ich läutete an der Haustür und betrat den mit Marmor verkleideten Eingangsbereich des Gebäudes. Die Tür zur Wohnung des Concierge stand offen, was noch nie vorgekommen war. Ein junger Mann und seine Familie trugen gerade ihre Einkäufe in die Wohnung. Als ich auf den Aufzug wartete, kam der junge Mann noch einmal heraus, um ein paar Tüten hereinzuholen, die er an der Tür abgestellt hatte.

»Guten Tag«, sagte er freundlich. »Für wen sind denn die schönen Blumen?«

»Für meine Großmutter. Sie wohnt im achten Stock.«

»Ihre Großmutter …« Er schien zu überlegen, in welcher Wohnung im achten Stock eine ältere Dame wohnte.

»Sie meinen Madame de Florian?«, fragte er verblüfft. »Ich wusste gar nicht, dass sie eine Enkelin hat. Das heißt, ich wusste nicht einmal, dass sie ein Kind hat.«

»Ich verstehe Ihre Überraschung«, erwiderte ich lächelnd. Der Aufzug war inzwischen angekommen, doch der junge Mann hatte seine Tüten wieder abgestellt und konnte nicht widerstehen, mir noch ein paar Fragen zu stellen.

»Mein Vater war früher Concierge in diesem Gebäude, ich habe den Posten von ihm übernommen. Ich habe Madame de Florian als kleiner Junge ein paarmal aus dem Haus gehen sehen, und es hat mir jedes Mal den Atem geraubt.«

Ich lächelte. »Das kann ich mir gut vorstellen.«

»Ich sehe sie nur noch selten, aber sie ist immer noch eine Schönheit. Als hätte die Zeit ihr nichts anhaben können.«

Ich klopfte an die Wohnungstür.

»Madame erwartet Sie«, sagte Giselle kühl, als sie die Tür öffnete.

»Bitte, entschuldigen Sie. Der Concierge hat mich angesprochen. Er war sehr freundlich, und ich wollte nicht unhöflich sein.«

Jetzt lächelte sie. »Ah, Gérard ist ein lieber Junge.«

»Er hat mir seinen Namen nicht genannt, aber er hat mir erzählt, dass sein Vater früher hier im Haus Concierge war.«

»Und der war noch netter«, sagte Giselle leise. »Gott sei seiner Seele gnädig.«

»Wie schön, dass der Posten in der Familie bleiben konnte ...«

»Ja«, sagte Giselle. »Anscheinend hat Gérard auch die Diskretion von seinem Vater geerbt, was sehr begrüßenswert ist. Ein neugieriger Concierge ist unerträglich.«

Ich lachte. »Da haben Sie wohl recht …«

Als ich Giselle gerade ein paar Fragen zu Gérard und seinem Vater stellen wollte, rief Marthe: »Solange, bist du das?«

»Ja, ich bin's. Tut mir leid, dass ich so spät bin …«

Sie erwartete mich sonst immer im Salon, und es war ein Schock, sie auf der Türschwelle zu sehen. Sie trug ein langes fliederfarbenes Kleid und hielt sich mit ihren bleichen Fingern an der doppelflügeligen Tür fest.

»Giselle und ich haben gerade darüber gesprochen, dass du von deiner Gewohnheit abgewichen bist. Du hast dich noch nie verspätet, was ich immer an dir bewundert habe.«

Ich war erstaunt über ihre Erscheinung. Es war erst eine Woche vergangen, seit ich sie gesehen hatte, doch irgendwie kam sie mir verändert vor. War sie dünner geworden? Ich betrachtete ihr Gesicht. In den vergangenen Wochen waren die Temperaturen in Paris beträchtlich gesunken, und die mit Wasserdampf betriebenen Heizköper, die die ganze Wohnung erwärmten, erzeugten eine trockene Luft, die möglicherweise Marthes zarte Haut schlaff werden ließ.

Aber in ihren Augen lag eine Müdigkeit, wie ich sie an ihr nicht kannte.

»Mademoiselle Solange wurde unten von Monsieur Gérard aufgehalten«, sagte Giselle zu meiner Ehrenrettung.

»Ah.« Marthe lächelte. »Das ist eine gute Entschuldigung. Gérard ist so ein liebenswerter Mann. Genau wie sein Vater Pierre.«

Offenbar hatten beide Frauen eine Schwäche für Gérards Vater gehabt.

Ich konnte meine Verblüffung kaum verhehlen. Ich konnte mir nicht vorstellen, dass Marthe mit Leuten wie dem Concierge verkehrte. Soweit ich das bisher verstanden hatte, verließ sie ihre Wohnung sowieso nur ganz selten, um Porzellanvasen zu kaufen oder sich mit Boldini zu treffen.

»Einen Menschen, der einem in der Not geholfen hat, vergisst man nicht. Und Pierre war so ein Mensch.«

Giselle nahm mir die Blumen ab, und ich folgte Marthe in den Salon.

Die seidenen Vorhänge waren zurückgezogen, und Sonnenlicht fiel durch die hohen Fenster. Jetzt, wo die Bäume fast kahl waren, wirkte das Licht heller denn je. Marthe nahm auf ihrem Sofa Platz, und ich setzte mich wie immer in den Sessel ihr gegenüber. Mein Verdacht, dass seit meinem letzten Besuch etwas vorgefallen war, wurde bestätigt.

»Solange.« Sie sprach meinen Namen langsam aus, während sie ihre Perlen befingerte, was sie immer tat, wenn sie nervös war. »Wir haben uns eine Weile nicht gesehen ... Eigentlich hatte ich mich an einen gewissen Rhythmus gewöhnt.«

»Ja, das stimmt«, erwiderte ich lächelnd.

»Hast du dein Notizheft mitgebracht?« Sie ließ die Hand in den Schoß sinken und glättete die Falten in ihrem Kleid. Es war eine typische Geste.

»Ja.« Ich nahm mein in Leder gebundenes Notizheft und den Stift aus meiner Handtasche.

»Erinnerst du dich, wo wir stehen geblieben waren?«

»Ja, natürlich.« Ich schlug das Heft auf. »Charles war

krank, und Monsieur Boldini hatte gerade mit dem Porträt angefangen.«

Sie lächelte. »Ganz genau.«

Unwillkürlich schaute ich zu dem großen Porträt über dem Kaminsims hinüber, das mich bei unserer ersten Begegnung so fasziniert hatte. Jetzt konnte ich mir genau vorstellen, wie es entstanden war, von der ersten Skizze bis zum letzten Pinselstrich.

»Wo soll ich heute beginnen?« Sie schloss die Augen und atmete tief ein. Ihre Nasenflügel bebten. »Am besten bei Charles …«

Ich drehte meinen Stift zwischen den Fingern und wartete. Sie schaute aus dem Fenster. Das Licht fiel auf ihr Gesicht, während ihre Gedanken in die Vergangenheit reisten.

»November 1898. Er war gerade mit Émilienne aus der Schweiz zurückgekommen.«

Als sie die Jahreszahl aussprach, staunte ich. Es war November 1939, einundvierzig Jahre später, und doch erinnerte sie sich an die Ereignisse von damals, als wären sie erst gestern geschehen. Ihr Gedächtnis war wirklich eindrucksvoll.

Dann schaute sie mich an, und ich sah Tränen in ihren Augen.

»Es ist nie leicht, sich an die allerletzte Begegnung mit einem geliebten Menschen zu erinnern«, sagte sie wehmütig. »Man versucht, diese letzten Momente im Gedächtnis zu behalten, jede noch so kleine Einzelheit.«

Sie hielt kurz inne, vielleicht um nicht in Tränen auszubrechen.

»Ich war ganz aufgeregt, weil mein Porträt an dem Tag

geliefert werden sollte. Ich hatte kaum Augen für Charles. Dabei hätte ich jeden letzten Augenblick mit ihm auskosten sollen.«

25

Marthe

Paris 1898

Das Gemälde, eingewickelt in eine Schicht Baumwolltücher und eine Schicht braunes Papier, wurde von zwei großen Männern in Kitteln geliefert.

»Fühlt sich an wie eine Marmorplatte«, keuchte einer der Männer, als sie das Porträt in der Diele abstellten. »Muss am Rahmen liegen ...«

Zwei Wochen zuvor hatte Charles sich einverstanden erklärt, die zusätzlichen Kosten für den vergoldeten Rahmen zu übernehmen, den Boldini als am besten passend vorgeschlagen hatte.

»Ich scheue keine Kosten«, hatte er zu Marthe gesagt. Sein Gesicht war bleich, und seine Wangen waren hohl. »Und ich bin entschlossen, so lange zu leben, bis das Bild in deine Wohnung gebracht und über dem Kaminsims aufgehängt wird.« Er zeigte auf den Kamin im Salon. »Jedes Mal, wenn ich hier bin, möchte ich dich zweifach sehen.« Er lachte. »Nur um diesen Augenblick noch erleben zu können, nehme ich all meine Kräfte zusammen.«

Marthe nahm seine Hand und hob sie an ihre Lippen. Wie sehr sich ihr körperlicher Umgang verändert hatte!

Charles war inzwischen so mager und so schwach, dass er fast durchsichtig wirkte. Wenn sie ihn berührte, hatte sie das Gefühl, so vorsichtig sein zu müssen, als wäre er aus Glas.

»Ich bin gespannt zu sehen, ob er dich wirklich getroffen hat. Er hat mir geschrieben, dass du ihn dazu inspiriert hast, über sich hinauszuwachsen ... Er findet, dass du nicht nur eine schöne junge Frau bist, sondern auch außergewöhnlich intelligent, und dass du einen erlesenen Geschmack besitzt.«

Boldinis Lob wärmte ihr das Herz.

»Ich wusste gar nicht, dass ihr beide in Briefkontakt steht.«

»Aber selbstverständlich, mein Täubchen. Schließlich habe ich eine Menge Geld in das Porträt investiert ...« Er schluckte. »Und es ist das erste Mal, dass ich dich mit jemandem teile.«

»Dass du mich teilst?«, fragte sie überrascht.

»Nicht auf diese Weise«, erwiderte Charles lachend und tätschelte ihre Hand. »Ich weiß, dass deine Liebe zu mir so rein ist wie eine Bergquelle.«

Seine Worte entzückten sie.

»Ich kann es gar nicht erwarten, dass du das Porträt zu sehen bekommst. Ich glaube, wenn es einen Maler gibt, der die Fähigkeit besitzt, mich mit Farbe auf Leinwand zu bannen, dann ist es Boldini. Du hast den richtigen Künstler ausgewählt, Charles, und dafür werde ich dir für immer dankbar sein.«

Sie erzählte Charles nicht, wie sehr sie die Stunden im Atelier des Künstlers genossen hatte. Es war für sie eine Gelegenheit gewesen, sich noch einmal für einen Mann schön zu machen, und das hatte sie aufgemuntert. Sie war eine Frau, die darin aufging, sich für die Begegnung mit einem Mann zurechtzumachen. Sie liebte die Bäder und die Cremes, die ihre Haut weich und zart machten, und die Parfüms, die eine Ahnung von ihr in der Luft hinterließen, selbst wenn sie das Zimmer längst verlassen hatte. Sie ergötzte sich daran, schöne Kleider anzuziehen, sich zu schminken, ihr Haar zu frisieren. Es bereitete ihr sogar Vergnügen, sich in ihre Korsagen einschnüren zu lassen. All dies waren Rituale, die für sie zur Welt einer Frau gehörten.

Und wie jede große Schauspielerin oder Tänzerin wusste sie, bei welchem Publikum sie am besten ankam. Zum Beispiel bei Boldini, einem Mann, der Schönheit ebenso schätzte wie sie selbst.

Die wenigen Male, die sie in seinem Atelier gewesen war, hatte sie seine Erregung gespürt, als er sie zu dem Diwan begleitet hatte, auf dem sie für ihn posierte. Sie hatte es genossen, wie geistreich er war, wie er mit ihr geflirtet hatte. Es war das gleiche anregende Prickeln, das sie anfangs bei Charles empfunden hatte. Dabei hatten Boldini und sie sich kaum berührt.

Sie würde Charles nie eingestehen, dass seine Idee, sie von einem gefeierten Pariser Künstler porträtieren zu lassen, ihr eine dringend benötigte Ablenkung von seiner Krankheit verschafft hatte.

Aber vielleicht hatte Charles, der sie besser kannte als jeder andere, das ja auch absichtlich gemacht. Als ein weiteres Geschenk für sie.

»Ach, ich könnte vor Aufregung platzen«, rief Marthe aus, als die Männer das Porträt abstellten. »Bringen Sie es in den Salon, wir werden es dort auspacken.«

Sie lief zu Charles, der auf dem Sofa saß und auf den großen Moment wartete. »Nur noch ein paar Minuten, dann werden wir es endlich sehen!«

Marthe hatte das fertige Gemälde ebenfalls noch nicht gesehen. Sie hatte Boldini gefragt, ob sie ins Atelier kommen könne, um es sich anzuschauen, doch er hatte gesagt, er wünschte, auch sie zu überraschen.

Die Männer schnitten die Kordel durch, mit der das Paket verschnürt war, rissen das braune Papier ab und begannen, den Baumwollstoff zu entfernen. Das Zerreißen des Papiers hatte in Marthes Ohren wie ein Feuerwerk geklungen, der Stoff jedoch machte fast kein Geräusch.

Als das Bild endlich ausgepackt war, verschlug es ihr den Atem. Einen Moment lang vergaß sie, dass sie selbst die Person auf dem Porträt war. Stattdessen empfand sie die Art von Erstaunen, die einen Mann ergreifen musste, wenn eine schöne Frau sich zum ersten Mal vor seinen Augen entkleidete.

Dort, mitten in ihrem Salon, trat sie aus dem Bild hervor wie eine Sternenexplosion. Die Kurven ihres Körpers, ihr langer Hals, alles trug zu ihrer schwanenhaften Pose bei. Ihre bauschigen Ärmel, die ihre bleichen Schultern entblößten, sahen aus wie Federn.

Es war jedoch der Farbkontrast, ihr Profil, das sich scharf gegen die goldgelben Schattierungen des Hintergrunds abhob, was ihr das Gefühl gab, dass der Künstler mehr als nur ihren Körper und ihre Gesichtszüge abgebildet hatte.

Sie drehte sich um und schaute Charles an, der sich vorgebeugt hatte, um das Gemälde, das von den beiden Männern gehalten wurde, genauer zu betrachten.

Sein Blick wanderte ganz langsam über die Leinwand, über ihr Haar, an ihrem Profil entlang, über ihre Adlernase, das stolze Kinn, die sinnlichen, rubinroten Lippen.

Sie sah, wie seine Augen sich weiteten, als sie ihren blassen Hals erblickten, die kostbaren Perlen, von denen jede einzelne aussah wie eine schillernde Träne.

Beinahe provokativ hatte Boldini ihre Korsage so gemalt, dass sie noch tiefer saß als in Wirklichkeit und es so aussah, als würden ihre Brüste bei der kleinsten Bewegung herausspringen.

Aber es war nicht einmal die Andeutung ihrer Brustwarzen zu sehen, dieser rosigen Knospen, die Charles so oft geküsst hatte, nur ihr blasser, makelloser Busen.

Charles' Blick wurde weicher, als er über das Kleid wanderte, über die spitzenbesetzte Korsage, den seidenen Rock, die mit Strasssteinen besetzte Schärpe.

»Mein Gott«, flüsterte er und wandte sich ihr zu. »Man sollte meinen, dass es atmet. Dein ganzer Körper scheint unter der Farbe zu pulsieren.«

Sie setzte sich neben Charles und hielt seine Hand, während die beiden Männer den großen Spiegel abnahmen, der über dem Kaminsims hing, und an seiner Stelle das Porträt aufhängten.

»Ist es so schön, wie du es erwartet hast?«, fragte sie und schmiegte ihre Wange an seine.

»Noch viel schöner.« Sie spürte, dass er jetzt nicht sprechen wollte. Sein Blick war fest auf das Gemälde geheftet.

»Brauchen Sie uns noch, Madame?«, fragte einer der Männer.

»Nein, danke.« Sie stand auf und führte die Männer zur Tür.

»Eindrucksvolles Gemälde«, bemerkte der andere Mann, als sie sich verabschiedeten. »Da könnte selbst ein erwachsener Mann beinahe erröten.«

Marthe gab den Männern ein Trinkgeld. »Das werde ich dem Künstler ausrichten«, sagte sie lächelnd. »Es wird ihn freuen, es zu hören, denn es bedeutet, dass sein Bild ein Erfolg ist.«

26

Marthe

Paris 1898

An dem Nachmittag saßen sie noch lange Hand in Hand im Salon. Von den Stadtgeräuschen bekamen sie nichts mit. Sie schauten gebannt zu, wie das Gemälde sich im schwindenden Licht zu verwandeln schien.

Keiner von beiden hatte Appetit, und so schickten sie Giselle fort, als sie fragte, ob sie ihnen das Abendessen im Salon servieren sollte.

Das Porträt sorgte für ihr leibliches Wohl. Charles hatte seit Monaten auf das Gemälde gewartet, und es hatte ihn nicht enttäuscht. Hier war seine schöne Marthe für immer in Ölfarbe festgehalten, ihr Körper auf der Leinwand in seiner ganzen sinnlichen Pracht abgebildet.

Das Bild berührte Marthe auf eine Weise, mit der sie nicht gerechnet hatte. Ihre Gefühle angesichts ihres Porträts überraschten sie.

Sie legte den Kopf auf Charles' Schulter.

»Ich dachte immer, dass niemand außerhalb dieser vier Wände jemals von meiner Existenz erfahren würde. Mein Name ist erfunden, meine Vergangenheit vollständig ausradiert. Ich dachte immer, wenn ich einmal sterbe, würde ich keine Spuren in dieser Welt hinterlassen. Aber dein Geschenk, Charles …«

Sie umklammerte seine Hand.

»Dieses Gemälde hat mich unsterblich gemacht. Ein Teil von mir wird überdauern, festgehalten von Boldinis Pinsel …«

Charles wandte sich ihr zu, sie hob den Kopf, und ihre Blicke begegneten sich. »Jeder, der dein Porträt sieht, wird begreifen, dass deine Schönheit ein ganzes Zimmer erwärmen kann.«

Er zeigte auf das Bild.

»Jeder wird von deiner Schönheit überwältigt sein, heute ebenso wie in hundert Jahren.«

Er küsste sie. »Und ich bin der Glückliche, der deine Schönheit kosten durfte.«

Die Sonne war inzwischen fast untergegangen, und das dämmrige Licht verlieh dem Porträt eine neue Schattierung.

»Schick Giselle nach Hause. Émilienne erwartet mich heute Abend nicht. Der letzte Teil meines Geschenks an dich besteht darin, dass wir die Nacht zusammen verbringen können.«

Seit Venedig hatten sie fast keine einzige Nacht zusammen verbracht. In all den Jahren hatte Marthe gelernt, das Beste aus ein paar flüchtigen Stunden zu machen.

Sie ging in die Küche, schickte Giselle weg und sagte ihr, dass sie erst am nächsten Morgen wieder gebraucht werde.

Nachdem ihre Haushälterin gegangen war, holte sie alle Kerzenleuchter und Kerzen, die sie finden konnte.

Dann kehrte sie in den Salon zurück, wo Charles immer noch wie gebannt vor dem Porträt saß.

Es war jetzt fast dunkel draußen, und Charles machte eine Bemerkung über den Himmel. *Entre chien et loup*, flüsterte er. Die Redewendung bezeichnete die blaue Stunde in der Abenddämmerung, aber sie hatte noch eine zweite Bedeutung: Sie bezeichnete den Moment, in dem man aus der Sicherheit des Tages in die geheimnisvolle Unsicherheit der Nacht glitt.

Mit einem Lächeln auf den Lippen begann Marthe, die Kerzen überall im Zimmer zu verteilen und sie alle nacheinander anzuzünden.

Während Charles das Porträt im flackernden Kerzenlicht betrachtete, ging sie ins Schlafzimmer, um sich etwas anzuziehen, das sie beide niemals vergessen würden.

Sie knöpfte ihr seidenes Nachmittagskleid auf und ließ es zu Boden gleiten. Sie löste die Haken und Ösen an ihrer Korsage und befreite ihren Oberkörper aus dem Gefängnis aus Spitze und Walknochen. Sie atmete tief aus, erfreut, dass ihre Rippen nicht mehr eingeengt wurden und ihre Brüste die Luft auf der Haut spürten. Sie betrachtete sich von der Seite in ihrem großen Spiegel, bewunderte ihren schönen Rücken, ihren runden Hintern. Ihre Eitelkeit beschämte sie nicht, im Gegenteil, sie verschaffte ihr enorme Glücksgefühle.

Sie öffnete ihren Kleiderschrank und nahm das Negligé aus silberner Spitze mit dem Gürtel aus rosafarbenem Satin heraus, das Charles ihr an der Piazza San Marco gekauft hatte.

Sie zog sich das Negligé über die nackte Haut, die

durch die zarte Spitze hindurchschimmerte wie die Perlen um ihren Hals.

Sie blieb barfuß und legte keine Ohrringe an. Sie befreite ihr Haar von den Perlmuttkämmen und ließ es über ihre Schultern und ihre Brüste fallen. Dann ging sie zurück in den Salon, in dem sie und Charles über die Jahre so viele schöne Stunden verbracht hatten.

Er riss seinen Blick von dem Porträt los und wandte sich der Frau zu, die er schon so lange wie ein kostbares Juwel hütete.

Obwohl er so krank war, erregte ihn ihr Anblick. Die Temperatur im Zimmer, das erleuchtet war vom orangefarbenen Licht der vielen Kerzen, stieg durch die Hitze, die sie mit hereinbrachte.

Mit lautlosen Schritten ging sie auf ihn zu.

Sie blieb vor ihm stehen, löste den Satingürtel, den sie um die Taille trug, und ließ ihn zu Boden fallen.

Seine Augen weiteten sich beim Anblick ihres milchweißen Körpers. Sie fuhr ihm mit den Fingern durchs Haar und umarmte ihn.

Stunden später lagen sie ineinander verschlungen vor dem Kamin. Das Porträt über ihnen strahlte wie ein Stern. Charles lag in ihren Armen, sein Körper beinahe schwerelos, seine Wange an ihre Haut geschmiegt.

Sie versuchte, jedes Gefühl auszukosten. Sie waren durch mehr als nur ihre Körper miteinander verbunden. Sie hörte ihn atmen, spürte sein Herz unter seinen Rippen schlagen. Was zwischen ihnen passierte, war nicht dasselbe wie damals, als ihre Liebesaffäre begonnen hatte. Damals hatten sie ihre Körper erkundet wie Landschaften.

Sie hatten jede Erhöhung und jede Vertiefung erforscht, geheime Orte entdeckt, die nur durch die Berührung des anderen zum Leben erweckt wurden. Jetzt war ihr Liebesspiel ein Tanz aus einfachen Gesten. Sie streichelte seinen mageren Arm mit den Fingerspitzen. Sie wollte nicht seine Leidenschaft wecken, sondern ihn beruhigen, selbst im Schlaf. Zum ersten Mal fühlte sie sich beinahe, als wäre sie seine Ehefrau. Sie schloss die Augen und wandte ihr Gesicht ab, damit er ihre Tränen nicht spürte.

Sie löste sich vorsichtig von ihm und deckte ihn mit dem Laken zu, das sie Stunden zuvor aus dem Schlafzimmer geholt hatte. Im Schlaf sah er aus wie ein kleiner Junge, und als sie das selige Lächeln sah, das seine Lippen umspielte, fragte sie sich, wovon er wohl gerade träumte.

Sie dachte daran, wie er mit der knochigen Hand unter ihr Negligé gefahren war und ihre Brust berührt hatte.

»Ich hatte ein schönes Leben«, hatte er ihr ins Ohr geflüstert und zu dem Porträt hochgeschaut. »Ich hatte ein erfülltes Leben. Mit dir habe ich wahre Liebe und wahre Schönheit erlebt. Ich fühle mich gesegnet.«

Später zog sie ihr Negligé wieder über und half ihm ins Bett. Sie wollte, dass er bequem unter den Schmetterlingen schlief, den Kopf auf einem Daunenkissen, mit seidenen Laken bedeckt. Er sollte schlafen wie ein Pascha, seine Träume sollten nach Rosen duften.

Am nächsten Morgen wachte sie früh auf und schaute ihm beim Schlafen zu. Sie war mit ihm in den Armen eingeschlafen, hatte es nicht einmal gewagt, noch einmal aufzustehen, um die Vorhänge zuzuziehen. Jetzt sickerte das erste Morgenlicht ins Zimmer. Sie lag mit dem Kinn in der Armbeuge, und die weißen Laken waren um ihre Waden verknäult. Sie streckte ihre Glieder und rekelte sich. Sie fühlte sich seltsam weit weg von Paris, obwohl sie die Kirchenglocken läuten hörte. Aber sie war von einer ungewohnten Glückseligkeit erfüllt. Als sie zu dem bestickten Kopfteil ihres Betts hochblickte, schienen sogar die Schmetterlinge zum Leben erwacht zu sein.

Sie stellte sich vor, sie wäre mit Charles irgendwo auf dem Land, weit weg von Paris. In einem von Wein umrankten Landhaus. Sie stellte sich pralle Trauben vor, hohes Gras. Eine warme Brise auf der nackten Haut.

Im Schlaf wirkte Charles' Gesicht nicht so bleich wie sonst. Auf seiner Stirn hatten sich winzige Schweißperlen gebildet. Als sie eine Hand an seine Wange legte, fuhr ihr der Schreck in die Glieder.

Die Berührung weckte ihn.

»Marthe?« Seine Stimme war noch heiser vom Schlaf, aber auch vom Fieber.

»Liebling, du verbrennst!«

Sie sah, dass es ihm schwerfiel, seinen Blick auf sie zu konzentrieren.

Sie legte ihm eine Hand auf die Brust. Sein Herz klopfte wie wild.

»Wir müssen dich zu einem Arzt bringen.«

Die Minuten, in denen sie sich ihren Tagträumen hingegeben hatte, waren wie weggeblasen. Marthe sprang aus dem Bett, hob ihr Negligé vom Boden auf, zog es über und band sich den Gürtel um.

»Ich hole Wasser und mache dir eine kalte Kompresse.«

Er schaute sie mit großen Augen an, seine Haut glühte.

Kurz darauf kam sie mit einem Porzellankrug und einer Porzellanschüssel ans Bett. Über ihrem Arm lag ein Geschirrtuch.

»Komm, ich kühle dich«, sagte sie sanft und zog das Laken weg. Sie tauchte das Geschirrtuch in das kühle Wasser und wrang es aus.

»Mein Täubchen«, brachte er mühsam hervor.

»Schsch«, flüsterte sie, während sie seine Haut mit dem Tuch betupfte. »Du musst mit deinen Kräften haushalten.«

Ihre Gedanken rasten, während sie sich bemühte, ihm Kühlung zu verschaffen.

»Wir müssen dich so schnell wie möglich zu einem Arzt bringen«, sagte sie und schaute sich nach seinen Kleidern um.

Sie brachte seine Unterwäsche, sein weißes Hemd und seinen Anzug ans Bett.

»Ich helfe dir«, sagte sie.

Er setzte sich auf die Bettkante, wollte ihr beweisen, dass er sich allein anziehen konnte. Als er jedoch aufstehen wollte, fiel er zu Boden.

Pierre, der Concierge, war der Einzige, den sie um Hilfe bitten konnte. Giselle wohnte über eine Stunde weit weg, außerdem wäre sie nicht kräftig genug gewesen, Charles zusammen mit Marthe auf die Straße zu schaffen. Nein, Marthe brauchte jemanden mit starken Armen, und ihr fiel niemand anders ein als Pierre.

Sie zog sich in aller Eile ein einfaches Baumwollkleid an und rannte aus der Wohnung. Anstatt zu warten, bis der schwerfällige Aufzug oben ankam, lief sie die Treppe hinunter.

»Madame de Florian«, sagte Pierre verblüfft, als sie unfrisiert und ungeschminkt vor ihm stand.

Der kleine Gérard klammerte sich an ein Bein seines Vaters.

»Ich brauche Ihre Hilfe«, stieß sie hervor.

Ihm entging nicht, wie aufgeregt sie war. »Gérard«, sagte er zu seinem Sohn. »Geh zu Maman. Ich muss Madame de Florian helfen.« Der kleine Junge schaute seinen Vater mit großen Augen an, dann lief er in die Wohnung und zog ein Spielzeugboot hinter sich her.

Pierre trat in die Eingangshalle und schloss die Wohnungstür hinter sich.

»Was ist passiert, Madame? Sie sind ja kreidebleich.« Er berührte sie leicht an der Schulter, eine mitfühlende Geste, deren Wärme sie überraschte.

»Ein Freund braucht ganz dringend einen Arzt«, sagte sie atemlos.

Pierre stellte ihr keine Fragen. Als er sah, dass Marthe den Aufzug ignorierte, rannte er hinter ihr her die Treppe hoch.

Sie riss ihre Wohnungstür auf und stürzte ins Schlafzimmer, Pierre blieb ihr auf den Fersen.

Charles hatte es irgendwie geschafft, sich anzuziehen und wieder aufs Bett zu legen. Sein Zustand ließ aber keinen Zweifel daran, dass er dringend einen Arzt brauchte.

»Kommen Sie«, sagte Pierre und half ihm aufzustehen. »Ich bringe Sie nach unten, dann rufen wir eine Kutsche. Sagen Sie mir die Adresse Ihres Arztes.«

»7 Rue du Chevalier«, sagte Charles leise.

Pierre half ihm auf die Füße, legte sich Charles' Arm über die Schultern und führte ihn zur Tür.

Als Pierre in der Diele kurz stehen blieb, hob Charles mühsam den Kopf und schaute in Richtung Salon. Marthe wusste sofort, dass er einen letzten Blick auf das Porträt werfen wollte.

»Mein Täubchen«, flüsterte er kaum hörbar, doch Marthe verstand jedes Wort.

Sie ging zu ihm, küsste ihn erst auf die Stirn und dann auf den Mund.

»Ja, ich bin hier«, sagte sie. Es kostete sie große Mühe, nicht zu weinen, doch auf keinen Fall sollte er sie mit tränenverschmiertem Gesicht in Erinnerung behalten.

Sie nahm seine Hand, die sich wächsern und eiskalt anfühlte. Sie drückte die Hand in der Hoffnung, etwas von ihrer Wärme in ihn fließen zu lassen, ihn mit ihrer Berührung zu heilen.

Sie folgte Pierre und Charles in den Aufzug und fuhr mit nach unten. Als die Kutsche vor dem Haus hielt, half Pierre Charles beim Einsteigen. Marthe hatte damit gerechnet, dass er dann dem Kutscher die Adresse geben würde, die Charles ihm genannt hatte, doch zu ihrer großen Überraschung stieg er ebenfalls in die Kutsche und bestand darauf, Charles zu begleiten.

Ein paar Meter rannte sie neben der Kutsche her, bis sie vor Erschöpfung stehen bleiben musste. Langsam ging sie zurück und stieg die Treppen hoch. Als sie ihre Wohnung betrat, sah sie in der Diele etwas Glitzerndes auf dem Boden liegen. Sie bückte sich, um es aufzuheben. Es war die goldene Uhr, sie musste Charles aus der Tasche gefallen sein. Sie umklammerte die Uhr und holte tief

Luft. Dann öffnete sie den Deckel und betrachtete die Gravur, die eine kleine Taube darstellte. Sie schaute auf die Wanduhr. Es war 6 Uhr 14. Marthe stellte die Zeiger auf die Zeit ein und betete im Stillen, dass sie sie bald auf eine andere Uhrzeit würde einstellen können.

27

Marthe

Paris 1898

Es war nicht Charles, sondern Boldini, der zwei Tage später an ihre Tür klopfte. Als sie sah, dass er ganz in Schwarz gekleidet war, begriff sie sofort.

»Es tut mir leid, dass ich Ihnen unter so traurigen Umständen meine Aufwartung mache«, sagte er, als er ihre Wohnung betrat.

»Charles ...«, flüsterte sie kaum hörbar. »Sie sind seinetwegen hier.«

Er senkte den Blick und nickte.

»Vor ein paar Wochen hat er mich in einem Brief gebeten, Ihnen die Nachricht persönlich zu überbringen, wenn es so weit ist. Er wollte, dass Sie so schnell wie möglich informiert würden.«

Sie umschlang sich mit den Armen. Plötzlich war ihr ganz kalt.

»Er ist gestern Abend verschieden. Ein gemeinsamer Freund hat es mir mitgeteilt.«

Eine Weile schwieg sie, wusste nicht, was sie sagen sollte. Der Boden schien unter ihr nachzugeben, und es fiel ihr schwer, die Fassung zu wahren.

»Er war schon lange sehr krank«, sagte sie schließlich mit zitternder Stimme. »Ich glaube, er hat nur so lange durchgehalten, weil er unbedingt das fertige Porträt sehen wollte.«

Boldini nickte. »Ja, auch das hat er mir in einem Brief mitgeteilt. Ich habe es so schnell wie möglich fertiggestellt, natürlich darauf bedacht, Ihre Schönheit und Strahlkraft gebührend zur Geltung zu bringen.«

Sie schaute auf den Boden, wollte Boldini ihre Augen nicht sehen lassen. Sie wusste, dass er sie sofort durchschauen würde, dass er sich von ihrer stoischen Fassade nicht täuschen lassen würde. Ein Blick in ihr Gesicht würde ihm alle Gefühle offenbaren, die sie lieber verbergen wollte.

»Bitte«, sagte sie leise. »Wollen Sie nicht in den Salon kommen und sehen, wo das Porträt jetzt hängt? Es hat die Lieferanten zum Erröten gebracht, das sollte Ihnen schmeicheln, denke ich.«

Sie ging voraus in den Salon, wo sie und Charles vor wenigen Tagen ihre letzten Stunden miteinander verbracht hatten.

»Oh, außerhalb der vier Wände meines Ateliers ist es wirklich noch viel eindrucksvoller«, sagte Boldini und zündete sich eine Zigarre an. Der Geruch war ganz anders als das orientalische Aroma von Charles' Pfeife, an das sie sich so gewöhnt hatte.

Sie zwang sich zu lächeln, doch es fühlte sich unecht an. Zum ersten Mal, seit das Porträt geliefert worden war, konnte sie sich nicht mit dem Bild identifizieren. Es zeigte sie voller Leben und Wärme, doch jetzt, in ihrer Trauer, floss die gleiche Eiseskälte durch ihre Venen wie an dem Tag, als ihre Schwester gestorben war. Es war das gleiche Gefühl wie damals, so als könnte ihr nie im Leben wieder warm werden.

Giselle, die die traurige Nachricht gehört hatte, brachte ein Tablett mit Tee und Gebäck in der Hoffnung, dass das Marthe beruhigen würde. Doch als Marthe für Boldini und sich selbst Tee einschenkte, zitterten ihre Hände.

»Sie sind eine schöne und kluge junge Frau, Marthe. Sie werden weiterhin ein gutes Leben haben, da bin ich mir ganz sicher«, sagte Boldini.

Er schaute sich im Zimmer um. Obwohl er sich bemühte, das diskret zu tun, während er blaue Rauchkringel paffte, entging ihr nicht, dass er ihre Porzellansammlung begutachtete.

»Sie sind weder oberflächlich noch dumm, im Gegensatz zu vielen Frauen, denen ich hier in Paris begegne. Ihre Sammlung zeugt von Intelligenz und einem scharfen Blick. Daraus schließe ich, dass Sie immer auf den Füßen landen werden.«

»Es freut mich, dass Sie mir so viel zutrauen.« Seine Worte trösteten sie vorübergehend. »Ich danke Ihnen.«

»Ich bin zuversichtlich, dass Sie Ihren Weg gehen«, sagte er und drückte seine Zigarre in einem kristallenen Aschenbecher aus. Marthe zuckte innerlich ein wenig zusammen. In diesen Aschenbecher hatte Charles immer seine Pfeife ausgeleert.

»Gestatten Sie, dass ich Ihnen meine Unterstützung anbiete. Ich hoffe, dass das in diesem Moment der Trauer nicht respektlos erscheint, aber ich bin der Meinung, dass wir dieselbe Sprache sprechen. Und dass wir die Liebe zu schönen Dingen teilen.«

Endlich schaute sie ihn an. Seine Offenheit und die Tatsache, dass er sie wie seinesgleichen behandelte, berührten sie zutiefst. »Ja, wir haben den gleichen Geschmack, das sehe ich genauso.«

»Es ist eine Schande, dass Sie nicht offen an den Trauerfeierlichkeiten für Charles teilnehmen können. Heute Abend findet der Trauergottesdienst in der Kirche Notre Dame d'Auteuil statt. Morgen früh ist die Beerdigung. Für Émilienne ist der Schock vielleicht noch größer als für Sie.«

Wie immer versetzte es ihr einen Stich, den Namen zu hören.

»Sie hat gewusst, dass er schwer krank war«, sagte Marthe mit zitternder Stimme. »Sie hat ihm geraten, zur Kur in die Schweiz zu fahren. Sein Tod kann sie also kaum überrascht haben.«

»Das stimmt«, sagte Boldini. »Aber einen geliebten Menschen tot vorzufinden ist immer schlimm.«

Marthe schluckte.

»Man hat mir erzählt, dass sie heute Morgen in sein Schlafzimmer gegangen ist, um ihn zu wecken. Zuerst dachte sie, er schliefe tief und fest, und fand, dass er im Schlaf seinem Sohn sehr ähnlich sah.«

Marthe wusste, dass es ihr nicht gestattet war, an der Beerdigung teilzunehmen. Sie würde keine Kondolenzwünsche entgegennehmen können und auch nicht an den öffentlichen Trauerfeierlichkeiten teilhaben. Aber sie konnte Schwarz tragen und auf ihre Weise um Charles trauern. Das konnte ihr niemand nehmen.

Sie bat Giselle, alle ihre pastellfarbenen Kleider aus

ihrem Zimmer zu entfernen. In ihrem mit Schnitzereien verzierten Kleiderschrank befanden sich jetzt nur noch schwarze Taftkleider, schwarze Seidenröcke und schwarze Chiffonblusen.

Ihre Welt fühlte sich so leer an wie noch nie. In ihrer ganzen Wohnung waren Spuren von Charles. Ihre Einrichtung, ein Teil ihrer Kunstgegenstände waren wie Fingerabdrücke von Charles. Sie betrachtete den glitzernden Kristallaschenbecher, den Boldini am Tag zuvor benutzt hatte, und dachte daran, dass sie nie wieder den Geruch von Charles' Tabak und den Duft seines Eau de Cologne riechen würde.

Sie aß wenig. Sie verbrachte die Nachmittage im Salon vor ihrem Porträt und versuchte, sich an jedes einzelne Detail des letzten Abends zu erinnern, den sie dort gemeinsam verbracht hatten.

Sie stellte sich vor, er säße neben ihr. Sie erinnerte sich an seine weichen Hände, sein kantiges Profil, an den feinen Gabardine seiner maßgeschneiderten Anzüge. Sie spürte ihn neben sich sitzen wie einen Geist. Sie versuchte, sich an jedes einzelne seiner letzten Worte zu erinnern. Wie er sie ein letztes Mal sein »Täubchen« genannt hatte, wie sie seine kalten Hände gehalten hatte, um sie zu wärmen.

Wäre Boldini nicht gewesen, hätte sie sich in ihrer Wohnung eingeigelt und das Haus nicht einmal für einen kleinen Parkspaziergang verlassen. Sie war ganz und gar lustlos. Selbst für ihre Kunstsammlung interessierte sie sich nicht mehr.

»Begleiten Sie mich zu einem Spaziergang«, bat Boldini sie, als er sie einige Wochen später besuchte. »Die Kirschbäume stehen in voller Blüte. Die Frauen tragen Frühlingsfarben. Ziehen Sie ein hübsches Kleid an – vielleicht ein fliederfarbenes. Die Farbe lässt ihre grauen Augen gut zur Geltung kommen.«

Sie entschloss sich, ihm seine Bitte zu erfüllen. Nachdem sie wochenlang bei zugezogenen Vorhängen in ihrer Wohnung gehockt hatte, kam sie sich allmählich vor wie ein Vampir. Giselle, die Boldinis Vorschlag gehört hatte, war sogleich hoffnungsvoll losgeeilt und hatte ein fliederfarbenes Kleid aus dem anderen Schrank geholt und auf Marthes Bett bereitgelegt.

Nachdem sie das schwarze Kleid ausgezogen und auf dem Diwan abgelegt hatte und sich im Spiegel betrachtete, sah sie, wie schlaff ihre Muskeln in den Wochen geworden waren, in denen sie sich ihrer Trauer hingegeben hatte. Ihre festen Schultern, ihr definierter Rücken, ihr runder Po, alles war schlaff geworden.

Als Boldini am Abend vorschlug, zu einem Tanzball zu gehen, sagte sie nicht Nein. Sie musste unbedingt etwas unternehmen. Sich wieder lebendig fühlen. Ihr Licht wieder leuchten lassen.

Sie tranken Champagner bei Kerzenlicht. Boldini bestellte großzügig von der Speisekarte, und sie schlürfte Austern und aß kleine Kanapees mit Fois gras.

Die Energie des Ballsaals erfüllte ihren ganzen Körper. Als sie die jungen Frauen sah, die lachend den Kopf in den Nacken warfen, fühlte sie sich, als wäre sie wieder Anfang zwanzig, so jung wie damals, als sie im Varieté getanzt hatte.

»Sie haben mir wieder Leben eingehaucht«, flüsterte sie Boldini ins Ohr, als er sie erneut auf die Tanzfläche führte.

»Wenn ich nur etwas größer und ansehnlicher wäre«, erwiderte er. »Dann würden Sie sich bestimmt in mich verlieben.«

Marthe sagte nichts darauf. Sie wollte ihn nicht verletzen.

Im Lauf der Jahre war ihr Herz zu einer Art Möbelstück geworden. Im Gegensatz zu den meisten Menschen, in deren Vorstellung das Herz eine Art Pumpe mit Kammern war, die ihren Kreislauf in Gang hielt, stellte Marthe sich ihr Herz vor wie einen Schrank mit Geheimschubladen. In einer Schublade bewahrte sie die Erinnerungen an ihre Familie auf, in einer anderen das einzige Bild, das sie von ihrem neugeborenen Sohn hatte, und in einer dritten, der Schublade, die ihr heilig war, die Erinnerungen an ihre Liebe zu Charles.

»Es steht Ihnen nicht, die trauernde Witwe zu spielen, die sie gar nicht sind«, sagte Boldini. »Charles hätte es nicht gewollt, dass Sie für den Rest Ihres Lebens Trauer tragen.«

»Diese Dinge kann man nicht erzwingen«, sagte sie, als sie an ihren Tisch zurückkehrten. Eine kleine Kerze flackerte auf dem Tisch und beleuchtete nur die Hälfte ihres Gesichts.

»Wir sprechen die Sprache der Kunst und der Freundschaft«, sagte sie, als die Kapelle zu spielen aufhörte, und nahm seine Hände. »Ich werde immer in Ihrer Schuld stehen. Mit Ihrem Gemälde haben Sie mir zu ewigem Leben verholfen.«

28

Solange

Dezember 1939

»Charles' Tod war ein Wendepunkt in meinem Leben, Solange«, sagte meine Großmutter. Noch nie hatte ich sie so traurig und nachdenklich erlebt.

»Irgendwann müssen wir alle einmal diese Welt verlassen, und doch ist es so schwer zu begreifen …«

Ich sagte ihr nicht, wie schlimm der Tod meiner Mutter für mich gewesen war. Ich erwähnte meine Mutter ihr gegenüber so gut wie nie, und ich hätte es ihr nicht verzeihen können, wenn sie mit Desinteresse reagiert oder möglicherweise sogar etwas Abfälliges gesagt hätte.

»Nach seinem Tod ist mir eine Menge über mich selbst bewusst geworden.« Sie holte tief Luft. »Ich wurde erfinderisch. Zum Glück gab es noch Menschen, die sich um mich gekümmert haben, auch wenn ich anfangs dachte, ich sei ganz allein auf der Welt.« Sie wandte sich ab und schaute eine Weile aus dem Fenster. »Wenn jemand stirbt oder schwer krank wird, zeigt sich, wer wahre Freunde sind. Das sind diejenigen, die bleiben, wenn man alles verloren hat.«

Sie stand unvermittelt auf, und ich sah, wie sie eine Hand auf die Sessellehne legte, als suchte sie Halt.

»Ich möchte dir etwas zeigen, Solange.« Sie bedeutete mir, ihr zu folgen. »Du hast lange genug in dem Sessel gesessen. Komm.«

Ich stand auf und folgte ihr. Sie richtete sich auf wie ein Reiher, straffte den Rücken, reckte den Hals und schob das Kinn vor. Als sie in ihrem langen blassgrauen Kleid den Flur hinunterging, verstand ich, warum Charles sie immer liebevoll »mein Täubchen« genannt hatte.

Am Ende des Flurs befand sich links eine weitere weiße, doppelflügelige Tür, die sie mit beiden Händen aufdrückte. Als sie das Zimmer betrat, bauschte sich der Saum ihres Kleids wie Vogelflügel.

Das riesige Bett hatte ein Kopfteil aus Walnussholz, das mit kunstvollen Schnitzereien verziert war. Die silbergraue Seide, mit der das Mittelteil gepolstert war, war mit winzigen Schmetterlingen in allen erdenklichen Farben bestickt.

So ein prunkvolles Bett hatte ich noch nie gesehen. Es schien aus dem Boden zu wachsen und seine sinnlichen Rundungen aufzuplustern. Aber Marthe beachtete weder das Bett noch die großen Spiegel an den Wänden. Sie ging zu ihrer Frisierkommode und zog eine Schublade auf.

Darin lagen mehrere mit Seidenbändern verschnürte Bündel Briefe.

Sie nahm ein Bündel mit einer rosafarbenen Schleife heraus. »Die sind von Charles.« Sie setzte sich auf den mit Samt bezogenen Hocker und befühlte die Ränder der vergilbten Briefumschläge. Dann nahm sie ein zweites

Bündel in die Hand, das von einem gelben Band zusammengehalten wurde.

»Und die sind von Giovanni.«

»Giovanni?«

»Ja«, sagte sie und schloss die Augen. »Giovanni Boldini. Zwar hatte ich seine Avancen abgewiesen, aber er hat mir noch eine Zeit lang Liebesbriefe geschrieben in der Hoffnung, ich würde es mir anders überlegen.« Sie seufzte. »Du bist zu jung, um das zu verstehen, Solange, doch es gibt auf dieser Welt verschiedene Spielarten der Liebe. Es gibt fleischliche Liebe, es gibt platonische Liebe, und es gibt die Liebe innerhalb einer Familie.« Ihr Gesichtsausdruck wurde weicher. »Bis vor Kurzem kannte ich nur zwei dieser Spielarten.«

Sie legte die beiden Bündel aufs Bett.

Ich stand neben ihr und sah uns im Spiegel ihrer Frisierkommode. So sanft hatte ich sie noch nie erlebt. Ihre grauen Augen schauten mich an, und unsere Blicke begegneten sich im Spiegel.

»Fragt dein Vater dich eigentlich manchmal, was wir tun, wenn du mich besuchst?«

Die Frage war mir unangenehm, und ich wusste nicht, wie ich darauf reagieren sollte.

Sie öffnete eine zweite Schublade, der sie ein drittes Bündel Briefe entnahm. Dieses Bündel wurde von einem himmelblauen Seidenband zusammengehalten.

»Diese Briefe sind von Louise Franeau. Weißt du, wer das ist, Solange?«

»Ja«, antwortete ich leise. Den Namen würde ich nie vergessen. Das war die Frau, die meinen Vater großgezogen hatte.

»Ich habe jeden Brief aufgehoben, den sie mir geschrieben hat.«

»Hast du ihr auch geantwortet?«

Sie stieß einen tiefen Seufzer aus.

»Es waren schwere Zeiten für mich, Solange.« Sie schüttelte den Kopf. »Sie hat mir so oft geschrieben und mir von den Fortschritten deines Vaters berichtet, und ich habe ihr nur zweimal geantwortet.«

29

Solange

Dezember 1939

Alex wartete auf mich in der Nähe der Straße, in der meine Großmutter wohnte.

»Und, haben Sie neues Material für Ihren Roman bekommen?«, fragte er und küsste mich auf beide Wangen.

»Ja«, sagte ich. »Sie hat mir eine sehr sensible Seite an sich gezeigt, die ich bisher nicht kannte.« Ich runzelte die Stirn. »Außerdem kam sie mir diesmal ein bisschen angeschlagen vor. Ich hoffe, sie ist nicht krank.«

»Das hoffe ich auch«, sagte er. »Nachdem ich die heutigen Schlagzeilen gelesen habe, brauche ich nicht noch mehr schlechte Neuigkeiten.«

Er hielt eine Zeitung hoch. Die Sowjetunion hatte Finnland überfallen, jetzt befanden sich diese beiden Länder also auch im Krieg.

Ich schüttelte ungläubig den Kopf. Am liebsten hätte ich gar keine Zeitung mehr gelesen. Die Schlagzeilen wurden von Tag zu Tag schlimmer, und die Lektüre schlug mir auf den Magen. »Heute hat sie mir erzählt, wie sie vom Tod ihres Liebhabers erfahren hat. Eine traurige Geschichte.« Dass Boldini sie anschließend mit Liebesbriefen überhäuft hatte, erwähnte ich lieber nicht.

»Liebhaber.« Das Wort fühlte sich aus meinem Mund seltsam und geheimnisvoll an.

»Ich hoffe, dass Sie mich Ihrer Großmutter irgendwann einmal vorstellen. Sie scheint mit meiner Großmutter überhaupt nichts gemein zu haben! Ich erinnere mich, dass meine Großmutter eine Zahnlücke hatte und ständig mit Stricken oder Backen beschäftigt war. Sie hat sicherlich nie einen Liebhaber gehabt!«, sagte er lachend.

»Sie würden Marthe bestimmt gefallen.« Ich musterte ihn. Alex war groß und schlank und hatte dunkles Haar und grüne Augen. Er sah einfach gut aus.

»Heute muss ich um drei wieder im Laden sein. Solomon hat zwei Bücher restauriert, und mein Vater hat auf wundersame Weise zwei Sammler aufgetrieben, die sich für die Bücher interessieren.« Alex warf einen Blick auf seine Uhr. »Ich habe also drei Stunden Zeit für Sie.«

Er sah mir an, dass ich mich darüber freute.

»Gehen wir in den Bois de Boulogne«, schlug ich vor. »Es ist zwar eiskalt, und die Bäume sind kahl, aber dafür werden wir den Park für uns allein haben.«

Der Dezember färbte alles grau, und der Himmel war bleiern. Die Vorstellung, mit Alex durch den Park zu spazieren, gefiel mir jedoch.

»Gute Idee«, sagte er. »Dann müssen wir uns allerdings beeilen, denn bis zum Bois de Boulogne ist es ziemlich weit.«

Er nahm meine Hand.

Dann eilten wir Hand in Hand zur Metro. Noch nie hatte ich mich so lebendig gefühlt. Das Klappern unserer

Absätze auf dem Pflaster klang ausgelassen. Es war die Musik der Jugend, der Aufregung, der Lebensfreude.

Wir saßen in der Metro wie zwei aufgeregte Teenager. Dicke Schals um den Hals, ich mit meiner Tasche mit dem Notizheft auf dem Schoß, unsere Finger ineinander verschränkt. Zum ersten Mal, seit ich denken konnte, beobachtete ich nicht die Gesichter meiner Mitreisenden. In dem Moment bestand meine Welt nur aus Alex und mir.

Im Park schlenderten wir über die gewundenen Pfade. Kleine weiße Wölkchen bildeten sich, wenn wir redeten, und wir hielten uns noch fester an der Hand.

»Hier bin ich schon seit Jahren nicht mehr gewesen«, sagte ich. »Meine Großmutter hat mir erzählt, dass die vornehmsten Kurtisanen sich in ihren Kutschen hierher fahren ließen, um sich heimlich darin mit ihren Liebhabern zu treffen. Können Sie sich das vorstellen?«

»In den Kutschen?« Alex grinste. Mir war, als hätten seine Wangen ein bisschen Farbe angenommen. »Also, darüber werde ich heute Abend noch ein bisschen nachdenken.«

Ich schloss die Augen und genoss es, mit Alex ganz allein in diesem riesengroßen Park zu sein.

Plötzlich zog Alex mich an sich.

»Solange«, flüsterte er.

Ich sagte nichts. Ich ließ es einfach geschehen, dass er mich küsste.

30

Solange

Dezember 1939

An dem Abend waren die Störgeräusche im Radio so laut, dass wir fast kein Wort verstehen konnten. Frustriert schlug mein Vater mit der Faust auf das Gerät. Ich nahm das alles kaum wahr. Ich konnte nur an Alex und unseren Kuss denken.

»Geht es dir gut?«, fragte mein Vater.

»Ja«, sagte ich und suchte nach einem Vorwand für meine Geistesabwesenheit. »Heute hat Großmutter mir eine traurige Geschichte erzählt.«

Er schaute mich kurz an.

»Es wird wohl kaum etwas Traurigeres gewesen sein als die Tatsache, dass zwanzig Jahre nach dem letzten ein neuer Weltkrieg vor der Tür steht«, sagte er kopfschüttelnd.

Mir zog sich der Magen zusammen. Sosehr ich mich dagegen sträubte, die Worte meines Vaters verscheuchten die Erinnerung an den Kuss.

Mein Vater sprang auf und holte eine Flasche Wein aus der Vorratskammer. Ich hörte, wie er ein Glas auf die Anrichte stellte, dann, wie er die Flasche entkorkte. Er schenkte sich ein und kam mit dem Glas wieder zurück an den Tisch.

»Sei mir nicht böse, Solange. Aber ich hätte nie gedacht, dass ich noch einmal einen Weltkrieg erleben würde. All die jungen Männer, denen ich im letzten Krieg Morphium verabreicht habe, sind gestorben, um Frankreich von der Herrschaft der Deutschen zu befreien.« Kopfschüttelnd trank er noch einen Schluck Wein. »Ich fühle mich wie ein Hund, der ein aufkommendes Gewitter spürt.«

»Sag so was nicht«, bat ich ihn. »Das bringt nur Unglück.« Er hatte die Worte jedoch bereits ausgesprochen, und sie schwebten wie dunkle Wolken zwischen uns.

In der Nacht schlief ich unruhig, hin- und hergerissen zwischen der Erinnerung an Alex' Kuss und den bösen Vorahnungen meines Vaters.

Am Ende stellte sich heraus, dass er mit seinem sechsten Sinn richtig gelegen hatte. Zwei Tage später traf ein offizieller Behördenbrief bei uns ein. Ich legte ihn auf den Tisch. Als ich am Nachmittag nach Hause kam, nachdem ich den Vormittag im Café mit Schreiben zugebracht und mich anschließend kurz mit Alex auf einen Kaffee getroffen hatte, saß mein Vater am Küchentisch, den Kopf in die Hände gestützt.

»Was ist los, Papa?«, fragte ich.

»Ich bin einberufen worden, Solange.«

Mir wurde schwindlig.

Ich nahm den Brief vom Tisch und las ihn. »Meldeort: Militärhospital des 6. Armeeregiments in Caen. Funktion: Pharmazeut.«

Mir schlug das Herz bis zum Hals. Wie war das möglich? Er war dreiundfünfzig, und noch nicht mal Alex hatte einen Stellungsbefehl erhalten. Zumindest hatte er nichts davon erwähnt.

»Können die dich wirklich zwingen, Papa?«

Er nickte. »Ja. Wenn ich mich weigere, komme ich ins Gefängnis.«

»Vielleicht stellt sich ja bei der medizinischen Eignungsprüfung heraus, dass du untauglich bist. Vielleicht hast du ja ein schwaches Herz.«

»Nein, Solange, ich habe kein schwaches Herz.« In seiner Stimme, die sonst immer so sachlich war, schwang jetzt Angst mit. »Im Moment denke ich aber gar nicht an mich selbst, sondern an dich. Ich möchte dich nicht allein in dieser Wohnung zurücklassen. Hier bist du nicht in Sicherheit. Ich würde mir die ganze Zeit Sorgen machen.«

»Ich komme schon zurecht«, sagte ich. »Bitte, mach dir meinetwegen keine Sorgen.«

»Es kommt nicht infrage, Solange. Ich möchte, dass du zu Marthe ziehst.«

Ich traute meinen Ohren nicht. »Das geht nicht. Sie würde mich niemals bei sich aufnehmen. Ich würde mich in ihrer Wohnung fühlen wie ein kaputtes Möbelstück oder eine zerbrochene Porzellanvase.«

»Du irrst dich, Solange. Ich war heute Nachmittag, nachdem ich den Brief gelesen hatte, bei ihr. Sie hat gesagt, es würde ihr ein Vergnügen sein, dich bei sich aufzunehmen.«

Mein Vater erklärte mir, seiner Meinung nach gebe es niemanden, der während seiner Abwesenheit besser für meine Sicherheit sorgen könne als Marthe.

»In dieser Wohnung hat sie bereits einen Krieg überlebt«, sagte er. »Sie wird auch noch einen zweiten überleben.«

»Aber wie hat sie reagiert, als du sie gefragt hast?« Ich musste an den vorigen Tag denken, als sie mir die Briefe aus ihrer Kommode gezeigt hatte. So vieles war in den vergangenen vierundzwanzig Stunden geschehen, und es fiel mir schwer, all die Informationen zu verdauen.

»Vielleicht hätte ich anfänglich nicht so streng mit ihr sein sollen. Heute wirkte sie ganz anders«, sagte er leise. »Vielleicht hast du ja einen guten Einfluss auf sie ... Davon abgesehen scheint sie sich wegen des bevorstehenden Kriegs keine großen Sorgen zu machen.«

»Ja, den Eindruck habe ich auch ...«

»Wie erwartet hat sie so reagiert, als würde ich lediglich eine lange Reise antreten, so als würde sie gar nicht begreifen, dass ich mich zum Dienst in einem Militärkrankenhaus melden muss.«

»Typisch Marthe«, sagte ich.

»Es liegt mir nicht, meine Gefühle zu zeigen, Solange. Du kennst mich ja. Ich muss jedoch sagen, dass ich froh und erleichtert bin, zu wissen, dass sie dich mit offenen Armen bei sich aufnehmen will. Niemand weiß besser als ich, dass sie keine mütterliche Ader hat, aber sie scheint dich wirklich in ihr Herz geschlossen zu haben.«

Ich nickte. »Ja, Papa, das stimmt.«

Tatsächlich waren mir bei meinen letzten Besuchen deutliche Veränderungen aufgefallen. Sie wirkte neuerdings nicht nur zerbrechlicher, sie zeigte sich auch von einer weicheren Seite, die ich bisher nicht gekannt hatte. Ich besuchte sie jetzt schon seit über einem Jahr, und fast die ganze Zeit hatte ich den Eindruck, dass sie froh war, jemanden zu haben, dem sie ihre Geschichten erzählen konnte. Bei meinem letzten Besuch hatte ich jedoch das Gefühl, dass mehr dahintersteckte als nur das Bedürfnis, mir von ihrer Vergangenheit zu erzählen.

In der Ferne ertönte eine Sirene.

»Jetzt geht das Gespenst der Angst wieder um«, sagte mein Vater.

»Für manche mehr als für andere«, murmelte ich. Ich musste an Alex und seinen Vater denken.

In weniger als einer Woche musste mein Vater sich in dem Militärkrankenhaus im Nordwesten Frankreichs melden. Er fand einen Kollegen im Ruhestand, der sich bereit erklärte, ihn während seiner Abwesenheit in der Apotheke zu vertreten.

Eine Woche war nicht viel Zeit, um alles zu ordnen, aber mein Vater packte nur wenige Sachen.

»Im Gegensatz zu mir kannst du jederzeit hier in die Wohnung kommen«, sagte er. »Es ist also nicht nötig, alles auf einmal mitzunehmen, was du brauchst.«

Ich nickte. Auf seinem Bett lagen säuberlich gefaltet drei weiße Hemden und vier Hosen, daneben zwei gerahmte Fotos, eines von meinem ersten Schultag und eines von meiner Mutter in ihrem Hochzeitskleid.

Ich nahm das Foto meiner Mutter vom Bett. Meine Eltern hatten im Rathaus geheiratet, und sie hatte weder Schleier noch Kranz getragen, nur ein weißes, hochgeschlossenes Kleid mit Spitzenbesatz, das sie sich aus einem alten Hochzeitskleid vom Flohmarkt genäht hatte. Auf dem Foto hielt sie einen kleinen Blumenstrauß in den Händen.

»Sie war sehr schön, nicht wahr?«, flüsterte ich.

»Ja.« Er packte seine Hemden ein, ohne aufzublicken. »Du bist jetzt genauso alt, wie sie es war, als ich sie kennengelernt habe, und du siehst genauso aus wie sie damals.«

Jetzt fiel mir unsere Ähnlichkeit besonders deutlich auf.

Mein Gesicht hatte sich im Lauf der Jahre verändert. Alles kindlich Weiche hatte ausgeprägten Gesichtszügen Platz gemacht. Schon als Kind war mir immer gesagt worden, ich sähe aus wie meine Mutter. Wir hatten die gleiche hohe Stirn, die gleiche schmale Nase. Wir hatten zwar nicht die gleiche Augenfarbe, aber einen ähnlichen Blick. Einen Blick, von dem die Leute sagten, er würde bis in ihr Inneres dringen.

»Wenn du euer Hochzeitsbild nicht mitnimmst, Papa, darf ich es dann mit zu Marthe nehmen?«

»Selbstverständlich.« Ich schaute ihm zu, wie er ein Stück Seife, eine Tube Zahnpasta, einen Rasierer, einen Rasierpinsel und einen Kamm in einen kleinen Leinenbeutel packte.

Ich nahm ein größeres Porträt der beiden von seinem Nachttisch. Dieses Foto hatte ich stundenlang angeschaut, als meine Mutter krank im Bett gelegen hatte. Jetzt jedoch betrachtete ich nicht meine Mutter, sondern meinen Vater. Er trug einen schwarzen Anzug mit Weste. Auf dem Foto war er etwa in Alex' Alter, was mich die Aufnahme mit neuen Augen betrachten ließ. Ich sah die beiden jetzt nicht nur als meine Eltern, sondern als junges Paar, das gerade seinen gemeinsamen Weg antrat. Erst jetzt konnte ich mir vorstellen, wie hoffnungsvoll und verliebt sie damals gewesen waren.

Mein Vater bestand darauf, dass ich bereits ein paar Tage vor seiner Abreise zu Marthe zog. Er begleitete mich an dem Nachmittag und trug meinen kleinen ledernen Koffer. Noch einmal betonte er, dass er meinen Umzug zu meiner Großmutter für die beste Lösung hielt.

»Zu wissen, dass sich während meiner Abwesenheit jemand um dich kümmert, ist für mich sehr beruhigend, Solange«, sagte er, als wir zur Metro gingen.

Ich hatte nur wenig eingepackt, um in Marthes Wohnung keine unnötige Unordnung zu schaffen. Bloß das Allernötigste befand sich in meinem Koffer: ein paar Alltagskleider, meine Waschsachen, die Notizhefte mit meinem angefangenen Roman und das Hochzeitsfoto von meinen Eltern, außerdem natürlich die beiden wertvollen Bücher meiner Mutter, die ich, sorgfältig in braunes Papier gewickelt, zwischen meine Kleider geschoben hatte.

»Das verstehe ich«, sagte ich zu meinem Vater. Ich war mir zwar nicht so sicher, wie wohl ich mich in Marthes Wohnung fühlen würde, doch ich wusste, dass es meinem Vater wichtig war, zu wissen, dass ich nicht allein war, während er in dem Militärkrankenhaus Dienst tat. Und ich machte mir Sorgen um Marthe. Wenn ich jetzt bei ihr wohnte, konnte ich dafür Sorge tragen, dass sich ihr Gesundheitszustand nicht verschlechterte, und zugleich würde sie mir noch mehr über ihr Leben erzählen können.

Diesmal öffnete Marthe die Tür selbst.

»Solange und Henri …«, sagte sie und ließ uns eintreten. »Was für eine seltene Freude, euch beide gleichzeitig hier zu haben.« Sie küsste mich auf beide Wangen, während Papa meinen Koffer abstellte.

»Ich hoffe, dass ich in ein paar Monaten etwas Urlaub bekomme«, sagte mein Vater.

»Ich kann es kaum glauben, dass ein dreiundfünfzigjähriger Mann zum Kriegsdienst eingezogen wird«, bemerkte Marthe kopfschüttelnd.

»In den Militärkrankenhäusern werden Apotheker dringend gebraucht. Die Krankenschwestern können die Medikamente zwar verabreichen, aber die brauchen auch dringend Leute vor Ort, die sie herstellen. Ganz zu schweigen davon, dass das Morphium richtig dosiert werden muss ...« Er schürzte die Lippen. »Für solche Dinge braucht man ausgebildete Pharmazeuten.«

Marthe nickte. Ihr Gesicht war heute stark gepudert, und zusätzlich zu ihren Perlen trug sie eine lange goldene Kette.

»Na ja, zumindest wirst du nicht an der Front eingesetzt ...«

»Nein, ich bekomme nur die Schwerverletzten zu sehen ...«

Mich schauderte.

»Tut mir leid«, entschuldigte sich mein Vater. »Aber ich habe nicht vergessen, was ich in dem Krieg vor einundzwanzig Jahren gesehen habe ...«

»Zum Glück wird Solange hier bei mir in Sicherheit sein«, sagte Marthe und legte mir eine Hand auf den Arm.

»Ja, darüber sind wir uns alle einig, und ich bin dir sehr dankbar dafür, dass du sie bei dir aufnimmst.«

»Es ist mir ein Vergnügen, Henri. Ich fühle mich Solange sehr verbunden«, erwiderte Marthe, offensichtlich erfreut darüber, dass er ihre Fürsorge für seine Tochter zu würdigen wusste.

Ich lächelte, gerührt von ihren Worten. Ich kannte meine Großmutter jetzt seit über einem Jahr, aber erst bei meinen letzten Besuchen hatte sie mir eine menschlichere Seite von sich gezeigt.

»Giselle hat in dem kleinen Zimmer neben meinem eine Liege für Solange hergerichtet. Es steht sogar ein Schreibtisch in dem Zimmer, an dem sie arbeiten kann. Es wird ihr bestimmt gefallen.«

»Vielen Dank, *Grand-maman.*«

Mein Vater schien innerlich zusammenzuzucken, als ich sie »Grand-maman« nannte.

»Wollen wir im Salon noch einen Tee zusammen trinken?«, fragte sie meinen Vater und schenkte ihm einen Blick, den ich noch nie bei ihr gesehen hatte. Es lag etwas Flehendes darin. Ich fragte mich, ob sie sich vielleicht Vergebung von ihm erhoffte.

Mein Vater nahm die Einladung zum Tee nicht an. »Ich habe leider keine Zeit. Heute Nachmittag kommt Monsieur Cotillar, um mit mir die Inventur zu machen. Ich habe vor meiner Abreise noch unglaublich viel zu tun.«

»Das glaube ich dir gern.« Sie küsste ihn auf beide Wangen. Es war das erste Mal, dass ich miterlebte, wie die beiden einander berührten.

»Ich lasse euch einen Moment allein, damit du dich von Solange verabschieden kannst«, sagte Marthe mit einer mütterlichen Herzlichkeit, die mich überraschte, dann verschwand sie.

Papa und ich gingen in den Flur.

»Pass gut auf dich auf, Solange«, sagte er und umfasste meine Arme. »Ich wünsche dir, dass du dazu kommst, deinen Roman zu Ende zu schreiben.«

Seine Augen waren feucht.

»Vielleicht sind letztlich alle Familien so: nicht perfekt, aber doch in der Lage, einander beizustehen, wenn Not am Mann ist ...«

»Ja«, erwiderte ich lächelnd. »Bitte, mach dir keine Sorgen. Ich bin in guten Händen und gut untergebracht.« Ich zeigte zum Salon mit den schönen Möbeln und den Kunstgegenständen in den Regalen. Mit dem Porträt über dem Kaminsims.

»Du hast recht«, sagte er und gab mir einen Abschiedskuss. »Ich schreibe dir, sobald ich in dem Militärhospital bin.«

»Ich schreibe dir auch«, versprach ich ihm.

»Und bring deinen Roman zu Ende, meine Kleine«, sagte er, bevor er ging. »Der Bücherschrank deiner Mutter ist unvollständig ohne ihn.«

Nachdem ich die Tür hinter ihm geschlossen hatte, drehte ich mich um. Marthe stand am anderen Ende des Flurs.

»Geht es dir gut, Solange?«

»Ja«, flüsterte ich. Ich fragte mich, ob sie das Zittern in meiner Stimme gehört hatte.

»Wenn sich eine Tür schließt«, sagt sie, »dann öffnet sich eine andere, und ein neues Kapitel beginnt.«

Ich nickte. Es fiel mir schwer, meine Tränen zurückzuhalten. Ich hatte nicht damit gerechnet, dass mir der Abschied von meinem Vater so schwerfallen würde.

»Wollen wir uns mal das Zimmer ansehen, in dem du die nächsten Monate wohnen wirst? Giselle und ich haben uns bemüht, es so wohnlich wie möglich für dich herzurichten.«

31

Solange

Dezember 1939

Das Zimmer hätte nicht besser eingerichtet sein können. Ein Schreibtisch aus Rosenholz. Ein Nachttisch, auf dem ein Krug und eine Schüssel bereitstanden. Eine Kommode mit drei Schubladen. Eine Liege, mit blütenweißen Laken bezogen. Über dem Bett ein rautenförmiges Fenster, das mich an einen Drachen erinnerte und durch das man den Himmel sehen konnte.

»Ich hoffe, es gefällt dir«, sagte Marthe. Ich betrat das Zimmer, während sie an der Tür stehen blieb.

»Es ist wunderschön, vielen Dank.« Ich sah meinen Koffer, den Giselle in der Ecke abgestellt hatte. Sie bewegte sich fast lautlos, sodass man ihre Anwesenheit häufig gar nicht wahrnahm.

»In der Kommode dort kannst du deine Sachen unterbringen«, sagte Marthe. »Und ich wusste, dass du dich über den Schreibtisch freuen würdest. Dort habe ich früher alle meine Briefe geschrieben.«

Ein kleiner Seufzer entfuhr ihr.

»Heutzutage schreibe ich kaum noch …«, sagte sie und kam ins Zimmer.

»Ich freue mich auf die Zeit mit dir, Solange. Es ist schon so lange her, dass ein Gast in meiner Wohnung übernachtet hat«, sagte sie und berührte ihre Perlen mit den Fingerspitzen.

»Und ich bin dir dankbar, dass du meinem Vater den Gefallen tust. Ich wäre auch allein in unserer Wohnung geblieben, aber davon wollte er nichts wissen.«

»Es gibt keinen Grund für dich, allein zu sein. Ich habe mehr als genug Platz.« Sie schaute mich an. »Und ich genieße deine Gesellschaft.«

Ihr Kompliment überraschte mich. »Und ich auch die deine. Ich bin froh, dass Papa uns zusammengebracht hat.«

Ich legte meinen Koffer aufs Bett und öffnete ihn. Zuoberst lag das Hochzeitsporträt meiner Eltern.

Mir entging nicht, wie ernst sie wurde, als ihr Blick darauf fiel.

Dann schaute sie mich an. »Du siehst ihr so ähnlich, Solange.«

»Ja«, sagte ich leise. »Das finden alle.«

»Ich bin ihr nur einmal begegnet …« Ihre Stimme klang ungewohnt sanft.

»Sie war ungefähr in deinem Alter, als dein Vater mich mit ihr zusammen besucht hat. Damals war sie schwanger mit dir.«

Ich bekam einen Kloß im Hals. Ich musste mich von dem Foto abwenden.

»Ja«, sagte ich dann. »Papa hat es mir erzählt.«

Sie senkte den Blick. »Sicher.«

Einen Moment lang standen wir ein bisschen verlegen da. Ich wusste nicht, was ich sagen sollte.

Schließlich brach Marthe das Schweigen.

»Ich halte nichts von Reue, Solange. Ich halte mehr davon, neue Kapitel zu beginnen …« Jetzt leuchteten ihre Augen.

Die Schriftstellerin in mir registrierte ihre Worte dankbar.

»Lass uns heute Abend ausgehen zum Essen«, sagte sie. »Ich gebe Giselle Bescheid, dass sie nichts zu kochen braucht.«

»Du möchtest mit mir in ein Restaurant gehen?«, fragte ich erstaunt. Ich konnte mich nicht erinnern, wann ich das letzte Mal in einem Restaurant gegessen hatte. Ich war es gewohnt, stundenlang mit einer Tasse Kaffee und einem Croissant auszukommen, wenn ich im Café saß und an meinem Roman schrieb. Und mit Alex war ich nur ein paarmal in dem Café in der Nähe der Place Saint Georges gewesen.

»Ja. Und zwar in ein richtig gutes!«, gab Marthe zurück und klatschte in die Hände. »Dann können wir mit einem Glas Champagner auf unseren gemeinsamen Neuanfang anstoßen!«

Marthe brauchte eine Stunde, um sich für den Ausflug in die Stadt zurechtzumachen. Während ich meinen Koffer auspackte, hörte ich im Bad das Wasser laufen. Dann hörte ich sie mit nackten Füßen durchs Zimmer gehen.

Ich wartete im Salon auf sie, was mir Gelegenheit gab, das Porträt ohne ihre Anwesenheit zu betrachten. Bei fast allen meinen Besuchen bei Marthe hatte ich in einem der mit Samt bezogenen Sessel direkt gegenüber dem Porträt gesessen. Nur einmal hatte sie mich ins Speisezimmer geführt und einmal, bei meinem letzten Besuch, in ihr Schlafzimmer, wo sie mir ihre mit verschiedenfarbigen Bändern zu Bündeln verschnürten Briefe gezeigt hatte. Schon lange wünschte ich mir, das Porträt genauer zu betrachten, hatte mich jedoch bei meinen Besuchen immer auf Marthe konzentriert und ihr aufmerksam zugehört.

Jetzt, allein im Salon, trat ich mit klopfendem Herzen näher an das Gemälde heran.

Auf einmal kam es mir noch größer vor als sonst. Umgeben von dem vergoldeten Rahmen schienen Marthes Energie und Sinnlichkeit eine spürbare Wärme zu verströmen. Boldini hatte ihre Finger so gemalt, als würde sie an ihrem Ärmel zupfen, sodass er ihre nackte Schulter freigab und ihr Dekolleté betonte. Ihren schlanken Hals umschmeichelte die Perlenkette, die er detailversessen gemalt hatte, jedoch so, dass der Verschluss unter ihrem Haar verborgen blieb.

Ich betrachtete eingehend die Pinselführung, die rosa- und apricotfarbigen Wirbel, Marthes jugendliches Gesicht und das kokette Funkeln in ihren Augen. Ich versuchte zu erkennen, ob ihr Profil sich seither verändert hatte. Aber selbst heute noch, vierzig Jahre später, besaß sie ausgeprägte Wangenknochen, eine gerade Nase, einen langen, blassen Hals. Natürlich war ihre Haut faltig geworden und am Kinn nicht mehr so straff, doch ihre Schönheit war nach wie vor auffallend.

»Solange.« Ich drehte mich um. Sie betrat den Salon, aber ich war so überrascht von ihrem Anblick, dass ich sie kaum wiedererkannte.

Marthe trug eine weite Hose und eine cremefarbene Seidenbluse, das Haar hatte sie zu einem festen Knoten zusammengefasst. Bisher kannte ich sie nur in langen

Seidenkleidern, die an vergangene Zeiten erinnerten. Doch jetzt stand eine moderne Frau vor mir.

»Gefällt sie dir?«, fragte sie und glättete die Knopfleiste ihrer Hose.

»Ich habe sie selbst genäht«, sagte sie mit einem stolzen Lächeln. »Bei einem deiner Besuche hattest du so eine Hose an, und sie gefiel mir. Ich habe Giselle sofort losgeschickt, um mir Stoff und ein Schnittmuster zu besorgen.« Sie lachte. »Mit Nadel und Faden kann ich immer noch umgehen!«

Ich trat näher. »Du siehst umwerfend aus. Ich bin absolut beeindruckt!«

Sie hatte sich die Lippen nicht wie sonst rosafarben, sondern rot geschminkt.

Ich konnte mich gar nicht an ihr sattsehen.

»Die Hose steht dir wirklich ausgezeichnet, *Grandmaman*«, sagte ich.

Sie kicherte wie ein junges Mädchen. »Danke, Solange. Ich warte schon die ganze Zeit auf eine Gelegenheit, sie anzuziehen.« Sie warf den Kopf in den Nacken und strahlte vor Freude.

Im Flur nahm sie einen langen Pelzmantel von der Garderobe und schlüpfte so selbstverständlich hinein, als wäre er eines von ihren seidenen Negligés. Dann fuhren wir mit dem Aufzug nach unten. Es war das erste Mal, dass wir gemeinsam das Haus verließen.

Wir gingen durch die Straßen von Paris, über uns der graue Himmel. Es war kalt, und nach einer Weile begann es zu schneien.

»Ich kann mich nicht erinnern, wann ich das letzte Mal durch Schnee gegangen bin«, sagte Marthe.

Sie blieb stehen und schaute nach oben. Der Schnee schmolz sofort auf dem Gehweg, und unsere Schuhe waren feucht. Marthes Wangen waren gerötet wie die einer jungen Frau. Sie wirkte so glücklich, ihre Augen leuchteten voller Vorfreude auf den Abend.

32

Solange

Dezember 1939

Das Restaurant war gut besetzt, an allen Tischen wurde geraucht und Wein getrunken. Die Franzosen versuchten, den Krieg zu vergessen.

Der Oberkellner nahm Marthe ihren Pelzmantel ab, und sie drückte ihm diskret einen Geldschein in die Hand. Falls es wirklich stimmte, dass sie lange nicht mehr ausgegangen war, so war es ihr nicht anzumerken.

Sie lächelte, als man uns an einen Ecktisch mit einer runden Bank führte. Sie nahm auf dem roten Lederpolster Platz und schaute sich im Restaurant um, als säße sie auf einer Bühne.

»Perfekt«, sagte sie, nahm die Speisekarten entgegen und legte sie vor uns auf den Tisch, ohne sie eines Blickes zu würdigen.

»Zwei Gläser Champagner und ein Dutzend frische Austern, bitte.«

Wir saßen einander gegenüber, unsere Gesichter spiegelten sich in der Fensterscheibe.

Es war seltsam und zugleich wunderbar, mit ihr im Restaurant zu sitzen. Zu erleben, wie sie vor einem anderen Hintergrund auflebte.

Trotz ihres fortgeschrittenen Alters bewegte sie sich immer noch geschmeidig wie eine Tänzerin. Das Kinn erhoben, die Schultern gestrafft, schaute sie sich um, als wären die Restaurantgäste ihr Publikum.

Als der Kellner die Austern auf den Tisch stellte, streckte Marthe mit der Eleganz eines Schwans einen Arm aus und nahm eine aus der silbernen Schale.

Sie führte die Auster zum Mund, schlürfte sie aus und trank genüsslich einen Schluck Champagner.

Als der Kellner kam und die leeren Austernschalen abräumte, bestellte sie zweimal Cassoulet und eine Flasche Weißwein.

»Ich hätte nie gedacht, dass du es so sehr genießen würdest, zum Essen auszugehen«, gestand ich ihr. »Du hast mir erzählt, dass du Boldini in seinem Atelier aufgesucht hast und regelmäßig zu Ichiro in den Laden gegangen bist, aber …«

»Anfangs habe ich es auch nicht genossen«, fiel sie mir ins Wort. »Mit Charles bin ich ja nie ausgegangen zum Essen. Ihm war es immer sehr wichtig, unsere Affäre geheim zu halten …« Sie lächelte. »Aber nach seinem Tod hat Boldini mich oft ausgeführt, und ich kann nicht leugnen, dass ich seine Aufmerksamkeit genossen habe.«

Der Kellner kam mit zwei Schalen Zitronenwasser, in das wir unsere Fingerspitzen tauchten, dann brachte er eine Flasche Weißwein und zwei frische Gläser und schenkte uns ein.

Marthe hob ihr Glas und trank einen Schluck.

»Ich habe ihn nicht begehrt wie Charles, weißt du. Ich fand es aber sehr anregend, mich mit ihm auszutauschen, mit ihm über Kunst zu diskutieren … Und er schämte sich nicht, sich mit mir zu zeigen. Er hat mich vielen Freunden vorgestellt, die meisten waren Künstler, es waren sogar ein paar Politiker darunter.«

Ich nickte. Ich konnte mir gut vorstellen, dass es aufregend für sie gewesen sein musste, in diese Künstlerkreise eingeführt zu werden.

Sie trank noch einen Schluck Wein.

»Ich habe viel Glück gehabt, Solange. Es hat in meinem Leben drei Männer gegeben, die rührend um mein Wohlergehen bemüht waren.«

Ihre Worte ließen mich stutzen. Wer mochte der Dritte gewesen sein?

»Drei?«, fragte ich.

»Ja«, sagte sie mit einem wehmütigen Blick. »Charles, Giovanni und mein lieber Ichiro.«

Auf dem Heimweg hinterließen wir Spuren in der dünnen Schneeschicht, die sich auf den Gehwegen gebildet hatte. Vor der Haustür blieb Marthe stehen und schaute mich im Mondlicht an.

»Ich wohne jetzt schon so viele Jahre hier.« Sie schaute zum Himmel hoch, der mit Sternen besprenkelt war. »Wenn man sich überlegt, aus was für Verhältnissen ich stamme, ist das wirklich erstaunlich. Manchmal kann ich es selbst immer noch nicht glauben.«

Das konnte ich verstehen. Ich hatte mich schon oft gefragt, wovon sie ihren Lebensunterhalt bestritt. Das Geld, das Charles ihr vermacht hatte, war doch sicherlich längst aufgebraucht.

»Es war bestimmt nicht einfach, die Wohnung über all die Jahre hinweg zu unterhalten.«

Marthe lächelte.

»Das ist der nächste Teil der Geschichte, Solange. Aber den heben wir uns für einen anderen Abend auf.« Marthe hatte ein Händchen dafür, einen immer glauben zu lassen, sie hätte noch ein Geheimnis in petto.

»Wie du willst«, erwiderte ich lächelnd. Ich wartete, während sie in ihrer seidenen Handtasche mit den goldenen Henkeln kramte.

»Ich glaube, ich habe meinen Hausschlüssel vergessen.« Sie stieß ein mädchenhaftes Lachen aus.

Ich warf einen Blick auf meine Armbanduhr. Es war halb elf.

»Ich läute bei Gérard«, sagte sie. »Der kann uns ins Haus lassen.«

Sie drückte auf die Klingel.

»Gérard«, sagte sie, als es in der Gegensprechanlage knisterte. »Tut mir schrecklich leid, dass ich Sie belästigen muss, aber ich habe meinen Hausschlüssel vergessen.«

»Bin gleich da, Madame«, krächzte seine Stimme aus dem Lautsprecher.

Wenige Minuten später öffnete er uns die Tür.

»Danke, Gérard«, sagte Marthe. »Verzeihen Sie, dass ich Sie so spät noch gestört habe.«

»Ich war noch mit den Kindern beschäftigt, die wollen heute überhaupt nicht ins Bett gehen. Francine ist erkältet und hat sich schon früh hingelegt. Es ist also überhaupt kein Problem.«

Er wirkte trotzdem ein bisschen verschlafen, und mir entging nicht, wie er Marthe anschaute. Wahrscheinlich hatte auch er sie noch nie in einer Hose gesehen.

Marthe bemerkte ebenfalls seinen verwunderten Blick.

»Tja, heute bin ich mal nicht in Seide gekleidet«, sagte sie mit einem Lächeln. »Ich hatte Lust, als moderne Frau mit meiner Nichte auszugehen.«

»Sie sind ja kaum wiederzuerkennen«, erwiderte er lachend. »Und ich habe Sie auch schon lange nicht mehr aus dem Haus gehen sehen. Normalerweise macht Giselle die Besorgungen für Sie.«

»Ja«, sagte Marthe. »Sie wissen besser als jeder andere, dass ich ein Gewohnheitstier bin und mich am liebsten in meiner Wohnung aufhalte, umgeben von all meinen schönen Dingen.«

Er nickte und schaute Marthe liebevoll an.

»Aber wenn ich Sie sehe, fällt es mir jedes Mal schwer zu glauben, dass Sie schon eine eigene Familie haben. Für mich werden Sie immer Pierres kleiner Sohn bleiben.«

Er konnte sich ein Lächeln nicht verkneifen. »Und Sie werden für mich immer die extravagante Dame aus dem achten Stock bleiben, die ich nicht anstarren durfte, wenn ich keine Schelte von meinem Vater beziehen wollte. Sie haben mich immer an eine Kirschblüte erinnert, wenn Sie in Ihren rosafarbenen Seidenkleidern durch die Eingangshalle geschwebt sind.«

Im Aufzug wirkte Marthe nachdenklich.

»Ich muss noch einen Mann auf die Liste derjenigen

setzen, die es mir ermöglicht haben, bis heute in meiner Wohnung zu bleiben. Und das ist zweifelsohne Gérards Vater Pierre.«

33

Marthe

Paris 1917

An dem Morgen, an dem Mata Hari hingerichtet wurde, wachte Marthe früh auf. Sie lag im Bett, die ersten Sonnenstrahlen färbten die seidenen Laken golden. Ihr rotbraunes Haar, das sie sich seit einiger Zeit mit Henna färbte, umspielte ihre Schultern. Sie war jetzt dreiundfünfzig Jahre alt, wirkte jedoch zehn Jahre jünger.

Sie erfuhr erst von der Hinrichtung, als Giselle ihr das Tablett mit dem Frühstück brachte. Neben der Kaffeekanne lag die säuberlich gefaltete Zeitung. Giselle führte ihre morgendlichen Pflichten immer sehr gewissenhaft aus. Neben der Zeitung standen eine mit Vögeln bemalte Porzellantasse und ein kleiner Teller mit einem einzelnen Croissant.

In den Schlagzeilen wurde Mata Hari des Verrats beschuldigt und bezichtigt, für die Deutschen spioniert zu haben. Sie war bei Sonnenuntergang von einem Exekutionskommando erschossen worden. Marthe schüttelte sich. Sie musste daran denken, wie Boldini sie einmal vor Jahren in einen Tanzklub eingeladen hatte, wo Mata Hari aufgetreten war.

Marthe war hingerissen gewesen von der Tänzerin. Boldini und sie hatten zusammen mit einigen von Boldinis Freunden aus Künstlerkreisen an einem kleinen Tisch gesessen, ihre Gesichter wurden vom schwachen Schein der flackernden Kerzen beleuchtet. Damals war Marthe noch jung und unternehmungslustig gewesen. Boldini hatte akzeptiert, dass er nie ihr Geliebter sein würde, und so getan, als bekäme er es nicht mit, wenn seine reichen Freunde mit Marthe flirteten. Sie hatte nie herausgefunden, wie er von den Blumensträußen erfahren hatte, die ihr geschickt wurden. Über die Jahre hatte es den einen oder anderen gegeben, mit dem sie ins Bett gegangen war. Das waren jedoch kurze Zwischenspiele gewesen, sie hatte nie wieder einen Liebhaber wie Charles, dem sie über längere Zeit die Treue hielt. Und die Ringe und Armbänder, die diese Männer ihr schenkten, verkaufte sie regelmäßig. Sie waren eine Währung, die ihr ein angenehmes Leben ermöglichte.

Als Marthe im Varieté getanzt hatte, hatte sie schwarze Taftkleider und Seidenstrümpfe getragen, manchmal mit rotem Satin gesäumte Unterröcke. Im Jahr 1905 bediente Mata Hari bei ihren Auftritten jedoch die Sehnsucht nach dem Orient, die derzeit die Mode beherrschte. Sie trug einen aufwendigen Haarschmuck aus Perlen und Strasssteinen, und ihr an orientalischen Bauchtänzerinnen orientiertes Kostüm bestand zum Beispiel aus einem mit Perlen besetzten Bustier und einer weiten Pumphose aus hauchdünner Seide. Bei ihrem berühmten Schleiertanz erinnerten ihre Bewegungen an wogende Wellen.

Mata Hari war eine Frau ganz nach Marthes Geschmack, eine, die sich selbst neu erfunden hatte. Mithilfe ihrer Schönheit und ihrer Fantasie hatte sie sich ein glamouröses Leben ermöglicht. Boldini hatte Marthe erklärt, dass Mata Hari gar nicht aus einem exotischen Land stammte, sondern aus einem kleinen Dorf in Holland. Ebenso wie Marthe hatte sie ihren bürgerlichen Namen abgelegt und sich den Künstlernamen Mata Hari ausgedacht.

Zehn Jahre später ereilte Mata Hari jedoch das Schicksal aller Pariser Tänzerinnen. Sie begann zu altern. Ihre Muskeln verloren ihre Straffheit, und in ihrem Gesicht bildeten sich immer mehr kleine Fältchen. Ihre Einkünfte wurden geringer, nicht dagegen ihr Appetit auf schöne Kleider und glitzernden Schmuck. Marthe fragte sich, ob Mata Hari zur Spionin geworden war, um ihre Schulden zu bezahlen, oder weil sie sich in den falschen Mann verliebt hatte, vielleicht einen deutschen Offizier, der sie zum Verrat angestiftet hatte.

Was die Zeitungen beschrieben, fühlte sich für Marthe auf unheimliche Weise vertraut an. Mata Hari hatte sich auf ihre Hinrichtung vorbereitet wie eine Kurtisane auf ihren Liebhaber. Als die Wachen sie in ihrer Zelle abholten, hatte sie sich einen seidenen Kimono übergezogen, sich die seidenen Bänder ihrer Schuhe um die Knöchel geschlungen und ein schwarzes, samtenes Cape übergeworfen, das mit einem Hermelinkragen versehen war.

Dann hatte sie sich ihren Hut aufgesetzt, ihre ledernen Handschuhe übergestreift und war erhobenen Hauptes den Wachen gefolgt, die sie in die Caserne de Vincennes gebracht hatten, wo sie von einem zwölfköpfigen Exekutionskommando erwartet wurde.

Beim Tanzen hatte sie immer einen Schleier benutzt,

aber sie lehnte es ab, sich die Augen verbinden zu lassen. Als die Schüsse sie trafen, sank sie rückwärts zu Boden, die Augen gen Himmel gerichtet.

Nachdem Marthe von der Hinrichtung gelesen hatte, war ihr der Appetit vergangen.

Sie war froh, dass sie ihre Wohnung hatte, dort fühlte sie sich in Sicherheit. Paris hatte sich zu einem von Angst und Misstrauen bestimmten Labyrinth entwickelt. Der Krieg tobte jetzt im vierten Jahr, und es war kein Ende in Sicht. Eine ganze Generation junger Männer war tot oder verstümmelt. In bestimmten Kreisen der Pariser Gesellschaft wurde die Realität jedoch immer noch ausgeblendet, man traf sich an Orten, wo man unter einem Schleier aus Zigarettenrauch so tun konnte, als wäre der Krieg ganz weit weg und nicht vor den Toren von Paris. Marthe hatte allerdings kein Interesse mehr daran, solche Cafés oder Nachtklubs wie das Musée Cuvée aufzusuchen, wo sie Mata Hari zum ersten Mal hatte tanzen sehen. Nach Charles' Tod hatte sie zusammen mit ihrem Freund Boldini das Pariser Nachtleben genossen, doch jetzt verbrachte sie fast ihre ganze Zeit in ihrer Wohnung.

»Sie sind eine große Kunstliebhaberin und Sammlerin«, sagte Boldini eines Tages. »Was halten Sie von der Idee, einige meiner Freunde in Ihre Wohnung einzuladen und einen Salon zu eröffnen? Das würde mir Gelegenheit geben, Ihr Porträt einem größeren Publikum zugänglich zu machen, und Sie würden neue Bekanntschaften schließen.«

Die Vorstellung, in ihrer Wohnung illustre Gäste zu empfangen, gefiel Marthe, und sie willigte ein.

Anfangs war sie skeptisch, ob überhaupt jemand kommen würde, doch sie hatte sich an ihren Schreibtisch aus Rosenholz gesetzt und die Einladungen geschrieben.

Sie benutzte ihr edles Briefpapier mit dem goldenen Schmetterling und bemühte sich um eine perfekte Handschrift. Schon wenige Tage später sollte sich ihre Skepsis als unbegründet erweisen, als ihre Wohnung in der Square La Bruyère sich mit Gästen füllte.

Die Gäste waren von Boldini handverlesen und fast ausschließlich männlich. Die meisten waren verheiratet, und alle genossen es, ein paar Mußestunden in Marthes Salon zu verbringen.

Es kamen sowohl Boldinis reiche Gönner als auch Künstlerkollegen, aber auch einige Politiker wussten ein paar Stunden bei Kerzenlicht und Kanapees zu schätzen.

Marthe lud sogar den japanischen Maler Foujita ein, den sie über Ichiro kennengelernt hatte. Der Künstler brachte seine Katze mit und saß auf ihrem Diwan, als wäre er der japanische Kaiser, der dort Hof hielt.

Sie achtete stets darauf, nicht zu viele Gäste gleichzeitig einzuladen. Vor jedem Salon war sie tagelang mit den Vorbereitungen beschäftigt. Sie stellte die Speisen zusammen, Kleinigkeiten, die man mit den Händen essen konnte, wie Canapés mit Räucherlachs, Œufs mimosa oder in Rosmarin und Thymian gebratene Hühnerschenkel. Sie suchte ganz bestimmte Blumen aus, die sie in der Wohnung verteilte, um die richtige Stimmung zu erzeugen. Aber sie kaufte nie den teuersten Wein oder Champagner, sondern bemühte sich stets, ihre Ausgaben in Grenzen zu halten.

Sie erfuhr nie, wie Boldini die Gäste dazu brachte, ein Eintrittsgeld für ihren Salon zu entrichten, doch am Ende des Abends war die große chinesische Vase, die in ihrer Diele stand, immer mit Umschlägen gefüllt, die einen oder mehrere Geldscheine enthielten.

Unter den vielen Gästen, die sie seit Charles' Tod in ihrer Wohnung empfing, war ein junger Mann, der sie überraschte. Eines Abends entdeckte sie einen neuen Namen auf der Liste, die Boldini für den nächsten Salon vorschlug. Major Antoine d'Angelis.

»Ich habe seine Mutter gut gekannt«, sagte Boldini. »Er wird eine Bereicherung sein.«

Der Mann war höchstens Anfang dreißig. Er rauchte keine Zigarren und war kein Angeber wie die meisten Angehörigen der Oberschicht, die Boldini gern einlud. Stattdessen zeigte der Major ein überraschend großes Interesse daran, sich über Kunst zu unterhalten.

Nach seinem Eintreffen trat er vor Marthes Porträt und betrachtete es mehrere Minuten lang, ohne das Glas Cognac, das er in der Hand hielt, ein einziges Mal an die Lippen zu heben.

»Was für ein Gemälde«, sagte er zu Marthe, als sie sich ihm näherte. Ganz in weiße Seide gekleidet, schwebte sie durch den Salon wie eine Wasserlilie.

»Danke«, sagte sie. »Ein guter Freund hat es in Auftrag gegeben.«

»Boldini hat Sie sehr gut getroffen.«

»Es wurde vor knapp zwanzig Jahren gemalt«, sagte sie. »So jung bin ich nicht mehr.«

Er lächelte sie an, und so wie er sie anschaute, spürte

Marthe, dass sie ihn an jemanden aus seiner Vergangenheit erinnerte.

»Eine schöne Frau altert nicht ...« Er hatte eine ungewöhnlich sanfte Stimme. »Ich weiß nicht, ob Maestro Boldini Ihnen das erzählt hat, aber meine Mutter war auch Malerin.«

Sie schüttelte den Kopf. »Er hat angedeutet, dass Sie kein gewöhnlicher Offizier sind, doch dass Ihre Mutter Künstlerin war, hat er nicht erwähnt. Sollte ich ihren Namen kennen?«

»Marie d'Angelis«, erwiderte er stolz. »Sie war eine ganz außergewöhnliche Frau.«

»Den Namen habe ich noch nie gehört. Was allerdings nur von meiner Ignoranz zeugt«, fügte sie lachend hinzu.

»Wenn ich mich in Ihrer Wohnung umschaue, sehe ich, dass Sie alles andere als ignorant sind, Madame.« Er trank einen Schluck von seinem Cognac. »Sie haben zweifellos einen guten Blick für Schönheit.«

Sie betrachtete ihre Porzellansammlung. »Ich sammle schon seit Jahren asiatisches Porzellan. Die Glasuren faszinieren mich. Sie erinnern mich an den Nebel, der von der Seine aufsteigt, oder an den Himmel, kurz bevor es schneit.«

»Sie erinnern mich an meine Mutter, Madame de Florian. Die Worte hätten auch aus ihrem Mund kommen können.«

»Ich glaube, das ist das erste Mal, dass mir jemand sagt, ich erinnere ihn an seine Mutter.« Sie lachte kurz auf, um ihm zu zeigen, dass seine Bemerkung sie amüsierte.

»Ich versichere Ihnen, dass es als großes Kompliment gemeint ist. Eines, das ich noch nicht vielen Frauen gemacht habe.«

»Wenn das so ist, dann fühle ich mich geschmeichelt«, sagte Marthe und legte sich eine Hand aufs Herz. Sie musste sich sehr beherrschen, um nicht mit dem jungen Mann zu flirten, der mindestens zwanzig Jahre jünger war als sie. Mit großem Charme führte sie ihr Gespräch auf die Kunst zurück.

»Und Sie malen auch, Major?«

»Bitte, nennen Sie mich Antoine«, sagte er lächelnd. »Es sei denn, Sie haben vor, sich zum Kriegsdienst zu melden.«

Marthe musste lachen. »Es würde mich interessieren, ob Sie das künstlerische Talent Ihrer Mutter geerbt haben, Antoine.«

»Ich habe meistens einen Skizzenblock im Rucksack«, erwiderte er mit einem Funkeln in den Augen. Offensichtlich bereitete es ihm Freude, sich über Themen auszutauschen, die in der Armee selten zur Sprache kamen.

Marthe trat näher an das Porträt heran. »Wann hat Ihre Mutter mit dem Malen angefangen?«, fragte sie.

Sein Blick änderte sich, so als würde er seine Mutter plötzlich vor sich sehen. »Ehrlich gesagt, kann ich mich an keine Zeit erinnern, zu der sie nicht gemalt hätte.«

34

Marthe

Paris 1917

Während der Krieg in Europa wütete, musste Boldini weite Reisen unternehmen, um Auftraggeber zu finden. Eine Reise führte ihn sogar nach Amerika, wo er sich zehn Jahre zuvor mit dem Porträt von Consuelo Vanderbilt einigen Ruhm erworben hatte.

Marthe hatte zu ihrer Erleichterung erfahren, dass Boldini nicht mehr in London weilte, wo es einige schlimme Bombenangriffe gegeben hatte, aber er war seit ihrem letzten Salon nicht wieder in Paris gewesen, und er fehlte ihr sehr. Sie vermisste ihre Gespräche über Kunst und die Leidenschaft des Sammelns, sie vermisste die Klatschgeschichten, die er ihr so gern erzählte. Und so hätte die handgeschriebene Karte von Major d'Angelis zu keinem günstigeren Zeitpunkt eintreffen können.

Verehrte Madame de Florian!
Drei Wochen sind seit Ihrem Salon vergangen, aber die Erinnerung daran klingt immer noch nach wie der Duft eines raffinierten Parfüms. Ich muss gestehen, dass ich mich schon lange nicht mehr so intensiv über Kunst und

Malerei unterhalten habe. Das Berufsleben eines Offiziers besteht hauptsächlich aus Schwarz und Weiß und bietet nicht viel Raum für farbliche Nuancen. Auch wenn es mich mit Stolz erfüllt, meinem Land als Soldat dienen zu dürfen, so dürste ich doch auch – da bin ich ganz der Sohn meiner verstorbenen Mutter – nach Gelegenheiten, mich über die schönen Dinge des Lebens auszutauschen. Und deswegen danke ich Ihnen noch einmal für das anregende Gespräch in Ihrem Salon.

Ich werde nächste Woche für ein paar Tage in Paris sein, und ich frage mich, ob Sie mir wohl erlauben würden, Sie zum Abendessen auszuführen und noch einmal Ihre Intelligenz und Ihre Schönheit zu genießen.

Hochachtungsvoll,

Antoine

Nachdem Marthe den Brief mehrmals gelesen hatte, faltete sie ihn sorgfältig zusammen und legte ihn in ihre Schreibtischschublade. Gut formulierte Briefe, ganz besonders solche mit einem koketten Unterton, gehörten für sie zu den kleinen Freuden des Lebens. Wie oft hatte sie Charles' Briefe aus den ersten Jahren gelesen? Oder die, mit denen Boldini sie nach Charles' Tod überhäuft hatte? Sie konnte es nicht sagen. Der Brief des Majors jagte ihr einen *frisson* über den Rücken, und sie fühlte sich ungeheuer geschmeichelt.

Die Zeit war der Todfeind einer Frau, und mit jedem Tag, der verging, wurde es schwerer, sich seinen Verwüstungen zu widersetzen, das wusste Marthe nur zu gut.

Sie war längst in den Wechseljahren, und wie alle Frauen fürchtete sie, dass ihre Taufrische, die sie so attraktiv gemacht hatte, bald verflogen sein würde. Es war nur eine Frage der Zeit, bis ihr Gesicht dem auf einem Gemälde der alten Meister ähneln würde, auf dem die ehemals cremeweiße Gesichtsfarbe des Modells von einem Netz aus feinen Rissen durchzogen war.

Ihr Körper war immer noch geschmeidig, aber die Haut an ihrem Hals war nicht mehr so straff wie früher, und das bedrückte sie. Zum Glück ließ sich das durch ein hochgeschlossenes Kleid oder eine Perlenkette kaschieren. Wie ein kluges Chamäleon konnte eine geschickte Frau fast jeden Makel verbergen.

Ebenso wie Boldini sie während Charles' Krankheit aufgerichtet hatte, indem er in einem sicheren Rahmen mit ihr geflirtet und sich mit ihr über Kunst ausgetauscht hatte, so fühlte sie sich jetzt durch die Einladung des Majors aufgemuntert. Die Vorstellung, mit ihm zu dinieren, brachte sie ganz aus dem Häuschen.

Sie setzte sich an ihren Schreibtisch und nahm ein Blatt ihres mit einem kleinen goldenen Schmetterling verzierten Briefpapiers heraus.

Verehrter Major!, schrieb sie. *Welch eine Ehre, Post von einem so viel beschäftigten Mann zu bekommen …*

Die Aussicht, den Major wiederzusehen, versetzte sie in Hochstimmung. Es war ein viel besseres Tonikum als ein Bad in Rosenwasser oder teure Gesichtscremes. Sie fühlte sich um Jahre verjüngt. Am Tag vor dem verabredeten Treffen kam ein zweiter Brief von ihm, diesmal war der Inhalt kurz und knapp: *Um 20 Uhr im Maxim. Ziehen Sie Ihr bestes Kleid an.*

Sie kleidete sich mit einer Sorgfalt an wie ein Soldat, der in den Kampf zieht. Sie wusste genau, welche Stellen ihres Körpers sie immer noch entblößen konnte und welche sie verbergen musste. Kaum eine Frau trug noch die engen Korsagen, die während der Belle Époque en vogue gewesen waren, und Marthe gehörte vermutlich zu den wenigen, die der eingeschnürten Wespentaille nachtrauerten. Sie hatte die Schmerzen immer mit Lust assoziiert. Das herrliche Gefühl, wenn die Schnüre gelöst wurden, wenn sie endlich wieder frei atmen und in die Arme ihres Geliebten sinken konnte. Heutzutage war die Mode weniger figurbetont, die Linien waren weicher, die Stoffe beinahe durchsichtig, die Taille höher angesetzt. Es bestand keine Notwendigkeit mehr, sich eine Wespentaille zu schnüren.

Aber sie würde nicht auf edle Unterwäsche verzichten. Eine Frau musste schließlich auch noch ein Geheimnis haben. Das, was sie unter der Seide oder Wolle trug, betrachtete sie als innere Blütenblätter. Die Haut darunter, das heilige Petalum, durften nur wenige Auserwählte berühren.

Sie wählte ein Mieder, das ihre Taille betonte und ihre Brüste anhob; es war aus dunkelblauem Satin mit hellblauer Stickerei. Sie besaß Mieder in allen Farbschattierungen, die sie immer noch mit Begeisterung trug, auch wenn die Mode sich über die Jahre immer wieder geändert hatte. Sittsame Frauen benutzten ausschließlich weiße Mieder, um ihre Figur in Form zu bringen, aber Frauen, die die Kunst der Lust beherrschten, wussten, wie sich diese auch durch die Sprache der Farben ausdrücken ließ. Marthe lächelte vor sich hin, als sie daran dachte, dass sie, wenn sie Charles gegenüber gefügig sein wollte, das blassrosa Mieder mit der cremefarbenen Spitze getragen hatte, und wenn sie ihre leidenschaftliche Seite betonen wollte, das erdbeerrote.

Jetzt fuhr sie zärtlich mit den Fingerspitzen über ihr nachtblaues Mieder. Sie zog das schwarze, seidene Unterkleid an und darüber das blaue Mieder. Nachdem Giselle die Verschnürung im Rücken festgezurrt hatte, legte Marthe noch Parfüm auf.

Das Kleid, das sie für ihren Abend mit dem Major auswählte, war pfauenblau und hatte einen Stehkragen aus Seidensatin. Das Dekolleté war mit blauem, durchsichtigem Chiffon bedeckt, das ihre Brüste zur Geltung brachte wie ein schönes verschleiertes Gesicht. Auch die Schultern waren in Chiffon gehüllt, sodass ihre Weichheit zu ahnen war, ohne nackte Haut zu entblößen.

Marthe war davon überzeugt, dass nur wenige Frauen wussten, welche bedeutende Rolle die Kleidung in der Kunst der Verführung spielte. Sich selbst betrachtete sie dagegen als Expertin.

Ihr Kleid hatte eine modisch hohe Taille, der Rock, vorne gerafft und von kreisförmig angenähten Glasperlen gehalten, fiel in weichen Falten bis zum Boden und umspielte beim Gehen ihre Beine.

Es hatte sie schon immer fasziniert, wie Stoff sich verhielt, wenn man sich bewegte. Das Spiel von Schatten und Licht im Einklang mit den weiblichen Konturen.

Marthe trat vor den hohen Spiegel, um ihre Silhouette zu bewundern.

Die Farbe des Kleids brachte ihr Haar und ihre schiefergrauen Augen gut zur Geltung. Ihre Augen leuchteten.

Und nach der Behandlung mit eiskalten Kompressen, die sie seit dem Vormittag immer wieder erneuert hatte, war ihre Haut so straff wie die Leinwand eines Malers. Sie setzte sich an ihren Frisiertisch und begann, langsam und sorgfältig Farbe in ihr Gesicht zu bringen.

Im ovalen Spiegel begutachtete Marthe das Ergebnis. Das Einzige, was noch fehlte, war ein Kamm in ihrem Haar und ihre Perlenkette.

Marthe fuhr mit dem Taxi. Im Maxim's trugen die Damen mit Hermelin gefütterte samtene Capes und an den Handgelenken glitzernde Diamanten. Außer Marthe. Trotzdem fand sie sich schön. Eine junge Frau in einem hellgrauen Seidenkleid mit Federn an den Ärmeln blieb kurz stehen und bewunderte die Farbe ihres Kleids.

Marthe ging zu dem Tisch, an dem sie den Major entdeckt hatte. Das Licht war weich und schmeichelhaft.

Er stand auf und schaute sie mit seinen dunklen Rehaugen an.

»Nehmen Sie Platz, ich habe schon auf Sie gewartet.« Ein Kellner in weißem Smoking schob ihr einen Stuhl zurecht. »Ich war mir nicht sicher, ob Sie kommen würden. Jetzt bin ich erleichtert.« Er bestellte eine Flasche Champagner.

Als er lächelte, fiel ihr auf, dass er schöne, sehr weiße Zähne hatte, was sie schon ganz vergessen hatte.

»Sie müssen doch wissen, dass eine Frau kaum widerstehen kann, wenn man ihr schmeichelt.«

»Es war nicht gelogen, als ich geschrieben habe, dass unser Gespräch mich sehr angeregt hat. Bei der Armee findet man keine so erstklassigen Gesprächspartner.«

»Spricht man denn unter Waffenbrüdern nicht voller Bewunderung über das Holz und die Lackschichten von Pistolengriffen? Ich habe gehört, es gibt sehr schöne Exemplare, mit Einlegearbeiten aus Bernstein und Schildpatt.«

»Sie wollen mich wohl auf den Arm nehmen, Madame de Florian.«

Sie musste lachen. »Ich wollte mich nicht über Sie lustig machen. Es freut mich, dass ich die Ehre habe, mit einem Gentleman und Offizier zu Abend essen zu dürfen.«

Er lächelte.

»Die Freude ist ganz meinerseits. Ich habe selten Gelegenheit, in Gesellschaft einer Frau zu speisen, erst recht nicht mit einer so schönen und kultivierten. Und mit einer, die die Farbe ihres Kleids auswählt wie ein Maler seine Pigmente.«

Unter dem Tisch legte er ihr eine Hand auf den Oberschenkel.

»Pfauenblau«, sagte er. »Die perfekte Farbe, um Ihr rotes Haar zur Geltung zu bringen.«

Sie war überwältigt vor Freude darüber, dass er ihre Farbwahl verstand. Sie konnte genauso leicht mit ihm flirten wie einst mit Boldini. Aber bei ihm war die körperliche Anziehungskraft genauso stark wie damals bei Charles. Während Marthe dem jungen Major gegenübersaß, ging ihre Fantasie mit ihr spazieren. Sie stellte sich vor, wie ihre Finger durch seine schwarzen Locken fuhren. Wie er ihr Kleid aufknöpfte. Wie er ihr Mieder aufschnürte und ihr schließlich das schwarze seidene Unterkleid vom Körper streifte. Sie stellte sich vor, wie sie nackt vor ihm stand und auf seine Berührung wartete. Und das alles, während sie ihm gegenüber saß und an ihrem Champagner nippte.

»Ich könnte fast Ihre Mutter sein«, flüsterte sie und drückte ihm unter dem Tisch die Hand.

»Schönheit ist zeitlos. Sie hat kein Alter«, flüsterte er und beugte sich zu ihr hin.

Sie spürte die Wärme seiner Finger, und ein Schauder lief ihr über die Haut. Jedes Mal, wenn sie spürte, dass ein Mann sie begehrte, fühlte sie sich wie ein Vogel mit flatternden Flügeln.

»Wie lange sind Sie in Paris?«, fragte sie. Ihre Hand wanderte zu seiner Hose.

»Leider nur dieses Wochenende.« Sie merkte, dass er Mühe hatte, seinen Gesichtsausdruck unter Kontrolle zu halten. »Wie Sie wissen, befinden wir uns im Krieg.«

Sie schloss die Augen. Sie wollte nichts vom Krieg hören. Sie wollte so tun, als existierte er nicht. Sie wollte nur den Augenblick genießen, egal, wie flüchtig er war.

»Ein kurzer Urlaub.«

»Ja, viel zu kurz.«

»Dann sollten wir die Zeit gut nutzen, Major.« Ihre Augen funkelten, während sie ihn unter dem Tisch streichelte.

Ihre Tändelei spitzte sich im Lauf des Abends zu. Marthe wusste nicht, ob sie ihren Gefühlen nachgeben oder ihre aufkeimende Leidenschaft drosseln sollte. Es fühlte sich großartig an, von einem Mann begehrt zu werden, der so viel jünger war als sie und der mit seinen dunklen Locken so gut aussah.

Sie konnte es kaum glauben, dass er sich für eine Frau

interessierte, die fast im Alter seiner Mutter und für eine Geliebte eigentlich zu alt war.

Nachdem sie ein Dutzend Austern geschlürft, eine Poularde verspeist und eine sündhaft dunkle Mousse au Chocolat gelöffelt hatten, konnte Marthe nicht anders, als ihn in ihr herrliches Schmetterlingsbett einzuladen.

Alles geschah genau so, wie sie es sich vorgestellt hatte.

Er knöpfte ihr Kleid auf. Er löste die Schnürung ihres Mieders und streifte ihr das schwarze Unterkleid vom Körper. Dann umfasste der Major ihre Taille mit zwei kräftigen Händen und hob sie aufs Bett.

Als sie später mit einer Fingerspitze über seine Brust fuhr, fühlte sie sich in die Vergangenheit zurückversetzt, in die Zeit, als sie mit Charles in diesem Bett gelegen hatte. Und dann, wie es häufig geschieht nach einem besonders intensiven Liebesspiel, überkam sie eine Traurigkeit, die sie nicht abschütteln konnte.

Marthe zog die Vorhänge zu und machte kein Licht, damit er die feinen Linien um ihren Mund und ihre Augen nicht sah. Aber sie wusste, dass sie ihm nichts mehr würde vormachen können, wenn am nächsten Morgen die ersten Sonnenstrahlen durch das hohe Fenster fielen.

»Wie schön du bist, Marthe«, sagte er und küsste ihre Fingerspitzen. Es war, als hätte er ihre Gedanken gelesen und ihre Verletzlichkeit gespürt.

Sie legte ihm eine Hand an die Wange, beugte sich ganz dicht über sein Gesicht und sog seinen Atem ein, so als könnte seine Jugend und seine Vitalität ihr neue Kraft verleihen. »Was für ein Glück, dass wir uns an dem Abend meines Salons so intensiv unterhalten haben …«

Er lächelte. »Fängt so nicht jede gute Verführung an? Im Kopf?«

Seine Worte verursachten ihr eine Gänsehaut. Die Verbindung zwischen ihrem Geist und ihrem Körper war wie ein dicht gewebtes Netz.

»Der Weg zum Begehren führt über den Kopf, denn dort bewahren wir alle unsere geheimen Fantasien auf.«

»Wie kann es sein, dass so ein junger Mann so weise ist?«, fragte sie und schob ein Bein über seinen Körper. »Lernt man das in der Militärakademie?«

Er zog sie an sich.

»Nein, das hat meine Mutter mir beigebracht. Sie hat mich dazu angehalten, ein Traumtagebuch zu führen. Sie wollte, dass ich jeden Morgen aufschrieb, was ich von meinen Träumen behalten hatte.« Er schloss die Augen. »Als ich noch klein war, ist es mir schwergefallen, mir die Einzelheiten zu merken. Manchmal konnte ich mich nur an ein einziges Bild erinnern. An einen Drachen oder an eine Windmühle aus Papier, die mir jemand geschenkt hatte. Aber mit der Zeit lernte ich, meine Träume zu behalten.«

»Schreibst du sie immer noch auf?«, fragte sie, während sie die Innenseite seines Oberschenkels streichelte.

»Nein, ich schreibe sie nicht mehr auf, aber jeden Morgen nehme ich mir ein paar Minuten Zeit, um mich an meine Träume zu erinnern, bevor ich meinen Tag beginne.« Er setzte sich auf und schaute sie an.

»Vergangene Woche bist du in einem Traum aufgetaucht wie eine Königin. Du trugst einen seidenen, mit silbernen Kranichen bestickten Kimono.«

»Wie wunderbar«, gluckste sie vergnügt.

»Du hast den Kimono zu Boden gleiten lassen, bis er um deine Füße lag wie ein zugefrorener See. Ich habe wie gebannt dagestanden und zugesehen, wie du aus dem See gestiegen und mit ausgestreckten Armen auf mich zugekommen bist.«

Er hob eine Hand und fuhr ihr durch das kräftige Haar. Ihre Schildpattkämme lagen auf dem Nachttisch, und ihre langen roten Locken fielen ihr über die Schultern und die Brüste.

»Nach diesem intensiven Traum habe ich mich entschlossen, dir zu schreiben.«

»Ich bin so froh, dass du das getan hast.«

»Ich bedaure es sehr, dass ich keine Zeit habe, dir etwas Schönes zu kaufen, bevor ich morgen abreise.«

»Mach dir darüber keine Gedanken«, sagte sie lachend und küsste ihn. »Es wird mir ein Vergnügen sein, einen schönen jungen Offizier in meiner Schuld zu wissen.«

Sie setzte sich auf ihn wie auf einen Sattel. Ihr Haar fiel auf seine Haut, und es fühlte sich an wie sanfter Regen.

35

Marthe

Paris 1917

Im Lauf der Jahre musste Marthe sehr kreativ sein, um ihren Lebensunterhalt zu bestreiten. Sie hatte für Boldini mehrfach für bestimmte Studien Modell gesessen, allerdings noch nie für einen Akt.

Wenn er sie bat, sich als Modell zur Verfügung zu stellen, damit er die verschiedenen Körperhaltungen studieren konnte, lehnte sie nie ab. Und er zeigte sich stets erkenntlich, indem er einen Umschlag mit Geld auf den Sockel neben der Tür legte.

Außerdem hatte sie mehrere ihrer kostbaren Porzellanvasen verkauft, einige an Boldini, einige zurück an Ichiro, der ihr von Anfang an gesagt hatte, dass sie ihren Wert behalten würden und er jederzeit bereit sei, sie ihr wieder abzukaufen. Auch den größten Teil ihrer Shunga-Sammlung hatte sie an Ichiro zurückverkauft, ebenso drei ihrer Seladonschüsseln und eine Famille-rose-Vase.

Inzwischen waren seit Charles' Tod knapp zwanzig Jahre vergangen. Allmählich ging Marthe das Geld aus. Jetzt, wo sie nicht mehr jung war, wollte sie niemand mehr als Modell, und neue Liebhaber waren ebenfalls rar. Der

Major war eine Ausnahme gewesen, die sich vermutlich nicht wiederholen würde. Er hatte ihr geschrieben, dass er jetzt im Westen des Landes stationiert war, aber viel konnte er ihr nicht berichten, da die Post der Soldaten wegen des Kriegs zensiert wurde.

Sie hielt es für unwahrscheinlich, dass sie ihn noch einmal wiedersehen würde, aber er war sowieso nicht in der Lage, sie auf eine Weise zu finanzieren, wie Charles es getan hatte. Falls er den Krieg überlebte, würde er eine Frau in seinem Alter heiraten, was Marthe nur richtig fand. Die einzigen Männer, die sie als Geliebte halten würden, waren um die siebzig und halb blind. Marthe begriff, dass sie vor demselben Problem stand wie Mata Hari damals. Um Geld zu sparen, würde sie demnächst Giselle entlassen müssen.

Es war ihr zu peinlich, Boldini zu gestehen, dass sie kaum noch wusste, wie sie über die Runden kommen sollte. Allerdings vermutete sie, dass er sich seinen Teil dachte, als sie ihm eröffnete, dass sie es sich nicht länger leisten konnte, den monatlichen Salon aufrechtzuerhalten.

»Jetzt, wo alles rationiert ist, kann man nur noch auf dem Schwarzmarkt kaufen«, sagte sie kopfschüttelnd. »Und da kostet alles das Zehnfache.«

»Ich befinde mich in derselben Situation, *Carissima*. Ich musste mit meinem Preis für Aufträge runtergehen, während die Kosten für meine Materialien explodieren. Vor allem der Preis für Leinwand ist ins Unermessliche gestiegen, weil der Rohstoff für Kriegsware gebraucht wird.«

»Ach, und ich wollte Sie fragen, ob Sie mir vielleicht

noch eine meiner schönen Vasen abkaufen wollen!«, sagte sie lachend. »Dann werde ich wohl Ichiro einen Besuch abstatten müssen.«

Für ihren Besuch bei Ichiro kleidete sie sich ganz in Seide. Das taubengraue Kleid, das Charles so geliebt hatte, weil es ihre Augen so schön zur Geltung brachte. Außerdem legte sie ihre Perlenkette an, die sie nur im allergrößten Notfall verkaufen würde, wie sie sich geschworen hatte.

Mittlerweile war ihre Porzellansammlung stark geschrumpft. An jenem Nachmittag legte sie eine der letzten bauchigen Vasen in die originale Holzkiste und ging damit zu Ichiro.

Wie immer, wenn sie Ichiro aufsuchte, überkam sie eine tiefe innere Ruhe. Der Laden mit seinen Regalen aus dunklem Holz, die nie sehr vollgestellt waren, sodass jedes der ausgestellten seltenen Stücke voll zur Geltung kam, hatte etwas von einem Museum.

Diesmal jedoch sah es so aus, als wäre Ichiro dabei, alles einzupacken und für einen Umzug vorzubereiten.

»Ichiro«, sagte Marthe entgeistert. »Was hat das zu bedeuten?«

»Es geht alles nach Japan zurück.«

»Aber warum, um Himmels willen?«

Er zog seinen Kittel aus und legte ihn auf die Leiter, die vor ihm stand.

»Ich selbst gehe auch nach Japan zurück, Madame de Florian.«

»Ich verstehe das nicht«, sagte sie. »Der Laden läuft doch gut, Sie haben Ihre Stammkunden …«

»Paris ist für Japaner kein guter Ort mehr. Seit dem

Krieg gehen die Geschäfte schlecht. Außerdem ist asiatische Kunst nicht mehr in Mode.«

»Oh …«, murmelte sie. Sie drückte die Holzkiste mit der Vase fester an ihre Brust. »Dann werden Sie also nicht daran interessiert sein, diese Vase zurückzukaufen.«

Er lächelte. Auch er hatte sich in den Jahren, seit sie seinen Laden entdeckt hatte, verändert. Sein ehemals schwarzes Haar war jetzt weiß. Seine Haut erinnerte sie jetzt an die Vase mit der Craquelé-Glasur, die sie vor Jahren Boldini geschenkt hatte.

»Wollen wir eine Tasse Tee trinken wie in alten Zeiten?«, fragte er und deutete auf das Hinterzimmer. Sie nickte, dann traten sie durch den Vorhang.

»Was haben Sie mir denn heute mitgebracht?«, fragte er und stellte zwei dampfende Tassen Tee auf den Tisch.

»Die Vase, die geformt ist wie ein Stundenglas«, antwortete sie traurig. »Ich habe sie so lange behalten, wie ich konnte …« Sie legte eine Hand auf die Holzkiste, die sie auf dem Tisch abgestellt hatte. »Sie werden bestimmt ein neues Zuhause für sie finden.«

Ihre Blicke begegneten sich. Sie kannten einander schon seit Jahrzehnten, und sie musste ihm nicht mit Worten erklären, dass sie an einem Punkt angelangt war, der sie zwingen würde, mehr als eine kostbare Vase zu verkaufen, wenn sie überleben wollte.

»Ich werde Ihnen die Vase abkaufen. Sie ist ein seltenes Stück, und ich kenne sowohl hier als auch in Japan genug Sammler, die sie mit Freude kaufen werden. Aber ich würde Ihnen gern in einer anderen Sache einen Rat geben.«

Sein Blick wanderte zu den Perlen, die sie um den Hals trug.

»Als guter Freund möchte ich Ihnen eine Information weitergeben, die ich neulich von Freunden aus Japan erhalten habe.« Er holte tief Luft und stützte die Hände auf den Tisch. »Es gibt Bestrebungen, Perlen zu züchten. Die Technik befindet sich noch in der Anfangsphase, aber es heißt, es werden bereits große Fortschritte gemacht. Aus diesem Grund wäre jetzt ein guter Zeitpunkt, Ihre Perlen zu verkaufen.«

Unwillkürlich wanderte Marthes Hand zu ihrem Hals.

»Aber die hat Charles mir geschenkt«, sagte sie mit zitternder Stimme. »Sie waren sein letztes Geschenk.«

Ichiro senkte den Blick und räusperte sich. »Ich bin mir sicher, dass er sie Ihnen geschenkt hat, um Sie finanziell abzusichern. Diese makellosen Perlen müssen ihn ein Vermögen gekostet haben, das die meisten Männer in ihrem ganzen Leben nicht verdienen.«

»Ja«, flüsterte Marthe. »Er hat sie bei Mellerio gekauft.«

»Wir kennen uns schon sehr lange. Ich würde Ihnen nie einen schlechten Rat geben. Sie sollten sie wirklich verkaufen.«

Die Perlen hatten sich für sie immer angefühlt wie Tautropfen um ihren Hals. Sie gehörten schon so lange zu ihr, dass sie zu einem Teil von ihr geworden waren, und sie konnte sich nicht vorstellen, sich jemals von ihnen zu trennen.

»Ich weiß nicht …«

»Ihre Perlen sind unschätzbar wertvoll, denn es mussten Tausende Perlen aus den Tiefen des Ozeans geborgen werden, bis genug von gleicher Größe und Qualität vorhanden waren, um diese Kette daraus zu fertigen.«

»Ja, das hat Charles auch gesagt, als er mir die Kette geschenkt hat.«

»Aber schon bald wird man Perlen künstlich herstellen, indem man ein Sandkorn in eine Auster gibt und wartet, bis eine Perle herangereift ist. Wenn es so weit ist, werden die Perlen, die Sie um den Hals tragen, nur noch einen Bruchteil ihres jetzigen Werts besitzen.

Verkaufen Sie sie jetzt. Das Geld, das sie Ihnen einbringen, wird bis an Ihr Lebensende reichen. Wenn Sie aber noch lange warten, wird Mellerio erfahren, was in Asien auf dem Perlenmarkt passiert.« Er schüttelte den Kopf. »Und dann, Madame de Florian, wird selbst er Ihnen Ihre Perlen nicht mehr abnehmen.«

36

Marthe

Paris 1917

Am nächsten Nachmittag machte Marthe sich besonders fein. Sie zog das dunkle Seidenkleid mit den Perlmuttknöpfen an, dazu den Hut, den sie bei Madame Georgette gekauft hatte, und die Handschuhe von La Samaritaine. Die mit rotem Leder bezogene Schachtel mit ihrer kostbaren Perlenkette trug sie in einem schwarzen Beutel aus Satin, der zwar nicht so elegant war wie ihre seidenen Handtaschen, aber praktisch und geschmackvoll.

Dann machte sie sich auf den Weg zum Juwelier Mellerio in der Rue de la Paix, eine der vornehmsten Straßen von Paris. Der berühmte Couturier Charles Frederick Worth hatte sein Atelier und seinen Salon ebenso in dieser Straße wie der hochgeschätzte Fächerhersteller Duvelleroy. Ein Stück weiter befand sich das Geschäft des ehrenwerten Monsieur Cartier.

Mit klopfendem Herzen betrat sie den Laden. Sie war gekommen, um etwas zu verkaufen, das ihr nicht nur am Herzen lag, weil es ein Geschenk von Charles war, sondern weil es sich um ihren wertvollsten Besitz handelte.

Wenn sie die Perlen verkaufte, würde sie über kein Sicherheitspolster mehr verfügen.

»Bonjour, Madame.« Ein Mann in einem dunklen Anzug kam hinter einer Glasvitrine mit glitzernden Edelsteinen hervor. »Womit kann ich Ihnen dienen?«

Sie setzte sich auf einen der beiden mit Samt bezogenen Sessel, die an einem niedrigen Tisch mit gläserner Platte standen, und nahm die Schachtel mit den Perlen aus ihrem Satinbeutel.

Als der Mann das Emblem des Juweliers Mellerio auf dem roten Deckel erblickte, nahm er ihr gegenüber auf dem anderen Sessel Platz. Marthe stellte die Schachtel auf den Tisch und öffnete sie.

Beim Anblick der Perlen und des mit Smaragden besetzten Verschlusses in Form eines Schmetterlings stockte dem Mann der Atem.

»Wer auch immer diese Perlenkette gekauft hat, hat eine gute Wahl getroffen.«

Sie hatte plötzlich einen Kloß im Hals. »Ja«, krächzte sie. »Er hatte einen erlesenen Geschmack.«

Der Mann hob die Perlen an und zog unter dem Satinkissen das Zertifikat hervor, das die Echtheit der Perlen und des Verschlusses garantierte. »Was kann ich heute für Sie tun, Madame?«

»Ich möchte die Perlen verkaufen. Man hat mir gesagt, dass Sie sie jederzeit zu dem Preis zurücknehmen würden, den der Käufer dafür bezahlt hat«, sagte sie. »Ich hätte allerdings eine Bitte«, fügte sie überraschend gefasst hinzu. »Den Verschluss würde ich gern behalten.«

Der Mann nickte und klappte die Schachtel zu.

»Einen Augenblick, bitte, Madame. Ich muss in unseren Unterlagen nachsehen, um den Kauf zu verifizieren.«

Sie verschränkte die Hände in ihrem Schoß.

»Darf ich Sie um den Namen desjenigen bitten, der die Perlen bei uns gekauft hat?« Er räusperte sich.

»Monsieur Charles de Montagne«, erwiderte sie mit fester Stimme.

Der Mann nickte und senkte den Blick, dann verschwand er hinter einem nachtblauen Samtvorhang.

Eine Stunde später wurde Marthe ein Scheck mit einem Betrag überreicht, der dem Vermögen eines Paschas entsprach, sowie ein kleines Samtsäckchen, das den Verschluss der Perlenkette enthielt.

»Monsieur de Montagne muss Ihnen sehr nahegestanden haben, Madame«, sagte der Mann. »Der alte Monsieur Mellerio persönlich hat sie ihm verkauft. Die Kette war eins der kostbarsten Schmuckstücke, die sich damals in unserem Tresor befanden.«

»Danke«, sagte sie und ließ das Samtsäckchen in ihren schwarzen Taftbeutel gleiten.

»Nein, wir haben Ihnen zu danken«, erwiderte der Mann, der offenbar nichts von den bevorstehenden Veränderungen auf dem asiatischen Perlenmarkt ahnte, von denen Ichiro erzählt hatte. »Wir schätzen uns glücklich, die Perlen wieder in unserem Besitz zu haben.«

In den Vitrinen und in den Spiegeln um sie herum glitzerten kostbare Juwelen. Ihr Leben lang hatte sie nichts so sehr geliebt, wie von schillernder und funkelnder Schönheit umgeben zu sein. Doch jetzt sehnte sie sich nur nach der Abgeschiedenheit ihrer abgedunkelten Wohnung.

Marthe schaute dem Juwelier in die Augen.

»Es ist ein gutes Gefühl, die Perlen wieder an dem Ort zu wissen, wo sie gekauft wurden«, sagte sie, ohne die kostbaren Schmuckstücke, die im warmen Licht der Kandelaber funkelten, auch nur eines Blickes zu würdigen. Sie zupfte ihre Handschuhe zurecht, strich ihren Rock glatt und verließ den Laden.

37

Solange

März 1940

Meine Großmutter saß mir gegenüber. Ihre Perlen schimmerten auf ihrer blassen Haut, der Verschluss mit dem Schmetterling schmiegte sich in die kleine Vertiefung zwischen ihren Schlüsselbeinen. Nachdem sie mir erzählt hatte, wie Ichiro ihr geraten hatte, ihre Perlen zu verkaufen, und wie es ihr gelungen war, seinen Rat zu befolgen, ehe ihre kostbare Halskette durch das Aufkommen von Zuchtperlen drastisch an Wert verloren hätte, wirkte sie zutiefst zufrieden. Selbst nach all den Jahren schien ihr die Geschichte noch Genugtuung zu verschaffen.

»Aber was sind das denn für Perlen, die du jetzt um den Hals trägst?«

Ein spitzbübisches Lächeln umspielte ihre Lippen.

»Das, meine Liebe«, sagte sie, »sind Zuchtperlen. Ich habe sie mir Jahre später gekauft und sie mir zusammen mit dem Schmetterlingsverschluss, von dem ich mich nie trennen konnte, zu dieser Kette verarbeiten lassen.«

Ich war sprachlos. Wäre Ichiro nicht gewesen, wer weiß, was aus Marthe geworden wäre! Es war kein Geheimnis, dass manche Frauen, die ein ähnliches Leben geführt hatten, im Armenhaus gelandet waren.

»Was für ein Glück, dass dein Freund dich so gut beraten hat!«

»Ja, und ich habe so viel Geld für die Perlen bekommen, dass ich mir ein paar meiner geliebten Vasen von ihm zurückkaufen konnte, bevor er nach Japan gegangen ist.«

Mir schwirrte der Kopf von der Geschichte, die meine Großmutter mir diesmal aufgetischt hatte.

»Ich hoffe, du hast jetzt genug Stoff, um dein Notizbuch zu füllen, meine Liebe. Jetzt kennst du alle Höhepunkte meines Lebens ... Meinst du, das reicht an Inspiration?« Sie lachte kehlig.

»Das reicht für mindestens zwei Romane, *Grand-maman*«, sagte ich.

Ich legte mein Heft und meinen Stift weg. Wie anders sich inzwischen alles anfühlte. Bei meinen ersten Besuchen hatte ich mich immer eingeschüchtert gefühlt von Marthe und all der Pracht in ihrer Wohnung. Aber seitdem hatte sich eine echte Freundschaft zwischen uns entwickelt. Sie hatte mir ihre Lebensgeschichte erzählt, und ich war mehr denn je von dem Wunsch beseelt, das gesammelte Material zu einem Roman zu verarbeiten. Und jetzt, wo mein Vater weit weg war und der Krieg uns alle zwang, fast die ganze Zeit im Haus zu bleiben, schien der richtige Zeitpunkt dafür gekommen.

»Weißt du, Solange, seit wir beide so viel Zeit miteinander verbringen, mache ich mir mehr und mehr Gedanken über meine Sterblichkeit. Ich schaue dich an, eine junge Frau in der Blüte ihres Lebens, die hoffnungsvoll in die

Zukunft blickt, aber das führt nicht dazu, dass ich mich alt fühle, im Gegenteil, es tröstet mich ungemein.« Sie schaute aus dem Fenster. Der Himmel hatte sich graublau gefärbt. »Weil ich nie eigene Kinder hatte, die ich hätte aufwachsen sehen können, habe ich im Gegensatz zu anderen Frauen gar nicht gemerkt, wie die Zeit vergangen ist.« Sie füllte ihr Glas mit Wasser aus einer Karaffe, die Giselle bereitgestellt hatte. Seit Marthe an chronischem Husten litt, achtete Giselle stets darauf, dass die Karaffe gefüllt war.

Das Wasser rann durch ihre Kehle, und das Schluckgeräusch war deutlich zu hören.

»Es ist eine seltsame Erfahrung für mich, alle paar Tage einer jungen, intelligenten Frau gegenüberzusitzen, die sich meine Geschichten anhört. Einerseits führt es dazu, dass ich mich wieder lebendiger fühle, andererseits macht es mir bewusst, dass ich nicht ewig leben werde.«

Ich senkte den Blick. Marthe war mir gegenüber noch nie rührselig geworden, und ich wusste nicht, wie ich reagieren sollte.

Ich hob den Kopf und betrachtete ihr Porträt.

»Aber dein Porträt wird bleiben«, sagte ich, den Blick auf das Bild in dem vergoldeten Rahmen geheftet. So wie die junge Marthe einen aus dem Augenwinkel anschaute, schien ihr Blick allgegenwärtig, es war, als hätte Boldini das Bild mit dem Wissen darum so gestaltet. Auf diese Weise hatte er sie unsterblich gemacht.

»Ach ja, das Gemälde«, sagte sie mit einem Lachen und drehte sich zu ihrem Abbild auf der Leinwand um. »Werde ich immer über dem Kaminsims hängen … noch viele Jahre lang?« Sie wandte sich mir zu, so als wollte sie ein Versprechen von mir haben.

Ich schaute Marthe an. »Na ja, falls es in meiner Macht liegt. Ich werde alles tun, um alles so zu lassen, wie es ist.«

»Es ist wunderbar, jemanden zu haben, den man beim Wort nehmen kann, und ich vertraue dir«, sagte sie. Sie schloss die Augen, und auf einmal wirkte sie wie im Frieden mit sich und der Welt. »Dafür bin ich zutiefst dankbar ...«

»Natürlich kannst du mir vertrauen«, versicherte ich ihr.

»In Bezug auf deinen Vater habe ich große Fehler gemacht, das ist mir heute bewusst. Trotzdem glaube ich nicht, dass ich ihm eine gute Mutter gewesen wäre.« Sie holte tief Luft. »Aber manchmal gibt einem das Leben die Chance, eine Schuld wiedergutzumachen.«

»Ja«, sagte ich, »das glaube ich auch.«

»Und wer hätte gedacht, dass mir das Leben einmal eine dritte Rolle zuteilen würde? *Grand-maman*. Glaubst du, Charles und Boldini würde der neue Titel gefallen?«

Ich lächelte. »Ich glaube, sie würden beide sagen, dass du ihn mit majestätischer Würde trägst.«

»Vielen Dank, meine Liebe«, sagte sie und musste wieder husten.

»Kannst du es glauben, dass ich neuerdings meinen Abend mit einem Glas Wasser beende, anstatt mit einem Glas Wein oder Champagner? Ich werde wirklich alt, Solange.«

»Tja, dann werde ich wohl auch alt, denn ich gehe jetzt ins Bett, obwohl es erst halb zehn ist«, sagte ich und stand auf.

»Eine Frau braucht ihren Schönheitsschlaf, das ist

wichtig. Vor allem, wenn sie vorhat, sich am nächsten Morgen mit einem jungen Mann zu treffen.«

Hatte ich meiner Großmutter von Alex erzählt? Ich konnte mich nicht erinnern.

»Ich weiß gar nicht, wovon du redest«, sagte ich, neugierig, ob sie mir verraten würde, woher sie ihre Information hatte.

»Ach, Solange«, sagte sie kopfschüttelnd. »In diesen Dingen bin ich eine Expertin.« Sie lachte. »Wenn ich dir erzählen würde, wie gut ich die Anzeichen von Liebe erkennen kann, hättest du genug Stoff für einen zweiten Roman.«

38

Solange

März 1940

Marthe war nichts entgangen. Am nächsten Tag war ich mit Alex im Buchladen seines Vaters verabredet. Ich kleidete mich mit besonderer Sorgfalt, inspiriert von Marthes Rat, immer möglichst verführerisch auszusehen. Anstelle des blauen zog ich das rote Kleid an und band mir einen Gürtel um die Taille. Vor dem Spiegel kniff ich mir in die Wangen und legte etwas Lippenstift auf. Nach all den Gesprächen mit Marthe hatte ich begriffen, was Farben aussagen konnten. Ein letzter Blick in den Spiegel verriet mir, dass immer noch etwas fehlte. In einer Kommodenschublade fand ich ein blaues, mit einem weißen Käntchen eingefasstes Halstuch. Ich schlang es mir um den Hals und sah sogleich viel eleganter aus. Erst dann zog ich Mantel, Hut und Handschuhe an.

In der Metro waren alle Männer in irgendeine Zeitung vertieft: *Le Monde, Le Figaro, Le Temps.*

Frauen mit kleinen Kindern an der Hand hielten den Blick gesenkt. Am Ziel meiner Fahrt angekommen, sprang ich aus der Metro, atemlos vor Aufregung, dass ich Alex gleich wiedersehen würde.

Ich war schon seit zwei Wochen nicht mehr im Marais gewesen, da ich mich die letzten beiden Male mit Alex im Café an der Place Saint Georges getroffen hatte. Die gewundenen Gassen, die mir bei meinem ersten Besuch in Armels Buchladen so exotisch erschienen waren, fühlten sich inzwischen vertraut an. Vor dem Eingang des Ladens in der Rue des Écouffes hockten zwei dunkelhaarige Kinder und spielten mit Murmeln.

Ich ging um sie herum und drückte die Tür auf.

Das Glöckchen über der Tür bimmelte, und der Geruch nach altem Pergament stieg mir in die Nase. Im hinteren Teil des Ladens sah ich Alex, seinen Vater und einen dritten Mann, der der Buchrestaurator Solomon zu sein schien. Die drei Männer waren in ein Gespräch vertieft.

Alex drehte sich um und erblickte mich.

Er sagte etwas zu den anderen beiden und kam auf mich zu. Ein strahlendes Lächeln breitete sich auf seinem Gesicht aus.

»Du bist das Schönste, was mir heute vor Augen kommt!«

»Heute keine seltenen Haggadoth?«, zog ich ihn auf.

Er trat näher und flüsterte: »Vor lauter Vorfreude konnte ich mich den ganzen Vormittag nicht auf meine Arbeit konzentrieren. Ich habe die ganze Zeit nur an dich gedacht.«

Meine Wangen glühten. »Pass auf, dass du keinen Ärger mit deinem Vater bekommst!«, erwiderte ich lachend.

»Aus dem schüchternen jungen Mädchen, das hierhergekommen ist, um seine kostbaren Bücher schätzen zu lassen, ist eine verwegene junge Frau geworden, wie ich feststelle.«

»Allerdings.« Meine Augen funkelten. »Wollen wir zur Place des Vosges gehen und uns in ein Café setzen?«

Wortlos lächelnd nahm er meine Hand, und ich empfand das gleiche Kribbeln am ganzen Körper wie an dem Tag, als seine Hand zum ersten Mal meine Haut gestreift hatte.

Als wir den Laden verließen, saßen die Kinder immer noch auf der Stufe vor dem Eingang. »Das sind Solomons Kinder«, sagte Alex. »Seine Frau weint schon den ganzen Tag. Ein Nachbar aus Deutschland hat ihnen geschrieben, dass die Polizei Solomons Bruder und Schwester samt ihren Familien zusammengetrieben hat.« Er schaute mich an, sein Gesicht wirkte blass im kühlen Winterlicht. »Mein Vater meint, wir werden Paris wahrscheinlich schon bald verlassen müssen.«

Mir sank der Mut.

»Aber wo wollt ihr denn hin?«

»Nach Nord- oder Südamerika, nehme ich an. Dahin wollen doch im Moment alle europäischen Juden, oder?«

Ich biss mir auf die Lippe. Ich war plötzlich ganz verzagt, ich hatte Angst, jemanden zu verlieren, in den ich mich gerade erst verliebt hatte.

Ich wusste nicht, wie ich reagieren sollte. Als er das Wort »Amerika« ausgesprochen hatte, war es, als hätte er mir den Boden unter den Füßen weggezogen. Wenige Sekunden zuvor war ich glücklich gewesen. In Alex' Nähe zu sein, seinen Körper dicht an meinem zu spüren, erfüllte mich mit Wärme. Aber die Neuigkeit, dass seine Familie vorhatte auszuwandern, umgab mich wie eine dunkle Wolke, und plötzlich war mir ganz kalt.

»Aber auszuwandern ist furchtbar kompliziert. Habt ihr denn Verwandte in Amerika, die für euch bürgen können?« Ich versuchte, meine Verzweiflung zu verbergen, indem ich mich praktisch gab. »Und laufen im Moment überhaupt noch Passagierschiffe aus?«

In den Zeitungen war über Schiffe berichtet worden, die mit Torpedos versenkt worden waren, deswegen fürchtete ich, dass es viel zu gefährlich sein würde, den Atlantik zu überqueren.

»Ja, es ist extrem gefährlich, aber es gibt immer noch Passagierschiffe. Mein Vater hat einen entfernten Vetter in New York, der ist auch Buchhändler. Wir haben ihm geschrieben, um ihn zu fragen, ob er bereit wäre, für uns zu bürgen. Und wenn wir keine Einreisevisa bekommen, bleibt immer noch Südamerika als Option.«

Ich sagte nichts. Die ganze Aufregung der vergangenen Tage und die Freude, Alex wiederzusehen, waren verflogen.

»Wir wissen allerdings noch nicht, ob er für uns bürgt. Und der Papierkram, den man erledigen muss, ist unfassbar aufwendig«, sagte er. Er schien meine Nervosität zu spüren. »Außerdem will ich nicht weg von dir.«

Seine Worte machten mir neuen Mut.

Bevor ich etwas sagen konnte, nahm er meine Hände in seine.

Er sagte nichts. Und auch aus seinem Gesichtsausdruck konnte ich nichts lesen. Er zog mich einfach nur an sich und küsste mich, und sein Kuss sagte mir mehr, als alle Worte es vermocht hätten.

Von da an trafen wir uns täglich. Wir versuchten, nicht über die Möglichkeit zu sprechen, dass er mit seiner Familie in die USA auswandern könnte. Jeder wusste, wie schwer es war, einen Bürgen zu finden und ein Einreisevisum zu bekommen, und so redete ich mir ein, dass es nicht passieren würde. Wir trafen uns so oft wie möglich.

Ich setzte mich jeden Tag in unser Lieblingscafé an der Place Saint Georges und schrieb an meinem Roman, bis Alex kam. Und wenn unsere Knie sich unter dem Tisch berührten oder er heimlich meine Hand nahm, dann begriff ich, was meine Großmutter gemeint hatte, als sie zu mir gesagt hatte, die Berührung eines geliebten Menschen könne einen zu neuem Leben erwecken.

Mitte März traf Alex jedoch ganz blass im Café ein. Er hatte seine Einberufung zum Kriegsdienst erhalten.

Wieder fehlten uns die Worte.

Der Brief war so ähnlich formuliert wie der an meinen Vater. Er enthielt die Adresse, an der Alex sich melden musste, und die Aufforderung, zur Musterung anzutreten.

»Ich hatte mich schon gewundert, dass es so lange gedauert hat«, sagte er, immer noch wie benommen von der Nachricht.

»Wie hat dein Vater es aufgenommen?«, fragte ich. Ich wagte kaum, mir vorzustellen, wie entsetzt Monsieur Armel war.

»Er macht sich natürlich Vorwürfe, dass er nicht versucht hat, es zu verhindern. Zum ersten Mal in meinem Leben wünsche ich mir, dass der Arzt mir einen schlechten Gesundheitszustand attestiert«, sagte er und rang sich ein Grinsen ab.

Meine Gedanken rasten. Gab es irgendetwas, das man einnehmen konnte? Das einem Arzt eine Krankheit vorgaukelte? Wenn mein Vater da gewesen wäre, hätte er mir bestimmt irgendein Mittel nennen können, das Komplikationen verursachte.

»Es muss doch irgendetwas geben, was wir tun können«, sagte ich mit zitternder Stimme. Wenn Alex in den Krieg zog, würde ich ihn nie wiedersehen, da war ich mir ganz sicher. Mein Vater war als Apotheker zum Dienst in einem Krankenhaus beordert worden, das war eine Sache. Er würde keinen Dienst an der Waffe tun. Aber wenn Alex recht hatte, brauchte die französische Armee ihn nur als Kanonenfutter.

»Wir müssen eine Möglichkeit finden, dich vor dem Kriegsdienst zu bewahren.«

»Ich hab meinem Vater gesagt, er soll eine schwere Kiste Bücher auf meine Füße fallen lassen«, sagte Alex, um mich zum Lachen zu bringen.

»Nein, es muss eine andere Möglichkeit geben«, entgegnete ich ernst.

Er warf die Hände in die Luft.

»Wann musst du dich melden?«

Ich riss ihm den Bescheid aus der Hand und las das Datum. 25. März 1940 stand da.

»Also in fünf Tagen«, sagte ich und zählte sie an den Fingern ab.

»Wir können nichts tun, Solange. Die meisten meiner früheren Klassenkameraden sind schon vor über einem Jahr eingezogen worden. Ich kann von Glück reden, dass ich noch die Zeit mit dir genießen konnte.«

»Unsinn«, widersprach ich. »Wir denken uns etwas

aus«, sagte ich trotzig. Ich war selbst überrascht über meine Energie und Entschlossenheit.

»Ich würde ja gern glauben, dass du mich retten kannst«, sagte er, beugte sich über den Tisch und küsste mich wieder. Diesmal fuhr er mir dabei mit den Fingern durch die Haare, und ich spürte, dass seine Angst vor dem Kriegsdienst seinen Drang, jede Minute seines Lebens voll auszukosten, noch verstärkte.

»Falls mir etwas zustoßen sollte, Solange, weiß ich jetzt wenigstens, dass ich Liebe erfahren habe«, sagte er und schaute mir in die Augen. »Und das verdanke ich dir.«

Ich kämpfte mit den Tränen.

»Wir haben noch fünf Tage, Alex.«

Er legte mir unter dem Tisch eine Hand aufs Knie.

»Ich habe heute den ganzen Tag Zeit für dich, Solange. Lass uns das Beste daraus machen.«

Ich legte meine Hand auf seine. »Nichts würde ich lieber tun.« Ich drückte seine Hand.

Wir standen auf und gingen zur Metro. Ohne dass einer von uns etwas sagen musste, wussten wir, wohin wir wollten.

Im Bois de Boulogne, wohin die Kurtisanen ihre Kutschen gelenkt hatten, und wo sich Liebende seit Jahrhunderten abseits der ausgetretenen Wege vergnügten, fanden wir ein stilles Plätzchen unter den knospenden Mandelbäumen.

Ich legte mich mit Alex ins feuchte Gras. Ich ließ es zu, dass seine Hand unter meinen Rock wanderte. Er drückte sich mit seinem ganzen Körper an mich.

Zwischen Küssen atmete ich seinen Atem ein. Ich fuhr mit den Fingern durch seine schwarzen Locken und ließ ihn widerspruchslos meinen ganzen Körper erkunden.

Mit geschlossenen Augen gab ich mich seinen Zärtlichkeiten hin. Ich verschmolz mit dem Gras und spürte, wie mein Verlangen erwachte.

Ebenso wie Kartografen jede Klippe, jede Ebene mit ihrem Stift nachzeichnen, benutzen Liebende ihre Hände, um die Topographie des Körpers zu erkunden.

Unter dem Blätterdach duftender Bäume prägten meine Hände sich durch den feinen Baumwollstoff seines Hemdes die Konturen von Alex' Brust ein und ertasteten seine Schultern.

Später spazierten wir um den Teich herum. Wasserlilien blühten, und eine Schwanenfamilie glitt lautlos über das grüne Wasser.

Es wurde schon dunkel, als wir Hand in Hand zur Metro zurückgingen. Ich schaute Alex nicht an. Nach den intensiven Stunden sah ich ihn deutlicher vor mir, wenn ich die Augen schloss.

An jenem Abend erzählte ich Marthe nichts von meiner leidenschaftlichen Begegnung. Aber ich fragte sie, ob sie eine Möglichkeit hätte, uns zu helfen.

Zu meiner Überraschung erkundigte sie sich, was genau in dem Einberufungsbefehl gestanden hatte. Sie wollte Alex' Namen und Adresse wissen, ebenso wann und wo genau er sich zu melden hatte.

Obwohl ihr Husten sich verschlimmert hatte, spürte sie meine Verzweiflung.

»Bring Alex mit her«, sagte sie. »Ich möchte ihn kennenlernen. Die Zeit drängt«, fügte sie hinzu. »Bitte ihn, morgen Nachmittag um vier Uhr hier zu sein.

39

Solange

März 1940

Dass Alex sie besuchen würde, schien Marthes Lebensgeister zu wecken. Ich merkte, wie beschwingt sie am nächsten Morgen aufstand und ihr Bad nahm. Beim Frühstück trank sie mehrere Tassen Tee mit Honig, um ihren Husten zu stillen.

Am Vormittag, immer noch im Morgenmantel, gab sie Giselle Anweisungen für den Nachmittagstee. Giselle nahm etwas Geld aus der Kassette für die nötigen Köstlichkeiten, die jetzt in Kriegszeiten schwer zu bekommen waren.

Als Alex eintraf, hatte Marthe sich wieder in die Frau verwandelt, als die ich sie kennengelernt hatte. Sie trug ihr bestes Kleid, die Perlen um den Hals und einen glitzernden Kamm in den Haaren.

Ihr Gesicht, das in den letzten Monaten beinahe ausgemergelt gewirkt hatte, war stark gepudert. Sie hatte Rouge aufgelegt, und ihre Augen funkelten. Ich hatte ihr eine große Freude gemacht, indem ich Alex eingeladen hatte, und sie so aufgeräumt zu erleben, machte mich sehr, sehr glücklich.

Alex trug Anzug und Krawatte, was ihn älter wirken ließ. Er hatte seine schwarzen Locken mit Pomade gebändigt, und er duftete nach Sandelholzseife.

»Guten Tag, Alex«, sagte Marthe und hielt ihm ihre Hand hin. Mit vollendeter Höflichkeit küsste Alex die Luft über ihrem Handrücken.

»*Enchanté*«, sagte er. Seine betonte Aussprache gefiel meiner Großmutter, und einen Moment lang sah ich sie vor mir, wie sie einem Gentleman wie Charles oder Boldini die Hand hinhielt.

»Meine Enkelin spricht in den höchsten Tönen von Ihnen«, sagte sie lächelnd. »Bitte, treten Sie ein.«

Er folgte ihr in Richtung Salon. Als sie die doppelflügelige Tür öffnete, traute ich meinen Augen nicht – Giselle hatte alles wunderschön hergerichtet. Auf dem niedrigen Sofatisch hatte sie Pralinen und Petits Fours auf einer silbernen Platte bereitgestellt. In einer hohen Vase aus Marthes Sammlung stand ein riesiger Strauß aus Rosen und Lilien. Ein herrlicher Duft erfüllte den ganzen Raum.

»Jetzt verstehe ich, warum Solange sagt, Ihre Wohnung wirkt, als wäre die Zeit stehengeblieben. Ich würde überhaupt nicht mehr vor die Tür gehen, wenn ich hier wohnte«, sagte er und schaute erst Marthe, dann mich mit leuchtenden Augen an.

Sein Blick fiel auf Marthes Porträt. Ich schaute aus dem Augenwinkel zu ihr hinüber. Ich begriff, dass das ein Ritual war, das sie mit jedem Besucher durchführte, der zum ersten Mal ihren Salon betrat. Zuerst präsentierte sie sich selbst, aber den überwältigendsten Eindruck machte sie, sobald der Gast das Porträt erblickte.

Alex stand wie gebannt vor dem Gemälde.

»Madame de Florian«, sagte er schließlich. Er hatte sichtlich Mühe, sich von dem Anblick loszureißen. »Was für ein atemberaubendes Porträt.«

Selbst mit ihren über siebzig Jahren brachte sie es fertig, kokett zu lächeln. »Nun«, sagte sie beglückt. »Es freut mich, dass Sie mich darauf wiedererkennen.«

»Gar keine Frage!«, rief er aus und wandte sich wieder dem Bild zu. »Es ist hinreißend.«

»Danke«, sagte sie zufrieden. Alex hatte seinen ersten Test bestanden. Ich war erleichtert.

»Nehmen Sie Platz«, sagte Marthe.

Sie läutete nach Giselle und bat sie, uns Tee zu servieren.

Wir schlürften dunklen, duftenden Tee aus Porzellantassen, die mit Schmetterlingen und Vögeln bemalt waren. Wir sprachen über Alex' Leidenschaft für seltene Bücher, über seine Ausbildung im Buchladen seines Vaters und über Marthes Sammlung asiatischer Vasen.

Erst ganz am Ende des Nachmittags fragte Marthe Alex nach seiner Einberufung.

»Es ist nicht recht, so kultivierte junge Männer zum Kriegsdienst zu verpflichten«, sagte sie kopfschüttelnd. »Es gibt Männer, die geborene Krieger sind, es gibt Männer, die geborene Strategen sind. Sie sind jedoch ein sanfter Mann und mit einer künstlerischen Ader gesegnet.« Sie musterte ihn. »Ich kann verstehen, dass meine Enkelin Sie in ihr Herz geschlossen hat.«

Ich spürte, wie ich errötete.

»*Grand-maman*«, protestierte ich, doch sie hob eine Hand, um mich zum Schweigen zu bringen. Sie ließ es sich nicht nehmen, das letzte Wort zu haben.

»Sie scheinen ein reizender junger Mann zu sein«, sagte sie. »Und wenn ich Sie ansehe, kann ich mir vorstellen, dass Sie meine Enkelin glücklich machen werden. Das ist für eine alte Frau wie mich ein großes Geschenk.«

Als ich am Abend zu ihr ging, um ihr Gute Nacht zu sagen, saß sie am Esstisch.

»Gute Nacht, *Grand-maman*«, sagte ich. »Danke für den schönen Nachmittag.« In ihrem Negligé, das Gesicht ungeschminkt, wirkte sie verletzlicher als sonst. Sie war dabei, etwas zu schreiben, verbarg es jedoch mit einer Hand. Ich atmete den Duft ihrer Nachtcreme ein. Mir wurde bewusst, dass ich nicht nur Alex liebte, sondern auch diese Frau, die nach Rosen duftete.

40

Solange

März 1940

Am nächsten Tag besuchte ich Alex im Laden seines Vaters. Als ich eintraf, sah es so aus, als wäre die Hälfte des Inventars entweder für einen Umzug gepackt oder verkauft worden. Die Regale waren fast leer, nur noch ein Drittel der Bücher, die bei meinem ersten Besuch dort gestanden hatten, waren da.

Ganz hinten standen Alex, Monsieur Armel und Solomon. Ich hörte sie auf Deutsch flüstern. Ich wusste, dass die Familie von Alex' Vater aus dem Elsass stammte, und wahrscheinlich war es für Solomon, der in Deutschland geboren war, einfacher, mit ihnen Deutsch zu sprechen.

Als ich an den leeren Regalen vorbei nach hinten ging, überkam mich eine böse Vorahnung. Was, wenn Monsieur Armel zu dem Schluss gekommen war, dass ihm nichts anderes übrig blieb, als aus Paris zu fliehen, selbst auf die Gefahr hin, dass Alex ins Gefängnis kam, wenn er seinen Einberufungsbefehl ignorierte.

»Solange.« Alex hatte mich entdeckt. Ich sah ihm sofort an, wie angespannt er war.

Auch Monsieur Armel wirkte wesentlich erschöpfter als beim letzten Mal.

»Habe ich Ihnen schon Solomon Weckstein vorgestellt?«, fragte mich Monsieur Armel.

Ich schüttelte den Kopf.

»Er ist unser bester Mann, ein Restaurator und Meister seines Fachs«, sagte Monsieur Armel über den dünnen Mann in dem schlecht sitzenden schwarzen Anzug. Solomon war größer als Alex und sein Vater, aber er stand da mit eingezogenen Schultern und hängendem Kopf, so als wagte er es nicht, sich aufzurichten.

»Freut mich, Sie kennenzulernen«, sagte ich und streckte ihm die Hand hin.

Solomon, offensichtlich verlegen, nickte nur. Ich ließ meine Hand sinken.

»Wir sprachen gerade darüber, dass wir den Laden schließen müssen«, erklärte mir Alex.

»Im Moment ist niemand am Erwerb seltener Bücher interessiert. Wenn unsere Kunden uns überhaupt kontaktieren, dann nur, weil sie ihre Sammlungen zu Geld machen wollen«, sagte Monsieur Armel und senkte den Blick.

»Solomon meint, wir sollen alles verkaufen, was wir haben, uns Visa für die USA besorgen und auswandern, bevor es zu spät ist.«

Ich sagte nichts.

»Aber wie du weißt, kann ich ja nicht weg, es sei denn, ich werde vom Kriegsdienst freigestellt«, sagte Alex. »Und das wird wohl nicht passieren.«

»Ohne meinen Sohn an meiner Seite kann ich den Laden nicht weiterführen«, sagte Monsieur Armel verzweifelt.

»Ich habe das alles aufgebaut in der Hoffnung, dass er das Geschäft einmal übernehmen würde.« Er seufzte.

Solomon murmelte etwas auf Deutsch, worauf Alex und sein Vater beide den Kopf schüttelten, als wollten sie sagen, was er vorschlug, sei zwecklos.

»Was meint Monsieur Weckstein?«, fragte ich.

»Er meint, mein Vater sollte mir die Augen verletzen, um mich für den Kriegsdienst untauglich zu machen.«

»Was?«, rief ich entsetzt aus. »Wie meint er das denn?«

Alex schüttelte den Kopf. »Er sagt, in Polen haben jugendliche Faschisten den schönsten jüdischen Mädchen Säure ins Gesicht geschüttet, und sie so nicht nur verletzt, sondern geblendet.«

Ich erschauderte und fasste mir unwillkürlich ans Gesicht. Die Vorstellung war grauenvoll, und es fiel mir schwer, sie aus dem Kopf zu bekommen.

Alex und ich verließen den Laden. Monsieur Armel hatte gesagt, er werde den Rest allein packen, und Alex solle seine letzten Tage in Freiheit genießen.

»Wo lagert ihr die ganzen Bücher denn?«, fragte ich.

»In unserer Wohnung. Da ist es zwar jetzt schon zu voll, doch da sind sie in Sicherheit.«

Es war ein warmer Tag, und der Himmel war klar und blau. »Lass uns irgendwohin gehen, wo wir noch nie zusammen waren. Wenn mir nur noch wenige Tage mit dir bleiben, möchte ich dich jeden Tag vor einem anderen Hintergrund sehen!« Er küsste mich.

Diesmal war der Kuss leidenschaftlicher. Als wir uns voneinander lösten, sah ich ihm an, dass er jede Sekunde mit mir genoss.

Ich fand es schrecklich, wie schnell die Zeit verrann, aber Alex' Kuss hatte etwas in mir ausgelöst. Mit einem Mal fühlte ich mich schön und begehrenswert, und das war so berauschend wie ein gutes Parfüm.

Wir gingen in den Jardin du Luxembourg. Um Geld zu sparen, verzichteten wir auf die Metro und spazierten stattdessen Hand in Hand durch Paris. In den Straßen drückten die Leute ihre in braunes Papier gewickelten Einkäufe an die Brust. Zeitungen, die über das Vorrücken der Nazis berichteten. Die Gefahr einer Invasion der Deutschen hing über allem wie dunkle Gewitterwolken, obwohl es ein herrlicher Frühlingstag war.

Wie alle anderen Pariser auch lenkten wir uns mit allen Vergnügungen ab, die wir finden konnten. An einer Straßenecke verkaufte ein Mann Crêpes. Alex nahm eine Münze aus der Tasche und kaufte eine, die wir uns teilten.

Die Leckerei, warm und weich und süß im Mund, weckte unsere Sinne und ließ uns unsere Schüchternheit vergessen.

»Sag mal«, fragte mich Alex. »Schreibst du eigentlich jeden Abend?«

Ich lächelte. Meine Wangen begannen zu glühen, als er mich nach dem fragte, was ich am allerliebsten auf der Welt tat.

»Ich schreibe jeden Abend, seit ich zwölf bin. Meine Mutter hat mir mein erstes in Leder gebundenes Notizheft geschenkt. Und seitdem habe ich mindestens zwölf Stück vollgeschrieben.«

»Ich habe schon immer gern gelesen«, sagte Alex.

»Nicht nur Romane, sondern auch die französischen Philosophen. Voltaire, Montaigne, Rousseau ... Ich bin in dem Glauben aufgewachsen, die Franzosen würden die Menschenrechte wertschätzen. Aber ehrlich gesagt bin ich mir da inzwischen nicht mehr so sicher. Solomon sagt, am Ende wird man uns nicht als Franzosen, sondern als Juden betrachten.«

Ich senkte den Blick.

»Vielleicht sollte ich lieber Dumas lesen, der ist vergnüglicher. Das könnte ich jetzt gut gebrauchen.«

»*Der Graf von Monte Christo* wäre perfekt. Für den Fall, dass wir aus dem Gefängnis ausbrechen müssen«, erwiderte ich, bemüht, seinem Sprachwitz standzuhalten. Ich wusste, dass er versuchte, unser Gespräch in weniger düstere Gefilde zu lenken. Alex konnte mühelos zwischen Licht und Schatten wechseln, das kannte ich jetzt schon an ihm. Er konnte ganz ernst über den Krieg reden und im nächsten Augenblick mit mir flirten. Das gefiel mir an ihm. Es war eine ständige Herausforderung.

Wir waren am Eingang des Jardin du Luxembourg angekommen. Das Gras war grün, der Palast im Zentrum des Parks erhob sich majestätisch vor dem blauen Himmel.

Um uns herum schwebten Apfelblütenblätter im Wind wie Schneeflocken. Tauben landeten auf den Wegen und flatterten wieder auf, wenn unsere Schritte auf dem Kies knirschten. Vom Marais bis hierher war ein langer Weg gewesen, und wir schauten uns nach einem Sitzplatz um.

Ich zeigte auf eine Parkbank unter einer der Ulmen, die den Weg säumten. Alex nahm meine Hand und zog mich dorthin.

Wieder küsste er mich. »Schreibst du in deinem Tagebuch über unsere Küsse?«, fragte er, während er mir die Haare aus der Stirn schob.

»Ich schreibe über alles«, sagte ich, schloss die Augen und bot ihm meine Lippen dar.

Ich sagte ihm nicht, dass ich nicht nur über seine Küsse schreiben würde, sondern auch darüber, wie es mir fast das Herz brach zu wissen, dass er bald fortmusste. Es ist schrecklich, sich so machtlos zu fühlen. Wie gern hätte ich in meinem Heft unser Schicksal neu geschrieben. Ich wollte nicht noch einen Menschen verlieren, den ich liebte.

41

Marthe

März 1940

Lieber Antoine, schrieb Marthe. Im Lauf der Jahre hatte sie zahllose Briefe auf ihrem Papier mit dem goldenen Schmetterling verfasst. Jetzt überlegte sie, wie sie beginnen sollte. Sie fuhr mit den Fingern über das schwere Papier. Sie berührte den goldenen Schmetterling. Dieser Brief musste unbedingt mit großer Sorgfalt aufgesetzt werden.

Ich bin mir nicht sicher, ob Du Dich an mich erinnerst, denn es sind viele Jahre vergangen, seit wir uns das letzte Mal gesehen haben. Damals warst Du ein junger Major, und ich habe gehört, dass Du inzwischen zum General aufgestiegen bist. Ich schreibe Dir nicht, um mich mit Dir über unsere gemeinsame Liebe zur Kunst und zur Malerei auszutauschen. Nein, es geht um etwas ganz Persönliches. Ich bitte nicht gern um Gefälligkeiten. Es ist auch nicht meine Art, mich in Regierungsangelegenheiten oder die Belange mächtiger Männer einzumischen. Aber wenn Du Dich an den Abend erinnerst, den wir in meinem Salon vor dem

Porträt verlebt haben, das Boldini von mir gemalt hat, an unsere Gespräche über die Kunst und das Talent Deiner Mutter, an die Nacht, die wir danach gemeinsam verbracht haben, dann weißt Du: Was mich damals am Leben fasziniert hat und mich jetzt als alte Dame immer noch begeistert, sind die Dinge, die unser Herz höherschlagen lassen und unser Blut in Wallung bringen.
In diesem Brief geht es also – Du wirst es vermutlich schon ahnen – um die Liebe.

Sie schrieb Zeile um Zeile, ihr Federhalter glitt über das Papier wie ein Schlittschuh über das Eis. Sie wählte ihre Worte mit Bedacht und legte all ihre Gefühle in jeden Satz. Sie musste daran denken, wie machtlos sie sich gefühlt hatte, als sie Charles damals nicht hatte retten können. Aber diesmal waren es andere Gefühle, die ihr Herz erfüllten. Es war nicht die körperliche Liebe, die junge Menschen befällt. Diesmal betrachtete sie die Situation von außen; sie sah das aufkeimende Glück ihrer Enkelin und die Gefahr, dass es zerstört werden konnte, ehe es richtig angefangen hatte.

Sie wusste nicht, ob der Brief seinen Adressaten überhaupt erreichen würde, oder, wenn ja, ob das, was sie schrieb, den gewünschten Effekt haben würde. Aber sie schrieb den Brief trotzdem. Denn obwohl er damals noch ein junger Major gewesen war, hatte Antoine d'Angelis sie mit seiner Sensibilität überrascht, und deswegen musste sie es wenigstens versuchen. Sie waren sich nur kurz begegnet, doch die Verbindung zwischen ihnen war etwas ganz Besonderes gewesen, daran musste sie einfach glauben. Sie hatte ihm sogar ein Hochzeitsgeschenk geschickt, als sie in der Zeitung von seiner Vermählung gelesen hatte.

Sie bat Giselle nicht, den Brief aufzugeben, denn sie hatte sich geschworen, das eigenhändig zu tun. Als sie den Brief durch den Schlitz in den Briefkasten gleiten ließ, meinte sie, in den Linden hinter sich ein Geräusch zu hören. Sie drehte sich um. Dort auf einem Zweig saßen zwei Hohltauben, die aufgeregt miteinander schnäbelten. Sie betrachtete es als gutes Zeichen. Ihr Leben lang hatte sie die Erfahrung gemacht, dass sich etwas zum Besseren fügte, wenn Vögel in ihrer Nähe waren.

42

Solange

März 1940

Die Zeit wurde zu einer Art Währung. Wir zählten die gemeinsamen Tage, Stunden, Minuten, als wären sie kostbare Münzen.

Alex sagte mir, er habe je einen Brief an seinen Vater und an mich geschrieben für den Fall, dass er nicht zurückkehren sollte.

»So etwas darfst du gar nicht erst denken«, sagte ich. »Natürlich kommst du zurück.«

»Ich bin doch überhaupt kein Soldat«, sagte er. Seine Augen waren blutunterlaufen. »Und selbst wenn ich es wäre – die Deutschen haben die bessere Armee.«

»Du hast zu wenig geschlafen. Du kannst nicht klar denken«, entgegnete ich.

»Ich mache mir ja gar keine Sorgen um mich selbst. Es sind die Sorgen um dich und um meinen Vater, die mir den Schlaf rauben.«

»Uns passiert schon nichts. Vielleicht lässt meine Großmutter deinen Vater ja bei uns einziehen«, sagte ich in der Hoffnung, seinen Ängsten mit Humor zu begegnen, ein Trick, den ich von ihm gelernt hatte.

Es gelang mir, ihm ein Lächeln zu entlocken.

»Also, das wäre wirklich Stoff für einen Roman«, sagte er und lachte. Ich merkte, wie mich sein Lachen aufrichtete.

Wir nahmen uns an die Hand. Seine Haut. Die Wärme seines Bluts. Unsere Finger umschlangen einander wie die Wurzeln zweier Bäume.

»Lass uns heute noch mal einen Ausflug machen«, sagte er und schaute auf seine Uhr.

Ich dachte an meine Großmutter. Früher, als Geliebte von Charles, hatte sie ein Leben im Schatten geführt, und jetzt lebte sie immer noch in dieser Wohnung, in der die Zeit stillstand. Am liebsten würde ich mich dorthin mit Alex zurückziehen und die Türen fest verschließen.

»Ja«, flüsterte ich. Ich sehnte mich nach der Sicherheit der Schatten. Ich wünschte, niemand würde uns jemals wiederfinden.

In den vergangenen fünf Tagen waren wir zu Experten darin geworden, die geheimsten Stellen in den bewaldeten Pariser Parks zu finden. In jedem Garten, der einst einem Höfling gehört hatte, fanden wir ein stilles Plätzchen, wo wir einander mit Händen und Lippen entdecken konnten.

Ich hatte die Sprache der Zärtlichkeiten, die Musik des Atems erlernt. Ich hatte erfahren, dass Küsse einen Abdruck hinterlassen können. Dass die Haut die Berührung des Geliebten speichert.

Wenn Alex weg war, spürte ich seine Finger immer noch überall an mir. Seine Handflächen, die meine Schenkel erkundet hatten, seine warmen Lippen an meinem Hals. Seine Stimme in meinen Ohren, wie ein Lied, das in meinem Kopf weiter tönte.

Als ich in die Wohnung meiner Großmutter zurückkehrte, stand mir die Verzweiflung im Gesicht geschrieben. Noch zwei Tage, dann würde Alex mich verlassen.

Ich ging sofort in mein Zimmer. Ich hatte Marthes Radio neben mein Bett gestellt, damit ich abends die Nachrichten hören konnte. Aber jetzt hätte ich es am liebsten auf den Boden geschmettert. Ich verabscheute den Krieg. Es machte mich wütend, dass wir so wenig Kontrolle über unser Leben hatten. Ich warf mich aufs Bett und schluchzte.

»Bitte, lade Alex und seinen Vater für morgen zum Abendessen ein.« Ich saß mit Marthe an ihrem langen Esstisch. Sie trug ihren Morgenmantel, ihr Gesicht war ungeschminkt. Sie wirkte beinahe durchsichtig, und sie hatte so stark abgenommen, dass sich überall ihre Knochen unter der Haut abzeichneten. Ihr Blick durchbohrte mich.

»Ich glaube nicht, dass das möglich sein wird, *Grandmaman*. Es ist sein letzter Abend, bevor er sich zur Grundausbildung melden muss. Den wird er sicherlich mit seinem Vater allein verbringen wollen.«

»Dann lass dir etwas einfallen, wie du die beiden dazu überreden kannst, dass sie herkommen.« Sie holte tief Luft, und ich bekam einen Schrecken. Ihr Atem klang rau, ihr Brustkorb klang hohl wie eine Trommel.

»Bist du eigentlich wegen deines Hustens beim Arzt gewesen?«, fragte ich, um das Thema zu wechseln. »Ich mache mir allmählich Sorgen.« Vor ihr stand ein Teller mit Hähnchenbrust und Gemüse, von Giselle liebevoll zubereitet. Seit wir uns an den Tisch gesetzt hatten, hatte Marthe noch fast nichts gegessen.

»Lenk nicht vom Thema ab, Solange.« Sie hustete. Sie hielt sich eine Hand vor den Mund, doch es gelang ihr nicht, den Husten zu unterdrücken. Es wurde nur schlimmer, und ihr Gesicht lief rot an.

»Komm, trink einen Schluck Wasser«, sagte ich und füllte ihr Glas erneut.

Sie schüttelte den Kopf. »Ich will nur, dass die beiden morgen zum Abendessen kommen. Bitte, Solange, es ist wichtig.«

Ich hatte keine Ahnung, wie ich meiner Großmutter ihren Wunsch erfüllen sollte, aber am nächsten Tag zog ich ein ringelblumengelbes Kleid an und band mir das Haar mit einer weißen Schleife zusammen, die ich in Giselles Nähkorb gefunden hatte.

Als ich vor wenigen Tagen im Laden gewesen war, hatten noch ein paar Bücher in den Regalen gestanden, jetzt war alles leer.

Das Glöckchen über der Tür, das meine Ankunft ankündigte, schien eine beißende Kälte zu verbreiten. Der Laden wirkte wie eine Gruft.

»Alex?«, fragte ich ängstlich. Die Tür war offen gewesen, es musste also jemand im Laden sein.

»Alex?«, rief ich noch einmal.

Ich wartete. Es fühlte sich an wie eine halbe Ewigkeit.

Dann hörte ich ein Rascheln. Monsieur Armel trat aus dem Schatten.

»Solange«, sagte er leise. »Was für eine Freude, Sie zu sehen.«

Ich trat näher. Er wirkte so erschöpft. Seine blassen Augen waren wässrig. Seine Haare standen in alle Richtungen ab. Innerhalb weniger Tage war er um Jahre gealtert.

»Ich nehme an, Sie wollen zu Alex«, sagte er.

»Ich freue mich immer, Sie zu sehen, Monsieur Armel.«

Er ergriff meine Hand mit beiden Händen und drückte sie. Ich war Alex' warme, weiche Haut gewöhnt. Aber Monsieur Armels Hände fühlten sich kühl an, seine Haut wie Pergament, und das machte mich traurig.

»Er kommt gleich zurück. Ich habe ihn gebeten, etwas für mich zu erledigen.« Er ließ meine Hand los und bedeutete mir, ich solle Platz nehmen.

An demselben Tisch, wo ich die Geschichte von meinem Großvater und seinem Buchladen erfahren hatte, saß ich jetzt mit Monsieur Armel und wusste nicht, was ich sagen sollte. Seine Augen, die beim Anblick der kostbaren Haggada aufgeleuchtet hatten, wirkten jetzt nur noch resigniert.

Dass sein Sohn ihn am nächsten Tag verlassen würde, schien ihm alle Lebensgeister zu rauben.

»Es tut mir leid«, sagte er. »Ich kann Ihnen nicht einmal einen Tee anbieten. Es ist alles gepackt. Heute ist der letzte Tag hier.«

»Das macht doch nichts«, sagte ich und zwang mich

zu lächeln. »Ich habe heute Morgen schon eine Tasse Tee getrunken.«

Er nickte und bemerkte, dass ich die Hände rang.

»Viele Familien verlieren jetzt ihre Söhne, so kurz vor dem Pessachfest. Die Ironie ist uns allen bewusst.«

»Es tut mir so leid …«

»Die *Jewish Telegraphic Agency* hat diese Woche berichtet, dass bereits sechzigtausend Juden in der französischen Armee dienen. Und jetzt nehmen sie auch noch junge Männer wie meinen Sohn.«

Er holte tief Luft und schaute mich an.

»Mein Leben lang habe ich mich dem Erhalt schöner Dinge aus der Vergangenheit gewidmet. Ich habe Bücher in den Händen gehalten, die Überflutungen, Brände und Kriege überlebt hatten. Aber nichts ist so wertvoll wie ein Kind. Ich würde alles geben, um meinen Sohn zu retten, doch ich kann ihm überhaupt nicht helfen.«

Monsieur Armel versagte die Stimme.

Ich stand auf, ging um den Tisch herum und legte ihm eine Hand auf den Rücken. Ich spürte seine Knochen durch sein Tweedjackett. Erst jetzt wurde mir bewusst, wie zerbrechlich er geworden war.

»Auch ich wünschte, ich könnte etwas für Alex tun.« Weiter kam ich nicht. Ich schluckte und räusperte mich.

»Er wird gleich hier sein.« Monsieur Armel richtete sich auf. »Wir helfen ihm nicht, wenn wir ihn spüren lassen, dass wir jetzt schon um ihn trauern. Also, bitte keine Tränen, Solange.«

Ich nickte.

Im selben Augenblick bimmelte das Türglöckchen.

»Papa?« Seine Stimme verursachte mir Herzklopfen.

Ich hörte ihn näher kommen.

Als er mich sah, hellte seine Miene sich auf.

»Solange?« Er strahlte mich an. »Was für eine wundervolle Überraschung!«

»Ich weiß, dass heute ein hektischer Tag für dich ist«, entschuldigte ich mich. »Es ist unvorstellbar, dass du ab morgen Uniform tragen wirst ...«

Ich schluckte.

»Hast du schon alles gepackt?«

»Ja, heute Morgen«, sagte Alex. »Und wahrscheinlich habe ich viel zu viele Socken eingepackt.« Es sollte ein Scherz sein, aber weder Monsieur Armel noch ich konnten darüber lachen.

»Ich muss gestehen, dass es einen Grund für meinen Besuch gibt«, sagte ich. »Natürlich wollte ich dich vor deiner Abreise noch einmal sehen, aber ich bin auch im Auftrag meiner Großmutter hier.«

Alex zog seine Jacke aus und hängte sie über eine Stuhllehne. »Ach?«

»Es geht um eine Einladung.« Ich errötete.

Alex beäugte mich neugierig.

»Ich kann mir vorstellen, wie kostbar die letzten Minuten für dich und deinen Vater sind ...« Ich holte tief Luft. »Meine Großmutter möchte euch jedoch für heute zum Abendessen einladen.«

Ich hatte damit gerechnet, dass Monsieur Armel die Einladung höflich ablehnen würde, und ich war völlig verblüfft, als er sagte: »Das wird eine willkommene Ablenkung sein, Solange. Richten Sie Ihrer Großmutter aus, dass wir die Einladung dankbar annehmen.«

Sie kamen um halb acht. Beide trugen fast den gleichen dunklen Anzug, was ihre Ähnlichkeit noch deutlicher hervorhob. Monsieur Armel hatte sein weißes Haar mit Pomade geglättet, seine blauen Augen funkelten. Es war nicht zu übersehen, dass er sich alle Mühe gab, sich seine Verzweiflung nicht anmerken zu lassen.

Am Nachmittag hatten wir gehört, dass die deutsche Armee in Richtung Norwegen marschierte. Die mit den Armen zum Hitlergruß erhobenen marschierenden Truppen erschütterten die Straßen Europas. In Paris wurden die Lebensmittel immer knapper. Giselle hatte den Metzger bestechen müssen, um ein paar Fleischstücke für einen *Pot au feu* zu bekommen. Aber sie besaß ein unnachahmliches Talent dafür, aus fast nichts etwas Schönes zu zaubern.

Ebenso wie Alex' Vater hatte Marthe, die im Lauf der vergangenen Wochen immer zerbrechlicher geworden war, sich erneut verwandelt. Sie stand vor ihrem Porträt, das Haar perfekt frisiert, das Gesicht geschminkt, und nahm ihre Gäste mit leuchtenden Augen im Empfang.

Ich sah, wie Monsieur Armel kurz innehielt, so als hätte er sich in der Tür geirrt. Meine Großmutter breitete die Arme aus wie eine Schauspielerin auf der Bühne.

»Monsieur Armel, Alex … Es freut mich ungemein, dass Sie kommen konnten.«

An dem Abend lebte Marthe sichtlich auf. Sie gestikulierte beim Sprechen, ihre Augen funkelten. Sie war die perfekte Gastgeberin, die Femme fatale, die es verstand, mit jedem Wort und jeder Geste ihren Charme zu versprühen.

Monsieur Armel entspannte sich im sanften Kerzenlicht. In Marthes Gegenwart schien der Mann, der noch vor wenigen Stunden einsam und traurig in seinem leeren Laden gesessen hatte, wieder aufzuleben. Er begann, über seine Liebe zu Büchern und illustrierten Manuskripten zu sprechen, Leidenschaften, von denen Marthe nur zu gut wusste, dass sie in der Lage sind, den Geist und die Fantasie anzuregen.

Und Marthe sprach über ihre Sammelleidenschaft, über ihre Porzellanvasen, ihre Gemälde und ihre Bekanntschaft mit einem berühmten Maler, dessen Muse sie gewesen war. Zwar sammelte sie keine Bücher und erst recht keine Judaika, aber schon bald stellte sich heraus, dass sich beide durch ihre Wertschätzung von allem, das die Hand eines Künstlers verriet, verbunden fühlten.

Giselle servierte Mousse au Chocolat zum Dessert, und ich sah, wie langsam Alex jeden Löffel davon genoss, so als könnte es das letzte Mal sein, dass er etwas so Köstliches schmeckte.

»Sie müssen sich mit Ihrem Milchhändler sehr gut stehen«, bemerkte Monsieur Armel, nachdem er sein Dessert aufgegessen hatte.

Marthe lachte. »Wir geben uns Mühe.« Mir war allerdings aufgefallen, dass sie ihre Mousse au Chocolat nicht angerührt hatte.

Kurz vor Mitternacht sagte Alex leise zu seinem Vater: »Wir sollten uns auf den Weg machen, Papa. Ich muss morgen in aller Frühe aufbrechen.« Seine Worte schienen die Luft zu durchschneiden.

Marthe legte ihre Hände auf den Tisch.

»Es gibt noch einen letzten Gang, Alex«, sagte sie.

Seine Augen weiteten sich, und er öffnete den Mund, als wollte er um Entschuldigung bitten für sein ungehöriges Verhalten.

Marthe stand auf und ging zur Anrichte. Neben einer Obstschale lag ein Umschlag.

»Ein Brief von einem alten Freund, General Antoine d'Angelis«, sagte sie, als sie Alex das Schreiben in die Hand drückte. Ich sah, dass das rote Siegel auf der Rückseite des Umschlags aufgebrochen war. »Öffnen Sie ihn, Alex. Ich glaube, der Inhalt wird Sie sehr erfreuen.«

Wir alle verstummten. Ich schaute meine Großmutter an, die jetzt neben Alex stand. Das offizielle weiße Briefpapier von General Angelis bebte ein wenig in seinen Fingern.

Alex las den Brief zuerst still. Als er schließlich begriff, dass er vom Kriegsdienst freigestellt war, brach er mitten im Satz ab.

»Kann das wirklich stimmen?«

»Manchmal kann eine Frau eine Gefälligkeit einfordern«, sagte Marthe und kehrte auf ihren Platz zurück. Sie verschränkte die Hände in ihrem Schoß und lächelte. So zufrieden hatte ich sie noch nie erlebt.

»Was kann wirklich stimmen?«, fragte Monsieur Armel ungehalten.

Alex schaute Marthe an. »Wie haben Sie das fertiggebracht? Ich kann es gar nicht glauben.«

»Glauben Sie es ruhig, Alex.«

»Aber was steht denn nun in dem Brief?« Ich umfasste sein Handgelenk und drückte zu.

»In dem Brief steht, dass ich vom Kriegsdienst freigestellt bin.«

Ich schaute Marthe an, die vor Freude strahlte. Sie wirkte wie eine Königin auf ihrem Thron.

Monsieur Armel war fassungslos. Auch ich konnte kaum glauben, dass der Inhalt des Briefs der Wahrheit entsprach.

»Mir fehlen die Worte«, stammelte Monsieur Armel. »Ich habe noch nie an Wunder geglaubt.«

Marthe lächelte. »Niemand verlangt von Ihnen, dass Sie es jetzt tun.« Marthe schaute erst mich, dann Alex an. »Glauben Sie lieber an die Liebe.

Ich bin eine alte Dame, und Solange ist meine Enkelin. Es ist mein Geschenk an sie, damit sie und Alex zusammenbleiben können.«

»Ich weiß nicht, wie wir uns erkenntlich zeigen können.« Monsieur Armel schien immer noch in einem Schockzustand zu sein.

»Ich erwarte keinen Dank«, sagte Marthe und hob ihr Glas. »Zu erleben, wie meine Enkelin sich verliebt, ist mir das größte Geschenk.«

Mir wurde ganz warm ums Herz, als sie mich ansah. Ich hätte meine Großmutter nie für sentimental gehalten, und wieder einmal überraschte sie mich.

Unsere Blicke begegneten sich, und in unser beider Augen lag tiefe Dankbarkeit.

Sie trank einen Schluck Wein, dann fasste sie sich an die Brust, um einen Hustenanfall zu unterdrücken.

Während wir darauf warteten, dass sie wieder sprechen konnte, konzentrierte ich mich auf Alex. Er las den Brief noch einmal, so als könnte er immer noch nicht glauben, was er darin gelesen hatte.

Schließlich hob Marthe ihre Glas noch einmal und sagte: »Auf dass junge Liebe uns in Zeiten der Not den Weg leuchte.«

Monsieur Armel hob sein Glas und schaute Alex und mich an.

Einen Moment lang schien alles perfekt zu sein. Die Zeit stand still. Marthe hatte uns das größte denkbare Geschenk gemacht. Ein Geschenk, das irgendwie zur Magie ihrer Wohnung gehörte und zu der Frau, die darin lebte, als könnten die Unruhen der Außenwelt ihre Wände nicht durchdringen. Ich sah, wie das Leben in Monsieur Armels Augen zurückkehrte, wie Alex sich vor Erleichterung entspannte. Mir ging das Herz über, und einen Moment lang war ich alle Sorgen los. Ich sah das alles vor mir wie ein Gemälde in einem vergoldeten Rahmen.

Nachdem Alex und sein Vater sich verabschiedet hatten, fand ich meine Großmutter allein im Salon vor. Sie saß in ihrem Morgenmantel auf dem Sofa, den Gürtel eng um sich geschlungen, das Gesicht ungeschminkt.

Ich sah sie im Profil, ihr Oberkörper war leicht gedreht, ihr Kinn angehoben, und sie betrachtete ihr Porträt. Es hätte ein bemerkenswertes Gemälde abgegeben, Marthe als alte Dame vor ihrem Porträt, das sie in der Blüte ihrer Jugend zeigte.

Ein paar Sekunden lang blieb ich in der Tür stehen und beobachtete sie, darauf bedacht, kein Geräusch zu machen. Mondlicht fiel durchs Fenster, und auf dem Beistelltisch neben dem Sofa brannte eine einzelne Kerze. Der Anblick erinnerte mich an ein Gemälde der alten Meister.

Die zarte, zerbrechliche alte Dame, eingehüllt in austerngraue Seide, und hinter ihr das Gemälde hell wie eine Sonne.

Schließlich ging ich zu ihr und setzte mich neben sie. »*Grand-maman*«, sagte ich. Ich hatte noch nie neben ihr auf ihrem geliebten kleinen Sofa gesessen, immer nur in dem Sessel ihr gegenüber. Aber diesmal war es mir ein Bedürfnis, ihr nah zu sein.

Ich nahm eine ihrer knochigen weißen Hände.

»Ich danke dir.« Ich flüsterte nicht, sondern sagte diese drei Worte mit fester Stimme, um zu betonen, wie ernst ich sie meinte.

Sie wandte sich mir zu und schaute mir in die Augen.

»Ich hatte nicht mit dir gerechnet, Solange. Ich dachte immer, ich würde bis an mein Lebensende allein in dieser Wohnung sein, umgeben von meinen geliebten Sachen, und nur hin und wieder ein paar Worte mit meiner Haushälterin wechseln.«

»Ich hatte auch nicht mit dir gerechnet«, sagte ich. Mir kamen die Tränen, und ich konnte nichts dagegen tun. »Dass wir uns trotzdem gefunden haben, haben wir Papa zu verdanken«, sagte ich und rang mir ein Lächeln ab.

»Henri ...« Sie sprach seinen Namen aus wie etwas, das ihr aus den Händen geglitten war. Etwas, das nie ihr gehören würde. »Ja, er hat uns zusammengebracht, und das werde ich ihm nie vergessen. Er liebt mich nicht, aber er hat einer alten Frau ein Geschenk gemacht, das sie nicht verdient hat.«

Sie schüttelte den Kopf. »Er kann mir nicht verzeihen, dass ich ihn weggegeben habe, und das verstehe ich, doch ich hatte damals keine Möglichkeit, ein Kind großzuziehen. Louise hat mir einen großen Gefallen getan, und sie hat ihn geliebt und ihm ein gutes Zuhause gegeben.«

Ich nickte. Ich konnte sie im Gegensatz zu meinem Vater gut verstehen. Ich konnte mich noch sehr deutlich an ihre Berichte aus der Zeit erinnern, als mein Vater zur Welt gekommen war.

»Jetzt, wo ich alt bin, mache ich mir Gedanken über das, was ich einmal hinterlassen werde.« Sie betrachtete das Gemälde. »Ich habe einmal zu Charles gesagt, dass das Bild das Einzige sein würde, was nach meinem Tod übrig bleiben würde. Dass ich ein Trugbild war.« Sie wandte sich mir wieder zu. »Aber jetzt kennst du meine Geschichte, und du hast mich nicht verlassen, nachdem du sie dir bis zu Ende angehört hast.«

»Aber sie ist noch nicht zu Ende, *Grand-maman*«, rief ich aus. »Es werden noch viele weitere Kapitel geschrieben. Und in denen werde auch ich vorkommen.«

Sie drückte meine Hand. »Ja«, sagte sie leise.

»Das ist es ja auch, was eine Geschichte erst schön macht ... und noch ergreifender.«

Plötzlich ging Marthes Blick ins Leere, so als suchte sie nach etwas, das sie nicht zu fassen bekam.

»Wenn ich mehr als nur ein Gemälde hinterlassen kann, wenn ich dafür sorgen kann, dass du jemanden an deiner Seite hast, der dich liebt und den du liebst, dann habe ich doch ein bisschen wiedergutgemacht, oder?«

»Aber natürlich! Du hast mehr als ein bisschen wiedergutgemacht! Du hast Alex das Leben gerettet.«

Sie schloss die Augen.

Eine Weile saßen wir schweigend da, die Köpfe aneinander gelehnt, und genossen die Nähe. Worte waren nicht mehr nötig.

43

Solange

April 1940

Am nächsten Morgen wachte ich erholt und glücklich auf. Der Brief von General d'Angelis war wie ein Geschenk des Himmels, und ich fühlte mich, als wäre mir ein Mühlstein vom Herzen gefallen. Ich stellte mir nicht mehr vor, wie Alex allein in einem Schützengraben ums Leben kam oder in einem Lazarett starb. Ich setzte mich auf die Bettkante und streckte mich. Sonnenlicht fiel durch das kleine rautenförmige Fenster über meinem Bett.

Ich zog meinen Morgenmantel über, verknotete den Gürtel. In der Küche hörte ich Wasser laufen und nahm an, dass Giselle dabei war, das Geschirr vom vergangenen Abend zu spülen.

»Guten Morgen«, sagte ich gut gelaunt, als ich die Küche betrat. Giselle stand über die Spüle gebeugt und scheuerte einen Topf mit Stahlwolle. Ihre Schürze hatte Wasserspritzer abbekommen.

»Sie sind früh auf heute, Mademoiselle. Tut mir leid, dass ich Ihnen noch kein Frühstück bereitet habe.«

»Macht nichts«, sagte ich und nahm den Wasserkessel

vom Herd. »Ich kann mir selbst Frühstück machen. Wir haben Ihnen gestern Abend viel Arbeit gemacht.«

»Es war schön, Madame so glücklich zu erleben«, sagte sie, hob den Topf aus der Spüle und trat zur Seite, damit ich den Wasserkessel füllen konnte. »Aber ich bin froh, dass sie heute ein bisschen länger schläft.« Sie begann den Topf abzutrocknen. »Sie ermüdet neuerdings so schnell.«

Das stimmte. Es war nicht nur der Husten, sie war auch abgemagert und ging fast immer gleich nach dem Abendessen ins Bett.

»Außerdem hat sie in letzter Zeit kaum noch Appetit«, fügte Giselle hinzu.

Ich nickte. Es war mir nicht entgangen, dass Marthe ihr Essen kaum noch anrührte.

»Sie können sich bestimmt vorstellen, wie schwierig es für mich ist, immer die richtigen Zutaten für das Abendessen aufzutreiben, und wenn ich dann sehe, dass sie keinen Bissen zu sich nimmt ... Irgendetwas stimmt da nicht, Mademoiselle.«

Ich machte mir schon seit einigen Wochen Sorgen um Marthe, und ich war froh, dass Giselle das Thema ansprach.

»Ist sie beim Arzt gewesen?«

Giselle trat von der Spüle weg und knotete die Bänder ihrer Schürze auf.

»Ja.« Sie schaute zu Boden. »Sie lässt Dr. Payard herkommen, wenn Sie aus dem Haus sind.«

Ich war verblüfft. »Warum macht sie denn so ein Geheimnis daraus?«

»Madame ist sehr eigen in diesen Dingen. Zu meiner

Schande muss ich gestehen, dass ich einmal an der Tür gelauscht habe, als der Arzt sie in ihrem Schlafzimmer untersucht hat.«

Anstatt ihr Geständnis zu kommentieren, wartete ich darauf, dass sie mir erzählte, was sie in Erfahrung gebracht hatte.

»Er hat ihr gesagt, sie soll in seine Praxis kommen, damit er ein paar weitere Tests durchführen kann. Er hat gesagt, dass er sich große Sorgen macht.«

»Und ist sie hingegangen?«

»Nein. Sie hat ihm erklärt, dass sie lieber nicht wissen will, was sie hat. Sie hat gesagt, selbst wenn er ihr eröffnen würde, dass sie bald stirbt, würde das nichts daran ändern, dass sie ihr Leben so weiterlebt wie bisher.«

»Aber das ist doch lächerlich ... Wenn sie etwas hat, das man behandeln kann, dann dürfen wir damit nicht länger warten.«

»Madame ist in manchen Dingen modern und in anderen sehr altmodisch. Sie haben sicherlich begriffen, dass sie ihre Krankheit geheim halten will. Sie ist eine sehr stolze Frau, Mademoiselle Solange. Sie wird alles daransetzen, ihren Zustand hinter Puder und Lippenstift zu verbergen.«

Ich wusste, dass Giselle recht hatte.

»Ich dachte immer, am Ende würden nur noch wir beide übrig sein. Jetzt bin ich froh, dass Sie in ihr Leben getreten sind. Dass sie eine Verbindung zu jemandem aufgebaut hat, in dessen Adern ihr Blut fließt.« Giselles Augen wurden feucht. »Sie war immer gut zu mir. Als mein Mann gestorben ist, hat sie sogar seine Beerdigung bezahlt. Zwei Tage später wurden ein Korb voller wunderschöner

Kinderkleider und ein Korb mit Lebensmitteln aus dem Feinkostladen bei mir abgeliefert. Sie hätte mir ganz billige Sachen schicken können, aber sie hat mir das Allerbeste zukommen lassen. Dabei bin ich nur ihre Haushälterin.«

Ich half Giselle, die restlichen Töpfe zu säubern, und wartete darauf, dass meine Großmutter aus ihrem Schlafzimmer kam.

»Lassen Sie sie schlafen«, sagte ich zu Giselle. »Nehmen Sie sich einen freien Tag.«

Ich konnte es kaum erwarten, Alex zu sehen. Ich wollte mit ihm allein sein, ich wollte mit ihm Hand in Hand durch den Park spazieren und die frische Frühlingsluft einatmen. Aber das Wissen, dass Marthe im Bett lag und litt, stürzte mich in Konflikte.

Ich ging den Flur hinunter, öffnete vorsichtig die Schlafzimmertür und lugte ins Zimmer.

Marthe schlief mit einer seidenen Augenmaske. Ihr langes Haar lag auf ihrem Kopfkissen und auf ihren Schultern. An ihrem Scheitel waren die Ansätze ganz weiß.

Sie sah aus wie eine schlafende Königin. Es war das zweite Mal, dass ich sie in ihrem Bett liegen sah, und auch diesmal war ich wie gebannt von dem Kopfteil mit der mit Schmetterlingen bestickten Seide. Ich fragte mich, was sie wohl träumte, jetzt, wo sie keine Liebhaber mehr hatte und ihre Salons der Vergangenheit angehörten. Ich fragte mich, ob sie sich in ihren Träumen als die junge Frau sah, die Boldini porträtiert hatte. Ich fragte mich, ob sie jemals von mir träumte.

44

April 1940

Ich ließ Marthe schlafen und machte mich auf den Weg zu Alex. Die Gehwege waren bedeckt von Mandelblütenblättern. Ich dachte an das Geschenk, das Marthe uns gemacht hatte, das Wissen, dass Alex nicht in den Krieg ziehen musste. Es war unglaublich, wie ein Tag sich vom anderen unterscheiden konnte. Noch gestern dachte ich, es wäre unser letzter gemeinsamer Tag, und ich würde zum letzten Mal Alex' Hand halten. Heute war das alles vergessen, ich hatte noch einmal Glück gehabt. Aber ich fürchtete, dass Monsieur Armel jetzt alles daransetzen würde, eine Möglichkeit zu finden, mit seinem Sohn nach Übersee auszuwandern.

Im Laden im Marais brauchte ich Alex nicht zu suchen, denn den hatte Monsieur Armel ja aufgegeben. Also ging ich in die Rue Chardon-Lagache, wo die beiden wohnten. Ich fuhr mit der Metro in das Viertel, dann suchte ich mir eine Telefonzelle und rief ihn an.

»Ich bin in der Nähe eurer Wohnung«, sagte ich, als er sich meldete.

»Du kannst uns gern besuchen«, sagte er. »Aber wundere

dich nicht, wenn mein Vater dir um den Hals fällt. Er kann sein Glück immer noch nicht fassen.«

Ich lachte. »Bin gleich da!«

Die Armels wohnten in einem schönen Altbau, ähnlich dem, in dem Marthe lebte. Der Boden der Eingangshalle war mit Marmor gefliest, die Wände waren cremefarben gestrichen. Im Foyer befand sich ein Aufzug mit vergitterter, schmiedeeiserner Tür, doch ich stieg lieber die Treppe hoch. Als ich im fünften Stock ankam, erwartete Alex mich in der offenen Wohnungstür.

»Guten Morgen«, sagte er und küsste mich auf beide Wangen. »Jetzt, wo ich dein Lächeln sehe, glaube ich endlich, dass ich das gestern Abend nicht geträumt habe.«

»Nein, das hast du nicht«, sagte ich. »Ich hab dir doch gesagt, dass meine Großmutter zaubern kann.«

»Das war also kein Scherz?«

»Ich scherze nie!«

»Komm rein. Mein Vater ist in der Bibliothek und kramt in den Kisten aus dem Laden.«

Ich folgte ihm den Flur hinunter und durch eine doppelflügelige Tür in eine Bibliothek. Während es in Marthes Wohnung immer nach Blumen duftete, roch es hier nach Büchern – nach Druckerschwärze und Papier und Leder. Ich atmete den herrlichen Geruch tief ein.

»Solange!« Monsieur Armel kam mir entgegen. »Nach dem, was gestern Abend passiert ist, sollte ich Sie nur noch mein Engel nennen.« Er breitete die Arme aus und drückte mich an sich.

»Bitte entschuldigen Sie die Unordnung. Alex und ich hausen hier im Durcheinander«, sagte er lachend und entließ mich aus seiner Umarmung. »In einer Bücherhöhle.«

»Ich wünschte, meine Mutter hätte das hier sehen können«, sagte ich und zeigte auf die vollgestopften Regale, die bis zur Decke reichten. Mein Blick wanderte über die alten roten Lederrücken mit den goldgeprägten Lettern. In einer Ecke befand sich eine Leiter, die sich an den Regalen entlangschieben ließ. »Sie wäre begeistert gewesen.«

»Die Wohnung Ihres Großvaters war genauso mit Büchern gefüllt wie unsere. Wenn nicht noch mehr …«

Ich schaute mich um und versuchte mir vorzustellen, dass meine Mutter in so einer Wohnung aufgewachsen war. Ihr Bücherschrank in unserem Wohnzimmer hatte mich immer beeindruckt, aber umgeben von solchen, teilweise unschätzbar wertvollen Werken zu leben, wie ich sie hier vor mir sah, war mir unvorstellbar.

Monsieur Armel betrachtete kopfschüttelnd die Bücherstapel, die sich auf seinem Schreibtisch türmten. »Wir haben in den letzten zwei Jahren zu große Mengen eingekauft. So viele Familien sind ausgewandert, und ich habe ihnen ihre gesamten Bestände abgenommen. Offenbar habe ich jedoch auf das falsche Pferd gesetzt. Ich dachte, es sei dumm von den Leuten, Paris zu verlassen. Und jetzt hocke ich hier in dieser Bücherhöhle und schreibe selbst Brandbriefe nach Amerika, während die anderen längst auf der anderen Seite des Atlantiks in Sicherheit sind.«

Er legte Alex eine Hand auf die Schulter. »Trotzdem schätze ich mich glücklich nach dem, was gestern Abend passiert ist.«

Ich lächelte. Auch ich war dankbar. »Ja, das war ein

ganz besonderer Abend. Ich kann das alles immer noch nicht glauben.«

»Kommen Sie«, sagte er. »Ich möchte Ihrer Großmutter ein Geschenk machen, um unseren tiefen Dank zum Ausdruck zu bringen.« Er führte mich zwischen Kisten hindurch zur hinteren Ecke des Raums und stieg auf die Leiter.

»Vorsicht, Papa«, sagte Alex.

»Ich steige auf diese Leiter, seit ich denken kann, Alex«, entgegnete Monsieur Armel.

Dann nahm er einen schmalen Band vom obersten Regalbrett und kam wieder herunter.

»Das wird ihr vielleicht gefallen.« Er hielt ein in braunes Leder gebundenes Buch hoch. Der äußere Rand des Buchdeckels war verziert mit einem floralen Ornament, das ins Leder geprägt und anschließend vergoldet worden war. »Es ist eine Gedichtsammlung aus dem Ottomanischen Reich. Die kunstvollen Illustrationen im orientalischen Stil sind sicherlich ganz nach dem Geschmack Ihrer Großmutter.« Er schloss die Augen, und es war, als stellte er sich vor, wie Marthe die Bilder betrachtete.

»Die Gedichte wird Ihre Großmutter zwar nicht lesen können, aber ich denke, dass sie die Illustrationen und die Kalligrafie zu schätzen weiß«, sagte er und gab mir das Buch.

»Wie großzügig von Ihnen«, erwiderte ich, während ich mit einem Finger über das sinnliche arabeske Muster auf dem Buchdeckel fuhr. »Das wird ihr ganz bestimmt gefallen.«

»Bitte, sag ihr, wie dankbar wir ihr für das sind, was sie für mich getan hat«, sagte Alex. »Ich kann es immer noch nicht glauben …«

»Wir würden Sie beide gern zum Abendessen einladen«, sagte Monsieur Armel. »Am ersten Abend des Pessachfestes in etwas mehr als zwei Wochen wird Solomons Frau in unserer Wohnung ein Abendessen zubereiten, und es wäre uns eine Ehre, Sie beide zu Gast zu haben.«

Seine Einladung rührte mich, aber so sehr ich sie annehmen wollte, ich konnte mir nicht vorstellen, dass Marthe mich begleiten würde.

»Meine Großmutter verlässt ihre Wohnung nur äußerst selten, ihr Gesundheitszustand lässt das kaum noch zu. Aber ich würde sehr gern kommen.«

»Bitte, fragen Sie sie«, beharrte Monsieur Armel. »Es wird ein einfaches Mahl sein, und unsere Wohnung ist weit weniger prächtig als ihre, doch wir würden uns geehrt fühlen, sie bei uns begrüßen zu dürfen.«

Ich versprach, mein Bestes zu tun, und verabschiedete mich.

Es war ein warmer Nachmittag. Ich entschloss mich, ein paar leichtere Kleider und ein oder zwei von den leeren Notizheften aus unserer alten Wohnung zu holen, die in meinem Schreibtisch lagen.

Mit der Metro wäre ich schneller gewesen, aber bei dem schönen Wetter ging ich lieber zu Fuß und machte noch einen Umweg durch den Park in der Avenue Foch. Jetzt, da ich wusste, dass Alex nicht in den Krieg ziehen musste, war ich vollkommen entspannt. Obwohl ich wusste, dass Monsieur Armel weiterhin versuchen würde, Visa für die USA zu bekommen, fühlte sich mein Herz an wie eine Blume, die unter der Frühlingssonne endlich ihre

Blätter öffnen konnte. Ich wollte im Schatten der Ulmen spazieren und mich des Lebens freuen.

Im Park sah ich Kinder auf Dreirädern fahren und ein Kindermädchen auf dem Rasen auf einer Decke sitzen, neben sich zwei kleine Mädchen, die mit ihren Puppen und winzigen Tässchen und Teekännchen spielten.

Beschwingt beschleunigte ich meine Schritte. Seit Tagen hatte ich nichts mehr geschrieben, weil ich jede freie Minute mit Alex verbracht hatte. Doch jetzt drängte es mich, weiter an meinem Roman zu arbeiten.

Nachdem ich den Park durchquert hatte, stieg ich in die Metro und fuhr in mein vertrautes Viertel. Ich ging vorbei an Augustins Lebensmittelladen, an der elsässischen Bäckerei, dem Milchgeschäft, lauter Läden, in denen meine Mutter eingekauft hatte. Vor unserem Haus blieb ich einen Moment lang stehen. Mehr als ein Jahr war ich zwischen unserer Wohnung und Marthes Wohnung hin und her gefahren, hatte mich problemlos zwischen zwei Welten bewegt. Jetzt fiel mir zum ersten Mal auf, wie bescheiden das Gebäude war, in dem mein Vater und ich wohnten.

Ich schob den Schlüssel ins Schloss und öffnete die schwere Tür. Sofort fiel mir auf, dass es in der Eingangshalle nicht nach Marmor und Messing roch so wie in den Häusern, in denen Marthe und die Armels wohnten. Stattdessen lag ein leichter Modergeruch in der Luft. Der Linoleumboden war abgetreten, die Wände waren nicht cremefarben, sondern eher gelblich, wie vergilbtes Papier. Mein Vater hatte die Post abbestellt, doch unser Briefkasten war mit Wurfsendungen gefüllt. Ich nahm sie heraus und stieg die Treppe hoch.

Unsere Wohnung kam mir vor wie ein Puppenhaus. Hölzerne Möbel, weißes, funktionelles Geschirr in den Küchenschränken. Auf dem Küchentisch stand noch das Radio mit den Drehknöpfen aus Bakelit. Die Bücher im Bücherschrank erinnerten mich an meine Mutter, aber das Radio verband ich mit meinem Vater, und beim Anblick des hufeisenförmigen Kastens empfand ich eine große Leere in mir, eine tiefe Sehnsucht, meinen Vater wiederzusehen. Ich dachte daran, wie das Radio gebrummt und geknistert hatte, wenn wir den Sender suchten, der die Nachrichten brachte. Ich sehnte mich nach meinem Vater, nach seinem Schnurrbart, seiner Drahtbrille, nach seiner beruhigenden Stimme, nach seiner unerschütterlichen Gefasstheit. Seltsam, dass ausgerechnet der Krieg uns näher zusammengebracht hatte, nur um ihn mir dann wieder wegzunehmen.

Als ich durch die Wohnung ging, spürte ich die Abwesenheit meines Vaters, und ich kam mir beinahe vor wie ein Eindringling. Überall waren die Spuren seines Aufbruchs zu sehen. Der Kühlschrank war abgetaut und stand offen. Der Stecker des Toasters war herausgezogen. Auf dem Schreibtisch meines Vaters lag aufgeschlagen eine Kladde mit einer Liste mit den Adressen der Strom- und Gasbetriebe und dazu eine Notiz, dass sie angewiesen waren, die Rechnungen an seine jetzige Adresse im Militärhospital zu senden. Seine letzten Handlungen waren wie ein Marmorfries, in dem seine gewissenhafte Natur dargestellt war.

Ich ging in mein Zimmer und betrachtete es mit neuen Augen. Es war dunkler und vollgestopfter, als ich es in Erinnerung hatte. Ich hatte mich mittlerweile an mein kleines Zimmer bei Marthe gewöhnt – an den eleganten Schreibtisch aus Rosenholz, an das rautenförmige kleine Fenster, durch das zu jeder Tageszeit andersfarbiges Licht fiel.

Mein Blick wanderte über das Regal, in dem nicht nur meine alten Bücher standen, sondern auch Andenken an meine Kindheit: das Porzellankaninchen, in dem ich mein Taschengeld gespart hatte, das Milchglas mit meiner Murmelsammlung, die Mickymaus-Puppe, die mein Vater mir gekauft hatte, nachdem wir uns im Kino *Steamboat Willie* angesehen hatten und ich noch so klein war, dass ich an seiner Hand ging.

Ich zog die alte Reisetasche meiner Mutter unter dem Bett hervor. Darin konnte ich ein paar Sommerkleider und die Hefte mitnehmen. Ich öffnete meinen Schrank und nahm zwei Kleider heraus. Sie waren beide körperbetont geschnitten und hatten einen knielangen, schwingenden Rock, eines war marineblau, eines rot-weiß gestreift. Zuerst legte ich die Hefte in die Tasche und obenauf die ordentlich gefalteten Kleider. Dann überkam mich das Bedürfnis, auch noch etwas einzustecken, das mich an meinen Vater erinnerte. Ich nahm die Mickymaus-Puppe vom Regal und stopfte sie in die Tasche.

45

April 1940

»Ein Seder?«, fragte Marthe, als bezeichnete das Wort eine exotische Frucht, die sie noch nie gegessen hatte. »Das klingt ja interessant. Ich werde die Einladung annehmen, Solange.«

Sie hielt das Buch mit der Sammlung türkischer Gedichte, das die Armels ihr geschenkt hatten, in den papierweißen Händen.

»Seit wir beide vor ein paar Wochen zum Abendessen aus waren, bin ich nicht mehr aus dem Haus gegangen, und ich habe noch nie in meinem Leben an einem Sederabend teilgenommen.« Sie schaute aus dem Fenster. »Ich könnte noch einmal meine schicke Hose anziehen«, sagte sie verschmitzt. »Immerhin handelt es sich um einen ziemlich exotischen Anlass.«

»Außerdem siehst du sehr flott darin aus.« Ich lachte. Es freute mich, dass sie die Einladung der Armels annehmen wollte.

Sie schüttelte den Kopf. »Es mag dich vielleicht wundern, aber ich fühle mich den Juden sehr verbunden. Sie sind klug und gebildet. Und als dein Vater mir damals deine Mutter vorgestellt hat, habe ich sofort gespürt, dass sie eine *Juive* war.«

Ihre Worte versetzten mir einen Stich, und ich machte mich darauf gefasst, etwas zu hören zu bekommen, das die Zuneigung zu meiner Großmutter, die ich in den letzten Wochen entwickelt hatte, zerstören konnte.

»Sie war sehr schön. Sie hatte ein ovales Gesicht und mandelförmige Augen und einen dunklen Teint. Dann ihr Familienname: Cohen. Der hat ihre Herkunft natürlich verraten.« Marthe schaute mich an, und ich spürte, wie sie mich mit meiner Mutter verglich, die damals Anfang zwanzig gewesen war.

»Du hast ihre Augen, ihr dunkles Haar und ihre exotische Schönheit geerbt. Und natürlich ihre Intelligenz …«

Ich atmete erleichtert auf. Ich hatte gefürchtet, dass Marthe irgendetwas Antisemitisches von sich geben würde. Zum Glück war das nicht passiert.

»Heute mache ich mir Vorwürfe, weil ich deine Eltern, als sie mich damals frischverliebt aufgesucht haben, nicht herzlicher aufgenommen habe. Im Nachhinein kann ich es mir nur so erklären, dass ich mich von deiner Mutter eingeschüchtert fühlte. In ihren schönen Augen lag so viel Lebensweisheit.« Marthes Worte klangen beinahe wie eine Beichte. »Ich war hochmütig und selbstverliebt, Solange. Und als sie ein paar Monate später herkamen, um mir mitzuteilen, dass sie ein Kind erwarteten, habe ich es kaum zur Kenntnis genommen.«

Sie holte tief Luft.

»Ich bedaure mein Verhalten zutiefst …« Ihr Blick

wanderte wieder zum Fenster, anstatt wie üblich zu ihrem Porträt. Eine Weile saßen wir schweigend da.

Wir verbrachten die nächsten zwei Stunden zusammen. Wir saßen auf Marthes kleinem Sofa und bestaunten die Illustrationen in dem Buch, das Monsieur Armel ihr geschenkt hatte.

»Habe ich dir schon mal die Bücher gezeigt, die meine Mutter mir hinterlassen hat?«, fragte ich Marthe, obwohl ich ganz genau wusste, dass ich das nicht getan hatte.

»Nein«, antwortete sie. »Aber ich würde sie mir gern ansehen.«

Ich ging in mein Zimmer und zog meinen Koffer unter dem Bett hervor, in dem ich die beiden Bücher, in braunes Papier eingewickelt, aufbewahrte.

Ich ging zurück in den Salon und packte die Bücher vor ihren Augen aus.

»Die haben mal dem Vater meiner Mutter gehört«, sagte ich. »Moishe Cohen.«

Ich gab ihr die dunkelbraune Haggada und legte den Zemirot Yisrael auf den Beistelltisch neben dem Sofa. Der Anblick des ledernen Einbands weckte die Neugier der Sammlerin in ihr. Ausgiebig betrachtete sie jedes einzelne Detail.

»Schau mal, man schlägt es von links nach rechts auf«, sagte ich und schlug den Deckel auf. Ehrfürchtig fuhr sie mit den Fingerspitzen über das alte Pergament.

»Ist das Hebräisch?«, fragte sie, während ihr Blick über die schwarzen Schriftzeichen wanderte.

»Ja. Ein Rabbi hat den Text geschrieben, und seine Frau hat die Illustrationen angefertigt.«

»Wunderbar«, flüsterte sie. Sie war genauso fasziniert wie ich, als ich das Buch zum ersten Mal gesehen hatte.

»Das dünne Buch enthält eine Gedichtsammlung von Israel Najara und wurde im sechzehnten Jahrhundert in Venedig gedruckt, aber das hier ist eine sehr seltene Haggada aus Spanien«, sagte ich. »Monsieur Armel sagt, sie stammt aus dem vierzehnten Jahrhundert.«

Diesmal war ich die Geschichtenerzählerin. Über ein Jahr lang war ich ihre geduldige Zuhörerin gewesen, als sie mir berichtet hatte, wie sie aus den dunklen Gassen von Montmartre in diese elegante Wohnung im neunten Arrondissement gelangt war. Jetzt hatten wir die Rollen vertauscht, jetzt hing sie mir an den Lippen. In der Stille von Marthes Salon mit den samtbezogenen Möbeln erzählte ich Marthe von der Familie meiner Mutter und von der Geschichte der beiden Bücher, die mich in Monsieur Armels Buchladen geführt hatten.

Ich sprach langsam und wählte meine Worte mit Bedacht, genauso wie Marthe es getan hatte.

»Das Buch gehörte zur Sammlung meines Großvaters. Monsieur Armel hat mir erklärt, dass es von einem Rabbi geschrieben und von dessen Frau illustriert wurde. Die Frau des Rabbi besaß ein außergewöhnliches Talent, und damals war es nicht üblich, dass eine Frau sich künstlerisch betätigte. Sie konnte jedoch nicht nur mit Farben, sondern auch mit Blattgold umgehen. Dass sie die Haggada bebildert hat, ist einer der Gründe, warum das Buch so außergewöhnlich ist. Es handelt sich um eine der wenigen Gebetssammlungen, die, soweit man weiß, von einer Frau illustriert wurden.«

Marthe hörte mir aufmerksam zu. Hin und wieder schlug sie eine Seite um und bewunderte die in Dunkelrot und Lapisblau gestaltete Bordüre.

»Die beiden haben fast zwanzig Jahre an dem Buch gearbeitet.«

»Das kann ich mir vorstellen«, sagte Marthe. Sie betrachtete das Bild von der um den Sedertisch versammelten Familie. Der Patriarch mit ausgebreiteten Armen inmitten seiner Kinderschar.

»Monsieur Armel meint, das Buch ist nicht nur wegen seines Alters so kostbar und weil es das einzige ist, das aus der Hand der beiden stammt, sondern auch, weil es ihre Liebe symbolisiert.«

»Was für ein schöner Gedanke, dass ihre Liebe in diesem Buch fortbesteht«, sagte Marthe.

»Ja, ihre Liebesgeschichte steht zwischen den Zeilen geschrieben«, sagte ich. »Und sie ist nur für diejenigen lesbar, die von dem Rabbi und seiner Frau wissen.«

Marthe schwieg eine Weile, sie schien über meine Worte nachzudenken.

»Es ist wie dein Porträt, *Grand-maman*. Zuerst sieht man nur das Bild, doch wenn du die Geschichte erzählst, die dahintersteckt ... deine Liebe zu Charles, deine Freundschaft mit Boldini, bekommt es eine viel tiefere Bedeutung.«

»Ja«, sagte sie und schaute zu dem Porträt hoch. »Manche Menschen sehen nur die äußere Schönheit, aber was den Wert eines Kunstwerks ausmacht, ist doch immer die Geschichte, die dahintersteckt.«

Ich nickte.

»Schade, dass du die Texte in diesem Buch nicht übersetzen kannst«, sagte sie. »Es sieht aus, als enthielten sie einen geheimen Code.« Sie musste husten. »Kannst du irgendetwas davon lesen?«

»Leider nicht.« Ich betrachtete die kunstvolle Handschrift und die wunderschöne Bordüre. »Obwohl meine Mutter mir kurz vor ihrem Tod ein paar Stellen daraus vorgelesen hat.«

»Schade. Ich würde so gern wissen, was da steht.«

Es freute mich, dass ich sie neugierig gemacht hatte. »Ja«, sagte ich. »Ich auch.«

Ich bat Giselle, ein Dessert zuzubereiten, das wir mit zu den Armels nehmen konnten. »Es darf aber kein Mehl enthalten«, sagte ich.

Giselle runzelte die Stirn. »Dann kann ich also keinen Kuchen backen …«

»Wie wär's mit Marzipan?«, fragte ich.

Sie nahm die Blechbüchse aus dem Schrank und zählte nach, wie viel sie enthielt. »Marzipan ist zum Glück nur dreimal so teuer wie vor dem Krieg, nicht fünfmal so teuer wie Zigaretten und Schokolade.«

»Wir müssen uns zeitig auf den Weg machen, es wäre also ratsam …«

»Ich werde nach dem Mittagessen zu Jean-Luc gehen, Mademoiselle Solange, machen Sie sich keine Sorgen. Sie werden Ihr Marzipan rechtzeitig bekommen.«

»Danke. Tut mir leid, dass ich so nervös bin.« Ich lächelte etwas gequält.

Giselle legte mir eine Hand auf den Arm. »Ach, Sie möchten doch nur alles besonders gut machen.« In ihrem Blick lag eine mütterliche Wärme, die ich bisher noch nicht an ihr bemerkt hatte. »Das ist ganz normal, wenn man verliebt ist.«

Marthe und ich machten uns für unseren ersten Sederabend fein. Sie trug ein elegantes Kostüm aus Gabardine und ihre Perlenkette um den Hals. Ihr Haar hatte sie mit einem Schildpattkamm hochgesteckt.

»Also doch keine Hose?«, fragte ich, als ich in die Diele trat. Ich hatte mein marineblaues Kleid an.

Marthe musterte mich, als wir uns nebeneinander vor den Spiegel stellten.

»Interessant, dass du keinen Puder und kaum Lippenstift aufgelegt hast und nicht ein einziges Schmuckstück trägst. Und doch habe ich noch nie eine hübschere junge Frau gesehen.«

Ich schaute zu Boden.

»Du brauchst nicht verlegen zu werden, Solange. Ich habe noch nie ein Kompliment gemacht, das nicht ernst gemeint war.«

Ich sah sie an. »Das glaube ich dir.«

»Gehen wir?«, fragte sie. »Giselle hat gesagt, das Marzipan liegt bereit.«

Ich ging in die Küche und nahm die goldene Schachtel mit der roten Schleife von der Anrichte.

Beim Hinausgehen fragte ich Marthe, wie Giselle es immer wieder fertigbrachte, Lebensmittel von bester Qualität aufzutreiben, obwohl die Regale in sämtlichen Pariser Läden leer waren.

»Jean-Luc«, sagte Marthe mit einem verschmitzten Lächeln. »Es ist sehr praktisch, einen Bruder zu haben, der auf dem Schwarzmarkt handelt.«

Marthe lehnte es ab, mit der Metro zu fahren, also nahmen wir ein Taxi. Um kurz vor fünf trafen wir bei den Armels ein.

»Kein Vergleich zu einer Kutsche«, bemerkte Marthe, nachdem wir ausgestiegen waren. »Wie die Zeiten sich geändert haben.«

»Da hast du allerdings recht, es ist weit und breit kein Pferd zu sehen«, erwiderte ich lachend.

Ich schaute an der Fassade des Gebäudes hoch, in dem die Armels wohnten. Die Eingangstür wurde von zwei Säulen flankiert.

»Ich bin noch nie außerhalb von Paris gewesen«, sagte ich leise.

Ich hob die Hand, um auf die Klingel zu drücken, zögerte aber dann.

Es war mir plötzlich peinlich, dass ich im Gegensatz zu meiner Großmutter so wenig weltgewandt war.

Marthe erlöste mich jedoch von meinen Qualen. Sie legte mir eine Hand auf den Arm und sagte: »Und ich bin nicht weiter gekommen als bis Venedig, wo ich meinen Namen geändert habe.«

46

April 1940

Als wir die Wohnung betraten, stieg mir statt des Geruchs von Büchern der Duft von Röstzwiebeln in die Nase.

»Es freut mich außerordentlich, dass Sie gekommen sind!«, begrüßte uns Monsieur Armel.

Ich sah, wie meine Großmutter sich umschaute. Am Tisch saßen zwei kleine Kinder, ein Junge von höchstens sechs Jahren und ein Mädchen, das vielleicht neun war.

Ich erschrak. Ich hatte ganz vergessen, Marthe zu sagen, dass wir nicht die einzigen Gäste sein würden.

Ich sah, wie Marthe beim Anblick der Kinder ganz steif wurde. Die ausgelassene Vorfreude, die sie versprüht hatte, seit wir uns auf den Weg gemacht hatten, war plötzlich verflogen.

Monsieur Armel bemerkte Marthes Bestürzung.

»Hat Solange Ihnen denn nichts gesagt?«, fragte er freundlich. »Das sind Eva und Leo, die Kinder meines geschätzten Kollegen Solomon Weckstein. Seine Frau ist in der Küche und würzt das Hähnchen noch ein bisschen nach, das auf dem Herd schmort.« Er lachte. »Zum Glück konnte der Metzger mir kein Lamm besorgen, das hätte ich garantiert ruiniert.«

»Bitte, verzeihen Sie, Monsieur Armel. Mir ist plötzlich nicht wohl.«

Ich schaute Marthe an. Sie zitterte.

»Sie ist in letzter Zeit gesundheitlich etwas angeschlagen«, entschuldigte ich mich und nahm meine Großmutter am Arm. Ich spürte ihren knochigen Ellbogen durch die Seide ihrer Bluse, und es versetzte mir einen Stich. Auf einmal tat es mir leid, dass ich sie in der Entscheidung bestärkt hatte, die Einladung anzunehmen.

»Kommen Sie, setzen Sie sich ...« Alex nahm Marthes Arm und führte sie ins Wohnzimmer.

Marthe war kreidebleich. Sie schaute mich an, als hoffte sie, ich könnte sie vor irgendetwas retten.

»Können wir nach Hause gehen?«, flüsterte sie. »Ich dachte, wir wären die einzigen Gäste ...«

Ich hielt immer noch die Schachtel mit dem Marzipan in der Hand. Die rote Schleife war verrutscht.

»Natürlich«, sagte ich, während ich es vermied, Alex anzusehen.

»Vielleicht hätten wir lieber nicht kommen sollen«, sagte ich. »Anscheinend hat sie ihre Kräfte überschätzt ...«

»Bitte, gehen Sie nicht«, bat uns Monsieur Armel. »Der Tisch ist gedeckt. Das Essen ist gleich fertig, und wir würden uns freuen, wenn Sie das Seder mit uns teilen würden.«

Ich wollte Marthe fragen, was sie meinte, doch sie schaute in eine andere Richtung. Gerade war Solomon aus der Küche gekommen und trat in den Flur zu den Armels. Ich hätte ihn beinahe nicht wiedererkannt. Anstatt des abgetragenen Arbeitskittels, in dem ich ihn bisher immer gesehen hatte, trug er einen eleganten Anzug, ein frisch gebügeltes Hemd und eine Krawatte. Und auf dem Kopf hatte er eine schwarze Kippa.

»Welch eine Freude, Sie zu sehen, Mademoiselle Solange«, sagte er. »Und wie schön, dass Sie Ihre Großmutter mitgebracht haben.«

»Leider fühlt Madame de Florian sich nicht gut. Könnte Rachel ihr vielleicht einen Tee machen?«

»Selbstverständlich«, sagte er zuvorkommend und ging zurück in die Küche.

Alex gab mir zu verstehen, ich solle Marthe in die Bibliothek bringen, und er half ihr zu einem Sessel.

»Vielleicht können meine Bücher Sie ja ein bisschen beruhigen.« Er zeigte auf die Bücherschränke. »Ich weiß noch, wie sehr ich Ihre Sammlung asiatischer Vasen bewundert habe.«

Rachel brachte eine Tasse Tee. Sie war viel jünger, als ich vermutet hatte, höchstens zehn Jahre älter als ich. Sie war klein und zierlich, hatte ein freundliches Gesicht und dunkelbraune Locken, und sie schien ernstlich um Marthes Zustand besorgt zu sein.

»Trinken Sie langsam«, riet sie Marthe. »Und sagen Sie mir Bescheid, falls Sie noch etwas brauchen. Ich habe Makronen gebacken, die können Ihnen vielleicht … …«

»Danke, Sie sind sehr freundlich«, flüsterte Marthe und trank vorsichtig aus der dampfenden Tasse.

»Ich habe Marzipan mitgebracht«, sagte ich und hielt Monsieur Armel die Schachtel hin. »Vielen Dank noch einmal für die großzügige Einladung.«

»Das ist das Mindeste, was wir tun konnten. Wir werden

für immer in der Schuld Ihrer Großmutter stehen.« Er schaute sie dankbar an. »Sie hat Alex das Leben gerettet.«

»Sie übertreiben, Monsieur«, widersprach Marthe. »Ich habe lediglich einen Brief geschrieben.«

Monsieur Armel lachte. »Hat Ihnen schon mal jemand gesagt, dass Ihre Bescheidenheit außerordentlich charmant ist, Madame?«

Marthe blickte von ihrem Tee auf. Sie hatte wieder etwas Farbe bekommen. »Noch nie hat jemand behauptet, ich sei bescheiden, mein Lieber.« Sie schenkte ihm ein kokettes Lächeln. »Aber ich muss sagen, es gefällt mir.«

Nachdem Marthe ein paar Minuten Zeit gehabt hatte, sich an den Gedanken zu gewöhnen, dass zwei Kinder mit am Tisch sitzen würden, hatte sie sich wieder einigermaßen gefangen. Sie hatte sich schon immer ziemlich schnell an neue Situationen gewöhnen können.

Als wir ins Esszimmer gingen und uns an den Tisch setzten, nahm Marthe kaum von den Kindern Notiz, während ich mich gar nicht sattsehen konnte an ihren niedlichen Gesichtern. Sie waren für den Anlass piekfein gemacht worden. Eva trug ein rosa Kleidchen mit Spitzenbesatz, weiße Söckchen und schwarze Lackschuhe. Der kleine Leo hatte eine kurze Hose mit Hosenträgern an und ein Hemd, das zum Teil aus dem Bund gerutscht war. Die beiden saßen mit verschränkten Händen am Tisch, den Blick auf die große runde Platte gerichtet, die, flankiert von zwei Kerzenständern, in der Tischmitte stand. Auf der Platte lagen verschiedene Dinge, die, wie ich vermutete, symbolische Bedeutung besaßen: ein Ei, ein Sträußchen Petersilie, ein Knochen, ein Schälchen mit Salzwasser und etwas Braunes, das aussah wie gemahlene Nüsse. Neben der Platte stand ein Korb mit verborgenen Matzen.

Nachdem sich alle gesetzt hatten und Monsieur Armel am Kopfende des Tischs Platz genommen hatte, sah die Szenerie fast genauso aus wie die auf dem Bild in der Haggada aus dem vierzehnten Jahrhundert.

»Wollen wir anfangen?«, fragte Rachel, die aus der Küche kam und sich hinter die Kindern stellte.

»Ja, bitte«, sagte Monsieur Armel.

Rachel nahm eine Schachtel Streichhölzer aus ihrer Schürzentasche. Ich hörte, wie sie ein Streichholz anriss, und im nächsten Augenblick wurde das Zimmer erfüllt von weichem, geheimnisvollem Licht.

Meiner Großmutter war der Ehrenplatz am anderen Ende des Tischs zugewiesen worden, Monsieur Armel gegenüber. Mit ihrer geraden Haltung, der schlanken Figur und dem exquisiten Kostüm verlieh sie der Szene etwas Glamouröses vergangener Tage.

Ich bemerkte, wie die kleine Eva immer wieder verstohlen zu Marthe hinüberschielte. Offenbar staunte die Kleine darüber, jemanden zu erleben, der solch eine übernatürliche Eleganz verströmte.

Vielleicht hatte Marthe es auch bemerkt, denn als sie nach ein paar Gläsern Rotwein und den Geschichten, die Monsieur Armel erzählte, ein bisschen entspannter wurde, meinte ich zu sehen, wie sie Eva sogar einmal anlächelte.

Leo schaute sie jedoch den ganzen Abend über nicht ein einziges Mal an.

Vielleicht erinnerte er sie in seiner kurzen Hose mit den Hosenträgern und mit den Kniestrümpfen an meinen Vater, den Sohn, den sie weggegeben hatte. Auf jeden Fall mied sie ihn, als wäre er ein Gespenst.

Wir blieben ziemlich lange. Als die Kerzen heruntergebrannt waren und das heruntergetropfte Wachs von den Kerzenständern hing wie die Locken der Medusa, verabschiedeten wir uns. Die Kinder waren eingeschlafen, nachdem sie die versteckten Matzen gesucht hatten, und Solomon und Rachel nahmen je eines der Kinder auf den Arm, um sie nach Hause zu tragen.

»Vielen Dank noch einmal für die Einladung«, sagte ich zu Monsieur Armel, als ich ihn auf beide Wangen küsste. Meine Großmutter bot ihm ihre Hand dar.

»Ja, vielen Dank«, sagte sie. »Ich freue mich, dass ich kommen konnte.«

Alex lächelte mich an. »Morgen um elf an der Place Saint Georges«, flüsterte er mir zum Abschied ins Ohr.

Ich nickte.

47

April 1940

Am nächsten Morgen rührte meine Großmutter ihr Frühstück nicht an.

»Der Husten ist wieder schlimmer geworden«, sagte Giselle zu mir, als ich in der Küche meinen Tee trank. »Vielleicht war sie einfach gestern zu lange auf und muss sich ausruhen.«

»Wenn sie sich nicht wohlfühlt, bleibe ich zu Hause«, sagte ich. So gern ich Alex sehen wollte, es schien mir nicht recht, sie allein zu lassen, wenn es ihr nicht gut ging.

»Ich glaube, sie hofft, dass Sie für ein paar Stunden weggehen, Solange. Dann kann ich in Ihrer Abwesenheit den Arzt kommen lassen.«

»Aber ich möchte den Arzt gern sprechen. Ihn fragen, was ihr fehlt und was ich für sie tun kann. Das ist doch das Mindeste.«

Giselle schüttelte den Kopf. »Ich weiß nicht, Mademoiselle Solange. Vielleicht kommen Sie einfach ein bisschen früher nach Hause, dann wirkt es ungeplant. Ich werde den Arzt bitten, gegen zwei Uhr herzukommen.«

»Gute Idee.« Ich war beeindruckt, wie klug Giselle manchmal sein konnte.

Ich freute mich, dass ich Alex treffen und zugleich etwas über den Gesundheitszustand meiner Großmutter in Erfahrung bringen konnte.

Ich trank meinen Tee aus und ging in mein Zimmer, um mich anzuziehen.

Inzwischen fühlte sich mein Zimmer in der Wohnung so an, als gehörte es mir wirklich. Auf dem Schreibtisch lagen meine Hefte und meine Bücher, und die Mickymaus-Puppe, das Geschenk meines Vaters, nahm einen Ehrenplatz ein. Ich zog eines meiner Kleider aus einer Schublade, schlüpfte hinein und betrachtete mich im Spiegel. Ich bürstete mir das Haar, glättete es mit den Handflächen und band es mit einer Schleife im Nacken zusammen. Mir wurde warm ums Herz bei dem Gedanken, dass ich in nicht einmal einer Stunde Alex' Küsse spüren würde.

Wir hatten uns in unserem Lieblingscafé an der Place Saint Georges verabredet.

Alex bemerkte mich nicht gleich, als ich das Café betrat. Er saß mit dem Rücken zum Eingang und unterhielt sich leidenschaftlich mit einem Mann, der viel älter war als er und beim Sprechen wild gestikulierte.

Als ich näher kam, hörte ich Alex sagen: »Alle stecken den Kopf in den Sand, aber es ist nur eine Frage der Zeit, bis …«

Der andere Mann schüttelte angewidert den Kopf und fiel ihm ins Wort. »Sie haben ja recht. Und auf Reynaud können wir auf keinen Fall zählen«, sagte er. Mit Reynaud meinte er wohl unseren Premierminister.

Plötzlich blickten die beiden auf.

»Solange!« Alex schien sich zu wundern, dass er mich nicht hatte hereinkommen sehen.

»Ich hoffe, ich störe nicht«, sagte ich. »Wir hatten doch elf Uhr verabredet, oder?«

Alex' Wangen röteten sich. »Tut mir leid, Solange. Ich habe mich so intensiv mit Monsieur Clavel unterhalten.«

Er stellte uns einander vor.

»Solange ist eine angehende Schriftstellerin und Besitzerin einer sehr seltenen Haggada«, sagte Alex mit einem stolzen Lächeln. »Und Monsieur Clavel ist einer der besten Kunden meines Vaters.«

»Freut mich, Sie kennenzulernen«, sagte ich und streckte ihm meine Hand hin. Alex bot mir einen Stuhl an.

»Sie sind offenbar erheblich faszinierender als meine Wenigkeit. Sie wollen Schriftstellerin werden? Wie interessant, dass so eine junge Frau einen solchen Beruf anstrebt.«

Ich lächelte. Eben war er noch so engagiert gewesen, hatte so aufgeregt gestikuliert, jetzt war er nur noch höflich interessiert.

»Was schreiben Sie denn? Etwas für eine Frauenzeitschrift?«

»Nein«, sagte ich. »Ich arbeite an einem Roman.«

»Ein Roman?« Er schlug mit der flachen Hand auf den Tisch. »Also, damit hatte ich nicht gerechnet!« Er lachte in sich hinein. »Ich bewundere Ihren Mut. Als ich in Ihrem Alter war, wollte ich auch Schriftsteller werden, aber jetzt sammle ich nur alte Bücher.« Er trank einen Schluck von seinem Kaffee. »Andererseits, jahrhundertealte Bücher haben etwas. Unsere Zeit auf der Erde ist kurz bemessen, doch Bücher bleiben ewig.«

»Der Gedanke gefällt mir«, sagte ich. »Bücher sind unsterblich.«

Über Bücher zu sprechen beruhigte mich. Bei all der Verunsicherung, die der Krieg auslöste, und bei allen Sorgen um meine Großmutter tat es gut, zur Abwechslung über Bücher zu reden.

»Jetzt haben Sie das Geheimnis zwischen Buchhändlern gelüftet, Alex«, sagte Monsieur Clavel. »Sie sollten sich was schämen. Lassen Sie mich jedoch auf die seltene Haggada zurückkommen, die sich in Ihrem Besitz befindet, Mademoiselle Solange. Ich bin unglaublich neugierig darauf. Wären Sie vielleicht daran interessiert, sie mir zu verkaufen?«

Alex schüttelte den Kopf. »Typisch Sammler ... Wenn sie die Haggada schon meinem Vater nicht verkauft, wird Sie sie kaum Ihnen überlassen.«

Ich lachte. »Ich habe nicht vor, mich von dem Buch zu trennen. Aber danke für Ihr Angebot.«

Monsieur Clavel legte ein paar Francs auf den Tisch und drückte seine Zigarette aus.

»Ich werde Ihren Vater nach diesem geheimnisvollen Buch fragen, Alex. Ich werde Frankreich bald verlassen, und es könnte an der Zeit sein, Ihr Buch auf eine Reise zu schicken.«

»Ich denke, sie wird es behalten«, sagte Alex. »Ich wünsche Ihnen gute Reise, falls wir uns nicht mehr sehen, bevor Sie Paris verlassen.«

»Ich hoffe, dass Sie sich auch auf die Reise machen, bevor es zu spät ist, Alex.« Monsieur Clavel stand auf und strich seine Hose glatt. »Hier kann es nur schlimmer werden.«

Alex drückte meine Hand. »Dann sollten Solange und ich jede Stunde genießen.«

Später gingen wir in Richtung Oper. Die Sonne schien warm, und Alex verschränkte seine Finger mit meinen. Wir atmeten die frische Luft ein. Wir ignorierten die Zeitungsjungen, die lauthals den Weltuntergang ankündigten. Wir schauten nicht in die Schaufenster, um nicht die leeren Regale zu sehen, die uns nur traurig machten. Wir achteten nur auf die Vögel und den blauen Himmel.

Alex fragte mich nach meiner Kindheit aus und wollte wissen, was meine liebste Erinnerung war. Er wollte Geschichten über meine Mutter hören und erzählte mir von seiner Mutter, die gestorben war, als er gerade einmal drei Jahre alt gewesen war.

»Ich erinnere mich an das Klappern ihrer Absätze auf den Fliesen in unserer Wohnung. An den Duft ihres Parfüms«, sagte Alex. »Ich weiß noch, dass sie immer einen silbernen Kamm im Haar getragen hat. Und wenn ich ihr einen Kuss auf die Wange gegeben habe, hat es immer nach Puder geschmeckt.«

Ich erzählte ihm von meiner Überzeugung, dass die Seele meiner Mutter immer noch in ihrem Bücherschrank wohnte. Dass ich nur den Geruch des Papiers eines ihrer Bücher einzuatmen brauchte, um mich ihr nahe zu fühlen.

»Deine Geschichten faszinieren mich«, sagte Alex, zog mich an sich und küsste mich.

Mir war, als würde der Boden unter meinen Füßen

nachgeben, als seine Lippen meinen Mund berührten. Ich legte die Hände an seine Wangen und schloss die Augen.

Als wir uns voneinander lösten, schaute er mir tief in die Augen.

»Solange, mir ist klar, dass deine Verbindung zu mir und meiner Familie dich in Gefahr bringt. Ich kann nichts gegen die Unsicherheit tun, die der Krieg für uns bedeutet, aber du sollst wissen, dass eines ganz sicher ist.« Er nahm mich in die Arme und küsste mich. »Ich liebe dich.«

48

April 1940

Es fiel mir entsetzlich schwer, mich an dem Nachmittag von Alex zu trennen, aber es war mir sehr wichtig, da zu sein, wenn Marthes Arzt kam. Mit klopfendem Herzen und außer Atem traf ich ein.

Im Flur sah ich den Mantel des Arztes am Kleiderständer hängen. Die Tür zu Marthes Schlafzimmer war geschlossen.

Ich ging in die Küche, wo ich Giselle antraf. Sie saß mit Gérard am Tisch, auf dem ein kleiner, halb aufgegessener Kuchen stand.

»Mademoiselle Solange«, sagte Giselle und sprang auf. »Ich bin so froh, dass Sie rechtzeitig gekommen sind.« Sie schaute zu Gérard hinüber, der sich schnell die Kuchenkrümel von den Schenkeln wischte und aufstand, um mich zu begrüßen.

»Monsieur Gérard ist gekommen, um Bescheid zu sagen, dass es wieder eine Luftschutzübung gibt. Er ist genauso nett wie sein Vater, er denkt immer an uns.«

Gérard schüttelte den Kopf. »Mein Vater hat mir aufgetragen, mich immer um Madame de Florian zu kümmern. Ihr Wohlergehen lag ihm sehr am Herzen.«

»Es ist wirklich sehr nett von Ihnen, dass Sie den Wunsch Ihres Vater beherzigen«, sagte ich. »Meine Großmutter wird Ihnen sehr dankbar sein.«

»Ihre Großmutter ist eine der wenigen hier im Haus, die fast nie etwas von mir verlangen. Es gibt immer irgendeinen tropfenden Wasserhahn, Tapete, die sich von den Wänden löst, lauter Dinge, um die sich eigentlich ein Handwerker kümmern müsste und nicht der Hausmeister. Dass ich ein Auge auf Ihre Großmutter habe, ist das Mindeste, was ich tun kann, vor allem jetzt, wo die Deutschen immer näher kommen.«

»Hoffen wir, dass sie nicht weiter vorrücken«, sagte ich. »Dass die Maginot-Linie sie aufhält.«

Gérard schüttelte den Kopf. »Mein Vater war der Meinung, man muss immer auf das Schlimmste gefasst sein. Deswegen wollte ich Madame de Florian wissen lassen, dass ich immer für sie da bin.«

»Sie sind ein echter Kavalier, genau wie Ihr Vater«, sagte Giselle und legte ihm eine Hand auf die Schulter. »Hier, nehmen Sie den Rest des Kuchens mit, Ihre Kinder werden sich freuen.«

Er nahm das Päckchen von Giselle entgegen. »Danke.«

»Es war nett, Sie zu sehen, Mademoiselle Solange«, sagte er, dann verabschiedete er sich und verließ die Wohnung durch den Dienstbotenausgang.

»Der Arzt ist schon seit einer Stunde bei ihr«, sagte Giselle. »Ich hoffe, dass Sie ihm ein paar Informationen entlocken können.« Sie begann, das Geschirr zu spülen. »Madame war so blass, als ich ihn eingelassen habe. Ihre Lippen waren fast blau.« Sie schüttelte den Kopf. »Schrecklich, sie so schwach zu erleben.«

»Ich werde im Flur auf den Arzt warten«, sagte ich. »Ich weiß, dass Gérards Hilfsbereitschaft Sie rührt, aber ich bin auch sehr dankbar für alles, was Sie für Marthe tun.«

Sie lächelte. »Ich arbeite für Ihre Großmutter, seit ich sechzehn bin, Solange, also seit mehr als fünfzig Jahren. Das ist länger, als manche Ehen dauern. Da ist sie mir natürlich ans Herz gewachsen.«

»Trotzdem möchte ich Ihnen danken«, sagte ich gerührt.

»Versprechen Sie mir, dass Sie mir alles sagen, was Sie vom Arzt erfahren. Ich muss wissen, was ihr fehlt.«

»Versprochen«, sagte ich.

Ich ging in den Salon, setzte mich unter das Porträt und wartete still, bis ich die Schritte des Arztes im Flur hörte.

49

April 1940

Seine Schritte klangen wie das Ticken eines Metronoms, als er über den Parkettboden ging.

»Dr. Payard«, sagte ich und stand auf. Er schaute mich überrascht an. »Ich wollte kurz mit Ihnen über den Gesundheitszustand meiner Großmutter sprechen.«

»Ah, Sie müssen Solange sein«, sagte er. »Madame de Florian spricht oft von Ihnen.«

»Leider spricht sie kaum von Ihnen. Sie lässt mich im Dunkeln über ihren Gesundheitszustand. Vielleicht können Sie mich ja aufklären.«

Er trat von einem Fuß auf den anderen. Meine Direktheit schien ihn in Verlegenheit zu bringen.

Er stellte seine Arzttasche ab, nahm seinen Mantel von der Garderobe und zog ihn über.

»Ihre Großmutter ruht sich jetzt aus. Ich habe ihr einen codeinhaltigen Hustensaft gegeben. Sie sagt, dass sie nachts schlecht schläft wegen des Hustens.«

»Ja, der Husten«, sagte ich. »Der quält sie jetzt schon seit Monaten, und ich habe das Gefühl, dass er immer schlimmer wird. Wie ernst ist es denn?«

Dr. Payard schüttelte den Kopf. »Bitte, kommen Sie kurz mit mir ins Treppenhaus, Mademoiselle.«

Ich folgte ihm aus der Wohnung und schloss die Tür hinter mir.

»Ihre Großmutter möchte nicht, dass jemand über ihre Krankheit Bescheid weiß, und als ihr Arzt muss ich ihren Wunsch respektieren. Ich kann Ihnen aber sagen, dass ihr leider nicht mehr viel Zeit bleibt. Versuchen Sie, ihr das Leben so gut es geht zu erleichtern, und verbringen Sie so viel Zeit wie möglich mit ihr. In ein paar Tagen komme ich noch einmal vorbei, um zu sehen, ob sie noch mehr Hustensaft braucht.«

Er warf einen Blick auf seine Uhr, dann verabschiedete er sich. Ich blieb noch einen Augenblick auf dem Treppenabsatz stehen, seine Worte in den Ohren.

Unsere morgendlichen Ausflüge in den Park wurden jetzt überschattet von dem Wissen, dass Marthes Krankheit viel schlimmer war, als ich angenommen hatte. Mein Leben lang war ich stolz auf meine Menschenkenntnis gewesen, doch ich hatte überhaupt nicht mitbekommen, wie schlecht es meiner Großmutter tatsächlich ging. Ich hatte das Gefühl, sie im Stich gelassen zu haben.

Dr. Payard hatte gesagt, sie würde wegen des Codeins jetzt eine Weile schlafen. Vorsichtig öffnete ich ihre Schlafzimmertür. In ihrem Bett mit dem gepolsterten, mit Schmetterlingen und Vögeln bestickten Kopfteil schlief Marthe wie eine Königin. Ihre ineinanderverschränkten Hände lagen auf dem Laken aus Damastleinen, ihr rotes Haar mit den weißen Ansätzen war mit Kämmen hochgesteckt. Ihre bleichen Augenlider sahen aus wie perfekte Halbmonde.

Ich zog einen Stuhl heran und setzte mich neben das Bett. Im Spiegel an der Wand sah ich uns beide im vergoldeten Rahmen. Es war ein bewegendes Bild. Zwei Frauen, die einander unerwartet begegnet waren. Anfangs war ich nur zu ihr gekommen, um mir ihre Geschichte anzuhören, ohne zu ahnen, dass wir gemeinsam eine ganz neue Geschichte kreieren würden.

Ich schaute mich im Zimmer um, betrachtete die Kommode, in der sie die alten Liebesbriefe von Charles, ebenso die von Boldini aufbewahrte, aber noch wichtiger für mich, die Briefe von Madame Franeau, in denen sie ihr liebevoll von der Kindheit meines Vaters berichtete. Ich bewunderte den großen Standspiegel, vor dem sie sich für Charles und vor ihren Sitzungen für Boldini zurechtgemacht hatte. Als sie mir von ihrem Leben erzählte, hatte ich mir ihr Schlafzimmer beinahe wie eine Bühne vorgestellt, und die Möbel darin waren mir vertraut, obwohl ich das Zimmer erst ein- oder zweimal betreten hatte. Ich stand auf und ging zu ihrem eichenen Kleiderschrank, der ihre seidenen Kleider enthielt. Ich konnte nicht widerstehen, ihn zu öffnen.

Ganz vorn hingen das schwarze Taftkleid und das fliederfarbene Kleid, das sie so sehr liebte. Links hingen modernere Kleidungsstücke aus Gabardine, ein Rock aus mitternachtsblauem Samt, und auch die weite Hose, die sie selbst genäht hatte. Ganz hinten, hinter dem schwarzen Samtcape und dem silbernen Cape mit den rosafarbenen Bändern, hing das Kleid, das wie kein anderes ihren sinnlichen Lebensstil symbolisierte: das rosafarbene aus Seide und Organza, in dem Boldini sie porträtiert hatte. Vorsichtig berührte ich es. Als ich die Korsage betrachtete, sah ich all die feinen Details, die Boldini in seinem Gemälde nicht wiedergegeben hatte, die feine Spitzenapplikation, den grauen Gürtel mit der hufeisenförmigen, mit Strasssteinen besetzten Schnalle. Ich bestaunte die zarten, wolkigen Ärmel. Mir war, als betrachtete ich etwas Verbotenes, etwas, das nur für Marthes Haut bestimmt war.

So schön das Kleid auch war, ohne Marthe war es nur ein Kleid. Boldini hatte in seinem Gemälde mehr dargestellt als eine Frau in einem exquisiten Kleid, er hatte Marthes Sinnlichkeit und Lebensfreude eingefangen. Ich musste daran denken, wie viele Schichten Ölfarbe dazu beigetragen hatten, etwas so Wunderschönes zu erschaffen.

Leider war von der lebensfrohen Femme fatale, die Boldini gemalt hatte, nichts mehr übrig – verschwunden war die sinnliche Figur, verschwunden waren die rosigen Wangen. Ihre Schultern schienen eingefallen zu sein, ihre Brüste nur noch halb so groß. Sie wirkte fast wie ein schlafendes Kind.

Neben dem Krug und dem Wasserglas, die auf ihrem Nachttisch standen, entdeckte ich zwei Dinge, die vorher nicht dort gelegen hatten: ein ledergebundenes Buch mit Fabeln von Jean-Pierre Claris de Florian, das Charles ihr einmal geschenkt hatte, und die goldene Taschenuhr, von der sie mir so viel erzählt, die sie mir aber noch nie gezeigt hatte.

Unwillkürlich nahm ich die Uhr in die Hand. Das Gehäuse war dunkel angelaufen und leicht zerkratzt. Vorsichtig klappte ich es auf, und im Deckel befand sich die Gravur von der Taube, genau, wie sie es beschrieben hatte. Die Zeiger waren auf 6:14 Uhr eingestellt. Ich hielt die Uhr in der Hand und wünschte, ich könnte die Zeit anhalten.

Marthe wurde immer schwächer. Sie sprach kaum noch und blieb die meiste Zeit im Bett, die Laken bis unters faltige Kinn gezogen. Ihre Augenlider färbten sich blassviolett, ihre Haut war gelblich wie Reispapier. Wenn sie schlief, hielt ich ihr die Hand.

Ich erinnerte mich daran, wie meine Mutter im Sterben gelegen hatte. Damals hatte ich auch schon gedacht, was ich jetzt an Marthes Sterbebett dachte: Wir verlassen die Welt auf die gleiche Weise, wie wir sie betreten, mit verschrumpeltem Körper und geschlossenen Augen.

50

April 1940

Verzweifelt schrieb ich meinem Vater. Da alle Briefe zensiert wurden, konnte ich nur so viel schreiben:

Bitte lass dich beurlauben und komm nach Hause. Großmutter ist todkrank.

Während der kommenden Tage wich ich nicht von Marthes Seite. Ich lauschte ihren schweren Atemzügen, ihrem Flüstern, wenn sie im Schlaf vor sich hin murmelte. Einmal bat sie um kandierte Orangen. Einmal rief sie im Schlaf nach Charles.

Es war, als würde sie unter meinen Händen dahinschwinden. Was für ein Kontrast dazu waren Alex' Hände, warm und gut durchblutet, voller Leben. Aber wenn ich Marthes Hände hielt, spürte ich, dass es nur noch eine Frage der Zeit war, bis ich sie verlieren würde.

Ich war eingeschlafen, den Kopf auf Marthes Bettkante, die Finger taub vom Halten ihrer Hand. Mondlicht erhellte das Zimmer, als ich aufwachte. Marthes Augen waren offen.

»Solange«, flüsterte sie kaum hörbar. Sie löste ihre Hand aus meiner und nahm das Wasserglas von ihrem Nachttisch. Dann setzte sie sich mühsam ein bisschen auf.

»Bitte, mach die oberste Kommodenschublade auf.«

Ich ging zu der Kommode mit den bronzenen Griffen an den Schubladen und der marmornen Platte, auf der Porzellanvasen und Porzellanfiguren standen.

Ich öffnete die oberste Schublade, sah jedoch nichts als ordentlich gefaltete Dessous.

»Ganz unten liegt eine lederne Mappe.«

Ich fuhr mit den Händen unter die Wäsche, ertastete die Mappe und nahm sie heraus.

»Gut«, sagte Marthe. »Bring sie mir.«

Ich ging zum Bett und legte sie ihr in die Hände.

Sie schloss kurz die Augen und drückte sich die Mappe an die Brust.

»Hier stehen wichtige Informationen für dich drin, Solange. Die Mappe enthält alle meine Unterlagen, zum Beispiel die Besitzurkunde meiner Wohnung und mein Testament. Alles ist notariell beglaubigt.«

Hustend versuchte sie, die Kordel zu lösen, die die Mappe zusammenhielt.

»Komm, ich helfe dir«, sagte ich und nahm ihr die Mappe ab.

Marthe ging die Unterlagen durch und legte neben sich aufs Bett, was sie im Moment nicht brauchte.

Ich sah alte Schwarz-Weiß-Fotos und kleine Zeitungsausschnitte.

»Diese Sachen können wir uns alle später ansehen«, sagte sie. »Aber zuerst das Wichtige. Ich weiß nicht, wie viel Zeit mir noch bleibt.

In dieser Urkunde ist der Inhalt meines Nachlasses aufgeführt. Du musst damit zu meinem Anwalt gehen, seinen Namen findest du in meinem Testament. Er hat diese Schreiben alle aufgesetzt. Du und dein Vater, ihr werdet alles erben, was ich besitze.«

»Aber *Grand-maman*«, protestierte ich. »So darfst du nicht reden. Du wirst wieder gesund! Du musst dich nur ein bisschen ausruhen.«

»Ich bin immer realistisch gewesen, Solange. Deswegen habe ich auch meine Perlen verkauft. Und ein Bankier, der Stammgast in meinem Salon war, hat mir damals den sehr guten Rat gegeben, mein Geld in Gummifabriken in Südamerika zu investieren. Deswegen habe ich selbst heute noch Geld auf dem Konto.« Sie lächelte schwach. »Und es macht mich sehr glücklich, dass ich dir und deinem Vater genug hinterlassen kann, um euch das Leben zu erleichtern.«

Mir kamen die Tränen.

»Ich konnte nie gut mit Kindern umgehen. Als dein Vater geboren wurde, war ich selbst noch ein Kind.« Sie legte die Mappe beiseite, und dabei rutschte ein vergilbter Umschlag heraus.

Marthe folgte meinem Blick. Zwei kleine Schwarz-Weiß-Fotos und eine kleine Bleistiftzeichnung lugten aus dem Umschlag hervor.

»Ah ja, die Fotos.«

Marthe nahm die kleinen formellen Porträts in die Hand.

»Das ist Charles«, sagte sie und reichte mir ein Foto von einem Mann in Jackett und Zylinder. Er sah genauso gut aus, wie ich ihn mir vorgestellt hatte, mit aristokratischen Zügen und dunklen Augen.

»Kaum zu glauben, dass er schon so lange tot ist.« Sie berührte das Foto mit der Fingerspitze. »Er war erst vierzig, als er gestorben ist. Ich bin alt geworden, er leider nicht.« Sie legte das Foto weg und nahm die Zeichnung.

»Er ist nicht mehr dazu gekommen, das hier zu vollenden …« Ihr versagte die Stimme. »Ich habe es jedoch trotzdem aufbewahrt.«

Es war das halb fertige Porträt von Marthe, das Charles mit wenigen zittrigen Strichen zu Papier gebracht hatte.

»Du kannst dich glücklich schätzen, dass zwei wunderbare Männer dich porträtiert haben«, sagte ich und nahm ihre Hand.

Sie lächelte, und ich sah, dass sie mit den Tränen kämpfte.

»Und wer ist das auf dem anderen Foto?«

Sie nahm das kleine Foto in die Hand. Es zeigte ein Paar mit einem kleinen Kind. Die Frau trug eine strenge schwarze Jacke über einem langen schwarzen Kleid, eine Hand hatte sie dem Kind auf die Schulter gelegt. Der Mann, von untersetzter Statur und mit schütterem Haar und Vollbart, war ein enormer Kontrast zu dem eleganten Charles. Aber so wie er in die Kamera blickte, wirkten seine Augen freundlich.

Ich betrachtete die Gesichter. Als ich die Augen des kleinen Jungen sah, wusste ich sofort, wer er war.

»Das sind Louise Franeau und ihr Mann. Und der kleine Junge …«

Ich fiel ihr ins Wort. »Der kleine Junge ist mein Vater.«

Manche behaupten, dass Sterbende es spüren, wenn das Ende naht. Auf Marthe traf es jedenfalls zu.

»Ich bin deinem Vater nie eine Mutter gewesen, Solange, aber vielleicht kann ich euch nach meinem Tod wenigstens finanziell absichern. Das Geld auf meinem Bankkonto wird euch ein sorgloses Leben ermöglichen.«

Ich umklammerte ihre Hand. Ich fand es schrecklich, sie so von ihrem Tod sprechen zu hören.

»Um eins möchte ich dich jedoch bitten, auch wenn es egoistisch klingt ...« Sie nahm das Glas von ihrem Nachttisch und trank einen Schluck.

»Diese Wohnung ... das Porträt über dem Kaminsims ... Versprich mir, dass du nichts von alldem verkaufst, dass du alles so lässt, wie es ist.« Ihre Augen wurden feucht. »Es klingt bestimmt lächerlich, doch es ist mir wirklich sehr wichtig.«

»Du möchtest, dass alles so bleibt, wie es ist?«, fragte ich verblüfft.

»Ja, auf diese Weise wird ein Teil von mir nach meinem Tod weiterleben.« Sie nahm das Buch von ihrem Nachttisch. *»Pour vivre heureux, vivons cachés.«* Sie flüsterte die Worte mit einer Ehrfurcht, als wären sie ihr Lebensmotto. »Wer glücklich sein will, lebe im Verborgenen.« Während sie die Worte aussprach, überkam sie eine tiefe Ruhe.

In dem Moment begriff ich: Meine Großmutter glaubte, solange ihre Wohnung unverändert blieb – das Porträt über dem Kaminsims, ihre kostbare Sammlung –, würde die Erinnerung an sie erhalten bleiben.

Sie wusste nicht, dass sie bereits für ihre Unsterblichkeit gesorgt hatte. Sie hatte mir ihre Lebensgeschichte erzählt, und ich würde ihre Worte niemals vergessen.

Zwei Tage später starb meine Großmutter, kurz nachdem der Arzt ihr eine letzte Dosis Morphium verabreicht hatte. Ich hielt ihre Hand, bis sie erkaltete.

In meinem Telegramm an meinen Vater, in dem ich ihn über Marthes Tod informierte, bat ich ihn inständig, mir mitzuteilen, ob es ihm gut ging.

Aber auch diesmal erhielt ich keine Antwort.

Da Giselle dem Bestatter nicht zutraute, dass er Marthe so herrichtete, wie sie es sich gewünscht hatte, nahm sie Marthes Lieblingslippenstift, ihren Puder und ihre Schildpattkämme, außerdem Marthes fliederfarbenes Lieblingskleid und verschwand damit im Schlafzimmer.

Zum Glück bat sie mich nicht, sie zu begleiten.

Später drückten wir Marthe Charles' goldene Taschenuhr in die kalten Hände. Dann fiel mir auf, dass sie ihre Perlen nicht trug.

»Wo ist die Perlenkette, Giselle?«, fragte ich besorgt. Noch nie hatte ich meine Großmutter ohne ihre Perlen gesehen.

»Die habe ich für Sie aufgehoben.« Sie ging zu Marthes Kommode, auf der eine mit Leder bezogene Schmuckschachtel stand. »Hier ist sie drin. Madame hätte sich gewünscht, dass Sie sie tragen.«

Plötzlich war ich tieftraurig. Zu wissen, dass Marthes Perlen sich in der Schmuckschachtel befanden, machte ihren Tod umso realer.

Ich nahm die Schachtel von Giselle entgegen und öffnete sie vorsichtig. Der Schmetterlingsverschluss mit den Smaragden funkelte, als wollte er etwas von Marthes Übermut ausstrahlen.

»Kommen Sie, ich lege sie Ihnen an, Mademoiselle«, sagte Giselle. »Jetzt haben Sie immer einen Teil von ihr bei sich.«

Ich fasste mir in den Nacken und hob meine Haare an. Giselle legte mir die Kette um den Hals und ließ den Verschluss einrasten.

Die Perlen fühlten sich kühl an, und ich wunderte mich, wie schwer der kleine Schmetterling war. Marthe hatte ihn immer unter ihrem Haar verborgen, als wäre er ein Geheimnis.

Als ich die Perlen mit den Fingerspitzen berührte, hatte ich das Gefühl, der einzigartige Unabhängigkeitsgeist meiner Großmutter würde sich auf mich übertragen. Die Kette, auch wenn es sich nicht um die ursprünglichen Perlen handelte, war ein Symbol für Marthes Stärke und Durchhaltewillen. Ich würde ihre eleganten Perlen in stolzer Erinnerung an sie tragen. Und ich würde genau wie sie den Smaragdverschluss unter den Haaren tragen, der kleine Schmetterling würde mein Geheimnis sein.

Gérard, der Concierge half mir, alles mit dem Bestattungsinstitut zu arrangieren.

Dieser sanfte Mann, dessen Vater Marthe einst geholfen hatte, den todkranken Charles aus der Wohnung im achten Stock in eine Kutsche zu schaffen, half mir jetzt, bei Marthes Beerdigung. Das Ironische daran entging mir nicht.

»Es ist mir eine Ehre, Ihnen zu helfen, Mademoiselle«, sagte er und zog seinen Hut.

»Wie liebenswürdig von Ihnen«, gab ich zurück. »Sie sind so viel mehr als ein Concierge! Ich verstehe, warum Marthe und Giselle so große Stücke auf Sie halten.«

»Mein Vater hat immer gesagt, der Concierge ist der Torwächter eines Hauses«, entgegnete er. »Seine Tätigkeit erschöpft sich nicht darin, Pakete für die Hausbewohner entgegenzunehmen. Ich bin dafür verantwortlich, darauf zu achten, wer das Haus betritt und wer es verlässt. Ihrer Großmutter auf ihrem letzten Weg zu Diensten zu sein betrachte ich nicht als Pflicht, sondern als Ehre.«

Drei Tage später begleitete eine in Schwarz gekleidete Prozession Marthe bei strömendem Regen zum Friedhof Père Lachaise.

Marthes Anwalt, den ich gleich nach ihrem Tod angerufen hatte, hatte mir mitgeteilt, dass Marthe bereits vor Jahren auf dem berühmten Friedhof eine Grabstätte erworben hatte. Aber als Alex, Monsieur Armel, Giselle und ich vor dem Grab standen und darauf warteten, dass der Sarg in die Erde gelassen wurde, sah ich zu meiner großen Überraschung, dass bereits ein Name in den Grabstein aus poliertem Granit gemeißelt worden war.

Ich trat näher, um den Namen zu lesen. »Odette Rose Beaugiron, 1869-1874« stand da. Marthe hatte mir nie erzählt, dass sie ihre Schwester auf dem ehrwürdigen Friedhof hatte beisetzen lassen, erst recht nicht, dass Odettes Name in den Grabstein gemeißelt war, der auch einmal ihren eigenen Namen tragen würde. Die Geste rührte mich zutiefst, und beim Anblick des regennassen Grabsteins brach ich in Tränen aus.

Alex legte mir einen Arm um die Taille, und als ich mich umdrehte und seine sanften Augen sah, fühlte ich mich gleich getröstet.

»Komm«, sagte er und führte mich um die Grube herum, die für Marthes Sarg ausgehoben worden war.

Ich hatte mit dem Bestatter ausgemacht, dass es ein säkulares Begräbnis sein sollte. Marthe war nie verheiratet gewesen, hatte jedoch eine Enkelin, was bedeutete, dass sie ein uneheliches Kind geboren hatte, weswegen wir sowieso keinen Priester gefunden hätten, der bereit gewesen wäre, einen Trauergottesdienst abzuhalten.

Und so standen nur Giselle, Alex, Monsieur Armel und ich an Marthes Grab, während einige Männer in schwarzen Anzügen darauf warteten, den Sarg in die Erde zu lassen.

Giselle hatte zwei Blumensträuße besorgt, einen aus Rosen, einen aus Veilchen. Ich hielt die Veilchen in der Hand, wusste ich doch, dass es Marthes Lieblingsblumen gewesen waren. Nacheinander legten wir unsere Sträuße auf den Sarg. Wir blieben noch einige Minuten dort stehen, die Blumen bebten unter den Regentropfen.

Erst auf dem Weg zum Taxi, das Monsieur Armel netterweise bestellt hatte, sah ich Gérard in einiger Entfernung auf dem Friedhof stehen, in der Hand ein Gebinde mit weißen Rosen. In seinem Mantel, das Gesicht halb unter einem Regenschirm verborgen, hätte ich ihn beinahe nicht erkannt.

Monsieur Armel war sehr um mich besorgt. »Ich würde Sie gern zum Mittagessen einladen«, sagte er. »Oder wir könnten Sie nach Hause begleiten und Ihnen noch ein paar Stunden Gesellschaft leisten.« Er fühlte sich verpflichtet, die Rolle meines abwesenden Vaters zu übernehmen.

Da keine Trauergäste zu erwarten waren, hatte ich keinen Empfang vorbereitet. Ich hatte mehrere Nächte an Marthes Bett gewacht und war unglaublich müde. »Vielen Dank«, sagte ich, so höflich ich konnte. »Aber ich möchte einfach nur schlafen. Ich habe Giselle nach Hause geschickt und ihr geraten, sich ebenfalls auszuruhen.«

Alex drückte meinen Arm. »Dann setzen wir dich bloß zu Hause ab.«

Das Taxi hielt vor dem Haus.

»Bis bald«, sagte ich zu Alex und küsste ihn auf beide Wangen. »Es war ein langer Tag.«

Ich ging hinein und rief den Aufzug. Ich hatte keine Kraft, die Treppe hochzusteigen. Oben angekommen schloss ich die Tür auf.

In der leeren Wohnung klapperten meine Schritte auf dem Parkett. Ich konnte nicht glauben, dass ich Marthe nie wieder in einem ihrer Seidenkleider durch die Wohnung schweben sehen würde, dass ich nie wieder eine von ihren Geschichten oder ihr kehliges Lachen hören würde. Ich ging auf direktem Weg in das kleine Zimmer, in dem ich seit einigen Monaten wohnte.

Ich schloss die Tür und warf mich aufs Bett. Erst dann ließ ich meinen Tränen freien Lauf.

Die nächsten anderthalb Tage bewegte ich mich mit großer Vorsicht in der Wohnung.

Mir war, als wäre ich in ein Gemälde eingetreten, in das ich nicht gehörte. Jedes Zimmer war von Marthes persönlicher Handschrift geprägt. Die austerngrauen Wände. Die Porzellanvasen in den Regalen. Die Vorhänge und die

Polstermöbel, der Kontrast zwischen den Seidenstoffen und den Bezügen aus Samt.

Manchmal hielt ich inne und atmete tief ein in der Hoffnung, den Duft ihres Parfüms zu riechen. Manchmal, wenn ich in einen der goldgerahmten Spiegel schaute, meinte ich fast, sie neben mir stehen zu sehen. Ich hörte ihre Stimme, ihr Lachen. Und immer wieder, als würde mich ein unsichtbares Seil dorthin ziehen, ging ich in den Salon und betrachtete ihr Porträt.

Wenn es je ein Bild gegeben hatte, das ein Eigenleben besaß, dann war es das Porträt von Marthe. Es hatte mich schon immer fasziniert, aber jetzt, da Marthe nicht mehr lebte, zog es mich vollends in seinen Bann. Sobald ich den Salon betrat, spürte ich ihre Gegenwart.

Ich setzte mich aufs Sofa, wo Charles immer gesessen, Marthes Hand gehalten und das Bild betrachtet hatte. Marthe war genau so getroffen, wie sie es sich gewünscht hatte, in unvergänglicher Schönheit. Die ganze Wohnung war von ihrem Geist erfüllt, und das Porträt war ihr schlagendes Herz.

Selbst wenn sie mich nicht darum gebeten hätte, wäre es mir nicht möglich gewesen, hier irgendetwas zu ändern. Nie im Leben hätte ich es übers Herz bringen können, das Porträt von der Wand zu nehmen oder die Wohnung zu verkaufen. Es wäre mir nach allem, was sie für Alex und mich getan hatte, nicht nur wie Verrat erschienen, ich hätte es wie ein Verbrechen empfunden.

Abends verkroch ich mich in meinem kleinen Zimmer, wo ich umgeben war von meinen Sachen – meinen Kleidern, meinen Notizheften, meinen Büchern. Die alte

Mickymaus-Puppe hatte ich mir neben das Kopfkissen gelegt. Wenn ich weiterhin hier wohnen wollte, war es das Beste, mich in meinem Zimmer zu verbarrikadieren. So hatte ich wenigstens nicht das Gefühl, unbefugt in Marthes Räumen herumzutrampeln. Zwar fühlte ich mich schon seit einer geraumen Weile nicht mehr als Gast, aber ich war auch nicht die Hausherrin, auch wenn Marthe mir und meinem Vater die Wohnung vererbt hatte.

Und von meinem Vater hatte ich immer noch kein Lebenszeichen.

Wenn ich nachts das Dröhnen von Flugzeugen über mir hörte, zog ich mir die Decke bis unters Kinn.

51

Mai 1940

In den Tagen nach Marthes Beerdigung wartete ich auf Nachrichten von meinem Vater. Das Radio, das Marthe nie angerührt hatte, ließ ich fast die ganze Zeit eingeschaltet und trug es überall in der Wohnung mit mir herum, um keine Nachrichten zu verpassen.

Meistens ließ ich alle Vorhänge zugezogen, anstatt das Sonnenlicht hereinzulassen, so wie Marthe es immer getan hatte. Ohne mich anzuziehen, lief ich den ganzen Tag in Nachthemd und Morgenmantel herum.

Alex, der sich Sorgen machte, weil er nichts von mir hörte, kam überraschend zu Besuch. »Wo ist denn Giselle?«, fragte er. »Du solltest nicht allein sein.«

»Ich habe ihr eine Woche frei gegeben«, sagte ich.

»Du siehst furchtbar aus«, sagte er, zog seine Jacke aus und hängte sie über einen Stuhl.

»Ich warte dringend auf ein Lebenszeichen von meinem Vater. Er hat überhaupt nicht auf die Nachricht von Marthes Tod reagiert.«

»Jetzt in Kriegszeiten funktioniert die Post eben nicht so reibungslos«, sagte er und schob mir eine Haarsträhne aus dem Gesicht. »Du siehst aus, als hättest du nicht geschlafen.«

Ich nickte. Es stimmte. Allein in der Wohnung fand ich einfach keinen Schlaf. Überall spürte ich Marthes Gegenwart. Wo ich auch hinschaute, sah ich Spuren von ihr, sei es ihre Sammlung, ihr Porträt, seien es die leeren Vasen, in denen sie immer frische Blumen gehabt hatte.

Mein kleines Zimmer war der einzige Ort, der nicht übersät war mit ihren Fingerabdrücken. Aber sosehr ich das Bedürfnis hatte, mich mit meinen Notizheften und meinen Büchern in meinem Zimmer zu verkriechen, hielt ich mich in den anderen Räumen auf, weil ich unbedingt die Nachrichten hören wollte.

»Du solltest zu uns ziehen«, sagte Alex. »Ich mache mir Sorgen. Hier bist du doch nicht zu Hause.«

Ich dachte an die Wohnung, in der ich aufgewachsen war. An den hölzernen Küchentisch, den Bücherschrank meiner Mutter, an mein Zimmer mit dem schmalen Bett und der geblümten Bettdecke.

»Ich könnte zurück in unsere alte Wohnung gehen. Ich bin ja nur zu Marthe gezogen, weil mein Vater nicht wollte, dass ich allein war ...«

»Ganz genau. Und deswegen solltest du auch nicht in eure alte Wohnung zurückkehren, sondern zu uns ziehen, wo du unter Leuten bist.« Er nahm meine Hand. »Bitte«, sagte er. »Bitte komm mit.«

Und so packte ich wieder meine Sachen. Ich faltete meine Kleider und wickelte das Porträt meiner Eltern in einen wollenen Schal.

»Soll ich die Haggada und den Zemirot auch mitnehmen, was meinst du?«, fragte ich Alex. »Ich hätte kein gutes Gefühl dabei, sie hier zu lassen.«

»Nein, nimm sie mit.«

»Wenn du meinen Koffer trägst, nehme ich die Bücher«, schlug ich vor. Ich hatte nicht mehr in den beiden Bänden geblättert, seit ich sie Marthe vor dem Essen bei den Armels gezeigt hatte. Auf Monsieur Armels Rat hin hatte ich sie in mehrere Lagen braunes Papier gewickelt und unter mein Bett geschoben, wo sie vor dem Tageslicht geschützt waren.

»Es ist mir eine Ehre«, sagte Alex und nahm meinen Koffer.

Die kostbaren Bücher meiner Mutter an die Brust gedrückt, folgte ich ihm aus der Wohnung.

Als wir ankamen, trafen wir Alex' Vater und Solomon am Esstisch an. Seit Monsieur Armel seinen Laden hatte aufgeben müssen, war das Esszimmer zu einer behelfsmäßigen Werkstatt geworden.

Die beiden Männer beugten sich über ein Buch, das aussah, als wäre es schon Jahrhunderte alt.

»Bitte, entschuldigen Sie die Unordnung«, sagte Monsieur Armel zu mir. »Wir überlegen gerade, wie man die Bindung am besten reparieren kann.«

Ich lächelte. Es gefiel mir, sie über einem Buch brüten zu sehen, das so aussah, als wäre es so alt wie die Haggada, die ich mitgebracht hatte.

»Ich wollte Solange nicht länger allein in der Wohnung lassen«, sagte Alex zu seinem Vater. »Ich habe ihr unser Gästezimmer angeboten.«

»Gute Idee«, sagte Monsieur Armel, ohne zu zögern.

»In so gefährlichen Zeiten sollte eine junge Frau nicht auf sich allein gestellt sein.«

Meine Wangen wurden heiß. Ich wollte nicht als schutzbedürftig dastehen, gleichzeitig tat es gut, dass Alex und sein Vater sich um mich kümmerten.

»Unsere Tür steht Ihnen immer offen, Solange«, sagte Monsieur Armel.

Solomon wischte sich mit einem Taschentuch über die Stirn. »Vielleicht können wir uns das morgen noch mal ansehen, Bernard. Mal sehen, ob mir bis dahin etwas einfällt. Auf jeden Fall muss die Bindung repariert werden.«

»Ja, ja, natürlich«, sagte Monsieur Armel. Er stand auf und reckte sich. »Aber wir dürfen nicht vergessen, dass ich den Freys versprochen habe, das Buch zu reparieren, bevor sie am Sonntag abreisen.«

Eine knappe Woche später saßen wir um das Radio der Armels versammelt und hörten die schreckliche Nachricht. Die Deutschen hatten innerhalb weniger Tage Belgien, Luxemburg und die Niederlande überrannt und rückten jetzt nach Frankreich vor. Die Schnelligkeit des deutschen Vormarschs kam für alle Franzosen völlig überraschend. Die Deutschen schienen tatsächlich unbesiegbar zu sein.

»Wenn sie in Frankreich einmarschieren, was wird dann aus meinem Vater?«, stammelte ich.

Alex zog mich an sich. »Er ist in einem Lazarett, nicht an der Front«, versuchte er, mich zu beruhigen.

Doch ich sah nur den Bombenhagel vor mir und wie sich mein Vater, der nichts so sehr verabscheute wie das

Chaos, mitten in dem Blutvergießen um Ordnung bemühte.

Monsieur Armel wirkte blass. Er drehte die Lautstärke herunter, aber anscheinend hatte er dabei aus Versehen den Sender verstellt, denn plötzlich war nur noch lautes Rauschen zu hören.

Ich schaute zu Boden und wünschte, ich könnte wie Marthe die Außenwelt mit allem Hässlichen einfach ausblenden.

Als ich noch klein war, summte meine Mutter gerne mit, wenn Charles Trenet im Radio sang, doch heutzutage brachte das Radio keine Unterhaltung, sondern nur noch Verzweiflung. Das Rauschen war wie ein böses Omen. Obwohl wir uns in einem Wohnzimmer befanden, klang es, als befänden wir uns inmitten eines Bienenschwarms.

Am nächsten Tag marschierte die deutsche Wehrmacht in Frankreich ein.

Doch es ertönte kein Aufschrei, im Gegenteil, eine gespenstische Stille legte sich über Paris.

Es war Mitte Mai, es war Frühling, normalerweise war die Stadt um diese Zeit voller Leben, normalerweise flanierten die Pariserinnen in luftigen, farbenfrohen Kleidern durch die Straßen. Jetzt schien aber ganz Paris den Atem anzuhalten, anstatt sich über das Ende des langen Winters zu freuen.

»Alle haben Angst«, sagte Alex und schaute aus einem der hohen Fenster auf die Straße hinunter. »Schau mal, gestern Abend haben sie die Straßenlaternen mit blauem Papier abgedeckt, um es der Luftwaffe so schwer wie möglich zu machen, die Stadt gezielt zu bombardieren.«

»Es wurden auch Flugblätter in allen Häusern verteilt«, sagte Solomon, der dabei war, seine Sachen einzupacken. »Da steht drauf, man soll möglichst wenig Licht machen und die Fensterläden schließen. Als Nächstes sagen sie uns, wir sollen die Augen zumachen ... Sie verdunkeln die Stadt, weil sie nicht wollen, dass wir es sehen, wenn die Deutschen kommen ...«

Seit der Nachricht, dass die Deutschen sich auf französischem Boden befanden, waren wir alle hochgradig nervös. Ich spürte, unter welchem Druck Monsieur Armel stand, und bemühte mich, möglichst wenig zur Last zu fallen. Ich stand in aller Herrgottsfrühe auf, damit das Bad für die anderen frei war.

Ich ging in die Küche und kochte Kaffee für Alex und seinen Vater. Ich spülte das Geschirr vom Vorabend und wischte den Tisch ab. Seit ich eingezogen war, arbeitete Monsieur Armel stets bis spät in die Nacht, und es kam nicht selten vor, dass noch eine Tasse oder ein kleiner Teller auf seinem Schreibtisch standen.

Aber als ich eines Morgens in die Küche kam, saßen Monsieur Armel und Solomon Weckstein bereits am Tisch, vor sich eine Tasse Kaffee und in ein ernstes Gespräch vertieft.

»Verzeihen Sie«, stammelte ich. »Ich wusste nicht, dass Sie schon auf sind.«

»Sie brauchen sich nicht zu entschuldigen, Solange«, sagte Monsieur Armel und machte eine wegwerfende Handbewegung. »Solomon und ich unterhalten uns nur ein bisschen, das ist alles.«

Solomon lächelte mich müde an. Seit dem Sederabend

betrachteten wir einander nicht mehr als Fremde, sondern als Angehörige der erweiterten Familie Armel. Solomon hatte mir sogar eine Beileidskarte geschickt, als Marthe gestorben war.

Solomon nahm einen Umschlag mit einigen Geldscheinen vom Tisch und ließ ihn hastig in seiner Brusttasche verschwinden. Ich vermutete, dass Monsieur Armel immer noch versuchte, seinen einzigen Angestellten, der Frau und Kinder ernähren musste, zu bezahlen.

»Ich muss los, Bernard«, sagte er und stand auf.

»Grüß Rachel und die Kinder von mir«, sagte Monsieur Armel und klopfte ihm auf die Schulter. »Und keine Sorge. Ohne den besten Buchrestaurator der Welt gehe ich nirgendwohin. Wir verlassen Paris gemeinsam, das verspreche ich dir.«

Nachdem Solomon gegangen war, setzte Monsieur Armel sich wieder an den Tisch und stützte den Kopf in die Hände.

52

Mai 1940

»Ich möchte Ihnen einen Vorschlag machen«, sagte Monsieur Armel. »Ich habe Alex noch nicht eingeweiht, weil er mir bestimmt nicht erlaubt hätte, mit Ihnen darüber zu sprechen.«

»Sie können mit mir über alles sprechen«, sagte ich. »Ich stehe tief in Ihrer Schuld.«

»Lassen Sie uns nicht von Schuld sprechen, Solange. Ihre Großmutter hat meinem Sohn das Leben gerettet, also bin ich derjenige, der in Ihrer Schuld steht. Im Moment haben wir jedoch ganz andere Sorgen, und die Zeit drängt. Mit jedem Tag, der vergeht, kommen die Deutschen Paris näher, und ich möchte nicht warten, bis es zu spät ist.«

Ich verschränkte die Arme und wartete darauf, was er mir zu sagen hatte.

»Ich habe alle meine ehemaligen Kunden angeschrieben, in der Hoffnung, mein restliches Inventar verkaufen zu können. Alle scheinen allerdings das gleiche Problem zu haben wie ich. Alle guten jüdischen Buchhändler versuchen, ihre Ware loszuwerden und so schnell wie möglich aus Europa zu verschwinden.«

Ich hob fragend die Brauen.

Monsieur Armel rang die Hände. Offensichtlich fiel es ihm sehr schwer auszusprechen, was ihm auf dem Herzen lag.

»Erinnern Sie sich an einen Herrn namens Frédéric Clavel, der sich neulich im Café mit Alex unterhalten hat, als Sie eintrafen?«

Ich nickte.

»Er war gestern hier. Er sagt, er kennt einen Händler, der sehr daran interessiert wäre, Ihre Haggada zu kaufen.«

Einen Moment lang schwieg ich. Ich musste erst einmal sacken lassen, was ich gerade gehört hatte.

»Wirklich?«

»Ja. Anscheinend hat er sie vor Jahren, als sie sich noch im Besitz Ihres Großvaters befand, einmal zu Gesicht bekommen, ebenso wie ich. Er weiß, wie selten und wertvoll das Buch ist.«

Ich zögerte. »Also, er hat mich schon im Café gefragt, ob ich Interesse hätte, sie ihm zu verkaufen.«

»Und wenn ich richtig informiert bin, haben Sie abgelehnt.«

»Ja. Zum Glück hat Alex für mich gesprochen.«

Monsieur Armel lächelte. »Das kann ich mir vorstellen. Und wahrscheinlich hat er hinzugefügt, wenn Sie nicht willens seien, uns das Buch zu verkaufen, warum sollten Sie es dann ihm überlassen, richtig?«

»Genau.«

»Und wenn Ihr Buch uns allen helfen könnte, aus Frankreich zu verschwinden?«

Ich schaute ihn verständnislos an. »Wie bitte?«

Er holte tief Luft, den Blick auf den Tisch gesenkt, dann hob er den Kopf und schaute mich an.

»Monsieur Clavel sagt, die Summe, die der Händler für das Buch bietet, sei – *considérable.*«

»Wenn Sie sagen *uns alle*, meinen Sie damit sich selbst und Alex und Solomon und seine Familie?«

»Ja. Und Sie natürlich.«

Ich atmete erleichtert auf.

Die Haggada und der nicht ganz so wertvolle Zemirot bedeuteten mir viel, weil sie Erinnerungsstücke an meine Mutter waren. Aber ich glaubte auch, dass diesen Büchern ein ganz eigenes Schicksal beschieden war. Sie hatten mich mit den Armels zusammengebracht, und ich war bereit, sie zu verkaufen, wenn ich damit die Menschen retten konnte, die ich liebte.

»Wenn das Geld von dem Erlös uns allen eine sichere Überfahrt nach Amerika ermöglicht, bin ich natürlich bereit, mich von den Büchern zu trennen.«

»Ich weiß, dass das für Sie keine einfache Entscheidung ist, Solange. Vor allem, da Sie keine Nachricht von Ihrem Vater haben.«

Ich senkte den Blick. Ich hatte jetzt schon seit Monaten nichts von meinem Vater gehört. Und im Radio hatten wir mitbekommen, dass die Gegend, in der das Militärkrankenhaus sich befand, stark bombardiert worden war.

»Ich würde nicht wollen, dass meine Tochter allein in Paris bleibt«, sagte Monsieur Armel. »Ich würde mir wünschen, dass sie sich in Sicherheit bringt.«

»Ja, deswegen wollte er ja auch, dass ich zu meiner Großmutter ziehe«, sagte ich. »Als er seinen Dienst antreten musste, war meine Sicherheit seine einzige Sorge.«

»Und deswegen hat Alex Ihnen angeboten, zu uns zu ziehen. Es ist nur menschlich, dass wir diejenigen beschützen wollen, die wir lieben.«

Monsier Armels Worte rührten mich, und ich kämpfte mit den Tränen. »Ich bin so froh, dass meine Mutter mir etwas so Kostbares hinterlassen hat. Wer hätte gedacht, dass die beiden Bücher einmal Leben retten würden?«

Monsieur Armel hatte wieder Farbe bekommen. Er stand auf und umarmte mich.

Am Nachmittag ging ich ins Gästezimmer, packte die Haggada aus und hielt sie in den Händen. Ihr Gewicht hatte mich schon immer beeindruckt, aber jetzt schien sie noch schwerer zu sein als zuvor, gefüllt mit tieferer Bedeutung.

Ich betrachtete noch einmal die Illustrationen, blätterte die vergilbten Seiten eine nach der anderen um. Ich erinnerte mich daran, wie Alex mir vieles erklärt hatte, als wir allein gewesen waren. Die stilisierten Darstellungen der Matze und des Tellers mit den Bitterkräutern; die Heuschreckenplage, die den Himmel verdunkelte, und der Tod der Erstgeborenen. Die Farben, vor allem Rot, Blau und Gold, besaßen nach all den Jahrhunderten immer noch eine erstaunliche Leuchtkraft.

Die ganze Zeit musste ich an die Geschichte des Auszugs der Israeliten aus Ägypten denken. Wenn es Monsieur Armel gelang, die Haggada zu verkaufen, würde das Geld uns die Ausreise aus Frankreich ermöglichen, unseren eigenen Exodus. Mein Koffer lag unter dem Bett, in dem ich jetzt schlief. Ich war bereit aufzubrechen, sobald Monsieur Armel zum Aufbruch blies.

Von Tag zu Tag wuchs die Anspannung. Es war Ende Mai, die Läden waren so gut wie leer. Während die Kirschblütenblätter zu Boden rieselten, schauten wir zum Himmel hoch und hofften, dass die Deutschen noch ein bisschen warteten mit dem Bombardieren. Unsere Gebete wurden jedoch nicht erhört.

Als wir am 4. Juni gerade unser Mittagessen beendet hatten, ertönten die Luftschutzsirenen. Wir hörten ein dumpfes Dröhnen am Himmel und wussten, dass wir nur wenige Minuten Zeit hatten, uns im Luftschutzkeller auf der anderen Straßenseite in Sicherheit zu bringen.

Ich erinnere mich nur noch, wie Monsieur Armel schrie: »Los!« Alex und ich schauten uns kurz an, dann sprangen wir auf. Wir ließen alles stehen und liegen: Brot auf dem Tisch, das Radio eingeschaltet. Jetzt galt es nur, lebend aus dem Haus zu kommen. Niemand erwähnte seltene Bücher oder eine kostbare Haggada. Wir rannten aus der Wohnung, und als der blaue Himmel sich grau färbte, konnten wir nur hoffen, dass wir es in den Keller schafften, bevor eine Feuersbrunst die ganze Stadt in rotes Licht tauchte.

Als wir den dunklen, feuchten Keller betraten, sahen wir im flackernden Licht von Gaslampen ganze Familien, die sich zusammendrängten. Ich schmiegte mich dicht an Alex, froh, ihn neben mir zu haben.

In einer Ecke versuchte eine Frau, ihre kleinen Kinder zu beruhigen, während neben ihr zwei Jungen von vielleicht neun oder zehn Jahren darüber debattierten, ob es besser wäre, im Bombenhagel oder durch Giftgas zu sterben.

»Gas wäre besser«, sagte der eine. »Das ist nicht so

blutig.« Der andere nickte, als hätte ihn sein Freund mit seinem Sinn fürs Praktische beeindruckt.

Mir krampfte sich der Magen zusammen. Wohin war die Welt gekommen, dass Kinder schon über ihren Tod sprachen, als würden sie sich etwas auf einer Speisekarte aussuchen? Als ich mich umschaute und all die ausdruckslosen Gesichter sah, wurde mir bewusst, dass der Krieg einen als Allererstes zwingt, seine Gefühle aufzugeben. Dass man das Chaos nur überstehen konnte, wenn man seine Sinne betäubte.

Als Stunden später Entwarnung gegeben wurde, traten wir hinaus ins Licht. Unsere Augen hatten sich so sehr an die Dunkelheit gewöhnt, dass wir uns geblendet fühlten.

Die Straßen waren übersät mit Glasscherben und Schutt. Schaufenster waren zerborsten, und Straßenlaternen waren aus dem Boden gerissen worden wie wurzellose Bäume.

Monsieur Armel, Alex und ich schauten zur anderen Straßenseite hinüber und atmeten erleichtert auf, als wir feststellten, dass unser Haus noch stand. Wir überquerten die Straße, unter unseren Füßen knirschten die Scherben.

Obwohl die Wohnung keinen Schaden davongetragen hatte, waren wir zutiefst erschüttert. Viele Häuser in der näheren Umgebung hatten nicht so viel Glück gehabt, und aus den Ruinen stieg Rauch auf. Zerrissene Vorhänge wehten aus zersplitterten Fenstern wie bleiche Gespenster. Ein Schreibtisch, der vielleicht von der Wucht eines Bombeneinschlags aus dem Haus geschleudert worden war, lag, in zwei Teile zerbrochen, mitten auf der Straße.

Später erfuhren wir, dass es das 61. Arrondissement, das gar nicht so weit von uns entfernt war, am schlimmsten getroffen hatte. Die Deutschen hatten die am Stadtrand gelegenen Fabriken von Renault und Citroën bombardiert, aber auch die umliegenden Gebiete waren von den tausend Bomben, die die Deutschen abgeworfen hatten, nicht verschont worden.

Wenn wir einen Weckruf gebraucht hatten, dann hatten wir ihn bekommen. Im Radio wurde das Ausmaß der Schäden verkündet: Hunderte Tote, Dutzende Brände, fünfzehn zerstörte Fabriken. Wir wussten alle, dass die Kämpfe eskalieren würden und dass es immer gefährlicher wurde, in Paris zu bleiben.

Ich sah Monsieur Armel die Angst an, aber ich wusste auch, dass er den Handel mit Clavels Kontaktperson über die Bühne gebracht hatte.

»Monsieur Clavel hat für uns in Marseille ein Treffen mit einem Händler arrangiert, der den Kauf des Buchs für den Sammler abwickeln wird«, erklärte er uns.

Am späten Nachmittag verkündete er, dass wir in vier Tagen in Richtung Süden aufbrechen würden. »Wir können nur das Allernötigste mitnehmen. Solomon und seine Familie kommen mit uns.«

Er wirkte erschöpft. »Solange, Sie müssen sich noch um die Wohnung Ihres Vaters und die Wohnung Ihrer Großmutter kümmern. Ich habe einer Organisation, die die Ausreise von Juden aus Frankreich arrangiert, bereits eine Anzahlung geleistet. Wir bekommen Transitvisa und Schiffspassagen. Aber wir dürfen keine Zeit verlieren. Die Visa gelten nur für eine bestimmte Zeit, und das Schiff wird in Lissabon nicht auf uns warten.«

Während Monsieur Armel und Alex ihre Vorbereitungen für die Abreise trafen, musste ich zwei Wohnungen verriegeln. In der Wohnung, in der ich aufgewachsen war, gab es inzwischen fast nichts mehr, woran mein Herz hing, denn ich hatte ja schon alle meine persönlichen Dinge in die Wohnung meiner Großmutter geholt. Mein Vater hatte vor seiner Abreise bereits alle wichtigen Papiere geordnet, und es war kaum noch etwas von Wert übrig geblieben bis auf den schönen Bücherschrank meiner Mutter, den ich sowieso nicht mitnehmen konnte. Aber wenn ich die Haggada verkaufte, wollte ich stattdessen ein anderes Buch, das mich mit meiner Mutter verband. Und so ging ich noch einmal in die Wohnung, um mir ein letztes Andenken an sie zu holen, bevor ich Paris verließ.

»Soll ich dich begleiten?«, fragte Alex. Er stand im Wohnzimmer und ging die Bücherschränke durch, um zu sehen, ob noch etwas dabei war, das sich verkaufen ließ.

»Nein, danke«, sagte ich. »Das ist lieb von dir, aber ich glaube, das muss ich allein machen.«

Eine knappe Stunde später öffnete ich die Haustür und stieg die schmale Treppe hoch, wie ich es so oft getan hatte.

Obwohl wir inzwischen Frühsommer hatten, war es kühl in der Wohnung, und es roch nach Leere. In dem

Moment wurde mir bewusst, dass die Gerüche und Klänge des Lebens einer Wohnung Wärme verleihen. Dasselbe galt für Marthes Wohnung. Ohne den Duft frischer Blumen, ohne ihr Parfüm und das Klappern ihrer Absätze auf dem Parkett kam ich mir dort vor wie in einem Mausoleum.

Der einzige Farbklecks in unserer alten Wohnung war der Bücherschrank meiner Mutter. Ich betrachtete die vielen Buchrücken, dicke und dünne; die meisten waren Romane, aber es gab auch zahlreiche Gedichtbände. Ich konnte nur ein Buch als Andenken mitnehmen, und es sollte eines sein, das sie oft in den Händen gehalten hatte. Ich nahm das Märchenbuch aus dem Schrank, aus dem sie mir vorgelesen hatte, als ich noch klein war. Der papierne Schutzumschlag war abgegriffen, und die Seiten waren vergilbt, doch als ich das Buch aufschlug und die Nase hineinsteckte, erinnerte mich der Geruch an meine Mutter. Froh, den Duft meiner Kindheit mitnehmen zu können, steckte ich das Buch in meine Tasche.

Ich ging in mein altes Zimmer. Mir war, als befände ich mich in einer Puppenstube. Alles wirkte kleiner, als ich es in Erinnerung hatte. Mein Bett mit der geblümten Bettwäsche sah aus wie ein Kinderbett. Mein Stuhl mit dem hellgelben Kissen sah aus wie ein Kinderstuhl. Selbst mein hölzerner Schreibtisch sah aus wie für ein Kind gemacht. Als ich mit der Hand über die Platte fuhr, stellte ich fest, dass sich meine Schrift im Lauf der Jahre durch das Papier in das Holz des Schreibtischs gedrückt hatte. Es war wie ein Palimpsest.

Aus diesem Zimmer wollte ich nichts mitnehmen auf die Reise mit den Armels. Was ich brauchte, hatte ich bereits geholt. Und jetzt, da ich das Buch meiner Mutter eingesteckt hatte, fühlte ich mich im Frieden mit der Vorstellung, dass ich nie wieder hierher zurückkehren würde. Das hier war eine Mietwohnung. Ich wusste nicht, für wie viele Monate im Voraus mein Vater die Miete entrichtet hatte. Wahrscheinlich würde der Eigentümer unsere Wohnung wieder in Besitz nehmen, sobald keine Miete mehr einging und weder mein Vater noch ich uns bei ihm meldeten.

Ganz still verabschiedete ich mich von der Wohnung, in der ich meine Kindheit verbracht hatte. Ich schloss die Tür zu meinem ehemaligen Zimmer und ging ein letztes Mal ins Wohnzimmer. Ich nahm ein Blatt Papier aus dem Schreibtisch meines Vaters und begann zu schreiben:

Lieber Papa,
ich habe Dir mehrmals geschrieben, aber nie eine Antwort erhalten. Ich weiß nicht einmal, ob Du überhaupt noch lebst. Ich bete, dass Du in Sicherheit und unverwundet bist und dass es nur die Umstände sind, die Dich daran hindern, mir mitzuteilen, wie es Dir geht …

Ich steckte meinen Brief in einen Umschlag und schrieb »Für Papa« darauf. Dann verließ ich die Wohnung.

Als ich die Wohnung meiner Großmutter betrat, sah ich zu meiner Überraschung Giselles Tasche in der Diele.

Ich ging in den Salon. Dort stand Giselle auf einer Trittleiter, einen Staubwedel aus Straußenfedern in der Hand, das graue Haar hinter die Ohren geklemmt, und entstaubte den vergoldeten Rahmen von Marthes Porträt.

»Guten Tag, Giselle«, sagte ich und stellte meine Tasche ab. »Mit Ihnen habe ich gar nicht gerechnet. Ich hoffe, Ihnen und Ihrer Familie ist bei der Bombardierung nichts Schlimmes passiert.«

»Nein, Solange, wir haben Glück gehabt, dem Himmel sei Dank.«

Ich reichte ihr eine Hand und half ihr, von der Trittleiter zu steigen.

»Dass Sie bei all dem Chaos noch hierher kommen ... Ich hatte gehofft, dass Sie jetzt, nachdem Marthe tot ist, mehr Zeit für Ihre Familie haben würden.«

Giselle hob die Schultern. »Ich habe fast mein ganzes Leben hier verbracht, Solange. Was sonst soll ich jetzt mit meiner Zeit anfangen?«

Ich schaute sie liebevoll an. Sie war immer noch kräftig. Mit ihrem silbernen Haar und ihren grauen Augen war sie trotz ihres Alters eine attraktive Frau.

»Ich habe diese Wohnung mehr als fünfzig Jahre lang auf Hochglanz gehalten. Manchmal, wenn Ihre Großmutter schwere Zeiten durchmachte, musste ich wochenlang auf mein Geld warten, doch sie hat mich am Ende immer bezahlt.« Ihre Stimme begann leicht zu zittern. »Und wissen Sie was? Vor Kurzem habe ich einen Brief von ihrem Anwalt bekommen. Sie hat mir eine kleine Rente als Altersversorgung hinterlassen.«

»Und die ist wohlverdient«, sagte ich. Als ich mich mit Marthes Anwalt unterhalten hatte, war ich beeindruckt gewesen von der Umsicht, mit der sie ihren Nachlass geregelt hatte. Sie hatte nicht nur einen Rentenfonds für Giselle eingerichtet, sondern auch eine beträchtliche Summe für die jährlichen Kosten ihrer Wohnung hinterlegt.

»Sie sind jetzt ungefähr so alt, wie Ihre Großmutter war, als ich angefangen habe, für sie zu arbeiten«, sagte Giselle. »Sie haben die gleichen wachen Augen, die gleiche seelenvolle Intelligenz. Ich kann Ihnen gar nicht sagen, wie glücklich es mich gemacht hat, als Sie ins Leben Ihrer Großmutter getreten sind.«

Ich schluckte.

»Und mir war Ihre Loyalität meiner Großmutter gegenüber immer ein Trost«, sagte ich.

Sie senkte den Blick. »Ich weiß, dass Sie mich jetzt nicht mehr brauchen. Aber es war mir wichtig, noch einmal herzukommen und mich zu verabschieden.«

Ich lächelte, und mir kamen vor Rührung die Tränen.

»Ich gehe auch fort, Giselle. Ich weiß nicht, wann ich zurückkomme, doch Sie brauchen sich keine Sorgen zu machen, für die Wohnung ist gesorgt. Marthe wird darauf aufpassen.« Ich schaute das Porträt an. »Genau so wie sie es sich gewünscht hat und wie es sein soll.«

»Wir müssen davon ausgehen, dass ich lange fortbleiben werde«, sagte ich zu Giselle. »Deswegen sollten wir alles aus der Wohnung entfernen, was verderblich ist. Nehmen Sie alles mit, was Sie und Ihre Familie gebrauchen können.«

Sie packte alles ein, was noch an Lebensmitteln vorhanden war, Mehl und Zucker, Obstkonserven und getrocknete Kräuter. Ich ging in das kleine Zimmer, das ich seit Dezember bewohnt hatte, und vergewisserte mich, dass ich nichts vergessen hatte. Die Mickymaus-Puppe ließ ich auf dem Bett sitzen. Ich nahm nur die Notizhefte mit, in denen ich Marthes Geschichte aufgeschrieben hatte.

Nachdem ich Giselle umarmt und mich von ihr verabschiedet hatte, machte ich eine letzte Runde durch die Wohnung. Ich ging in Marthes Schlafzimmer, das ich seit ihrem Tod nicht mehr betreten hatte.

Giselle hatte das Bett frisch bezogen. Die Kissen waren aufgeschüttelt wie kleine Wolken, und darüber tanzten in schillernden Farben Marthes geliebte Schmetterlinge.

Zum Schluss betrachtete ich noch einmal das Porträt über dem Kaminsims. Ich hörte Marthes Stimme, als stünde sie neben mir und erzählte mir noch eine Geschichte aus ihrem langen, erfahrungsreichen Leben.

»Geh«, sagte sie dann zu mir. »Ich bin hier in Sicherheit. Ich bin immer noch jung und schön.«

Ihre Perlen, die ich um den Hals trug, schienen eine angenehme Wärme zu verströmen. Ich verabschiedete mich von ihren kostbaren Porzellanvasen, den mit Samt bezogenen Sesseln, dem kleinen Sofa, auf dem sie immer gesessen hatte. Von allem, was Marthe mit großer Sorgfalt für ihre Wohnung ausgewählt hatte. Ich prägte mir alles ein, als handelte es sich um Teile von ihr, die für immer schön und unberührt bleiben würden wie eine geheime Schatzkiste, die vor neugierigen Augen verborgen bleibt.

Erst dann nahm ich den Wohnungsschlüssel aus meiner Tasche, trat ins Treppenhaus hinaus und verriegelte die Tür.

53

Juni 1940

Während der Tage vor unserer Abreise hörten wir, wie draußen vor dem Haus Autos beladen wurden, wie Männer und Frauen einander anschrien, während sie ihre Koffer auf den Autodächern festzurrten und versuchten, sich zu möglichst vielen in die Wagen zu quetschen.

»Geht das nicht ein bisschen leiser?«, stöhnte Monsieur Armel. Er hob die Finger von der Schreibmaschine und massierte sich die Schläfen.

Vom Fenster aus sah ich Koffer und Truhen und aufgerollte Teppiche, die sich auf Autos türmten. Dazwischen liefen Hunde umher.

»Wo wollen die alle hin?«, fragte ich Alex, der neben mir stand.

»Aufs Land. Vielleicht nach Burgund. Manche werden auch in den Süden fahren. Keiner will in der Stadt sein, wenn die nächsten Bomben fallen.«

Zu meiner eigenen Überraschung empfand ich keine Panik. Stattdessen fühlte ich mich wie taub, so als könnte ich es mir nicht erlauben, weiter als ein paar Stunden nach vorn zu denken.

»Sie werden den ganzen Tag brauchen, um aus Paris hinauszukommen, und wahrscheinlich noch ein paar Tage, um an ihr Ziel zu gelangen.«

Ich legte ihm eine Hand auf den Arm. Wir zählten die Tage bis zu unserer Abreise, und unsere Frustration und Ungeduld waren deutlich spürbar.

Ich schaute wieder nach draußen.

»Diese Hunde waren mal geliebte Haustiere«, sagte ich, »und jetzt lassen die Leute sie einfach hier zurück …«

Alex drückte meine Hand.

»Wir lassen niemanden zurück.« Er brachte seinen Mund an mein Ohr und flüsterte: »Das weißt du, Solange. Nicht dich und auch nicht Solomon und seine Familie.«

»Ja, das weiß ich«, sagte ich. »Aber ich wünschte, wir könnten einen von diesen ausgesetzten Hunden mitnehmen.«

Alex schüttelte den Kopf. »Ich auch, aber wir passen so schon kaum alle ins Auto. Irgendjemand wird sich schon um die Hunde kümmern.«

Ich bezweifelte, dass er recht hatte. Wenn die Deutschen in die Stadt einfielen, würden sie dann mit den Hunden besser umgehen als mit den Menschen, die ihnen in die Hände fielen?

Wir brachen im Morgengrauen auf. Wir bemühten uns, möglichst kein Geräusch zu machen, verständigten uns mit Gesten. Draußen flog ein Schwarm schwarzer Vögel über den wolkenverhangenen Himmel.

Wir nahmen nur das Nötigste mit. Da wir zu siebt waren und das Auto nur fünf Sitzplätze hatte, wurde beschlossen, dass Rachel und ich die Kinder auf den Schoß nehmen würden. Monsieur Armel und Solomon waren dabei, die Koffer mit Seilen auf dem Dachgepäckträger zu befestigen.

Ich stand neben dem Auto und wartete auf Monsieur Armels Aufforderung einzusteigen. Alex trat zu mir. »Ich möchte dir etwas geben, bevor wir losfahren«, sagte er.

Er zog einen goldenen Ring aus der Hosentasche und steckte ihn mir an den Finger. »Sieh ihn als ein Versprechen an.«

Ungläubig betrachtete ich den schlichten goldenen Ring. »Das ist der Ehering meiner Mutter«, flüsterte er. »Mein Vater hat ihn mir gestern Abend gegeben.« Er küsste mich. »Wir lassen alles zurück, Solange. Das ist also mein erster Schritt in Richtung eines Neuanfangs, egal, wohin es uns verschlägt.«

Mein Herz pochte wie wild. Ich nahm Alex' Hand. Ich wünschte, ich hätte Marthes Taschenuhr. Ich wünschte, ich könnte die Zeit anhalten.

Aber Monsieur Armel musste den Zeitplan einhalten. Er forderte uns auf einzusteigen.

Während Rachel und die Kinder ins Auto kletterten, kam Monsieur Armel herüber und tätschelte Alex liebevoll den Rücken. »Herzlichen Glückwunsch euch beiden! In Marseille wird gefeiert, doch jetzt haben wir keine Zeit zu verlieren.«

Solomon nahm vorne auf dem Beifahrersitz Platz, und Alex, Rachel und ich quetschten uns mit den Kindern auf die Rückbank.

Leo saß auf Rachels Schoß und zappelte jetzt schon fürchterlich herum.

»Ich kann Eva nehmen«, flüsterte Alex mir zu.

Eva war gerade sechs geworden, aber sie war sehr zart und leicht.

»Sie ist mir nicht zu schwer«, sagte ich. »Es geht schon.« Es tat mir gut, den Duft der Kleinen einzuatmen.

»Wir haben eine lange Fahrt vor uns«, sagte Alex. »Sag mir Bescheid, wenn sie dir doch zu schwer wird.«

Ich betrachtete den schmalen goldenen Ring an meinem Finger, der im Licht schimmerte.

»Mach ich«, versprach ich ihm. Mein Herz pochte. Beinahe war mir, als würde der kleine Schmetterling mit den Smaragden, den ich unter meinem Haar verborgen trug, mit den Flügeln flattern.

Monsieur Armel vergewisserte sich noch einmal, dass die Koffer sicher festgezurrt waren. Am Abend zuvor hatten er und Solomon die Haggada ein letztes Mal begutachtet.

»Sie darf keinen großen Temperaturschwankungen ausgesetzt werden, das könnte dazu führen, dass die Pigmente sich vom Pergament lösen«, hatte Solomon gesagt. »Wir haben dem Händler garantiert, dass die Illustrationen intakt sind, und so sollen sie auch bleiben.«

Wie ein kostbares Juwel hatten sie die Haggada nicht nur in mehrere Lagen Papier verpackt, sondern zusätzlich in ein weißes Laken gewickelt. Anschließend wurde sie zusammen mit zwei weiteren Büchern, die Monsieur Armel zu verkaufen hoffte, in einer gesonderten Kiste verstaut. Wir alle wussten, dass die Bücher unsere finanzielle Absicherung waren. Da es uns nicht gelungen war, Bürgen in den USA zu finden, würden wir nach Südamerika gehen, wo man keinen Bürgen brauchte. Der Erlös aus den Büchern sollte uns dort als Startkapital dienen.

»Es ist nicht ideal«, hatte Alex zu mir gesagt, »aber vielleicht schaffen wir es ja von dort aus irgendwann in die USA. Mein Vater will jedenfalls nicht hierbleiben, bis es womöglich zu spät ist.«

Das konnte ich verstehen. Die Zeit drängte. Jetzt, wo immer mehr Kriegsschiffe die Meere kreuzten, konnte niemand wissen, wie lange noch Passagierschiffe den Atlantik würden überqueren dürfen. In Marseille gab es noch viel zu erledigen, bevor wir nach Portugal weiterreisen und dort unsere Überfahrt antreten konnten. Wir mussten in der spanischen Botschaft unsere Transitvisa abholen, außerdem ein Gesundheitszeugnis und ein Führungszeugnis für jeden von uns besorgen. Dann brauchten wir noch die Einreisevisa für Südamerika. Kein Wunder, dass Monsieur Armel keine Zeit vergeuden wollte. Schließlich mussten wir noch die jüdische Emigrationsorganisation HICEM bezahlen, um unsere Schiffspassagen zu bekommen.

»Alle abfahrbereit?«, fragte Alex' Vater.

Rachel drückte Leo fester an sich, worauf der kleine Junge anfing zu wimmern.

»Schsch«, flüsterte sie ihm ins Ohr. »Ja, Bernard, es kann losgehen.«

»Gut«, sagte Monsieur Armel und startete den Motor, dessen Dröhnen die Sitze vibrieren ließ. »Möge Gott uns schützen«, murmelte Solomon.

54

Juni 1940

Im Auto war es so eng wie in einer Sardinenbüchse. Obwohl wir alle Fenster heruntergekurbelt hatten, schwitzten wir und fühlten uns unwohl.

Ich hatte nicht damit gerechnet, dass die Straßen so voll sein würden. Vor und hinter uns krochen mit Koffern und Kisten bepackte Autos dahin. Ich sah sogar Pferdekarren. Manche Familien hatten offenbar ihr gesamtes Mobiliar mitgenommen, einige sogar Hühner in Käfigen. Auf einem Pritschenwagen war ein Klavier mit Seilen befestigt und rundherum mit Matratzen und Koffern gestützt.

Nach drei Stunden Fahrt schlug Rachel vor, eine Pause einzulegen, damit die Kinder zur Toilette gehen und etwas essen konnten.

Wir alle begrüßten die Idee, denn wir hatten seit dem Frühstück nichts mehr gegessen, und die Kinder wurden zunehmend unruhig.

Leo quengelte schon seit einer Stunde auf ihrem Schoß, und es gelang ihr nicht, ihn zu beruhigen.

»Bei der nächsten Gelegenheit halten wir an«, sagte Monsieur Armel. Im Rückspiegel sah ich seine müden

Augen. Keiner von uns hatte in den letzten Nächten gut geschlafen. Auch Solomon wirkte erschöpft. Er hatte dunkle Ränder unter den Augen, sein Haar war zerzaust, und seine Kleider waren zerknittert.

»*Maman, Maman*«, jammerte Leo.

Solomon drehte sich um und sagte etwas auf Jiddisch zu Rachel. Sie streichelte ihrem kleinen Sohn über den Kopf, während sie ihm antwortete.

»Es tut uns leid, dass er so herumquengelt. Ich hoffe, es stört niemanden.«

»Er ist unmöglich!«, sagte Eva. »Dabei hat Papa uns ermahnt, wir sollen uns ordentlich benehmen!«

»Schsch!«, schalt Rachel ihre Tochter. »Er fühlt sich nicht gut, lass ihn.« Sie schüttelte den Kopf. »Wir müssen alle mal aus dem Auto raus und uns die Beine vertreten.«

Etwas später hielt Monsieur Armel vor einem Gasthaus, und wir stiegen alle aus. Wir hatten Pudding in den Knien, als wären wir mit dem Schiff gefahren. Rachel hielt Leo auf dem Arm, während Eva vorausrannte. Ich blieb zurück, um kurz mit Alex zu reden.

»Die Kinder tun mir leid«, sagte ich leise. »Man wird ganz steif vom langen Sitzen.«

Alex schüttelte den Kopf. »Hier können sie sich ein bisschen austoben. Wahrscheinlich sind sie noch nie aus der Stadt rausgekommen.« Er wirkte ein bisschen blass, sein weißes Hemd und seine Hose waren inzwischen ebenso zerknittert wie Solomons Kleider. Das Gasthaus mit dem Strohdach und dem Traktor, dessen Anhänger mit Heuballen beladen war, sah aus wie ein Gemälde. Selbst das Sonnenlicht wirkte übernatürlich golden.

Ich nahm Alex' Hand. Die Luft roch nach Sommer, es duftete nach frisch gemähtem Gras und Mohnblumen. Einen Moment lang versuchte ich mir vorzustellen, wie es wäre, wenn wir beide einfach hier blieben. Wenn wir uns ein Bauernhaus suchten und unter schattigen Bäumen und zwischen umherlaufenden Tieren ein paar Kinder großzogen.

»Es ist so friedlich hier«, sagte Alex, als hätte er meine Gedanken gelesen. »Schade, dass wir nicht länger hierbleiben können, aber ich glaube, mein Vater möchte es heute bis nach Orléans schaffen. Mal sehen, wie voll die Straßen sind.«

Ich atmete tief ein. Ich hatte keine Lust, mich wieder mit all den anderen ins Auto zu quetschen.

»Von dort schaffen wir es ja vielleicht bis Dijon.« Alex küsste mich. Er ließ die Augen geschlossen, als wir uns voneinander lösten. »Ich habe dir noch gar nicht dafür gedankt, dass du dich bereit erklärt hast, die Haggada deiner Mutter zu verkaufen.«

Ich spürte seinen warmen Atem, sah seine dunklen Augen.

»Ich glaube, es ist Schicksal«, flüsterte ich. »Ohne das Buch hätten wir einander nie gefunden.«

Alex drückte meine Hand. »Vielleicht schauen Rabbi Avram und seine Frau uns ja vom Himmel aus zu und freuen sich. Über all die Jahre ist das Buch durch so viele Hände gegangen und hat mit jedem neuen Besitzer eine neue Geschichte erlebt.«

Ich lächelte. Dieses Buch, das geschrieben wurde, um die alten jüdischen Traditionen weiterzugeben, hatte Liebe beflügelt und würde jetzt dazu dienen, unser Überleben zu sichern. Aber ich dachte dabei nicht an die Liebe zwischen Rabbi Avram und seiner künstlerisch so talentierten Frau, sondern an die Frau, die die Haggada vor mir besessen hatte. Meine Gedanken galten einzig und allein meiner Mutter.

Am Abend gestattete uns ein Bauer, für ein paar Francs auf seinem Heuboden zu übernachten. Es war eine denkbar einfache Unterkunft, die Matratzen, auf denen wir schlafen sollten, rochen nach Stroh.

Leo, der sonst immer so verspielt war, wich seiner Mutter nicht von der Seite. Er war kreidebleich.

Ich zog mich hinter einem Heuballen aus und schlüpfte in mein Nachthemd. Marthes Perlenkette legte ich nicht ab, ich hatte das Gefühl, dass sie an meinem Hals am sichersten aufgehoben war.

Es war grausam, so nah bei Alex zu sein und ihn nicht berühren zu dürfen. Der schmale goldene Ring an meinem Finger fühlte sich an wie ein Versprechen, und mein Körper sehnte sich nach Alex' Händen. Alex hatte die Kiste mit der Haggada und den anderen wertvollen Büchern sicherheitshalber mit auf den Heuboden gebracht und zwischen unsere Matratzen gestellt.

Ich lag mit geschlossenen Augen da und stellte mir vor, die Bücher würden eine Brücke bilden. Ich hoffte, dass Alex sich genauso nach mir sehnte wie ich mich nach ihm.

Als ich am nächsten Morgen aufwachte, hockte Monsieur Armel auf einer Holzkiste, in der Hand ein Stöckchen, mit dem er eine Landkarte in den Staub auf dem Fußboden zeichnete.

»Wenn es keine Zwischenfälle gibt, können wir heute Abend in Lyon sein«, sagte er zu Solomon, der neben ihm stand.

Solomon wirkte verhärmt, so als hätte er die ganze Nacht nicht geschlafen.

»Dann können wir uns am Donnerstagmorgen mit Monsieur Clavels Händler treffen.«

Solomon nickte.

»Unser Exodus«, pflichtete Monsieur Armel Solomon bei. »Hoffen wir, dass das Meer sich in Marseille für uns teilt, so wie es auf den Bildern in der Haggada dargestellt ist.«

Leo hatte sich die ganze Nacht an seine Mutter geklammert.

»Meine Lieblinge«, flüsterte Solomon und beugte sich über die beiden.

Schlaftrunken streichelte Rachel ihren kleinen Sohn, eine mütterliche Geste, die mich zutiefst rührte.

Ich verbarg mich erneut hinter den Heuballen, um mich anzuziehen. Als ich wieder hervorkam, hatte Alex sich bereits seine Hose angezogen und war gerade dabei, sich das Hemd zuzuknöpfen.

»Sobald Rachel und die Kinder so weit sind, brechen wir auf«, sagte er.

Ich nickte. Ich brauchte mir nur noch die Schuhe anzuziehen.

Alex und ich schauten zu Rachel hinüber, die Solomon etwas zuflüsterte. Ihr Gesichtsausdruck wirkte gequält. Leo hatte immer noch seinen Schlafanzug an, und sie wiegte ihn in den Armen.

Wir spürten, dass etwas nicht stimmte.

»Ich glaube, sie hat Solomon eben gesagt, dass der Kleine Fieber hat«, sagte Alex.

Wir sahen schweigend zu, wie Solomon Leo eine Hand auf die Stirn legte. Der kleine Junge schien zu zittern.

Auch Solomon wirkte blass. Er sagte etwas auf Jiddisch, das Alex und ich nicht verstanden, Monsieur Armel dagegen schon.

Minutenlang warteten wir ab. Rachel wiegte Leo immer noch in den Armen. Eva, die inzwischen wach geworden war und sich angezogen hatte, kam zu uns herüber.

»Er ist krank«, sagte sie verdrießlich. »*Maman* meint, wir sollen hier bleiben, bis es ihm wieder besser geht.«

Mir wurde schwer ums Herz, denn ich wusste genau, dass das unmöglich war. Wir mussten unbedingt weiter, wenn wir den Termin mit dem Händler nicht verpassen wollten. Es kam auf jede Stunde an, wenn wir aus Frankreich hinauswollten.

»Es tut mir sehr leid, aber wir müssen weiterfahren. Und wir können euch nicht allein hier lassen«, sagte Monsieur Armel bestimmt.

»Er ist noch klein, Rachel«, sagte Solomon. »Er ist nur ein bisschen erkältet, und er kann im Auto schlafen. Morgen oder übermorgen ist das ausgestanden.«

Rachels Miene drückte große Sorge aus. Offenbar ging es Leo wirklich sehr schlecht.

Sie flüsterte Solomon etwas zu, legte Leo ab und nahm ihre Kleider. Mit seinen geschwollenen, geröteten Augen sah Leo aus wie ein krankes Kaninchen.

Niemand außer Rachel nahm an, dass Leo etwas Schlimmeres als eine Erkältung haben könnte.

Eine Viertelstunde später saßen wir alle im Auto.

Wir erreichten Lyon bei Sonnenuntergang, und Solomon trug Leo in ein Haus, in dem uns Bauern zwei Zimmer für die Nacht vermieteten.

»Es tut mir leid, dass Sie sich ein Zimmer mit uns teilen müssen, Solange, aber es gibt keine andere Möglichkeit«, sagte Monsieur Armel. »Eine junge Dame sollte ein eigenes Zimmer haben oder sich zumindest ihr Zimmer mit einer Mutter und deren Kindern teilen. Wir wollen jedoch nicht riskieren, dass Sie auch noch krank werden. Es reicht schon, dass wir im Auto so dicht aneinandergedrängt sitzen müssen.«

»Es macht mir nichts aus«, entgegnete ich, und das stimmte. Ich war froh, dass ich mich nach so vielen Stunden in dem engen Auto überhaupt ausstrecken konnte. Aber insgeheim wünschte ich, ich könnte mit Alex allein sein.

Monsieur Armel schaute auf seine Uhr. »Die Bauersleute haben uns eingeladen, mit ihnen zu Abend zu essen«, sagte er. Er stand auf und trat ans Fenster. Draußen waren nur Felder und Obstplantagen zu sehen. Die großstädtische Pracht von Paris lag weit hinter uns. Es war durchaus möglich, dass die Bauern noch nie die Kathedrale Notre-Dame oder den Eiffelturm gesehen hatten. Ich schloss die Augen und versuchte mir vorzustellen, ich wäre nicht in einem kleinen Zimmer in einem Bauernhaus auf dem Land, sondern in der eleganten Pariser Wohnung meiner Großmutter, wo es nicht nach Holz und Stroh roch, sondern nach Veilchen duftete.

Wir saßen an einem großen Holztisch auf Stühlen, die nicht zueinanderpassten. Die Bauersfrau reichte einen Korb mit dicken Brotscheiben herum, und wir griffen hungrig zu.

Solomon war mit Rachel und Leo oben geblieben, und Eva genoss es, das einzige Kind am Tisch zu sein.

»Iss noch ein bisschen von dem Eintopf«, sagte die alte Frau freundlich zu Eva. »Du hast noch eine lange Reise vor dir. Und was für ein hübsches Kleid du anhast!«

Wahrscheinlich sah die alte Frau nicht gut, oder sie wollte einfach nett sein, denn Evas Kleid war verschmutzt und abgenutzt, der Saum hatte sich teilweise gelöst. Aber ihre Zöpfe waren frisch geflochten, und ihre blauen Augen verliehen ihr etwas Engelhaftes, das selbst ein Halbblinder sehen konnte.

»Wir haben leider keine eigenen Kinder«, sagte die alte Frau. »Umso mehr freut es uns, zwei Familien ein Dach über dem Kopf anbieten zu können.«

Sie schaute mich an. »Sie werden bestimmt auch bald Mutter werden.«

Ich errötete und drehte den Ring an meinem Finger, den Alex mir vor unserer Abreise geschenkt hatte.

Alex sagte nichts. Er legte nur eine Hand auf meine und lächelte.

Später am Abend hörten wir im Radio die schreckliche Nachricht, dass Italien Großbritannien und Frankreich den Krieg erklärt hatte.

Es war, als schwebte eine dunkle Wolke über uns. Leos Fieber ließ nicht nach, und Rachel weigerte sich vehement, weiterzureisen.

»Ihm läuft immer noch die Nase, und er ist ganz apathisch«, sagte Solomon. »Ich habe ihr versichert, dass es in Marseille gute Ärzte gibt, und ihr erklärt, dass wir unseren Zeitplan einhalten müssen.«

Monsieur Armel wirkte sichtlich hin- und hergerissen. Wir konnten uns keinen Tag Aufschub erlauben. Alles war genau geplant. Das Treffen mit dem Händler konnte nicht verschoben werden. Das Schiff in Lissabon würde nicht auf uns warten. Die Transitvisa waren bestellt und waren nur für eine begrenzte Zeit gültig. Unser Zeitplan musste penibel eingehalten werden.

»Rachel«, sagte er ruhig. »Du weißt doch, dass wir unmöglich länger hierbleiben können …«

Sie senkte den Blick und schloss die Augen. »Ich wäre keine Mutter«, sagte sie unter Tränen, »wenn ich es nicht wenigstens versuchen würde.«

Die Enge im Auto war für alle eine Zumutung. Am Abend zuvor hatte Rachel Eva mit Seife abgeschrubbt aus Angst, sie könnte sich bei Leo anstecken. Die Kleine duftete immer noch frisch gewaschen. Ich bemühte mich nach Kräften, trotz allem präsentabel auszusehen. Seit wir in Paris aufgebrochen waren, hatte ich nicht mehr gebadet, doch ich hatte ein Fläschchen Rosenöl dabei, von dem ich mir etwas hinter die Ohren und auf die Handgelenke rieb. Meine Haare steckte ich mir zu einem Knoten im Nacken zusammen.

Mit unserer Habe auf dem Autodach, in einer Karawane aus Städtern, die auf dem Land Zuflucht suchten, kamen wir uns vor wie Beduinen. Ich dachte an die sicher in braunes Papier verpackte und im Kofferraum verstaute

Haggada und fühlte mich immer stärker an die Geschichte des Auszugs der Israeliten aus Ägypten erinnert. Gleichzeitig empfand ich eine tiefe Verbindung mit meiner Mutter und ihrer Familie, als ich meine Finger mit Alex' Hand verschränkte.

Leo war in eine Decke gewickelt, und Rachel hielt ihn fest an ihre Brust gedrückt, weil er darüber klagte, dass ihm das Licht in den Augen wehtat.

Es waren noch fast hundert Kilometer bis Marseille, und Monsieur Armel war entschlossen, vor Sonnenuntergang dort anzukommen. Ich dachte an meine Haggada und an den Rabbi und seine Frau, die das wunderschöne Buch vor so langer Zeit hergestellt hatten. Bald würde es einen neuen Besitzer bekommen und ein ganz neues Leben beginnen.

Während der Fahrt sprachen wir so wenig wie nötig, damit der kleine Leo möglichst ungestört schlafen konnte. Wir fuhren an Feldern vorbei, durch kleine Dörfer mit Häusern aus Feldsteinen und Kirchen mit spitzen Türmen. Hin und wieder musste Monsieur Armel zum Tanken halten, dann stiegen alle außer Rachel und Leo aus, um sich ein bisschen die Beine zu vertreten.

Die Bauersleute hatten uns etwas Brot und Käse als Proviant mitgegeben, doch das war längst aufgegessen, und uns knurrte der Magen. An einer Tankstelle kaufte Monsieur Armel ein paar Baguettes, und wir setzten uns ins Gras und hielten die Gesichter in die Sonne.

»Noch ungefähr vier Stunden bis Marseille«, sagte Monsieur Armel.

Alex nickte und steckte sich den letzten Rest Baguette

in den Mund. Ich seufzte. Ich war total erschöpft von der langen Fahrt. Den Kopf an Alex' Schulter gelehnt, betrachtete ich unser schwer beladenes Auto, das unter seiner Last nachzugeben schien. Die schwarzen Türen waren von einer Staubschicht bedeckt, die Reifen schlammverkrustet. Ich hoffte und betete, dass wir Marseille heil erreichen würden.

Kurz nachdem wir wieder losgefahren waren, schlief ich ein und wachte erst auf, als wir in die lärmende Hafenstadt Marseille hineinfuhren. Plötzlich fühlte sich unsere Reise auf schreckliche Weise real an, viel mehr noch als in dem Moment, als wir die Koffer auf dem Autodach festgebunden oder die Wohnungstür abgeschlossen hatten. Nachdem wir tagelang durch Dörfer und Felder gefahren waren, befanden wir uns wieder in einer Großstadt. Allerdings wirkte Marseille regelrecht exotisch auf mich. Im Gegensatz zu Paris mit seinen majestätischen Bauten hatte diese Stadt etwas eindeutig Mediterranes. Viele Gebäude waren so weiß wie die Möwen, die über uns kreisten. Und als wir uns dem Hafen näherten, traute ich meinen Augen kaum. Das Wasser war tiefblau und geädert wie Marmor. Schiffe ließen ihre Hörner ertönen, Hafenarbeiter brüllten, und Möwen kreischten. Vor einem Tabakladen standen mindestens zehn Männer in Uniform, rauchten Zigaretten und schauten den jungen Frauen nach, die vorbeigingen.

Fast eine Stunde suchten wir nach einem Hotel, das genug Platz für uns alle hatte.

Schließlich buchte Monsieur Armel drei Zimmer in einem kleinen Hotel in der Nähe des Hafens, das aussah wie aus einem der Bücher meiner Mutter. Das ehemals herrschaftliche Gebäude war ziemlich heruntergekommen. Die Fassade hatte Risse, der Stuck war teilweise abgebröckelt, und in den offen stehenden Balkontüren bauschten sich die Vorhänge über den schmiedeeisernen Geländern im Wind.

Wir machten uns daran, die Seile zu lösen, mit denen unser Gepäck auf dem Dach des Autos befestigt war.

»Solomon, bring Leo schon mal ins Zimmer hoch, wir werden die Empfangsdame bitten, einen Arzt zu rufen. Außerdem habe ich im Vorbeifahren an der Straßenecke eine Apotheke gesehen.« Er nahm ein paar Geldscheine aus der Tasche und gab sie Alex. »Besorg schon mal ein fiebersenkendes Mittel für den Kleinen.«

Ich musste daran denken, wie mein Vater immer ein weißes Pulver in Wasser aufgelöst und mir eingeflößt hatte, wenn ich als Kind Fieber hatte, und plötzlich sehnte ich mich ganz schrecklich nach ihm. Er hätte genau gewusst, was Leo helfen würde. Mich überkam eine große Wut auf den Krieg, der alle Kommunikationskanäle kappte. Krampfhaft begann ich zu überlegen, wie mein Vater mich nach dem Krieg finden sollte, wenn wir Frankreich erst einmal verlassen hatten. Ich stellte mir vor, wie er in unsere Pariser Wohnung zurückkehrte und meinen Brief vorfand. Sofort wurde mir klar, dass ich ihm für den Fall, dass er den Krieg überlebte, noch einmal schreiben musste, bevor wir Marseille verließen.

Alex bewachte das Auto, während wir die Koffer ins Hotel trugen. Zum Schluss brauchten wir nur noch die Kiste mit den wertvollen Büchern aus dem Kofferraum zu heben.

»Um Gottes willen!«, schrie Alex. Ich fuhr herum und schaute in den Kofferraum, den er gerade geöffnet hatte. Der Bauer hatte uns eine Freude machen wollen und uns als Abschiedsgeschenk eine Flasche Wein in den Kofferraum gelegt. Die Flasche war zerbrochen, und der ganze Wein war ausgelaufen. Die Kiste mit der Haggada darin war teilweise weinrot verfärbt.

Ich erbleichte. Vorsichtig berührte ich die Kiste an einer Ecke. Sie war nass. »Das kann nicht sein!«, rief ich aus. Es war ein Albtraum.

Gemeinsam hoben wir die Kiste aus dem Kofferraum.

Wir mussten unbedingt feststellen, ob der Wein in die Kiste eingedrungen war, aber es war jetzt schon klar, dass sie nicht völlig von der Feuchtigkeit verschont geblieben war.

»Keine Panik«, sagte Alex, bemüht, so zu tun, als hätte er die Situation unter Kontrolle. Doch es gelang ihm nicht, seine Angst zu verbergen. Die Haggada war unsere Fahrkarte nach Übersee, und wenn sie ruiniert war, würden wir nirgendwo hinfahren.

»Wir müssen sie auspacken«, sagte er und nahm die Bücher aus der Kiste. Das weiße Laken, in das Monsieur Armel die Haggada gehüllt hatte, war auf der Unterseite rot verfärbt, das braune Papier schien jedoch trocken zu sein. Trotzdem mussten wir uns vergewissern.

Ich riss das Papier von der Haggada, während Alex die anderen beiden Bücher auswickelte.

Zu meiner großen Erleichterung hatte die Haggada nichts von dem Wein abbekommen. Aber ganz unversehrt hatte sie die Reise nicht überstanden.

»Schau mal«, sagte ich und zeigte auf einen der rotblauen Vögel in der Bordüre. Die leuchtend blaue Farbe hatte Risse bekommen, es sah beinahe so aus, als würden sich die Pigmente vom Pergament lösen.

Alex wurde ganz blass. »Der ausgelaufene Wein muss eine Veränderung der Luftfeuchtigkeit bewirkt haben«, bemerkte er, nahm mir die Haggada aus den Händen und inspizierte die anderen Seiten.

»Zum Glück scheint nur diese eine Seite betroffen zu sein«, stellte er nach einer Weile fest.

»Aber wie sollen wir das in Ordnung bringen?«, fragte ich verzweifelt.

»Das hängt jetzt von Solomon ab«, erwiderte Alex ernst. »Er ist der Einzige, der das in Ordnung bringen kann. Wenn es überhaupt möglich ist.«

Der arme Solomon hatte schon genug Sorgen mit seinem kranken Sohn. Die Empfangsdame hatte bereits einen Arzt verständigt, und Rachel wachte an Leos Bett. Monsieur Armel holte Solomon ins Zimmer der Armels, wo er die Haggada auf einem der Betten abgelegt hatte.

»Wir haben ein Problem«, sagte er mit sorgenvoller Miene. »Ohne das Geld aus dem Verkauf dieser Bücher können wir nicht reisen.«

Solomon begutachtete den Schaden.

»Wie ich befürchtet hatte. Ablösungen.«

Monsieur Armel stieß einen Laut aus wie ein sterbendes Tier. »Ich muss dir nicht erklären, dass unser Exodus aus Frankreich von diesem Buch abhängt. Du weißt das besser als jeder andere hier.«

Solomon antwortete nicht gleich. »Das wird nicht einfach werden, Bernard. Ich muss Gelatine zwischen

Pigmente und Pergament aufbringen«, sagte er kopfschüttelnd. »Das ist schwierig und zeitintensiv.«

»Aber hast du das Material und das Werkzeug, das du dafür brauchst?«

Solomon nickte. »Ich kann einen Kleber aus Gelatine und Stärke herstellen ... Trotzdem wird es nicht einfach werden. Wir können nur beten, dass ich die Pigmente wieder mit dem Pergament verbinden kann.«

Solomon machte sich sofort an die Arbeit. Aus einem kleinen ledernen Beutel nahm er seine Werkzeuge, von denen einige aussahen wie chirurgische Instrumente, andere wie Utensilien eines Malers: zwei flache, gekrümmte Bürsten, drei Pinsel, mehrere Skalpelle, Wattebäusche, eine Pinzette und etwas für mich Undefinierbares, von dem ich später erfahren sollte, dass es sich um einen gedrehten Glaspolierer zur Entfernung von Fäden auf bebilderten Manuskripten handelte.

Er legte das Buch auf ein Handtuch und blätterte zuerst vorsichtig jede Seite einzeln um, um sich zu vergewissern, dass es nicht noch weitere schadhafte Stellen gab.

Wir schauten fasziniert zu, wie er den Kleber anrührte.

»Ich werde Stunden brauchen, um die Gelatine unter jedem einzelnen Pigmentflöckchen anzubringen«, sagte Solomon. »Am besten, ihr lasst mich allein, damit ich mich auf die Arbeit konzentrieren kann.«

Das konnten wir natürlich verstehen, und wir wollten gerade gehen, als es an die Tür klopfte. Es war der Arzt, der Leo gerade untersucht hatte.

Solomon richtete sich auf.

»Monsieur Weckstein«, sagte der Arzt, »es tut mir leid, aber Ihr Sohn hat die Masern.«

Dass die Haggada Schaden genommen hatte, war ein schwerer Schlag gewesen, aber die Diagnose des Arztes machte alles noch viel schlimmer. Jeder von uns Erwachsenen wusste, was das bedeutete. Nicht nur Leo musste in Quarantäne, sondern auch Eva, die im Gegensatz zu uns Erwachsenen noch keine Masern gehabt hatte.

»Ich werde mit dem Hoteldirektor sprechen und ihn bitten, für alle notwendigen Vorsichtsmaßnahmen zu sorgen. Halten Sie den Jungen in Ihrem Zimmer. Er hat bereits Flecken im Mund. Wahrscheinlich wird sich der Ausschlag morgen auf seiner Brust zeigen.«

Uns hatte es die Sprache verschlagen. Leos Fieber stieg weiter an. Rachel kühlte ihm die Stirn mit feuchten Tüchern und flößte ihm klare Brühe ein, die die Frau des Hotelbesitzers für ihn zubereitet hatte.

Alex ging zur Apotheke, um ein fiebersenkendes Mittel zu kaufen. Als er zurückkehrte, hatte er etwas Brot und Käse und ein Glas Cornichons gekauft, was für ein bescheidenes Abendessen reichte.

»Das hast du gut gemacht«, sagte Monsieur Armel leise. Er wirkte erschöpft. Er hatte die letzten Stunden damit verbracht, den Hotelbesitzer, der weniger mitfühlend war als seine Frau, zu überreden, die Wecksteins nicht mit ihren kranken Kindern fortzuschicken, und Solomon immer wieder zu beruhigen, damit er sich darauf konzentrierte, die Haggada zu retten, und nicht zu sehr durch die Krankheit seines Sohns abgelenkt wurde.

Da ich ein Einzelzimmer hatte, schlug Alex vor, das Abendessen in meinem Zimmer zu uns zu nehmen.

Voller Vorfreude bereitete ich mein Zimmer vor. Ich öffnete die Fenster, um die Meeresluft hereinzulassen, die so fremd und zugleich so belebend war. Es gefiel mir, die Stadtgeräusche zu hören, die von draußen hereindrangen. Autos hupten, Männer riefen durcheinander, Schiffssirenen ertönten. Leider konnten wir unsere Reise nach Übersee nicht in Marseille antreten, aber eine Fahrt über den Atlantik wurde immer gefährlicher, und man hatte uns gesagt, dass nur noch von Lissabon aus Schiffe nach Übersee aufbrachen. Ich schaute mich in dem schäbigen kleinen Zimmer um. Die ehemals weiße Tapete war vergilbt, der einzige Wandschmuck war ein gerahmtes Bild von einer Frau auf einem Feld, die einen Korb hielt. Innerhalb weniger Wochen hatten sich meine Lebensbedingungen von einem Extrem ins andere verändert. Ich hörte Marthes kehliges Lachen, so als befände sie sich bei mir im Zimmer und betrachtete mit mir zusammen den billigen Druck.

Aber ich musste einen Platz schaffen, wo wir alle gemeinsam essen konnten. Ich überlegte. Das Bett war mit weißem Bettzeug bezogen, darüber lag eine Tagesdecke. Ich zog die Tagesdecke ab und breitete sie auf dem Boden aus. Dann nahm ich die Schreibunterlage vom Schreibtisch, ging damit ins Bad am Ende des Flurs und wischte sie gründlich mit Wasser und Seife ab.

Alex kam und gab mir die Tüte mit dem Baguette, den Cornichons und dem Käse. »Es ist nicht viel«, sagte er, »aber so spät am Tag war ich froh, dass ich überhaupt noch etwas bekommen habe.« Ich küsste ihn auf beide Wangen.

Ich legte das Baguette auf die gesäuberte Schreibunterlage. »Hast du ein Taschenmesser, mit dem ich das Brot und den Käse schneiden kann?«, fragte ich.

»Hat dir schon mal jemand gesagt, dass du wunderbar bist?«, flüsterte er, nahm mich in die Arme und küsste mich. Ich sank in seine Arme und schmolz dahin.

Wir konnten Rachel überreden, sich kurz zu uns zu gesellen, während der kranke Leo schlief. Im Schneidersitz hockten wir im Kreis auf der Tagesdecke.

»Das ist beinahe wie ein Sederabend«, sagte Alex. »Wir haben fast alles in Paris zurückgelassen, und vor uns liegt eine lange Reise.«

Ich schaute in die Runde und freute mich, von dieser außergewöhnlichen Familie aufgenommen worden zu sein. Mir ging das Herz über vor Glück. Die Haggada war nicht länger nur Tusche und Pergament. Sie war zum Leben erwacht und erzählte eine Geschichte, die vor meinen Augen weiterging.

Solange

Die Schriftstellerin in mir würde die Geschichte am liebsten hier enden lassen. Bei unserer gemeinsamen Mahlzeit auf dem Fußboden des Hotelzimmers. Beim Beginn meines neuen Lebens mit unserer Abreise aus einer südfranzösischen Hafenstadt, über der kreischende Möwen kreisten.

Am liebsten würde ich so tun, als wäre von da an alles gut gegangen. Dass wir alle aus Frankreich entkamen und unser Leben zuerst in Buenos Aires, dann in New York weiterging. Dass Monsieur Armel mit der Unterstützung seines fleißigen und gut aussehenden Sohnes in New York einen neuen Laden für seltene Bücher aufgemacht hat.

Aber meine Großmutter hat mir beigebracht, dass jede Geschichte aus Licht und Schatten besteht. Dass es unter jeder Oberfläche Geheimnisse gibt, die wir lieber nicht preisgeben wollen.

Jahre später, nachdem ich geheiratet hatte und zuerst Mutter und dann Schriftstellerin geworden war, bettelten meine Kinder mich immer wieder an, ihnen meine Lebensgeschichte zu erzählen. Ihr Lieblingskapitel war dasjenige, in dem ich zusammen mit ihrem Vater und ihrem Großvater in Südamerika ankam, nur einen Koffer mit drei Kleidern und einem Foto meiner Eltern in der einen Hand, an der anderen Hand ihren Vater, den ich als meinen kostbarsten Besitz betrachtete.

Stets aufs Neue wollten sie von mir hören, wie die Haggada gerettet wurde, wie wir es allen Widrigkeiten zum Trotz geschafft hatten, den Nazis zu entkommen. Wie wir in einem großen Dampfer den Atlantik überquert und in einer Stadt, wo Tangomusik aus den Spelunken drang und die Frauen sich Kamelienblüten ins Haar steckten, ein neues Leben angefangen hatten.

Ich liebte diese Momente mit meinen Kindern, wenn sie mir mit großen Augen lauschten und ihrer Fantasie freien Lauf ließen. So schön es war, wenn eines meiner Bücher herauskam, war es doch noch viel schöner, mit meinen Kindern in unserem Wohnzimmer in Manhattan auf dem Sofa zu sitzen und ihnen Geschichten zu erzählen. Damals war ich noch jung, Anfang dreißig, aber für mich gab es nichts Schöneres! Und es erinnerte mich jedes Mal an Marthe und daran, wie ich ihr vor all den Jahren in ihrem Salon gegenübergesessen und ihr an den Lippen gehangen hatte.

Die Geschichte der Haggada entwickelte sich also zu einer Familienlegende. Ich berichtete ausführlich, wie Solomon stundenlang an der Restaurierung des Bilds arbeitete, wie er mit einer winzigen Pinselspitze Schicht für Schicht Gelatine auf das alte Pergament aufbrachte und so die Pigmente für die roten und blauen Federn des Vogels wieder befestigte. Und jedes Mal atmeten die Kinder erleichtert auf, wenn ich beschrieb, wie Monsieur Armel die Haggada feierlich dem Händler übergab und das Geld entgegennahm, das ausreichte, um die Schiffspassage mit der *S.S. Angola* für uns alle zu bezahlen, mit der wir die Reise zu sicheren Gestaden unternahmen. Ich würzte die Geschichte zusätzlich mit der Pointe, dass wir auf dieser Reise die Autoren eines berühmten Kinderbuchs kennenlernten, das zu den Lieblingsbüchern meiner Kinder gehörte.

Es gab jedoch auch einen Teil der Geschichte, den ich meinen Kindern nicht erzählen konnte.

Kurz nach unserer Ankunft in Marseille und kurz bevor die Deutschen in Paris einmarschierten, erkrankte Eva auch an den Masern, und zwar noch viel schlimmer als Leo. Tagelang blieben wir in dem schäbigen Hotel und hofften, dass sie sich erholen würde. Ihr Fieber wollte aber einfach nicht nachlassen. Ihr ganzer Körper war über und über mit den typischen roten Flecken übersät wie von tausend Insektenstichen.

Der Termin bei dem Arzt, der uns unsere Gesundheitszeugnisse ausstellen würde, ohne die wir keine Visa bekommen würden, konnte nicht verschoben werden. Und wir konnten unsere Schiffspassagen auch nicht umtauschen, um die Überfahrt zu verschieben. Wenn wir noch länger warteten, würden wir es nicht rechtzeitig nach Lissabon schaffen. Monsieur Armel versuchte, den Leuten von der Organisation HICEM unsere Situation zu erklären, bekam jedoch zur Antwort, dass man leider nichts ändern könne. Es gab zu wenige Schiffe, und unsere Visa würden bald ablaufen.

»Gibt es denn keine anderen Schiffe?«, fragte Rachel verzweifelt. Doch selbst wenn wir genug Zeit gehabt hätten, uns ein anderes Schiff zu suchen, hätte uns das nicht geholfen, da unser Geld nicht für neue Passagen ausgereicht hätte.

»Eva wird den Gesundheitstest nicht bestehen«, sagte Solomon resigniert. »Und wenn wir sie an Bord schmuggeln, besteht die Gefahr, dass sie andere Kinder auf dem Schiff ansteckt. Wenn das passieren würde – damit könnte ich nicht leben.«

Rachel war so erschöpft, dass sie nur mit Mühe sprechen konnte. »Aber was sollen wir denn tun?«

Solomon wählte seine Worte mit Bedacht. »Du und Leo, ihr fahrt mit den Armels. Leo hat kein Fieber mehr, und wenn wir Glück haben, bekommt er sein Gesundheitszeugnis. Ich bleibe mit Eva hier, bis es ihr besser geht.«

»Ohne dich gehe ich nicht«, sagte Rachel unter Tränen. »Und auch nicht ohne Eva.«

»Doch, das wirst du«, entgegnete Solomon. »Ich komme nach, und ich werde euch finden. Du weißt doch, wie einfallsreich ich bin.«

Sie schüttelte den Kopf. »Nein. ich will nicht, dass unsere Familie auseinandergerissen wird«, entgegnete sie nachdrücklich. Plötzlich wirkte sie sehr selbstbewusst, beinahe trotzig. Sie stand auf und schaute ihm in die Augen. »Nein, Solomon. Kommt nicht infrage.«

Am nächsten Tag machten wir uns auf den Weg zur Gesundheitsstation, um uns untersuchen zu lassen. Rachel blieb im Hotel zurück und versuchte, Evas Fieber mit kalten Kompressen zu senken, während Leo noch tief und fest schlief.

Das Wartezimmer des Arztes war überfüllt mit Leuten, die auswandern wollten, manche ärmlich gekleidet, andere im Sonntagsstaat.

Ich kam als Erste dran. Der Arzt horchte meine Lunge ab, schlug mir mit einem Hämmerchen aufs Knie und tastete mit geübten Handgriffen meinen Bauch ab. Dann stempelte er meine Papiere. Auch Monsieur Armel und Alex bekamen ihre Stempel, was bedeutete, dass unserer Ausreise nichts mehr im Weg stand. Nur freuen konnten wir uns nicht. Als wir ins Hotel zurückkehrten und Rachels müde Augen sahen, Eva auf ihrem Schoß und Leo an sie gekuschelt, überkamen uns schreckliche Schuldgefühle.

Und so hatte ich dieses Kapitel meiner Lebensgeschichte tief in meinem Herzen begraben. Wenn meine Kinder sich an mich kuschelten und ich ihren süßen Duft einsog, erfand ich meine eigene Version des Kapitels, in dem wir alle in Südamerika eingetroffen und Jahre später nach New York übergesiedelt waren. Wenn meine Tochter mich nach meiner Perlenkette fragte und vorsichtig den Verschluss mit den Smaragden berührte, legte ich meine Hand auf ihre und erzählte ihr, dass ich meine Vorliebe für Schmetterlinge von meiner Großmutter geerbt hatte und dass wahre Liebe sich anfühlte wie das Schlagen von Schmetterlingsflügeln.

Es ist eine schmerzliche Wahrheit, dass jeder in seinem Leben irgendetwas bereut. Bei Marthe war es, so glaube ich, die Tatsache, dass sie nie ihren Frieden mit meinem

Vater gemacht hatte. Dass sie starb, ohne dass er ihr seine Absolution erteilen konnte.

Für mich war es der Umstand, dass wir Solomon und seine Familie in Marseille zurücklassen mussten. Diese traurige Geschichte hat nicht nur mein Leben, sondern auch das von Alex und Monsieur Armel überschattet.

An dem Tag, als wir uns von den Wecksteins verabschieden mussten, fühlten wir uns, als würde uns das Herz aus dem Leib gerissen.

Es widerstrebte uns zutiefst, die vier zurückzulassen, und wir wollten versuchen, eine Passage für ein Schiff für sie zu kaufen, das später in See stach. Aber Solomon wusste besser als wir, dass wir das Geld für die ursprünglichen Passagen nicht zurückbekommen würden und sie keine Chance hatten.

»Ich habe noch etwas Geld von meiner Großmutter«, sagte ich. Solomon wollte jedoch nichts davon wissen. »Wir haben unsere Kinder«, entgegnete er und schüttelte den Kopf. »Das Wichtigste ist, dass die Familie zusammenbleibt.« Er schaute Monsieur Armel an, der sich seiner angenommen hatte, als er fünf Jahre zuvor nach Paris gekommen war. »Und Sie müssen jetzt mit Ihrer Familie aufbrechen.«

Bis heute gehen mir seine Worte nicht aus dem Kopf. Damals hatten wir noch nie etwas von Orten wie Auschwitz oder Treblinka gehört. Wir reisten aus Marseille ab in der Hoffnung, dass die Wecksteins es schaffen würden, ihre Visa zu bekommen und nach Lissabon zu gelangen, bevor unser Schiff in See stach. Oder dass sie, wenn ihnen das nicht gelang, einen Ort finden würden, wo sie in Sicherheit waren.

Und so beluden wir das Auto, um uns auf den Weg über die Pyrenäen zu machen. Auf der dreitägigen Fahrt nach Lissabon sprachen wir kaum ein Wort. Als wir uns von Solomon und Rachel verabschiedet hatten, hatten wir noch einen Blick in ihr Zimmer geworfen. Leo ging es etwas besser, allerdings war er total abgemagert, während Eva immer noch hohes Fieber hatte und ihr Gesicht voller roter Flecken war.

Es war jedoch der Anblick von Solomon in seinem schwarzen Anzug, die schmalen, bleichen Hände verschränkt, der kaum zu ertragen war. Denn wir wussten alle, dass er es war, der die beschädigte Haggada restauriert hatte, dass er es war, der uns letztlich gerettet hatte. Sein Opfer, das er so still und ohne Aufhebens gebracht hatte, würden wir nie vergessen.

Die Romane, die in meinem Regal stehen, sind dieselben, die meine Mutter einmal geliebt hat. Die französischen Klassiker, die Märchen. Wir besitzen auch zahlreiche seltene jüdische Bücher aus Alex' Laden in der Madison Avenue. In einer Ecke stehen meine eigenen Romane, die ich im Lauf der vergangenen zehn Jahre geschrieben habe und die in zwanzig Sprachen übersetzt wurden, wie Alex gern unseren Freunden gegenüber betont.

Aber dieses Buch habe ich nie veröffentlicht. Das Buch, das die Geschichte meines Vaters, meiner Großmutter und meiner Schuld gegenüber Solomon und seiner Familie erzählt. Das das Geheimnis enthält, dass ich in Paris eine Wohnung zurückgelassen habe, deren rechtmäßige Besitzerin immer noch über dem marmornen Kaminsims residiert. Der Haustürschlüssel liegt in meiner Schreibtischschublade, wo meine Kinder und meine Enkel ihn eines Tages finden werden, wenn ich nicht mehr bin.

Kurz nach unserer Ankunft in Südamerika erfuhren wir, dass mein Vater bei einem von den Deutschen erzwungenen Gewaltmarsch in den Nordwesten Frankreichs ums Leben gekommen war. Jahrelang beauftragte ich Marthes Anwalt und später dessen Nachfolger, von dem Geld, das Marthe mir hinterlassen hatte, die jährlichen Unterhaltskosten für Marthes Wohnung zu bezahlen. Eines Tages wird meine Enkelin das von Boldini gemalte Porträt bewundern, mein Enkel wird sich über meine alte Mickymaus-Puppe wundern, und meine Tochter wird auf dem taubengrauen Sofa sitzen und ihre Urgroßmutter betrachten, von der sie das rötliche Haar und die wachen Augen geerbt hat.

Wie jeder, der auf sein Leben zurückblickt, hoffe ich, dass meine Kinder mich nicht verurteilen werden. Dass sie mich sehen werden, wie ich war, eine Frau, die ihrer Großmutter nicht unähnlich war, die sich zum Teil neu erfunden hat, in deren Leben es Licht und Schatten gab.

PARIS (APF)

Montag, 16. Mai 2010, 18:49 Uhr

Autor: Sonderkorrespondent Martin Fletcher

Heute wurde im 9. Arrondissement eine opulente, mit Kunstschätzen gefüllte Wohnung geöffnet, die beinahe siebzig Jahre lang unberührt geblieben war. »Es war, als würden wir Schneewittchens Schloss betreten«, so Dominique Debos, eine Immobiliengutachterin.

Die interessanteste Entdeckung war ein Porträt über dem marmornen Kaminsims, das Madame de Florian darstellt und Ende des neunzehnten Jahrhunderts von dem berühmten Künstler Giovanni Boldini angefertigt wurde. Bekannt ist bisher nur, dass Madame de Florians Enkelin die Wohnung 1940 geerbt hat und ihren Unterhalt von den USA aus bis zu ihrem Tod finanziert hat. Ihre Erben wussten nichts von der Wohnung, bis ein Pariser Anwalt sie darüber informierte.

»Es ist ein Schnappschuss eines vergangenen Lebens«, sagt Debos. »Auf den Regalen stehen seltene chinesische Porzellanvasen, in einem Zimmer haben wir eine alte Mickymaus-Puppe gefunden. In einer Schreibtischschublade befanden sich mehrere Sammlungen mit seidenen Bändern zusammengebundener Liebesbriefe.«

Ein Nachbar, der achtundvierzigjährige Alain Hommeriche, sagt: »Ich habe mich immer über die Ruhe nebenan gewundert.«

Das von Giovanni Boldini gemalte Porträt von Madame de Florian soll noch in diesem Jahr versteigert werden.

Anmerkungen der Autorin

Im Jahr 2014 schickte mir meine liebe Freundin Kara Mendelsohn einen Artikel, der mich zu diesem Roman angeregt hat. Es ging darin um die Entdeckung einer rätselhaften Wohnung in Paris, die etwa siebzig Jahre lang, seit Ausbruch des Zweiten Weltkriegs, verschlossen und unbewohnt gewesen war. Die Erben erfuhren überhaupt erst von der Existenz der Wohnung durch das Testament ihrer kürzlich verstorbenen Großmutter. Als die Wohnung geöffnet wurde, entpuppte sie sich als Zeitkapsel mit opulenten Belle-Époque-Möbeln, chinesischen Porzellanvasen und lauter Kunstgegenständen aus dem neunzehnten Jahrhundert. Das Faszinierendste war jedoch das Gemälde einer schönen Frau in einem kostbaren, vergoldeten Rahmen. Es war das Porträt der Urgroßmutter der Erben, der ursprünglichen Eigentümerin der Wohnung, einer Kurtisane namens Marthe de Florian.

Die junge Marthe de Florian in einem seidenen Kleid mit bauschigen Ärmeln aus Organza, die ihre nackten Schultern freigaben, ist äußerst sinnlich dargestellt. Der mit der Schätzung des Werts der Kunstwerke und Antiquitäten in der Wohnung beauftragte Auktionator vermutet, dass es sich bei dem Porträt um ein Werk des Malers Giovanni Boldini handelt, zu jener Zeit bekannt für seine Porträts berühmter Zeitgenossen wie des Consuelo Vanderbilt und der Marquesa Luisa Casati. Die Vermutung des Auktionators wurde bestätigt, als man in Marthes Frisierkommode ein Bündel Liebesbriefe von Boldini fand. Bei der Auktion wurde das Porträt für 2,1 Millionen Euro verkauft, ein Rekordpreis für ein Boldini-Gemälde.

Wie viele meiner Leser inzwischen wissen, sind all meine Romane durch Fragen inspiriert, deren Antworten ich nicht kenne. Als ich von dieser rätselhaften Wohnung las, schwirrte mir der Kopf vor lauter Fragen. Wer war Marthe de Florian gewesen, und wie war es dazu gekommen, dass Giovanni Boldini sie gemalt hatte? Wie konnte eine als Mathilde Beaugiron geborene Frau, Tochter einer einfachen Wäscherin, zur Kurtisane aufsteigen und in einer prachtvollen Wohnung im eleganten neunten Arrondissement von Paris im Luxus schwelgen? Und vor allem, warum hatte ihre Enkelin Solange Beaugiron, von der einige Historiker vermuten, dass es sich bei ihr um die Schriftstellerin Solange Beaugiron-Beldo handelt, die Wohnung ihrer Großmutter ausgerechnet in dem Moment versiegelt, als die Deutschen auf Paris vorrückten, und warum war sie nie wieder dorthin zurückgekehrt?

Als ich mit der Arbeit an dem Roman begann, gab es kaum öffentlich zugängliche Informationen. Über Marthe de Florian war außer ihrem Geburtsnamen Mathilde Beaugiron fast nichts bekannt. Bei einem Zensus im Jahr 1888 wurde »Näherin« als Mathilde Beaugirons Beruf angegeben. Laut amtlichen Unterlagen hat Mathilde zwei

Söhne geboren, beide mit Namen Henri. Einer starb kurz nach der Geburt, und der zweite, Henri Beaugiron, machte eine Ausbildung zum Apotheker. Henris Vater wird in der Geburtsurkunde nicht genannt.

Das Entstehungsdatum von Boldinis Porträt von Marthe de Florian ist umstritten. In einem Artikel der britischen Tageszeitung *The Independent* aus dem Jahr 2010 wird 1898 als Entstehungsjahr angegeben, anderen Quellen zufolge wurde es 1888 angefertigt, als Marthe vierundzwanzig Jahre alt war. Ich habe mich intensiv mit Boldinis Werken beschäftigt und bin zu dem Schluss gekommen, dass das Porträt vermutlich um 1898 gemalt wurde, als Marthe bereits vierunddreißig Jahre alt war. Ich glaube nicht, dass das Porträt eine unbedarfte junge Frau darstellt, sondern eine reife Frau, die sich ihrer Schönheit und weiblichen Reize durchaus bewusst ist. Aus diesem Grund habe ich das Jahr 1898 als Referenzjahr für meinen Roman gewählt. Weder ich selbst noch meine Recherchemitarbeiter in Europa waren in der Lage, in Frankreich eine Todesurkunde von Marthe de Florian aufzuspüren. Erst vor einigen Monaten ist ein Brief aus der Feder Henri Beaugirons aufgetaucht, in dem ihr Tod auf den 30. August 1939 datiert wird. Für meine Geschichte habe ich ihren Todestag um acht Monate verschoben, in die Zeit unmittelbar vor dem Einmarsch der deutschen Armee in Paris, als Solange ihre Flucht antritt.

Das Schicksal von Solange Beaugiron ist ebenso rätselhaft wie das ihrer Großmutter. Zu meinem Glück stieß eine Freundin, die Kunsthistorikerin Costanza Bertolotti, im Archiv der französischen Tageszeitung *L'Humanité* auf einen Artikel aus dem Jahr 1938, der sich auf eine

Solange Beaugiron bezieht, Tochter eines Apothekers und bereits mit siebzehn Jahren eine aufstrebende Bühnenautorin. Solanges erstes Werk trug den Titel *Miss Mary,* und sie schickte es an das Theater Danou in der Hoffnung, dass es dort aufgeführt würde. In dem Artikel heißt es, dass das Theater bedauerlicherweise ein auffallend ähnliches Stück auf die Bühne brachte, das aus der Feder eines gewissen André Birabeau stammte. Solange beschuldigte den Theaterdirektor daraufhin, ihr Stück an Birabeau geschickt zu haben. Dieser Informationsschnipsel hat mich dazu inspiriert, Solange als angehende Schriftstellerin darzustellen.

Mehr konnte ich über Marthes und Solanges Leben nicht zutage fördern, und so ist der Rest der Geschichte das Produkt meiner Fantasie. Wir werden wohl nie erfahren, warum diese mit Kunstschätzen angefüllte Wohnung siebzig Jahre lang versiegelt blieb und warum Marthes Enkelin bis zu ihrem Tod die laufenden Kosten für eine Wohnung bezahlte, in die sie nie wieder einen Fuß setzte. Ebenso wie Marthe und Solange bewahrt diese Wohnung ihr Geheimnis und verführt uns dazu, in eine Welt einzutauchen, die sich der Vergänglichkeit widersetzt und der Kunst und der Schönheit huldigt.

Danksagung

Viele Menschen haben mir bei der Recherche zu diesem Roman geholfen. Costanza Bertolotti, die mich beim Auffinden und Übersetzen des Recherchematerials unterstützt und mich beim Ausschmücken der Fakten inspiriert hat. Kathy Abbot, eine wunderbare Kostümhistorikerin, die mir geholfen hat bei der Beschreibung der unzähligen Details der Kleidung, die Ende des neunzehnten und Anfang des zwanzigsten Jahrhunderts getragen wurde. Ich durfte sie am Towson College besuchen und im dortigen Kostümarchiv all die Umhänge, Kleider und Korsagen aus der Nähe betrachten, sodass ich Marthes Garderobe bis ins Detail beschreiben konnte.

Mein besonderer Dank gilt Lisa Leff, Autorin und Professorin an der American University, die mich bei meinen Recherchen unterstützt und das Manuskript gemeinsam mit mir durchgesehen hat. Ihr umfangreiches Wissen über die Geschichte französischer Juden war für mich unschätzbar. Mein Dank gilt ebenfalls Gail Shirazi von der Library of Congress, die mir zahlreiche Kontakte vermittelt hat, und Anne Brener, die mich mit dem wunderschönen

Zemirot Yisrael bekannt gemacht hat, sowie Diane Afoumado vom United States Holocaust Memorial Museum, die sich bereits mit mir ausgetauscht hat, als ich noch damit beschäftigt war, einen brauchbaren Handlungsstrang für den Roman zu erarbeiten. Großen Dank schulde ich auch Doris Hamburg, die mir alles erklärt hat, was ich über das Konservieren alter Manuskripte wissen musste. Die Autorin und liebe Freundin M.J. Rose hat mich während der Arbeit an diesem Roman immer wieder angefeuert und bei der Stange gehalten.

Ich bedanke mich bei dem Journalisten Martin Fletcher für seine großzügige Bereitschaft, den »Zeitungsartikel« zu schreiben, der am Schluss des Buchs steht, ebenso bei Pieralvise Zorzi, der mich ins Caffè Florian in Venedig und ins schöne Ferrara begleitet hat, außerdem bei Charlotte Gordon – sie hat mir Fotos des opulenten Peacock Room in der Freer Gallery in Washington, D.C. gezeigt, die mich dazu inspiriert haben, Marthes Liebe für asiatische Porzellanvasen entstehen zu lassen. Und natürlich gilt mein Dank meinen hochgeschätzten ersten Lesern Nikki Koklanaris, Kathy Johnson, Victoria Leventhal, Robbin Siegel, Tina Spitze und meiner Mutter Ellen Richman. Einen besonderen Dank schulde ich Gus Kasper, einem hervorragenden Praktikanten, Shauna D. Jones, die mir geholfen hat, französisches Erbschaftsrecht zu verstehen, und Jardine Libare, meine liebe Kimono-Schwester, die ich zum Glück jederzeit anrufen kann.

Mein großer Dank geht an meine fantastische Agentin Sally Wofford-Girand, die jeden meiner sechs Romane begleitet hat und mich unermüdlich anspornt. Meiner Lektorin Kate Seaver und meiner Verlegerin Leslie Gelbman